オルハン・パムク
宮下 遼＝訳

Veba Geceleri
Orhan Pamuk

ペストの夜

下

早川書房

ペストの夜

〔下〕

NIGHTS OF PLAGUE
by
Orhan Pamuk

Translated by
Ryo Miyashita
First published 2022 in Japan by
Hayakawa Publishing, Inc.
This book is published in Japan by
direct arrangement with
The Wylie Agency (UK) Ltd.

装幀／早川書房デザイン室

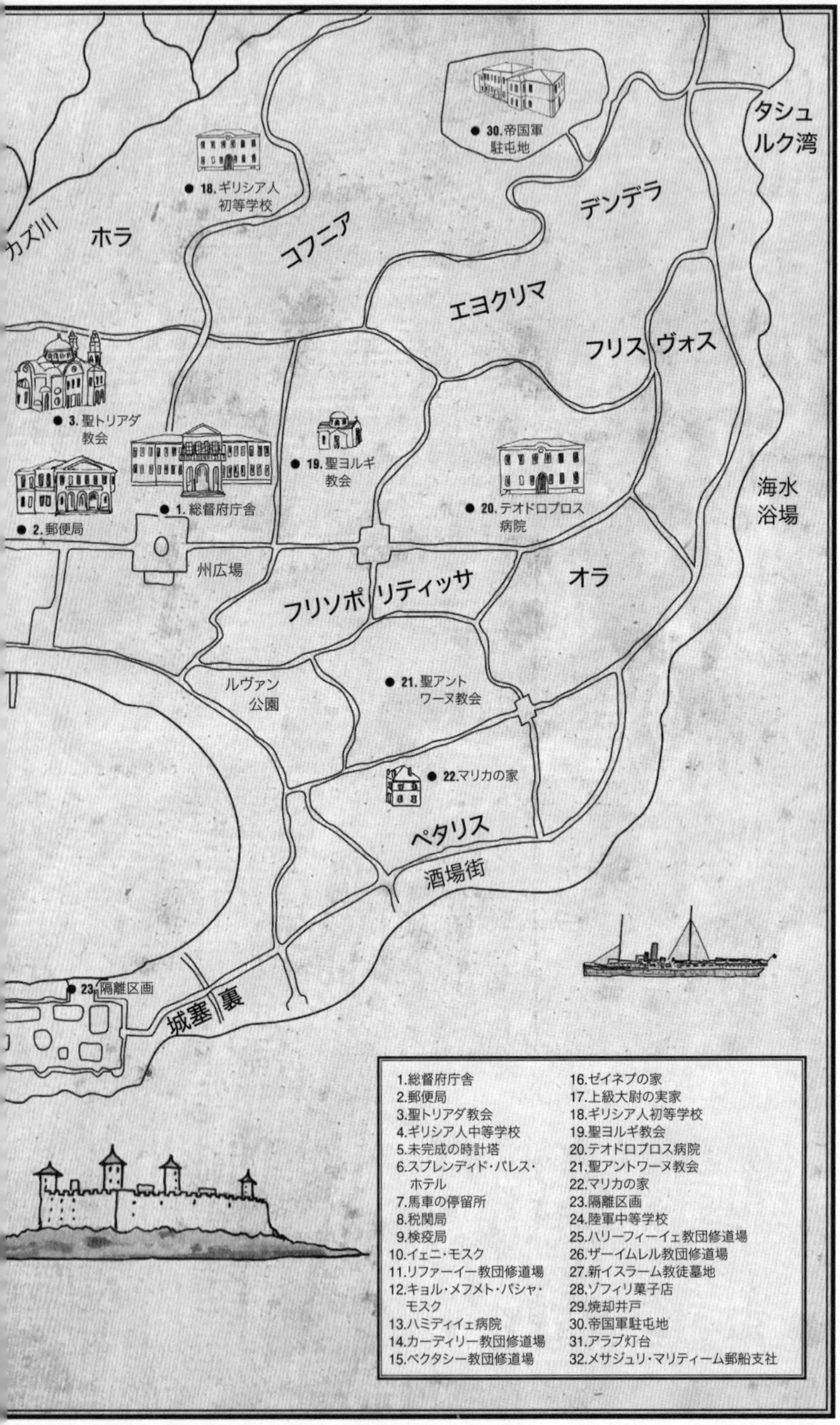

カズ川
ホラ
18.ギリシア人初等学校
コフニア
30.帝国軍駐屯地
デンデラ
タシュルク湾
エヨクリマ
フリスヴォス
3.聖トリアダ教会
1.総督府庁舎
2.郵便局
19.聖ヨルギ教会
20.テオドロプロス病院
海水浴場
州広場
フリソポリティッサ
オラ
ルヴァン公園
21.聖アントワーヌ教会
22.マリカの家
ペタリス
酒場街
23.隔離区画
城塞裏
1.総督府庁舎
2.郵便局
3.聖トリアダ教会
4.ギリシア人中等学校
5.未完成の時計塔
6.スプレンディド・パレス・ホテル
7.馬車の停留所
8.税関局
9.検疫局
10.イェニ・モスク
11.リファーイー教団修道場
12.キョル・メフメト・パシャ・モスク
13.ハミディイェ病院
14.カーディリー教団修道場
15.ベクタシー教団修道場
16.ゼイネプの家
17.上級大尉の実家
18.ギリシア人初等学校
19.聖ヨルギ教会
20.テオドロプロス病院
21.聖アントワーヌ教会
22.マリカの家
23.隔離区画
24.陸軍中等学校
25.ハリーフィーイェ教団修道場
26.ザーイムレル教団修道場
27.新イスラーム教徒墓地
28.ゾフィリ菓子店
29.焼却井戸
30.帝国軍駐屯地
31.アラブ灯台
32.メサジュリ・マリティーム郵船支社

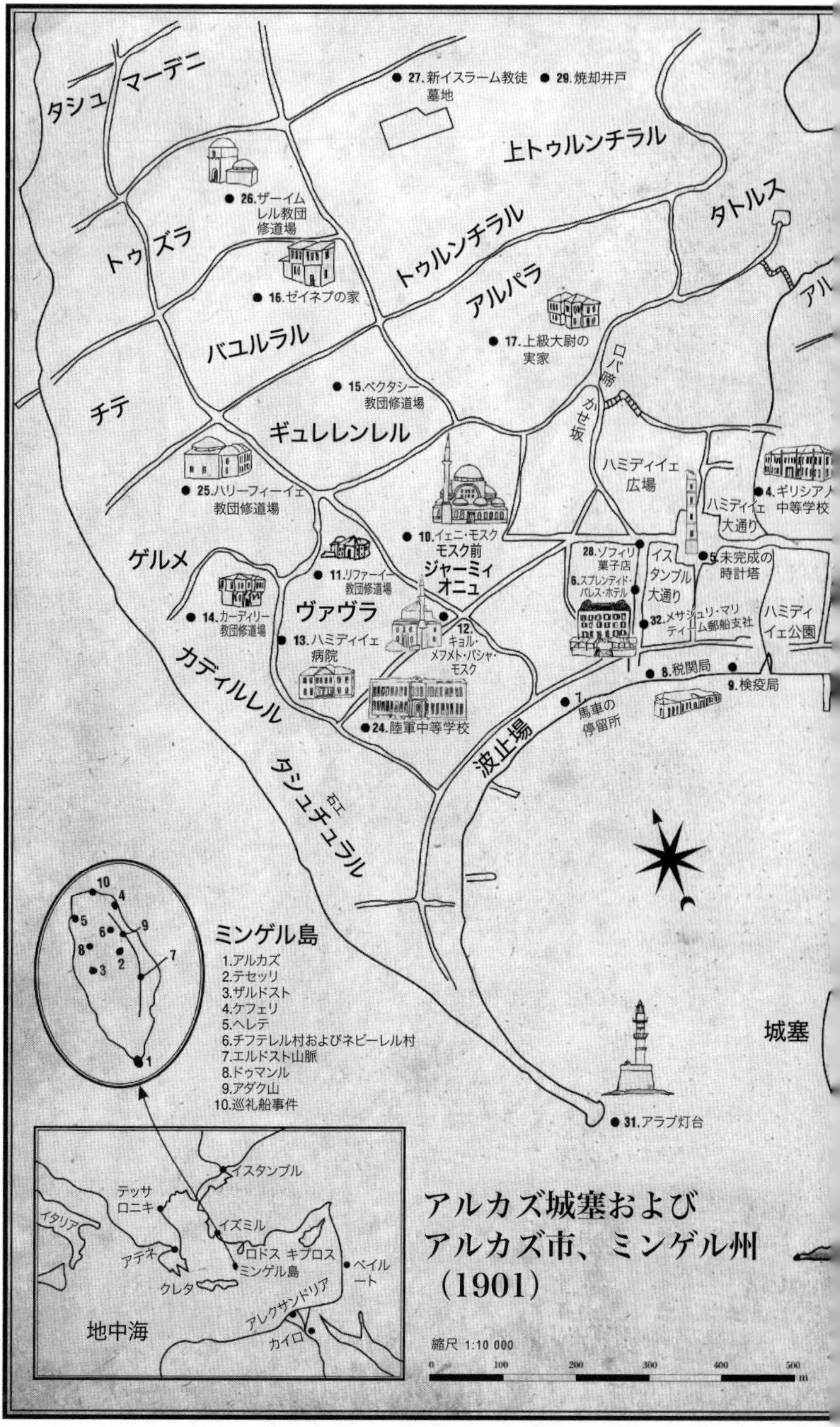
タシュ
マーデニ
27.新イスラーム教徒墓地
29.焼却井戸
上トゥルンチラル
タトルス
26.ザーイムレル教団修道場
トゥズラ
トゥルンチラル
16.ゼイネプの家
アルパラ
17.上級大尉の実家
バユルラル
ロバ蹄
かせ坂
15.ベクタシー教団修道場
チテ
ギュレレンレル
ハミディイェ広場
4.ギリシア人中等学校
ハミディイェ大通り
25.ハリーフィーイェ教団修道場
10.イェニ・モスク
モスク前
ジャーミィオニュ
28.ゾフィリ菓子店
6.スプレンディド・パレス・ホテル
イスタンブル大通り
5.未完成の時計塔
ゲルメ
11.リファーイー教団修道場
ヴァヴラ
14.カーディリー教団修道場
13.ハミディイェ病院
12.キョル・メフメト・パシャ・モスク
32.メサジュリ・マリティーム郵船支社
ハミディイェ公園
8.税関局
9.検疫局
カディルレル
7.馬車の停留所
24.陸軍中等学校
波止場
タシュチュラル
石工
ミンゲル島
1.アルカズ
2.テセッリ
3.ザルドスト
4.ケフェリ
5.ヘレテ
6.チフテレル村およびネビーレル村
7.エルドスト山脈
8.ドゥマンル
9.アダク山
10.巡礼船事件
城塞
31.アラブ灯台
イスタンブル
テッサロニキ
イタリア
イズミル
アテネ
ロドス
キプロス
ベイルート
ミンゲル島
クレタ
アレクサンドリア
カイロ
地中海
縮尺 1:10 000
0
100
200
300
400
500
m

アルカズ城塞およびアルカズ市、ミンゲル州（1901）

主な登場人物

パーキーゼ姫……………………………先帝ムラト五世の娘
ヌーリー医師……………………………パーキーゼ姫の夫
ハティージェ姫…………………………パーキーゼ姫の姉
アブデュルハミト二世…………………オスマン帝国の今上帝
キャーミル………………………………検疫部隊隊長
ゼイネプ…………………………………キャーミルの妻
サーミー…………………………………ミンゲル州の総督
マズハル…………………………………治安監督部部長
ハムディ…………………………………検疫部隊の曹長
ハムドゥッラー導師……………………ハリーフィーイェ教団の導師
ラーミズ…………………………………ハムドゥッラー導師の義弟
ニーメトゥッラー………………………ハリーフィーイェ教団の名代
イブラヒム・ハック……………………ミンゲル州の新総督
ハディ……………………………………新総督の秘書官
マリカ……………………………………サーミー総督の愛人
ニコス医師………………………………ミンゲル州の検疫局長
コンスタンスディノス…………………ギリシア正教徒の司祭
ニキフォロス……………………………ボンコウスキーの旧友。薬剤師
メジド、ハディド………………………ゼイネプの兄弟

ボンコウスキー衛生総監………………何者かに殺された疫学者
イリアス医師……………………………何者かに毒殺された、ボンコウスキーの助手

45章

ハムドゥッラー導師がペストにかかったと聞かされたサーミー総督は、驚きを通り越して恐怖を覚えた。サーミー総督は、総督就任当初に友誼を結んだハムドゥッラー導師のことを、その周囲に群がる貧乏人や信奉者たちとは一線を画した大人物と認識していたからだ。総督もまた、心ひそかに導師の学知や侵しがたいその威厳に感じ入っていたのである。導師の動向を探らせた結果、なにがしかの病に伏せっているという噂が耳に入ってきた。さらに導師が「わたしは神のお決めになった定命《じょうみょう》と神のお取りはからいにその身を委ねる」と言って治療を拒否していると知るやすぐさま「御身の病気について聞き及びました。皇帝陛下から至上の賛辞を受けたペスト専門医がいまアルカズ市内におりますので、すぐにも導師聖下の診察と治療を行わせる準備がございます」と手紙にしたため、五年前に総督と導師をはじめて引き合わせたイスラーム教徒の旧家ウルガンジュザーデ家の長男で、船乗りのテヴフィクに言付けた。

翌朝、修道場から白くなった丸い顎鬚をたくわえ、羊毛で編んだ僧帽をかぶった修道僧――名をニーメトゥッラーといったが「名代《みょうだい》」と呼ばれることを好んだ――が総督府へやって来て、書記官たちにハムドゥッラー導師の返事を伝えた。この日は朝早くから執務室に詰めていた総督は、「総督閣下のお申し出を喜んで受け入れますとともに、王配たる医師殿下をお迎えすることを恐悦至極に存じます」と、この上なく読みやすい筆跡で書かれた返書を一読するや、まるでこれでペストに打ち勝ったとばかりに大喜びした。

しかし、導師は一つ条件を付けていた。ハリーフィーイェ教団修道場の聖なる羊毛——聖毛《サーフ》と呼ばれていた——と聖なる糸紡ぎ部屋を冒した検疫部隊員は、今後誰一人として修道場に足を踏み入れぬよう要望してきたのだ。

サーミー総督はこの条件を受け入れ、すぐさまニコス検疫局長とヌーリー医師と話し合いをはじめた。

「ハムドゥッラー導師は死に臨んで、医師から逃げることの愚かしさを悟ったようですな」

「感染者がみな死ぬというわけでもありませんよ！」

「ですが、死にかけでもないのに返事を寄こすものでしょうか？」

「総督閣下、私は地方の諸都市で、ただ売名のためだけに総督や知事に無理難題を押しつけるようなあらゆる種類の自称導師たちを見てまいりました。こういう手合いは地位の高い人々に争いをけしかけ、わざわざ事を荒立て、しかるのち鯱《しゃちほこ》張った和解の儀式を行おうとするものです。そうやって貧しく無知な門徒たちに自分がいかに才知にあふれる重要人物であるか見せつけようとするのです。なにせ導師も、修道場も、教団も、とにかく数が多すぎますので、名を売って民衆の注意を引かねばなりませんからね」

たしかにアルカズ市だけでも神秘主義教団の修道場は二十八を数える。人口二万五千人、しかもその半ばがキリスト教徒の都市にしては多すぎるが、オスマン帝国がミンゲル島を征服した当初、これらの修道場がキリスト教徒住民のイスラーム教への改宗に寄与した歴史があり、イスタンブル政府は島のあらゆる修道場を支援していた。

この時代、教団ごとに色とりどりの長衣を着た導師たちの中には、尊敬に値する学者もいれば、まったくの詐欺師もいたし、信仰心篤い読書家もいれば、真面目にすぎる者もいた。ミンゲル島に所縁《ゆかり》のある軍人などがイスタンブルで出世を重ね、大官や大臣に取り立てられると、彼らは帝国各地に所有するさまざまな資産を宗教寄進財として寄付し、その受益者を島の修道場に設定するのが常であった。たとえばイェニ・モスクを建てたミンゲル出身の《ミンゲルリ》・マフムト・パシャなどはその典型だ。あるいは、やはり島と縁の深い誰それが立身してイスタンブルで財を成すと、帝都で通う修道場の導師に贈り物と金貨を持たせてミンゲル島に送り込むというようなこともあった。その場合には、その導師が新しい修道場の建設や、古い屋敷の改装に充てるための資金として、オリーヴ絞りのための風車の使用料やギリシア正教徒の漁村二つからの税収、あるいは街中の商店の賃料などが宗教寄進財として充当されるのだった。ところが、オスマン帝国がヨーロッパやバルカン半島、地中海の領土を失いはじめると、これらの道場が島外の各地に持っていた寄進財も失われ、道場群の収入は枯渇していった。いくつかの修道場は零落して主もいなくなり、無宿人や無頼、放浪者、あるいは盗人などが隠れ潜む悪所と化してしまいかねず、総督と寄進財管理部長もその動向には神経を尖らせていた。

一方、帝国の津々浦々に存在する各神秘主義教団の修道場を自らの政治権力の拠り所としようと注目していたのがアブデュルハミト二世だった。そのため彼は即位してすぐミンゲル島でもっとも歴史があり資金潤沢なメヴレヴィー教団の修道場にテータ社の壁掛け時計を寄贈している。ところがそれから間もなく、イスタンブルのメヴレヴィー教団の導師たちが改革派のミドハト大宰相に与《くみ》していると知って腹を立てた皇帝は、カーディリー教団やハリーフィーイェ教団などの島のほかの教団を支援することで会稽《かいけい》することにしたのである。

現在、ハムドゥッラー導師が率いるハリーフィーイェ教団の修道僧たちが防疫政策そのものの行方を左右するほどの力を持つに至ったのも、このときのアブデュルハミト二世からの支援があったればこそである。ヌーリー医師がハムドゥッラー導師のもとへ赴く前、検疫委員会の面々は総督の執務室に集まった。郵便局を制圧し、しかもすぐに解放されたことで意気上がるキャーミル上級大尉も列席したが、彼は子供のころから門前を通《かよ》っていた修道場の居住区の詳細をやや興奮気味に、三十年も前に自分が先代の導師の膝の上に座って、そのふさふさとした白い髭を引っ張ったことまで含めて、ヌーリー医師に説明した。

その間、窓から街を眺めていたサーミー総督は、ふと遠くの丘のイェニ・モスクとベクタシー教団を筆頭にいくつかの修道場が所在する方角から黒煙が立ち上っているのに気がついた。一同は窓辺に駆け寄り何が起きているのか見定めようとしたが、一人の書記官から「火元は昨日、抱きしめ合って死んでいた二人の遺体が発見され、焼却の決定が下されたトゥルンチラル地区の家屋です」と教えられ胸を撫でおろした。しかし、黒煙は木造とはいえ家一軒ではなく、まるで地区じゅうが燃えているかのようにもくもくと上がっている。乾燥しきった木材が急速にバチバチと音を立てて燃え上がったためであったが、ミンゲルの人々はこのときの黒煙を凶兆として長らく語り継ぐこととなるのである。

ミンゲルの人々は丘上の焼却井戸から上がる白煙には慣れつつあったものの、今回の黄橙色の炎と黒煙の影を見て、先行きへの不安を新たにし、一方の総督はといえばたった一軒の家を燃やしただけで陽光が翳るほどの煙が出るなどとは信じられず、火が燃え広がったのではあるまいかと心配して総督府のバルコニーへ出た。これほどの黒煙だ、島を包囲する列強諸国の戦艦からも見えているに違いない。きっと世界中の人々が電報に返信せず、伝染病を終息させることはおろか、火事を消し止めることさえできないミンゲル人を憐れみ、軽蔑することだろう。ちょうどオスマン帝国に対してそうしてきたのと同じように、とサーミー総督は思った。

歴史家として作者はここで、サーミー総督の予感はまさに的中していたということを付け加えておこう。というのも、海上封鎖に参加していたフランスの戦艦アミラル・ボーダンに新聞記者が乗り合わせていたため、この一週間後にパリで発行された『ル・プティ・パリジャン』紙には、檻に閉じ込められてペストの鉤爪を突きつけられたオスマン人がミンゲル島から上がった炎に巻かれる様子をロマン主義的な筆遣いで描いたカリカチュアが全面記事として掲載されたのだから。

ハリーフィーイェ教団修道場の門前でヌーリー医師を迎えたのは羊毛で編んだ円錐帽をかぶったあの「名代」ニーメトゥッラー師だった。彼は敷地の隅に立つ二階建ての木造の建物へとヌーリーを案内した。辺りに修道僧や門弟たちの姿は見えなかった。建物の扉が開き、大柄でどこか茫洋とした印象の男が出てきた。何かを思い出そうとしていて、しかし思い出せないとでもいうような不思議な笑みを浮かべている。ヌーリー医師は、彼こそがハムドゥッラー導師だと察した。血の気がなくひどく疲れて見えたが、その首筋に横痃《おうげん》は見当たらなかった。

「導師さま、あなたの祝福多き御手に敬意の接吻を捧げたいところですが、検疫規則に則って自制いたします」

　ヌーリー医師がそう言うとハムドゥッラー導師が答えた。

「王配殿下のなさりようはまったくもって正しい！　御上《おうえ》さまであらせられる皇女殿下の曾祖父にあたるマフムト二世陛下に倣い、私も検疫規則を軽んじはいたしますまい。なにより病を誰ぞに、それこそあなたさまのような帝室の王配たる御方にうつしてはならぬと気が気ではございません。三日前、この部屋でいまと同じように座っておりましたところふいに気を失ってしまったのです。そのとき垣間見た彼岸の光景は、それはそれは素晴らしきものにございましたが、我が同志や修道僧たちは導師殿が病に倒れたと恐れをなしましてな、それが噂を呼び「ハムドゥッラーはペストだ」などと囁かれるようになってしまったのです。ですが医者には知らせませなんだ。それから十日ほど瞑想に入っておりましたので。そうしたところ、総督閣下が王配殿下に私とお会いになるよう説いていると聞きまして、望外のことと感動いたした次第です。帝国においてもっとも名高い、しかもイスラーム教徒の検疫医を遣わして下さった至高の神と預言者さま、そして皇帝陛下と我らが総督のために祈りましょう。私からは質問が一つと、条件が一つ、それだけでございます」

「どうぞ仰ってくださいませ、導師さま」

「あなたさまが私に会いにいらっしゃる直前、この修道場からちょうど通り二つ坂の上の家が検疫のためと称して焚き火よろしく燃やされました。その煙が陽光さえ翳らせたことの意味はなんとお考えか？」

「偶然に過ぎないかと」

「ですが、あの家を燃やしたのはこの修道場をライゾール液で消毒していったのと同じ検疫部隊と、その指揮官たる上級大尉ではありませんか？　〝ハムドゥッラーはペストだ、よってお前も焼却する〟と脅すのが目的であるならば、総督の書記官たちも同じような腹づもりでいるのではありますまいか」

「滅相もない、総督はお心のうちでは、御身に最上級の敬意を寄せています」

「そう仰るのなら、拝診たまわる前に我らが修道場の百年に及ぶ歴史についてお話しし、この呪わしい悪疫が我らに感染しないわけや、ここを焼却する必要のないこともご説明申し上げておきましょう」

そう言ってハムドゥッラー導師は決然とした口調でこう話しはじめた。

「そもそもミンゲル島にハリーフィーイェ教団の修道場を開いたのは我が祖父ヌールッラー師でした。祖父は、イスタンブルはトプハーネ地区にあったカーディリー教団の修道場からこの島へ寄こされたのです」

もともと彼の祖父を島に呼び寄せた人々は、彼をカディルレル地区のカーディリー教団道場の導師に据えようとしていた。そうすることで教団の戒律に背き、身体じゅうに鉄串を刺す類のリファーイー教団式の修行に明け暮れる同輩たちを厄介払いしてしまおうと考えたのである。ところがリファーイー教団は当時の県令から支援を受けていたためリファーイー式の荒行は止まず、ヌールッラー師は彼らと袂《たもと》を分かち、自分を招聘したミンゲル人たちとともに少し離れたゲルメ地区に別の修道場を建て、新たに教団を開いた。

「私は父親と同じくこの修道場で生まれ、この界隈で育ちました」

その後ハムドゥッラー導師はイスタンブルへ上ってメフメト・パシャ学院で学び、宗教はもちろんのこと、詩と歴史にも関心を寄せた。先代の導師である父から再三請われてなおハムドゥッラー導師は長いことミンゲル島へ戻らず、イスタンブルでバルカン半島から移住してきた貧しい一家の娘と結婚し、小さなイスラーム学院で授業を行い、『夜明け』という題の詩集を出版し、ひところはカラキョイ地区の税関局にも奉職した。一度だけ、ユルドゥズ宮殿から金曜礼拝に向かうアブデュルハミト二世の姿も目にしたことがあるという。ハムドゥッラー導師は、アブデュルハミト帝のために長い祈りを捧げてから先を続けた。父が死にその遺産相続の手続きのため島へ戻ったのは十七年前のことで、その晩のうちにこのままミンゲル島に留まろうと決心を固め、イスタンブルに残してきた書物や身の回りの品々を取り寄せ、それ以来礼拝と瞑想、それに修道場の運営に専心しているのだそうだ。

　ここまで興奮した面持ちで話を続けてきた導師はやや疲れたのか「では、あなたさまに当道場の秘宝の数々をお見せいたしましょう」と言った。

　ヌーリー医師は門弟に寄りかかって歩くハムドゥッラー導師のあとに続いて、黒煙の影に飲まれた薄暗い中庭へ出た。本棟へ向けて歩いていく間にも、新来の客分から老齢の修道僧にいたるまで、道場中の者たちが往診に来たヌーリー医師を胡乱《うろん》げに見守っていた。導師はまず、賓客であるヌーリーを歓談室の左隣の午睡室に案内した。壁面が青く塗られたその部屋には片羽のミンゲル虫が生息していた。この神聖な虫は、島から離れては生きていけないミンゲル人と同じように、たとえ部屋の扉が開け放たれても逃げないのだそうだ。次に向かったのは精錬室だ。ある修道僧が四十日間籠ったその最後の晩に、海底に沈む船を幻視したのもこの部屋だそうで、はたして次の日、同じ船がアラブ灯台沖に姿を現し、その修道僧を中国へと連れて行き、彼は中国で一番新しいハリーフィーイェ教団の修道場の開祖になったのだとか。

ハムドゥッラー導師はほかにも「預言者ムハンマドさまのそれと同じく」ナツメヤシの木から作られた祖父の杖や、螺鈿細工があしらわれ「鋼のように丈夫な」父親の杖を誇らしげにヌーリー医師に見せた。

僧房の前には禿頭であったり、唇が桃色であったり、あるいは青ざめていたり、ことさらに厳めしい表情を浮かべていたり、はたまた穏やかな眼差しでこちらを見やっていたりする若い修道僧たちが歩哨のように立ち並んでいた。彼らの前を通り過ぎながらヌーリー医師は、この修道場でひとたびペストが出たらあっという間に広がるだろうと考えた。

一行が大人の男の背丈の四倍はあるクルミの大木の下を通り、樹木と漆の香る新築の建物へ入っていくと、ハムドゥッラー導師は室内の隅に置かれた木製の衣装箱を開けた。先代の導師たちが身に着けた緑と紫、灰色のタチ《冠》と呼ばれる僧帽、黄と青の縞模様に染められたテンヌーレと呼ばれる袖なしで裾の広い儀式用の長衣、島北のアダク山から削り出して持ち帰り、僧たちが教団員の目印として首から提げるテスリマート《恭順》と呼ばれる石、あるいは歴代の導師たちが締めた十二の結び目が付けられた帯等々――ハムドゥッラー導師はそれらを見せながら「これらは教団の聖物なのです。黒みがかったライゾール液や消毒士たちの扱う毒に触れればたちまち無為になってしまう。そうなれば最後、弟子たちや修道僧たちは死を賭してでも抗うことになるでしょう」と説明した。

ハムドゥッラー導師はさまざまな品を見せつつも、決して意味深長な言葉遣いを崩さず、たとえばまったく悲しみも怒りもしていないはずであるのに大袈裟にそうした言葉を並べ立てるのだった。そのためだろう、やがてヌーリー医師は、病気にかかった事実を理解させることさえ難しい無知な村人と話しているときのような疲労感と気おくれを覚えはじめた。

導師がようやく本題に入ったのはレモンの花の芳香が満ち、大量の書物が置かれた部屋に入ってからだ。彼は巻物や写本、黄ばんだ古い紙片や論考の類を棚から持ち出し、ペストについて誰しもが発するだろう問いの答えを探り、疫禍を前にして正しい信者はいかに振舞うべきかを説くマスナウィー体（古典詩の詩型の一つ。対句ごとに脚韻を変えられるため長大な物語詩などに用いられる）の詩歌の執筆にとりかかったのだ、と切り出したのである。

「イスラーム世界にはペストという疫病に関して、遺憾ながらいまだ激しく対立する二つの意見が見られます。一つは〝ペストは神に発する、従ってそれから逃れようとしても無駄であるのみならず、神の定める定命に抗うことにもなり、来世を困難と危険に晒しかねない〟という見解です。たしかに預言者ムハンマドさまは〝ペストが人から人へうつると唱える者は、小鳥やフクロウ、はたまた蛇に神兆を読み取って助けを求めようとする者どもと同じである〟と仰せになられたとも伝わります。フルーフィー派（十四世紀イランで興った一派。聖典をはじめとするテクストに用いられる文字や数字にも神の意図が潜むと考え、字秘学的にそれを読み解こうとする宗教的学術運動）の教えと同じように。これに則れば、疫禍に臨んでの最善の態度とは、神にすべてを委ねて心のうちに目を向け、誰とも会わぬよう努めつつ、魂が毒されぬようただ耐え忍ぶことです。遺憾の極みではありますが、ヨーロッパ人たちはこれを〝宿命論〟などと呼んでおりますな。さて二つ目は、ペストが伝染病であることを認める見解です。イスラーム教徒であろうとキリスト教徒であろうと、とにかく死にたくないのであれば、病の起きた地とその瘴気《しょうき》から、なにより感染者から離れねばなりません。預言者さまが〝獅子から逃げるように病者からは逃げよ〟と仰ったとするハディース《預言者言行録》がこれを証立てております。ですが、身内にペスト感染者がすでにいるのなら、たとえ扉に鍵をかけたとところで罹患は免れない。結局のところ、神にお縋りするよりほかに手立てはないというわけですな」

気がつくと戸口に六、七人の修道僧が詰めかけ導師の言葉に聴き入っていた。ヌーリー医師はいまここで話す内容がすべて、新旧の商店街で店を営む商工業者たちはもとより、その自宅、あるいは富家の邸宅や領事、書記官、そして新聞記者たちの耳へ届き、はてはイスタンブルへ送られる日報にまで、正誤はともかくとして伝えられるだろうと予感した。

ハムドゥッラー導師はおもむろに隣室への扉を開けながら言った。

「殿下、この部屋をご覧ください！」

室内のひと隅にある織機の前では、無数のより糸を色とりどりに編んだ羊毛や、さまざまな種類の布地に埋もれるようにして、三人の若者が働いていた。

「修道場の開祖たる祖父ヌールッラー師の意向に従って私たちはみな、自ら編んだ羊毛や織った布地、亜麻布を植物の根、ミンゲル島の草木から作った染料や中国から輸入した顔料で染め上げた下着や肌着、上っ張り《ミンタン》や毛織の羽織、そして礼拝帽などを身に着けることになっております」

導師の言葉に従って門弟の一人が箪笥や物入れを開けていくと、中には肌着や上っ張り、枕や手つかずの羊毛の山、それに色鮮やかな布地が折り重なっていた。ハムドゥッラー導師は喘ぐように続けた。

「先達たちから受け継いできた聖毛を収めた我らが宝物室を、ライゾール液によって一瞬で泥山に変えてしまうというのは、はてさていかなる善意のよらしむるところと思われますかな、殿下？」

ヌーリー医師はあくまで沈黙を貫いた。それが耳をそばだてる大勢の心を代弁して口にされた問いであると同時に、そこに自分以外の全員を硬軟織り交ぜた言葉で譴責《けんせき》する響きがあるのを察したからだ。

「露土戦争を起こしたモスクワ人どもからでさえ、あのライゾール液めに受けたほどの恥辱を受けたことはありませんだ!」

導師はふいに激情にとりつかれたようにそう言うと「ああ!」と言って身体を二つに折った。倒れ伏す寸前に門弟たちがその両腕を摑んだ。

「大丈夫だ!」

ハムドゥッラー導師は腕を摑む門弟たちにさきほどと同じ叱責するような調子でそう言ったものの、もはや弟子の支えなしでは歩けないほど疲れ切っている様子だった。

最初に迎えられた建物に戻ってきたヌーリー医師は、診察の準備をする間にもハムドゥッラー導師に四の五の言う隙を与えず長衣はもとより上着も肌着もすべて脱がせてしまった。

「倒れそうになる直前、あるいはその後に嘔吐はありましたか?」

「ありません」

「熱はありましたか?」

「ありませんでした」

ヌーリー医師は、横痃に塗るため診察鞄に入れておいた軟膏を取り出し——イスタンブルの著名な薬剤師エドヘム・ペルテヴの調合したものだ——注射器を収めた金属容器を探した。また緑色のガラスの小瓶を覗いて紫色のアヘン錠剤がちゃんとあるかも確認した。さらにはイスタンブルのイスティキャーメト薬局で購入したヨードチンキと、十年ほど前から市場に出回りはじめたばかりのバイエル社のアスピリン——フランスで買い求めたがよほど必要とならない限り処方しないことにしていた——などの蓋も、とくにそうする必要はなかったものの、いちいち開けて確認してみせ、しかるのち紫色のガラス瓶の中に霊薬のように収められた高濃度のライゾール液を脱脂綿に慎重な手つきで含ませ、ゆっくりと指先に塗布したのち、満を持して導師に近づいた。

裸で横たわる導師は不安そうだった。その剝き出しの腕や狭い胸板、あるいは細い首は驚くほど白く、まるで少年のようだ。

ヌーリー医師はハムドゥッラー導師の頭の天辺からつま先までを、まるで自分の苦しみを言葉にできない老人を相手にするときのように丹念に診察していった。健康そうな桃色の舌にペスト患者特有の白斑は見られなかった。活発に動く舌を匙で抑え扁桃腺も注意深く観察した。今回のペストはどういうわけか扁桃腺にも損傷を与えるので、当初、医師たちは病名がわからずジフテリアと混同する原因ともなったからだ。また目にも赤みは出ておらず、脈も二度計ったが正常だ。熱もなければ発汗も、意識混濁も見られない。ヌーリー医師はさらに聴診器をハムドゥッラー導師の疲労が蓄積された身体に当て、心音に耳を傾けた。鼓動は不規則で内臓は張っていた。金属製の冷たい聴診器が白い肌に触れると、導師の身体は少し震えた。

「もっと深く息を吸ってください」

毛が密集する耳の穴を覗き込んだのち、首筋を指で丁寧に押していき、時間をかけて痛みを感じる箇所やしこりになっている箇所がないかを調べた。同様に脇の下にも指をあてて慎重に診察したが、そこにも腫れや硬化は認められなかった。

最後にヌーリー医師は、導師の股の付け根も手で触れて確かめたのち、診察鞄の方を向いて手先を消毒しながら言った。

「病気ではありません」

「我ガ神ヨ、アナタ様に慈悲ト健康ト来世ヲ懇願イタシマス！」

ハムドゥッラー導師はアラビア語でそう言ってからトルコ語に切り替えて続けた。

「では、神のご意思により私が健康であり、基本的にはこの道場も清浄に保たれていると、総督閣下にお伝えください。総督閣下と私が対立することを望む者たちこそが、ハムドゥッラーがペストに倒れたなどという流言を垂れ流しているのでしょう。彼らはこの修道場が封鎖され、私たちがみな城塞の隔離区画に連れて行かれるのを、つまりは私たちの不幸を望んでいるのですから」

「総督閣下は、あなたやあなたの修道場の不幸を望んだことなどございません」

「もちろん、私たちもそう確信しておりますとも！」

「ですが、少なくともあなたたちの不幸を望む者たちに手を貸している者がいるのは確かです。……小さな修道場の導師たちや、偽物の祈禱文を書いたり、ペストの精霊除けの御札を作っている人々です。こうしたことの積み重ねが、検疫隔離体制への信頼を損ない、禁止事項への不服従を助長してしまうのです」

「数ある修道場の導師たちのうち、私の言葉に耳を傾けてくれるのはほんの一部に過ぎません。面識があるのもごくわずかで、大半は私の不運を喜ぶことでしょう」

「導師さま、実のところ私がここへ伺ったのは総督閣下の使者としてなのです。彼はギリシア正教徒の長であるコンスタンディノス司祭と一緒に総督府のバルコニーに立ち、そこから全島民に向け〝検疫令に従ってください〟というメッセージを呼びかけようと考えています。それに総督は義弟のラーミズ殿も解放いたしました」

「司祭のコンスタンディノス殿は私と同じく詩人でもいらっしゃる。かつて、私の詩集『夜明け』がミンゲル島でも出版されたら必ず一部、お贈りすると約束したこともございます。総督閣下が開催を望むその会合には、私も喜んで参加いたしましょう！　しかし、条件があります」

「導師さまの条件はすぐに総督に伝えましょう。またそれを受け入れるよう、私からも強くお願いいたしましょう」

ヌーリー医師はそう言って診察鞄を手に取った。

「今週のイェニ・モスクでの金曜礼拝の説教を私にさせていただきたい！　モスクの運営体もイスタンブル政府もすでに了承済みのことです。ですが検疫委員会の方々は、人が集まるのを避けるため金曜礼拝を禁止していらっしゃいます。これでは信徒たちの心の傷は癒えぬまま、検疫委員会の諸兄への怒りも募るというものです」

「ハムドゥッラー導師さま、あなたとあなたを慕う方々が検疫令に憤りを覚えていらっしゃることこそが、私たちの悩みの種なのです」

「ヌーリー殿下、私はあなたさまの検疫の成功を誰よりも望んでおりますぞ。どうしてか、おわかりになりますかな？」

すでに下着と上着、上っ張りを身に着け、礼拝帽をかぶったハムドゥッラー導師は、眉を吊り上げて言った。

「キリスト教徒たちはもう四世紀も検疫を行い、そのおかげで疫禍を免れてきたのです。もしいまイスラーム教徒が検疫を信じず、現代的なやり方というものを学べないのであれば、遠からずいまよりもさらに打ちのめされ、しまいにはこの世界にあって孤独な少数派へと転落してしまうだろうと危惧しているからです」

46章

サーミー総督は、イスラーム教徒とキリスト教徒双方の共同体の主だった者たちを集め、総督府のバルコニーから民衆に向けて呼びかける集会にハムドゥッラー導師が加わることを大喜びし、集会の時刻や詳細についてすぐにも交渉をはじめた。

こうして総督は導師の代理を務める羊毛帽の修道僧ニーメトゥッラー師と会見する運びとなったが、交渉が熱くなるたびにこのニーメトゥッラー師が領事たちなどよりもよほど老獪な交渉役であり、利得と金銭のみで動く彼らと異なり理想主義者であることもあって固いクルミのように手強いと思い知らされたのだった。これと同時期、総督は郵便局の再開に関して領事たちと折衝を重ねつつ、列強諸国が疫病終息を名目に本当に軍隊を上陸させる気があるのか否かを推し量ろうともしていた。

電信網が途絶したため領事たちの発言力や権威は失墜し、総督はといえば電信局制圧事件が検疫令の実行と市内の治安回復に絶好の機会を提供してくれた事実を日々、実感していた。あの事件以降、検疫部隊に反抗的な態度を取る者は減り、襲撃も減少し、これまではありとあらゆる決定に異を唱えてきた跳ね返りたちでさえ黙って事態の推移を見守るようになったのだ。

総督が六月二十八日金曜日の式典と、その後の集会に島の主だった者たちが加わるよう手配を済ませたのは、集会の二日前のことだった。まず、昼の金曜礼拝とハムドゥッラー導師の説教のあと、導師とイスラーム教徒の会衆たちが州広場へ移動する。そこで総督府のバルコニーにあらかじめ集まっていた島内の全共同体の指導者たちと総督が民衆に向けて検疫令の遵守と、島民の団結を訴えるのである。郵便局は、金曜礼拝と集会が無事終わったのち、式典と共に晴れがましく再開させる手筈になっていた。

この五年、ときおりそうした方が良いと思うことはあっても、総督は一度としてバルコニーから民衆に語りかけたことはない。アブデュルハミト帝は、皇帝と臣民の間に割って入ろうとする傲慢な総督を好まないであろうし、そもそも帝国では帝王が臣民に語りかけるという習慣そのものが一般的ではなかったからだ。サーミー総督は文書作成部に検疫令の通知のときと同じ大きさの用紙と書体を使って集会の告知書を作るよう命じた。さらに、演説に耳を傾ける民衆や領事、新聞記者やカメラマンたちをどのあたりに、それぞれどれくらいの距離をとって配置すべきか熱心に話し合いつつ、ふいの興奮に駆られてバルコニーへ出てみた。

そうして戻って来てみると机の上に新しい暗号電文が届けられていた。平文に直した暗号解読官がその重大性を鑑みてすぐさま届けにきたのだ。

宮内省からの電報であることを読み取るや、総督は動悸を覚えた。凶報に違いない、読むべきではない！　そう思いながらも我慢できずに目を通し、総督は息を呑んだ。

そこにはサーミー総督のミンゲル州総督の任を解く旨が記されていたのだ。さらにアレッポ州総督への転任を告げるくだりを読むと、胸が痛くなった。イスタンブルへ戻ることなく、そのまま十日以内にアレッポへ向かえ、とあったのだ。不安な胸のうちを抑えながら読み返してみたが、動悸は収まらなかった。どうやらアレッポでなにがしかの変事があったようなのだ。

再三、読み直してようやく、サーミー総督はこの転任が懲罰人事であることを理解した。ウルファやマラシュのような大都市が所在し、ミンゲル島などよりもはるかに人口の多いアレッポ州へ赴任するはずなのに、俸給がいまの三分の二に減俸されていたのだ。

マリカはどうすればよいだろう？　これまで幾度も考えた悩みが総督の脳裏をよぎった。もし彼女が改宗して自分と結婚するのに同意してくれたとしても、大使や領事からの外交上の批判は免れないだろう。恩恵改革以来の努力にもかかわらず、いまだにオスマン帝国の総督たちはキリスト教徒の美女に改宗を迫り、第二夫人、第三夫人に仕立てて後宮へ閉じ込めてしまうのかと、誹られかねない。第一、マリカのように賢明な女性が、サソリが地を這うあんな遠国までついてきてくれるとは思われない！

サーミー・パシャは――もはや彼をミンゲル州総督とは呼べない――さらに数回、電報を読み直した末に、到底受け入れがたい内容だと結論を下した。イスタンブル政府が誤りを犯したのは明らかだ。現在の状況ではアレッポへ向かうことなど不可能なのだから、この辞令は誤信に違いない。それとも十日以内にアレッポへ赴任せよと命じた者たちは、五日間の隔離期間を置かねば島を出られないことさえ知らないのだろうか？　ああ、マリカはどうなってしまうのだろう？

サーミーは辞令の前向きな部分に目を向けることにした。現職を罷免されたものの、同時に新たな総督に任ぜられたのだ。アブデュルハミト帝が著しく機嫌を損ねたのであれば、総督はただ解任を下知されて無俸給で放置され、間をおいてからようやく次の辞令を交付することで身の程を思い知らされることになる。ところが、今回はそうではない。専制を敷くアブデュルハミト帝といえども、サーミーにそうした扱いはしなかったし、おそらくできなかったのだ。ふいにサーミーは、大宰相府の友人たちと憐れなムスタファ・ハイリー・パシャの話に大笑いしたことを思い出した。何年も待ち続けた解任辞令を受け取った彼が、その瞬間に心臓発作で死んでしまったという笑い話だ。いまのサーミーは彼に比べればよほどましだ。

辞令を受け入れるにしても、まずは時間を稼ぐのが最善であるように思われた。いずれは彼らも、サーミーが島に残って敢然とペストと戦い続けたのであり、その功が第一等メジディイェ勲章にさえ値すると理解することだろう。イスタンブルからの船が運んでくる『詳報』や『領事館報』にはあらゆる種類の人事が載っているが、日頃からこれらの官報を熟読するサーミーは、稀にイスタンブルからの人事命令が取り消されるという奇跡が起こることも知っていた。アブデュルハミト帝その人や、宮中と特別なつながりがあったり、貴顕たちの庇護を受ける者のみが享受する特別扱いである。実際に、新総督がいざ赴任してみると前任者が復職していたなどという珍事もあるくらいだから、サーミーに幸運が味方する可能性もある。

このときサーミー・パシャは、ヌーリー医師に頼んで皇帝か、少なくとも宮内省へ電報を送ってもらおうと案じたようだが、パーキーゼ姫の手紙によれば彼が自尊心をなげうってまでそうした願いを口にすることはなかったようだ。

こうしてサーミー・パシャは、「何事もなかったよう振舞えば、すべてが元のまま続くだろう」という結論に達したのだった。罷免を知るのは暗号解読官一人きりであったし、彼もサーミーの冷静かつ寛いだ佇まいを見れば、おそらく命令は取り消されたのだろうと勘違いするかもしれない。いずれにしても金曜日までの二日間は、何事もなくやり過ごすのが一番だ――そう考えていたはずだというのに、サーミー・パシャは直後にまったく反対の行動を取った。つまり、暗号解読官を執務室に呼び出し、さきほどの電文は国家機密が含まれているため他言した場合は、イスタンブル政府とサーミー自身が厳しい罰を下すと申し渡したのである。

その日サーミーは、ヌーリー医師にもキャーミル上級大尉にも会わず、面会にやって来たニコス検疫局長さえ追い返して執務室に引きこもった。誰にも会わなければ、罷免の事実を知られることもないからだ。昔、妻エスマの父バハッティン・パシャが、新婿であるサーミーに片面にオスマン帝国の時刻を、もう片面にヨーロッパの時刻を表示する懐中時計を贈ってくれたことがあった。孤独を感じたり落ち込んだりしたとき、サーミーはそのベルギー製の懐中時計を握りしめていると、もう少しだけこの世界に耐えられるような気がするのだった。しかし、このとき執務室にいたサーミー・パシャには時計を握る気力さえ残っていなかった。

マリカのそばにいれば平静を取り戻せる、サーミーはそう考えた。ゼケリヤーが静かに操る二輪馬車から暗く陰鬱な通りを眺めていると涙がこぼれそうになったが、なんとか堪えた。悲しみに身を任せてよいのは敗北を受け入れたときだけだ。馬車を降りてマリカの家の裏門へ歩いていく間、サーミーはあくまで堂々と胸を張った。

そして室内に入ってからも、普段どおりの平静さと怜悧さを装い、彼が好きな抑揚あるフランス語で言うところの「当局者《オトリテ》」らしく振舞った。それにしてもマリカは美しく、なによりもひたむきだった。おかげでサーミーは総督解任のことをすぐに忘れてしまったほどだ。

抱き合ったままの姿で発見された二人の若者と、その家が焼却された際に立ち上ったあの黒煙が、いまだに話題になっているらしい。

「あんなに黒い煙が出るのは、きっとほかにも死体があったからなんだそうです」

「よくまあすぐにでたらめを思いつくものだ」

「でも、死体の脂肪は黒い煙を出すんですって」

「そんなおぞましい話は君にふさわしくない。私も気が滅入ってしまうよ」

途端に気を悪くした彼女を見て、サーミーは一年ほど前に『諸科学の富』誌に載っていた翻訳記事のことを話して機嫌を取ろうとした。どういうわけか、奇跡的と評し得るほど面白かったその記事のことを、今日まですっかり忘れていたのだ。

「アジアのいくつかの宗教では燃やした遺体から出る煙の濃さや色合いから、死者がどのくらい罪深く、あるいは無垢であるか、あるいはどれくらい気高く、あるいは邪悪であったのかを推し量るのだそうだよ」

「なんでもご存じですのね、私の閣下は」

「でも、君の知っていることはいつももっと大切だよ、さあ話しておくれ！」

「閣下、ラーミズが街へ舞い戻ったそうです。ゼイネプを奪った大尉への復讐を誓って。どうやらいまだにゼイネプに首ったけのようなんです。でも、復讐の誓いを立てたのは義兄の前ではなくて、リファーイー教団のルフク・メルール導師の道場なのだそうですけれど」

「リファーイー教団の道場はこの伝染病のおかげで、奇妙なほどに盛り返したからね……。だが、そんな会合が持たれたとは初耳だな」

「それと、チテ地区では、ザーイムレル教団の眇目《すがめ》のシェヴケト導師が与えるペスト除けのバラ色の御札を身に付けていないと出入りができなくなったそうです。クレタ難民の若者たちが地区へ入ろうとすると止められて、御札を持っているか尋ねられては、締め出されているんですって」

「なんとも周到なことだね！　もし当局者がその場に居合わせたなら、すぐにやめさせるところだ。これまでも似たような不法行為が一、二回あったが、そのときは我々の間諜と憲兵がろくでなしどもに無法を許さなかったんだが……」

「閣下、後生ですからこの手の噂話にお怒りにならないでくださいな。私が噂を流したわけではありませんし、大半は信じてもいないのですから」

「ということは、中には信じている噂もあるのだね！」

「……そのときはそう申し上げます。あなたにだってそういう噂はあるでしょう、そう仰らないだけで。だって、閣下は噂を信じるのを恥だとお思いなんですもの。私が報告する噂話を聞いてらっしゃるときの眼差しでわかりますよ、閣下がどの噂を本当だと考えているのかも。そうそう、タシュルク湾よりもさらに北の入り江で、クレタ島への密航がはじまったそうです」

「ああ、その噂なら信じるに値するね。だが、戦艦の目をかいくぐれるものだろうか？」

「金曜日に総督府で催される集会にハムドゥッラー導師は参加しないという話も聞きました」

「どうしてそんな噂が？」

「導師がペストにかかったという噂も、皇女さまのお婿さん先生が修道場へ行ったことも、みんな知れわたっています」

「本人たちに聞かせてやりたいもんだ……」

「こんな噂も聞きました。ハムドゥッラー導師がわざわざ会いにいらした王配のお医者さまに〝ペストは私には指一本触れない！〟と言ったという話です。子供たちが大好きな話なのですけれど、密かに信じている人も少なくないようです。あとは、電信局制圧事件や上級大尉のお話も子供たちに大人気です」

「噂が錯綜するのがなぜかわかるかい、マリカ？　それはね、ギリシア正教徒とイスラーム教徒が互いのことをよく理解していないからだ。お互いが教会やモスクでどんなことをしているかさえ知らないのだから。私たちが一つの国民として団結するためにも、こうした噂に終止符を打たなければ」

「王配殿下が島の薬草店を訪ね歩いているという噂もよく耳にします。薬草店の主たちは先生に怯えています。治安監督部長に突き出されるんじゃないか、駐屯地の厨房係の助手たちのように監獄へ送られて棍棒で打ちすえられるんじゃないか、毒物を売ったといって訴えられるんじゃないかって、気が気でないんですって」

さまざまな噂の中でとくにサーミーの記憶に残ったのは「ペストは私には指一本触れない！」というハムドゥッラー導師の言葉だった。最初に導師がペストにかかったという噂を聞いたときは頭から信じ込んでしまったものの、ジョルジ領事に担がれたのではないかという疑問が鎌首をもたげ、そうすると今度はヌーリー医師もその企みに一枚嚙んでいるように思えてきた。ハムドゥッラー導師とジョルジ領事に手痛いしっぺ返しをお見舞いできれば、解任命令も覆るのではないか。

「マリカ、今日はもっと楽しい話をしたいんだ。ペストの話はもうよしておこう」

「でも、ご存じのようにみなペストのことばかりです」

「いずれは、この忌まわしい疫病も終息するだろう。そのときは木を植えよう。我らが麗しのミンゲル島のいたるところにヤシやボスフォラスマツ、アカシアを植えるんだ。たとえイスタンブルから援助がなくとも、客船が停泊できるような埠頭の建設にも取りかからねば。そうなるとギリシア正教徒だけでなくイスラーム教徒からも資金援助を募らなければいけない。テオドロプロス家やマヴロイェニス家の協力を得られたなら、イズミルのイスラーム教徒のクマシュチュザーデ家やテヴフィク閣下の子孫たちも負けじと資金を出してくれることだろう」

「私の閣下、あなたほどミンゲル島を愛している方はいらっしゃいませんわ。ですのに、みなひどいですわ、なんでもかんでもあなたのせいにするのですもの」

なんてすばらしい女性だろう、マリカ！――サーミーにはもはや彼女なしの人生など考えられなかった。彼女の顔には、その心を映すかのような思いやりと理解に満ちた表情が浮かんでいた。底意がなく賢明な彼女が、サーミーは愛しくてたまらない。彼女がイスラーム教徒であったならよかったのにと想像し、ときには冗談交じりにであれ、それを彼女に打ち明けたことさえある。マリカもまた、その冗談に後宮の側妾の真似で応え、その美しい肢体と豊満な胸でサーミーをくすぐり大いに笑わせて応えてくれたものだ。

失望感や孤独を忘れられるのはマリカと愛し合っているときだけだと気づいて以来、サーミーはいつも彼女と愛を交わしていたくて矢も盾も堪らなくなった。普段のマリカがサーミーが性急に行為をはじめようとするのを嫌っているのは知っていたけれど、この晩に限ってはマリカの望みに合わせて、州政府や帝国政府の苦悩を批判とも皮肉ともつかない口調で話す余力は残されていなかった。

ひとときの沈黙の間にそれを見て取ったマリカは、黙って微笑むとベッドへ移動した。サーミーはそんな彼女に心の底から感謝したものの、いざ身体を重ねると心では彼女への讃嘆と感謝を抱きつつも、酩酊したかのように獣性の望むままに振舞った。いつもながらにサーミーを夢中にさせる彼女の右胸の乳首に口づけし、薄くなった頭髪を撫でる彼女の手を感じると、ふと子供のころに感じた母の手の感触を思い出しながら、濃い髭にマリカの柔らかな乳房を感じて喜悦した。二人は長いこと愛し合い、汗だくのサーミーが背中に止まった蚊に気づいたのも行為が終わってからのことだった。

「今日は何かあったんですのね。でも私はそれが何か伺わないでおきます」

行為のあとマリカがそう言った。

「それに私もお伝えしたいことがありますのよ」

「言ってごらん」

「うちの裏庭で血まみれのネズミを見たんです。昨日はその呪わしい生き物がこのベッドの下を這いずり回っていたんです！」

「神よ、奴らを退けたまえ！」

その晩、サーミーは夜が明けるまでマリカの部屋で寝ずの番を務めた。肘掛け椅子でうとうとしているときも、一緒にベッドに入っているときもマリカを守ってやりたかったのだ。あくる朝、総督府へ戻ったサーミーは、すぐさまマリカの家へネズミ罠を設置し、殺鼠剤を撒かせるべく二人の消毒士を遣わす反面、マリカや自分を隔離したり、せめて診察を受けようという考えは、まったく思いつかなかった。

47章

日に二十人、二十五人と死者が続いており、誰しもが実際の死者数はもっと多かろうと暗澹たる思いで予測した。検疫部隊が来ないようにと死者を隠している家族もいるし、首筋に目立った横痃が出ていないのをいいことに父や母、祖父や祖母はペストではなくほかの病気で死んだのだと、自分を納得させる住人もいるからだ。そしてそうした家から第二、第三の死者が出るまでの間にペストは地区じゅうに蔓延してしまうのである。

マリカの家で夜っぴてネズミの番をして寝不足ではあるものの、満ち足りた一夜を過ごしたサーミー総督は、その朝、救援船スュハンダン号がイズミルに寄港して薬剤や天幕を積み込みいよいよミンゲル島へ向けて出立したことを知らされた。ニコス検疫局長宛ての電報には、スュハンダン号にはミンゲル島で降ろすための物資のほかに兵士やボランティアも乗っているとあり、その分量や員数についても書記官たちがいかにも帝国の官吏らしい正確さで記していた。そして電文の終わりには、サーミーのあらゆる期待を打ち砕く一文が付されていた。新しい総督が任命され、スュハンダン号に乗船しているとあったのだ。しかも、新総督はサーミーが一時期付き合いのあったイブラヒム・ハック・パシャだという。単純で考えの足りないイブラヒム・ハックと知り合ったのは、サーミーがまだ通訳官を務めていた時分で、当時の彼は翻訳局の書記長であったアブドゥルラフマン・フェヴズィ・パシャにゴマを擦る以外、とくに能のない男だった。いまの位階はおそらく准将あたりだろう。その程度の位階しかないのに、メフメト司令官に代わって新たに派遣されてくるだろうミンゲル州駐屯地司令官に命令するつもりなのだろうか？ それとも、こうした位階と職掌の細やかな機微に知悉《ちしつ》する者が、もはや宮内省や大宰相府に残っていないということなのだろうか。いや、もしかしたらこの人事は私に対する嫌がらせではあるまいか！

しかしサーミーは恐怖や怒りに流されることなく、あくまで理性的に総督解任が取り消される公算はもはやないことを受け入れ、新たな計画を練りはじめた。

この日の朝、疫学室でいつものように死者を示す緑の点の感染地図への書き込みが終わったところで、自分からこう打ち明けたのである。

「遺憾の極みではありますが、検疫令の不成功を疑わぬ宮内省の官僚たちにより私はアレッポ州総督に転任させられてしまいました！」

当然ながらそう聞かされた一同は、それが実際には官僚たちではなく、総督の任免権を持つただ一人の人間であるアブデュルハミト帝の決定であると察したものの、サーミーは構わずに続けた。

「この決定は撤回されるとは思いますが、もしそうならずとも新総督の正式な着任までは私がすべての日常業務をこれまでどおり慎重に行いたいと思います。金曜日の州広場での演説も私が行います。ご賢察のことと思いますが、救援船の乗員たちとてミンゲル島上陸の前に五日間は隔離措置を受けねばなりませんからな」

「ですが、島の北部と西部の港では乗客の検疫は行われておりませんよ」
はたしてニコス検疫局長がそう言ったのは、ただそう思い出したからであったのか、それともも
うサーミーの命令には服さないと訴えたいがためだったのだろうか？　少なくともニコス検疫局長
は、サーミーの罷免を聞かされても冷静そのものの様子だった。
「こちらの事情も島民のことも、何一つ知らない新来の医師や総督では、これまでの私たちの努力
を無視して見当外れな施策を打ちかねません。いまさら新しい禁令を追加したところで実施には時
間がかかりますし、なによりうまく行くはずもない。結果として無意味に何百人もの人命が失われ
かねません」
ヌーリー医師はすかさずそれに賛同した。
「それに五日間の隔離期間中に皇帝陛下がお望みの新たな施策に対する準備もできますね！」
このとき救援船スュハンダン号の隔離に同意を示したことで、ヌーリー医師が永遠にミンゲル島
の命運を変えてしまったという点については、あらゆる歴史家たちが意見の一致を見るところであ
る。付言すれば、叔父の送った救援船に疑念の眼差しを向けるパーキーゼ姫の敵愾心が、いくらか
夫に影響したのではないかという推測も見られるが、医学史に造詣の深い人々は防疫対策の観点か
ら見てヌーリー医師の判断を至極、正当なものであったと見なしている。
検疫制度の導入以来、どこかの感染地域からミンゲル島へ寄港する黄色い検疫旗を掲げた船舶の
乗客は、熱の有無にかかわらず外洋に浮かぶ乙女塔島に五日間、隔離されるのが習いだった。もっ
とも今般のペスト禍がはじまってからはアレクサンドリアを筆頭とする南方航路からの船はほとん
ど絶えていたし、乙女塔島に隔離された人々にしても、ミンゲル島を離れる船が来るのを待ってい

るに過ぎなかった。この乙女塔島には毎日、朝と夕方に衛兵や医師、隔離対象者の担当の検疫官たちが艀《はしけ》で行き来している。

サーミー・パシャは救援船スュハンダン号の乗客をアルカズ市から遠ざけ、なおかつ監視下におくためには乙女塔島こそが隔離地として最適であると確信し、出迎えを担当する船頭《ふながしら》のセイトを呼び出し、こと細かに指示を与えた。

スュハンダン号は六時間遅れで到着した。疑り深い歴史家の中にはこの遅延もまた国際的な陰謀であったと仄めかしたり、あるいは公然とそう主張したりする人もいるが、実際には老齢のスュハンダン号がロドス島近海で嵐に遭い、老朽化したエンジンの一つが故障したためだった。いざ、丘の上の上トゥルンチラル地区やコフニア地区から船影を認めた人々は、その到着を一目見ようと波止場に集いはじめ、一時間を待たずに期待に胸を膨らませる野次馬の輪が港のそこかしこや、ホテル・マジェスティックや税関局の周囲にできあがった。しかし、ヴァヴラやトゥルンチラル地区から下りて来た幾人かの老人たちは、ついにイスタンブルの皇帝が手を差し伸べてくれたのだと喜んだものの、いまにも「皇帝陛下、万歳！」と叫び出しそうな単純この上ない彼らを除けば、実のところ大半の観衆は大した希望を抱いていたわけではなかった。いまの惨状はすべて、帝国政府の無関心や不手際、そして人民を軽視するその姿勢が原因だと見る向きが多く、検疫令と同じくこの救援船も役には立つまいと考えていたのである。また中には、援助にあやかったり、疫病終息に向けた何がしかを期待したりするどころか、とにかく騒ぎを起こして「これまで何してやがったんだ！」と一言どやしつけてやろうと波止場に乗り込んできた者たちさえいた。サーミーがすべての憲兵を総動員し、さらにキャーミル上級大尉もハムディ曹長率いる検疫部隊員十六名を派遣して、艀が着く桟橋を固めていたのは、そうした経緯を踏まえてのことだった。

救援船スュハンダン号はアラブ灯台の沖合に着くと、往時の定期船たちのように汽笛を鳴らし、その大音響はアルカズ市を囲む峻険な岩山に二回、木霊《こだま》した。税関前に待機していた船頭のセイトは待ってましたとばかりに、サーミーの指示に従ってスュハンダン号に向かって艀を漕ぎ出した。波止場でまんじりともせずに観衆が見守るなか波に揺られるその舟にはニコス検疫局長と、まだ若い医師のフィリップ、そしてライゾール液散布用のポンプを背負った検疫部隊員四名が乗り込んでいた。

スュハンダン号はイスタンブル、イズミルという非感染地域を出港したため黄色い検疫旗を掲げていなかったものの、検疫のために近づいてくる艀の一行を見ても、イタリア人のレオナルド船長は疑問を抱かなかった。ミンゲル島のペスト禍はすさまじく、日に二十人以上が死んでいると聞いていたからだ。彼は医師と消毒士たちの乗船を許可した。

これに対して新総督を拝命したイブラヒム・ハックは不安を感じたのだろう、ニコス検疫局長に「ドイツ皇帝ヴィルヘルム陛下でさえ検疫を受けられるのです。どうして私が異を唱えられましょうか」と答えつつも、こう付け加えるのを忘れなかった。

「しかしながら、隔離により私の総督就任が遅れるのは、皇帝陛下のお望みではありませんぞ」

アブデュルハミト二世は新総督や大使が任地へ赴く前に、必ず謁見させることにしていたからこその言葉だったが、乗船した面々はここではじめてスュハンダン号に新総督が乗っていた事実を知ったのだった。たとえ乙女塔島へ隔離されるにせよ、ニコス検疫局長たちは本来、新総督の命令に服すべきであったが、事はそうは運ばなかった。

波止場の群衆たちも救援船でなにか騒動が持ち上がったらしきことに気がついた。イブラヒム・ハック新総督が隔離措置を拒否し、船室に閉じこもってしまったのだ。イスタンブル政府から最後に指令を受け取った際に、ミンゲル島の電信局で故障が生じたことや、サーミー総督の無能ぶりについては知らされていたものの、後世の陰謀論好きの歴史家たちが言うところの「もっと遠大なはかりごとが隠されている」などとは思いもよらなかったことだろう。この間にも検疫部隊員たちがスュハンダン号に乗り込んで、消毒剤散布に取りかかった。風通しがよい甲板を除けば、閉ざされた扉の向こうに消毒すべき箇所がいくらでもあった。

消毒作業中、スュハンダン号の乗員の一人にペストの兆候があることを発見したのはニコス検疫局長だった。このヤンニ・ハジペトル青年は帝立医学校の一年生で、祖父がミンゲル人であるため志願した若者で、彼がジフテリアだと判明するのはもっと後になってからのことだ。今回のペスト患者の中には内股に横痃が出ているにもかかわらず熱が出ずに回復する患者もいれば、腿にも腕にも横痃が出ていないのに唐突に高熱を発して二日と経たずに死んでしまう者もいたので、発熱のあるハジペトルがペストと診断されたのも不思議ではない。そしてこの「診断結果」が、スュハンダン号のミンゲル島下船希望者たちに対する五日間の隔離措置に正当性を与えたのであった。

イブラヒム新総督はニコス検疫局長や、彼の船室をライゾール液まみれにした検疫部隊員たちに一切、抗弁しなかった。彼に仕えたハディ秘書官が後年、驚くべき率直さで著した回想録『島から祖国へ』の中で述懐するところでは、口論や消毒作業の大騒ぎの中にあってイブラヒム・ハックの頭にあったのは、ただ自分の鞄と衣装箱を艀に降ろすことだけだったのだそうだ。しかも彼が受け取った宮内省からの電文には、サーミー・パシャはすでにミンゲル島を離れ、アレッポへ向かっているとあったのである。

かくして大勢の有志者たちと、ミンゲル人の血を引くギリシア正教徒の医師三名、イスタンブル政府から強制的に任命された帝立医大を出たてのイスラーム教徒医師二名、そのほか好奇心旺盛な者や冒険を求めてやって来た者が数名、まずタラップを降りてセイトの艀に乗り込んだ。航海中、ペストと戦うためというよりは休暇にでも出るかのように笑い合っては冗談を飛ばしていた有志者たちは、ライゾール液の匂いを嗅ぎ、検疫部隊員たちの厳めしい態度に接するや黙り込み、すっかり縮こまってしまった。志願した三名のギリシア正教徒の医師のうち二名と、命ぜられてやって来たイスラーム教徒の医師一名は、このあとひと月を待たずにペストで死ぬこととなる。

イブラヒム新総督は旅行鞄と衣装箱が積み込まれたのを確認し、ようやく艀に乗り込んだ。しかし、船頭セイトの櫂漕ぎたちが艀をアルカズ市の波止場ではなく、乙女塔島へ向けたのに気がつくとすぐさま抗議した。「本当にスュハンダン号の乗客を隔離する必要があるなら、波止場の税関局付近であるとか、市内のどこかでも事足りるのではありませんか？」と問うた新総督に対して、ニコス検疫局長は「アルカズ市はいま〝危険〟なのです」と脅しつけた。そもそもイブラヒム新総督が艀に移るのに同意したのは、そのままアルカズ市へ連れていかれるのだと思い込んでいたからだろうと推測する人もいる。つまり、かくのごとき歴史的瞬間に立ち会ったにもかかわらず乙女塔島に五日間も閉じ込められるとわかっていたなら、易々とは下船せずまずはイスタンブルへ電報で確認を取ったはずではないか、というのだ。あるいは新総督の隔離を西欧人たち、とくにイギリスの、人によってはギリシア王国の策謀の結果だと見なす人もいれば、あるいは何年も前にミンゲル島のザルドスト市の市長をした経験があるこの新総督が、疫病を過度に恐れていたからだと考える人もいる。

いずれにせよこの手の過解釈の数々が、この日の出来事を再現するのに役に立つとは思われない。確かなことはただ一つ、ミンゲル島の人々がみな――実際に州広場へ赴くかは別として――ハムドゥッラー導師の金曜説教と総督府で行われる集会の方をこそ、心待ちにしていたという事実だけなのだから。

48章

　ミンゲル島ではこの数世紀、島内のソフ・サーイム・パシャ・モスクとキョル・メフメト・パシャ・モスクの金曜説教を行うのは、イスタンブルから免状を受けた説教師の資格を持つ導師に限られてきた。一方、歴史の節目においては、島の主だった修道場の導師たちはイェニ・モスクの方で説教を行うことが許された例があり、とくに困難な時局にあっては著名な宗教指導者の話を聞こうと大勢が詰めかけた。彼らの中には普段はアラビア語で行われる祈りを日常的なトルコ語で語り直し、さまざまな助言を与え、あるいは会衆の心を揺さぶり、あるいは怯えさせ、はたまたその感涙を誘ったりする名説教をものにした結果、とうとう帝都の大伽藍へ招かれて説教を行い、ミンゲル島出身の著名人たちの列にその名を連ねる者さえあった。

　ハムドゥッラー導師もまた過去二回、アルカズ島のモスクで説教を行い、信仰心の在り方や肉欲との付き合い方、そして悪魔の仕掛ける罠について説いたことがある。しかし、その際には島内の実際の出来事には触れず、信徒たちの日常的な悩みを取り上げることもなかったので、その学知に則った純粋に宗教についての法話は、人々の記憶には残っていなかった。それから十二年の間にハムドゥッラー導師の名声はさらに高まったものの、彼はモスクの運営財団やイスタンブルの宗教省の許可を要する金曜礼拝時の説教や、あるいは平日の説法をわざわざ行おうとは考えなかった。だからこそハムドゥッラー導師の説教は、ミンゲル島の敬虔なイスラーム教徒のみならず、キリスト教徒の共同体からも多大な関心をもって迎えられたのであった。

一方、サーミー・パシャは、集会の日に遠くからハムドゥッラー導師の動静を逐一、監視することにした。導師が説教のあとでなにかの理由で総督府へ来ないようなことがあれば、その意図がどうであれ、その行為自体が反検疫の示威行動と見なされかねないからだ。

しかし、集会前日の木曜日に大いなる怒りと果断さによって島の歴史の表舞台に躍り出たのは、ハムドゥッラー導師の義弟であるあのラーミズであった。イスタンブルからの命令で自由放免された彼はたしかに当初、チフテレルやネビーレル村へ向かった。そこでアルカズ市からの避難民と対立したことや、薬剤師ニキフォロスの長男を脅して金をせしめたりしていたことについては詳述を避けるが、マリカの警告のとおり一週間前に両村で新たに募った七人の徒党と共にアルカズに舞い戻っていたのである。彼らは猟銃――といってもネズミを撃つ程度のものだ――と短刀で武装し、新総督の就任とともに列強の戦艦は去るだろうと吹聴して回っていた。

このころ島では棺桶が足りず、大半の遺体はそのまま土葬されるようになっていた。家族がみな死んだり、アルカズ市から逃げたりして、葬儀を執り行う者のない無縁遺体の増加も大きな問題となりつつあった。無縁遺体を集めて焼却井戸へ運んでいたメジドとハディドの兄弟が任務から降り、かわりに採用された鬱憤を託《かこ》つクレタ難民の若者たちも、あるいはそのあとこの仕事に就いた村人たちも、結局みな逃げ出してしまったのである。疫病を恐れて登庁しない官吏もさらに増え、いまや市内でラーミズの動向を追うのに十分な人員にさえ事欠いていた。

そんな木曜日の晩、ラーミズはアルカズ市で合流した三名を含め武装した十名の手勢を率いて、フランス領事アンドン・ハンブリスの庇護下にある船頭ラザルの艀へ乗り込み、乙女塔島へ渡った。ぼろぼろの桟橋にこっそりと上陸したものの、岩礁のような小島の警護に誰よりも熱心な番犬二頭に気づかれ、すぐに歩哨たちが駆けつけた。ラーミズたちは小銃をこれみよがしに掲げつつ「サーミー閣下とニコス検疫局長の許可を得てやって来た」と言って彼らを安心させると、その舌の根も乾かぬうちに歩哨たちの武器を取り上げ、数珠つなぎに縛り上げた。

ハディ秘書官は、回想録『島から祖国へ』の中で「ラーミズはイブラヒム・ハック新総督の説得にはやや手間取り、新総督は自分を帝位に就かせようと押し入った向こう見ずな反逆者たちに怯えて後宮に逃げ込もうとする皇子のような反応を見せた」と軽妙な筆致で綴っている。——余談ながら、パーキーゼ姫の父ムラト五世も、先帝アブデュルアズィズ廃位を期して蜂起する日取りを一日前倒しする旨を知らされたとき、いざ自分を表へ引き出すべく現れた反乱者たちを同じように警戒したものである。イブラヒム新総督が扉を開けず、ラーミズを待たせながらナガン製のリボルバー銃に弾を込めたのは、検疫規則を口実に乙女塔島に不当に隔離され疑心暗鬼になっていたからでもあろうが、おそらくはなにか大がかりな謀《はかりごと》が巡らされているのを肌で感じたためでもあったろう。

ラーミズ一党が小島を制圧し、アルカズ市からは何の救援も来ず、ある意味で自分がラーミズの虜《とりこ》になったと新総督が理解し、拳銃を持って部屋を出たのは、ようやく真夜中を過ぎてからだった。

「あなたこそが真の総督であるのですから、武器を帯びる権利も当然、お持ちです」

ラーミズはそう言って興奮した面持ちで忠誠を誓うと、新総督を乙女塔の入り口付近の大部屋へと案内した。ラーミズの命令でハディ秘書官やそのほかの書記官、有志者たちも大部屋に集められていた。とくに有志者たちは疫病と戦うためにやって来たはずが無意味に隔離されて腹を立てていたのだけれど、アルカズ市へ向かう艀に乗るべく集められたのだろうと考える彼らを前にしてラーミズは部屋の明かりを点けると、イブラヒム新総督に一礼し、まるで慌ただしく即位を済ませた皇帝に対するかのようにその手の甲に敬意の口づけを捧げてからこう告げたのである。

「俺と俺の部下たちは皇帝陛下の仰せのとおり、あなたを新しいミンゲル島の総督だと考えています。明日、あなたを総督に就任させてご覧に入れます」

ハディ秘書官の回想録には、イブラヒム新総督はならず者たちの言葉を信じてはいなかったが、無頼であるラーミズを手玉に取ろうとその言葉に従うふりをした、と明記されている。彼の目的は一刻も早く乙女塔島を脱出し、いまだミンゲル島にいるとさきほど知らされたばかりのサーミーを見つけ出し、現状を把握することだった。

乙女塔島への潜入がうまくいったことに気を良くしていたラーミズは、そのまま金曜日の日の出とともに新総督と随員たちを船頭ラザルが操る艀に乗せ、旧タシュ栈橋から街へ入った。辺りが明るくなってくると海に出ていたギリシア正教徒の漁師たちは、いつもながらに抒情的で神秘的な姿を晒す乙女塔からゆっくりとやって来るラザルの艀を見かけたものの、隔離された小島でまた新しい葬式が出されたのだろうと嘆いただけだった。疫病はやまず、検疫措置もうまく働かず、そのために健康な人間が隔離され、その先で罹患したのだ、と。

艀は満載した荷物を旧タシュ栈橋へ降ろしたあと、税関局前のいつもの停泊地へと戻っていった。

サーミー・パシャの密偵たちはもっと前から艀の存在に気がついたものの、彼らがタシュ桟橋へ辿りつくころには、ラーミズと新総督一行はヴァヴラ地区へ入っていた。サーミー・パシャの密偵や夜警、あるいは憲兵たちは、その気になれば彼らを取り押さえられたはずであったが、結局ラーミズたちは誰に誰何《すいか》されるでもなく、それどころか誰の目にも触れずに街の裏通りへと姿を消したのであった。

49章

　同じ木曜日の晩、ハムドゥッラー導師は曾祖父や祖父がイスタンブルでペストが猛威を振るっていた時分に読んでいた蔵書や論考に囲まれて過ごしていた。それらの書物が論じ、あるいは解議したペストの秘密は、いずれもさまざまな予兆であるとか、あるいはエブジェド（アラビア文字の各字にあてられた数価によって年号などを読み込む修辞法。たとえば神「アッラーフ」は六十六に相当する）の技法による予言や、神秘主義僧たちが錬磨した字秘学の奥義を論拠とするものであった。九十年前の帝都での疫病は烈々たるもので、もっとも信仰篤い信徒といえども自らのうちに引きこもり、こうした予兆や御札、護符の類に縋るよりほかなかったのである。ハムドゥッラー導師の先祖たちは、もともとこうした字秘学に関心を寄せていたこともあって、秘密の学問に慰めを見出し、また自らも数秘を込めた詩行を記したり、暗示的な表現や言葉遊びをちりばめた文章をしたためたものである。もっともハムドゥッラー導師から見ても、誰もが細菌やライゾール消毒液について知るようになった今日ではこれらの知識は役に立たず、それらの文章の中に目新しい検疫措置や薬の記述を発見することはできなかった。

　明けて金曜日、ついに昼の礼拝が終わりいざ説教壇に上ったハムドゥッラー導師は、堂内にひしめく打ちひしがれた会衆を前にして、自分自身のうちにある逡巡であるとか、心の奥底に根を張る宗教的な論理云々では彼らを力づけられないことを、瞬時に悟った。嘆き、涙し、神の御名を唱え、とにかく涙ながらに至高なる神に縋る実感を得ることこそが、彼らの望みなのである。説教壇の十二段の階《きざはし》を上った導師はその高所から、怯え、悲しみに暮れ、なによりも恐怖に捕らわれた人々を見下ろした。本来の彼は、打ちのめされ心を開こうとしない者や門弟たちと言葉を交わす際には、その目の中を間近でじっと見つめる方を好んだ。そうすると彼の前にいる者の自我を、我が事のように感じ取ることができたからだ。説教壇の上でハムドゥッラー導師は、会衆が求めているのは知性、知識の類ではなく、感情を揺さぶられることで心を一新してくれるような説教であり、彼らは恐怖や死に対抗する薬効をこそ、説教に求めているのだと見て取った。修道場を出たときには予想だにしなかった事態だ。この場でもし「死の宿命からは逃れられない」であるとか、「検疫は聖典も命じるところである」とかいくら主張したところで、会衆たちは聞く耳を持たないだろう。怯え、恐怖にとりつかれた信徒たちは、そんな細々とした話をいちいち理解できるほど心穏やかではないのだ。会衆たちが耳をそばだてるのはもっぱら「いと至高なる神」という御名であり、その尊さと慈悲深さを説く言葉であり、それらを聞いたときだけ彼らの顔色はぱっと明るくなり、慰撫の輝きに照らされるのだ。かくしてハムドゥッラー導師は、検疫措置や神の定めた定命について論理的に説くことはあきらめ、会衆たちとともに祈りを捧げる方がこの場に適っているという結論に至ったのであった。

そう理解すると同時に導師の口からは自然と「ラッベナー・ヴェラー・トゥハンミルナー・マー・ラー・ターケテ・レナー・ビヒ！」という聖典の雄牛章の聖句が漏れ出した。続けて導師は飾り気のないトルコ語で「ああ我が主よ、我らの力及ばぬ重荷を背負わせないでくださいませ！」とその意味をなぞったのち、忍耐について心に浮かぶままに話しはじめた。

「困苦に耐え忍ぶべく私たちにできるのは、ただ神にお縋りすることのみ」

たしかに、あらゆることが彼の方の望みのとおりに起こるのであるから、信徒たちはただ神の御許に身を寄せるよりほか術はないのだ。そう言い切ったハムドゥッラー導師の口調には、ある話題に結論を下し、頭の中の混乱に終止符を打ったとでも言わんばかりの確信が満ちていたため、会衆たちはめいめいがその言葉に何か深い意味が潜んでいるに違いないと納得したものである。しかし、くたびれきった彼らの怯えはいまだ取り払われてはいない。

ハムドゥッラー導師は説教に耳を傾ける疲れ果てた顎鬚をたくわえた男たちの大半に見覚えがあった。どれもこれも疫病がはじまった当初に家から家へ、死者から死者へ葬儀のために駆け回っていた時分にモスクの中庭であるとか、同じくそこに置かれた石造りの棺台座の周囲で、あるいは境内を埋葬場所を探して歩いているときに見かけた顔だ。たとえば、慰めを求めてやって来たらしきそこの茶色い髪の男。彼は妻と二人の娘をいちどきに亡くして気が狂いそうなのを必死で堪えながら、堂々とした居住まいを崩さずにいる。蹄鉄職人のルザーは隣人の誰かが死ぬたびに自分も死んだかのように嘆き悲しむ善人であるし、そちらのクレタ難民の若人は他人の死には慣れたものの自らの死とうまく向き合えず、金曜説教を聞きに来たその態度とは裏腹に心中では何もかもから逃げようとしている。しかし、いま挙げた三人の男たちは、もしかしたらやや例外的な会衆であるかもしれない。なぜなら、この日モスクに集った三百人あまりの信徒のほとんどは、ただ神を近しく感じることで孤独を免れ、自分と同じように恐怖に震える者たちと寄り添おうとやって来ていたからだ。そのため、ハムドゥッラー導師の説教に、検疫体制に反発する修道場やイスラーム識者たち、導師たちを擁護するかのような雰囲気が漂い出したのも無理からぬことであった。

瞑想室に籠る前、つまり疫病発生当初にはハムドゥッラー導師もそこかしこの家に呼ばれては、留まることを知らない疫病を前に恐慌を来し、信仰心を見失いかけた人々を宥《なだ》め、ときには自殺を思いとどまらせた。信徒の葬儀にも数多く参加し、その遺体を洗い清めて埋葬まで立ち会い、混乱の極みにある遺族を慰め、正気づかせもした。家から家へ、庭園から墓地へ、棺桶屋からモスクへと絶えず経めぐり歩くなかで、ハムドゥッラー導師は住民たちが持つ本来の朗らかさや正直さも手伝って、親しく交わることともなった。そのため住民たちも、ハムドゥッラー導師がペストに倒れたと知るやいたく失望し、あとから導師が回復した、彼には病の毒矢は効かぬ云々と聞かされるに及び、半信半疑ながらもその神通力を信じる者も少なくなかった。つまるところ会衆たちは、導師がペストを退けたその力の秘密を教えてくれるのではないかと期待し、あるいはそこまでいかずともその祈禱の力によって会衆になにがしかの加護を授けてくれるのを切望していたのである。ハムドゥッラー導師もそれをよく理解していたがゆえにこそ、何日にもわたって葬儀で苦楽を共にした彼らを癒してやりたいと心から願っていた。

当然ながら、もっとも大きな慰めは自分たちがすでに神に帰依したイスラーム教徒であり、まさにイスラーム教徒として死ねるということだと、導師は説いた。続いて聖典の婦人章をアラビア語で読みあげながら、いまわの際に神を受け入れただけでは足らないし、そうした不信心者がいかにして地獄の業火に焼かれるのかを語り、神が生者の中から死者を選りすぐるように、死者を土の中から呼び覚まし生き返らせることもできるのだと思い起こさせつつ、だからこそ死を恐れる者たちは死のあとに訪れる来世にこそ思い馳せ、その恐怖に打ち勝たねばならないと説いた。無論、罪を犯した者たちが死を恐れるのはもっともであるけれど、そうでないのであれば死を恐れすぎてはやがて正気を失いかねないと、警告するのも忘れなかった。

「いかに逃れ、恐れようとも死はいつか必ず諸君らを見つけ、捕らえてしまうのです。たとえもっとも安全と思われる堅城へ立てこもろうとも、死は諸君を見つけてしまうのです」

のちにフランス領事が述べたようにこれは「検疫令に反発する」発言とも受け止められた。金曜説教のあとの集会のため総督府で待機していたサーミー・パシャの期待に反して、この日導師の口からはペスト除けと称する御札や護符、そのほか同様のまじないを戒める言葉はついに発せられず、その逆に話題は夢解釈やフクロウの翼が落とす影の形、同じ夜空に同時に流れる二つの流れ星などに及んだ。ハムドゥッラー導師が聴衆の理解をもっとも得られたと実感したのは、棺台座のそばに侍ることの意味を語ったときだった。

「ここ最近、いくつかの地区では葬儀から葬儀へ足を運び、ときには走っていかねば間に合わないというような有様です。アルカズ市民はもとより島に留まった人々よ、島内のどこかへ隠れたり逃げたりしなかったことを悔いていますか？　山合いや僻村、洞窟に逃げ延びた者たちの後を追わなかったことを、誤った判断だと後悔していますか？　しかし、溺死の恐怖と引き換えに艀に乗って島を脱出した人々と、モスクへ集って神に縋る者の、はたしてどちらが神の慰撫に値するのでしょうか？」

そう聞かされるころには会衆はもう、ハムドゥッラー導師の説教のすべてが深淵かつ意義深いものに聞こえはじめ、みな彼が学識豊かな高僧であることを信じて疑わず、いまや神への懼《おそ》れであれ、疫病への恐れであれ、導師の口から聞かされさえすれば勇気づけられる思いがした。聴衆の興奮を敏感に感じ取ったハムドゥッラー導師は、聖典のユースフ章をアラビア語で朗誦したのち、その意味をこう繰り返してみせた。

「天と地を創造した御方、無から有を為したるお方、わが主よ！　我が命をイスラーム教徒として取りたまえ、我をもっとも清廉なる信徒たちの列に加えたまえ！」

しばしば「かくあれ！《アーミーン》」という信徒たちの唱和で中断した説教も終盤に差しかかり、導師が聖典の預言者章の「あらゆる生き物は死を味わう定めにある」という意味のアラビア語の聖句を、かつてないほどに感情を込めて口にすると、幾人かがたまらず泣き出した。自分たちはまさに死にゆくさなかにある——会衆たちはそう悟らされ、それがために残念ながら死に抗い戦おうとする気力を失っていった。そんな彼らの表情を見たハムドゥッラー導師は、長く瞑想室に籠り彼らを癒さずにきたことを悔い、一瞬とはいえ良心の呵責に捕らわれた。

説教が進んでいくとハムドゥッラー導師はふいに黙り込み、その目を覗き込むように会衆を見渡しはじめた。みな悲しげに眉を顰め、一様に茫然としていた。まるで何事もなくいつもどおりの金曜説教だとばかりに寛ぎ、暇そうにこちらを眺める老人たち、ここでいま起こっていることを計りかねてただただ当惑する男たち、あるいは導師の一言一句にうんうんと頷く気楽な様子の者たち。そんな彼らにハムドゥッラー導師は「左様、まったくもって信じがたい」とばかりに首をかしげてみせた。中には目が合うと視線をそらす者もいて、導師は彼らがサーミー・パシャの密偵だと思い当たった。導師自身は、極力忘れようと努めていたものの、この日の説教に政治的な側面があることは明白であった。

そんな説教のさなか、感激しきった様子で聞き入っていた老年の御者が、感極まって眩暈《めまい》でもしたのか、あるいは何かの病気になったのか、座っていたその場に寝そべったかと思うと震えてうめき声をあげはじめた。ペストの発作のようにも見えたため、ハムドゥッラー導師は会衆たちとともに男を助けようと説教を中断した。

途端にこれまでの緊張の糸が切れたのか、説教が終わったと早合点した者も加わって会衆が一斉に動きはじめた。さっさとその場を立ち去った者や、御者の痙攣に気がつかなかった者たちは、またぞろ扇動者たちが騒ぎを起こしたのだろうと勘違いしたままであった。サーミー・パシャや領事たちも、ラーミズ一党が現れて騒ぎを起こすと予想して、イェニ・モスク周辺や境内への入り口に手勢を配していた。

実際には、すぐにその手の悪意ある妨害でないことが明らかになり、大半の会衆は旧知の心優しい御者が悶え苦しむさまを見て心を痛めるに留まったのだけれど、一連の目まぐるしい展開を評価するにあたり歴史家の中には、もしハムドゥッラー導師の説教中にこの御者が倒れなかったなら、このあとのミンゲル史はまったく別の道を辿ったのではないかと推測する人もいる。

原因が何であるにせよ、最終的には会衆の大半がサーミー・パシャの期待に反して総督府での集会に足を運ばなかったのは歴史的事実である。説教が中断してしまったため、ハムドゥッラー導師には会衆たちを州広場へ誘うどころか、集会について触れることさえできなかったからだ。また「イスラームの教えをおいてほかに縋るものなし」と述べてから半時間と経たぬうちに、今度はキリスト教徒の共同体を率いる主だった司祭たちと肩を並べて民衆の前に立つというのは、ハムドゥッラー導師の望むところではなかったし、集会の席上で発表される予定の「モスク、教会への入場禁止措置」についても、さきほどの説教とは大きく矛盾する。こうしてハムドゥッラー導師はサーミー・パシャとの約束に従って総督府に向かうかわりに、モスクに残って信奉者たちの敬意の接吻を——検疫令を無視して——その手の甲に受ける道を選んだ。導師を「連行」すべくサーミーが選抜した衛兵たちが現れたのも、このときのことだった。

説教後の導師が総督府へ参集しない可能性を予期していたサーミーは、あらかじめ御者のゼケリヤーと忠実な六名の衛兵を遣わし、併せてイェニ・モスクから総督府に至るまでの路上での妨害や騒擾《そうじょう》に備えていた。金曜説教ののち、敬意の接吻を受けるハムドゥッラー導師の腕を摑みモスクの側門から中庭へ連れ出し、ボダイジュの下に停まっていた装甲馬車に連れ込んだのも、彼らであった。サーミーからは「もし導師が抵抗しても力ずくで、ただし会衆には見られぬように、馬車へ連れ込むように」と厳命されていたものの、平服で変装した衛兵たちを、導師も会衆も自分たちの仲間だと勘違いしていたため抵抗には遭わず、挨拶も交わさず足早に馬車へ連れ込むことができた。

一方、この日の朝にまんまと新総督とハディ秘書官、そのほかの書記官たちを乙女塔島から連れ出したラーミズ一党は、昼の礼拝が終わるまでヴァヴラ地区の廃屋に身を潜めていた。キョル・メフメト・パシャ・モスクの堂影に佇むその廃墟はオスマン帝国期に入ってから建てられた邸宅で、陸軍中等学校の校庭に面していた。軍学校の生徒たちはこの廃屋が不吉で、幽霊が棲んでいるなどと噂しつつも、ワインを飲んだり、殴り合いをしたりする秘密の集会所にしていた。ペスト発生後、大量のネズミの死体が出て、この二週間の間にはその中庭で二人の死体まで発見されている。例によって死臭から死体の存在が明らかになったのだ。二人のうち一人は近所に住むイスラーム教徒の男性で、妻と娘を亡くして発狂し、行方をくらませていた。つまり彼はいまは空き家となった自宅からさほど遠くへ行かれぬまま倒れ、死んでしまったわけだ。

もう一体の亡骸はフリスヴォス地区出身の若者であったが、こちらの死因には疑義が呈された。裕福なフリスヴォス地区のギリシア正教徒がわざわざ貧しいヴァヴラ地区までやって来て死ぬはずがないからだ。検疫官たちもそうした疑念を抱いて捜査を開始したが、すぐにも中止させられてしまった。検疫部隊によって廃墟となった邸宅と庭への立ち入りが禁止されてしまったのだ。このように、感染家屋への立ち入り禁止は住民たちの誰しもが守る稀有な禁則事項であったため、ラーミズもこの廃屋を安全な隠れ家だと考えたのであろう。

一連の冒険行を楽しげな筆致で綴るハディ秘書官は、ラーミズを突き動かしていたのは愛と復讐心のみであり、それ以上の深慮など探すだけ無駄だと回想する。ラーミズは婚約者ゼイネプを奪ったキャーミル上級大尉と、彼に手を貸すサーミー前総督に意趣返しする最良の方法として、新総督をさっさとその地位に就けることを選んだに過ぎないと言うのだ。となると、金曜の正午の礼拝の三十分後に催される総督府での集会には、ぜひにも新総督を立ち会わせねばならない。のちの公判中ラーミズは、この計画は領事であれ、義兄であれ、誰かから吹き込まれたのではなく自分が思いついたものだと繰り返し主張した。

事件当時におけるラーミズの精神状態については、総督府の事務員ヌスレトほどそれを間近に観察し得た人物はいなかったろうが、あいにくと彼はこの金曜日の段階ですでに殺されていた。なにせこのヌスレトは、かつてはマズハル治安監督部長とサーミー総督の下で忠実に職務に励み、総督にギリシア人村落を襲撃するイスラーム教徒山賊——ただし、民衆に嫌われている連中についてのみ——の動向や、ギリシア正教徒の山賊についての情報を上げるかたわら、チフテレル村出身としてラーミズにもさまざまな情報を教えるなど、双方の密偵として暗躍していたからだ。

さて、ハムドゥッラー導師の説教がはじまる少し前、ラーミズは徒党の半数を二輪馬車に乗せて総督府へ向かわせた。ヌスレトの手引きで新たに雇い入れられた職員に変装した彼らは庁舎の厨房の向かいにある木炭庫に身を潜めた。

三十分後、ラーミズは同じ二輪馬車で新総督と彼の随員三名を連れて、正面玄関近くの通用門へ行き、先遣させた手勢ともども難なく総督府内への潜入を果たす。事務員のヌスレトは通用門で彼らを出迎え、奥廊下から裏階段を通って上階へ上がった。

まさに説教がはじまろうかという頃合いに、ヌスレトはラーミズと新総督一行と上階へ上がり、賓客が身支度をするために解放されていた大会議室のすぐ隣の一間、つまりは私たちがこれまで疫学室と通称してきた感染地図の置かれた部屋へ入り、扉に鍵をかけた。サーミー・パシャもその密偵たちも、先述のように金曜説教の行われているイェニ・モスク周辺の警戒に気を取られていたため、総督府での出来事には気がつかなかった。のちのちこの怠慢は厳しく追及されることとなるだろう。

モスクでの説教の終わりを待たず、領事や新聞記者、それに招待客たちが集会のために大会議室に集い、互いに抱擁を交わすのは控えつつ挨拶を交わしはじめた。領事たちはいつものように寄り集まって着席し、新聞記者や好奇心たっぷりの招待客たちをはじめ大半の者は部屋の隅に立ち、サーミー・パシャが強硬に実施を望んだ集会が――中にはあまり意味がなかろうと考えている者もいた――何事もなくはじまるのをじっと待ちはじめたのであった。

50章

ミンゲル史家たちが幾度も自問してきた問いをもって、この第五十章をはじめることとしたい。最終的にはオスマン帝国への反抗へと変じてゆくことになるその歴史的偉業に取りかかるに際して、なぜキャーミル上級大尉はオスマン帝国陸軍の将校服に身を包み、その胸に四年前のギリシア戦争で与えられた帝国記章と三等メジディィェ勲章を帯びていたのか？　ミンゲル史家たちがいっかな答えを出せずにいるこの問いの答えは単純だ。つまり、キャーミル上級大尉もサーミー・パシャも、この日に起こる出来事が今後、いかなる展開を迎えて拡大し、またどのような結末に至るのか、まったく予想していなかったからである。イブラヒム新総督が乙女塔島から脱走したと知らされ、サーミーとキャーミルはラーミズに激怒した。とくにキャーミル上級大尉は狂おしいほどに愛する妻の昔の婚約者が総督府に押し入り、これまで額に汗して築き上げてきた検疫隔離体制や、サーミー・パシャが心血を注ぐ決起集会をぶち壊しにするのではないかと危ぶんだ。彼がオスマン帝国の勲章や将校服を身に着けていたのも、一つにはそれが彼らを思いとどまらせるのに役立つかもしれないと考えてのことだった。

集会の朝、スプレンディド・パレス・ホテルの部屋でキャーミルはゼイネプから「記章や勲章もそうだけれど、あなたの顔つきや態度、なんだか怖いわ」と率直に告げられた。

「心配いらないよ。僕たちも、この島の皆もなんとかなるさ！　それにこいつも持っていくんだしね」

キャーミルはそう言ってナガン製の拳銃を見せたが、ゼイネプは興味を示さなかった。彼女は、口論やら乱闘やら武器やらなどではなく、もっと目にも見えず形もない精神的な何かをこそ、恐れていたのである。

さて、ハムドゥッラー導師を無事に四輪馬車に乗せたことを、兵士が白旗を振って総督府とスプレンディド・パレスに知らせたのを見届けたサーミー総督は、自らも四輪馬車に乗り込み、目抜き通りは避けつつ急坂の裏道から庁舎へ向かうよう命じた。彼は、武装したラーミズ一党が騒ぎを起こし、義兄の馬車を奪おうと行く手を阻むのではないか、あるいは導師を連れて逃亡を図るのではないかと危惧しつつ、先を急がせた。このまま四輪馬車でホテルのキャーミル上級大尉を拾って総督府へ向かえば、さしもの導師も四の五の言うまいと思ったのだ。

一方、白旗を確認したキャーミル上級大尉はゼイネプを抱き寄せ、ゼイネプも「ラーミズがあなたに悪さを働くかもしれないわ。気をつけて」と言って夫を力強く抱き返した。

それから上級大尉はひと気のないホテルの階段をゆっくりと下りて行った。玄関ホールには襲撃に備え検疫部隊員四名が待機していた。金の飾り縁があしらわれた鏡の前で自分の様子を軽く確認し、「チテ地区で反抗的なイスラーム教徒の家族の間で諍いが起こり、検疫措置に支障を来しております」と報告する隊員の声を聞きながら外へ出ると、ちょうど装甲四輪馬車が到着するところだった。その後ろには憲兵を乗せた馬車がもう一台、つき従っている。

玉の汗をしたたらせ疲労困憊した様子の馬とともに装甲四輪馬車がホテルの車寄せへ入ってくると、ハムドゥッラー導師の隣に羊毛の僧帽をかぶったあの忠実なニーメトゥッラー師の姿があった。ちなみにハリーフィーイェ教団で指導的な立場にあるこのニーメトゥッラー師もまた、このあとミンゲル島の歴史において、その貧相かつ控えめな風采には見合わぬ重大な役割を担うこととなるだろう。

ハムドゥッラー導師は検疫部隊の指揮官が同乗してくるとは知らされておらず、当然ながら義弟の婚約者を奪い修道場に住む門弟たちを虐げ、あまつさえそこらじゅうをライゾール液まみれにした上級大尉を忌々しく思いはしたものの、将校服と勲章で身を固め拳銃を帯びている彼を見ると、自己愛の強い新弟子に対するときのような微笑みを浮かべてこう言うに留めた。

「一廉の人物だとは伺っていたが、かくもお若いとは知りませなんだ。本当によく勲章がお似合いだ」

キャーミル上級大尉はハムドゥッラー導師とニーメトゥッラー師の向かいに腰を下ろすと、恭しく頭を下げて謝意を示した。そんな彼にニーメトゥッラー師が言った。

「まったくもって力強いお説教でございましたぞ！　会衆は感涙にむせび、慰められ、導師さまの手の甲に接吻しようと押し寄せ、なかなか離してくれなかったほどです」

彼はそこで少しだけ間を置き、こう付け加えた。

「導師さまの説教に接した会衆たちは、検疫令に服すべきこともよく理解したことでしょう」

そもそも説教を聞いていなかったキャーミルはともかくとして、注意深い読者の方々はニーメトウッラー師のこの言葉がまったくの誤りだと思い出してくれるに違いない。

ゼケリヤーが操る四輪馬車は、閑散とした裏道や坂道を伝ってハミディィェ広場まで上っていった。途中、一軒の家の庭に弔問客が集まり、傍らには座ってブドウを食べる男の子や泣きわめく弟たちがいたが、馬車を目にすると一様に怯えた表情を浮かべた。キャーミル上級大尉は総督府までの七、八分ほどの道のりこそが好機だと考え、これまでずっと導師に伝えようと念じてきたことを言葉にした。

「導師さま、島の者はみなあなたを深く尊敬しております。もしあなたがことのはじめから検疫官たちにご協力下さっていたなら、これほどの死者も、悲劇も生まずに済んだことでしょう」

「私は神と預言者の従僕に過ぎません。まずは神の命ずるところを果たさねばならなかったのです。〝病人は医者の受け持ちだ〟と言って彼らを放り出すことも、宗教や信心、それにこれまで積み重ねてきた過去に背を向けることもできません」

「もちろん、私たちはみな神と預言者の従僕です。でも、国民の信心や過去が、その命と未来よりも尊いなどということがありましょうか？」

「宗教、信仰、歴史を持たない国民に、命も未来もございません。そも、あなたが国民と称するのはいったい誰のことなのかな？」

「この島の人々です。ミンゲルに生まれたすべての人です」

やがて車輪がこれまでとは違う音を立て、ハミディィェ橋を渡りはじめたのに気づくと、車内の面々は示し合わせたかのように押し黙り、窓外へ目をやった。右側の窓には桃色がかった白色を晒すアルカズ城塞と紺碧の海、左側の窓にはマツとヤシの並木、それに旧市街橋が覗いていた。

そうこうするうちにまばらながらハミディィェ大通り沿いにサーミー・パシャが配置した憲兵たちの姿が目につきはじめた。しかし、集会の告知書がそこかしこに貼り出され、この金曜日のために号外が打たれ、さらには総督府の役人たちが呼びかけを行ったにもかかわらず、街の目抜き通りにはそれほどの人出は見られなかった。

「もっと集まってくるでしょう！　まだ金曜礼拝が終わったばかりですからな」

みなが同じことを考えているのを感じながらもニーメトゥッラー師はそう言い、窓から顔を出して馬車の後方を振り返った。しかし、そこには集会を目指す観衆の姿はなく、ただ憲兵を乗せたもう一台の馬車が見えるきりだった。郵便局前に立つ検疫部隊員と憲兵の姿はもはや市民にとって見慣れたものになりつつあったが、州広場の方の警備体制は厳重を極めていた。広場には旅行代理店の職員や商店主たち、サーミー・パシャに命じられて参加した総督府の官吏たちが集まっていた。この小さな人だかりは、総督府の上階の窓からその様子を眺めるサーミー・パシャの思惑とは異なり、広場の中央ではなくアーモンドやヤシの木陰で待機していた。

観衆が見守るなか装甲四輪馬車は広場に入り、総督府へ近づいていく。汗まみれの馬が足を止めるのも待たず、馬車は憲兵や護衛、官吏たちに取り囲まれた。ドアマンたちが手慣れた様子で置いた降車台を踏んでまずハムドゥッラー導師が車を降りたが、庁舎内へ入るまでにはやや時間を要した。導師の姿を認めて、手の甲に接吻をしようと詰めかける人々の間を縫っていかねばならなかったからだ。

ようやく導師が日陰に入ったのを見届けると、羊毛僧帽のニーメトゥッラー師が「禊《みそぎ》へ参りましょう！」と言った。

ちなみに総督府の大階段下にはヨーロッパ人の訪問客や領事たちのため、西洋式の水洗便所が設《しつら》えられていて、ハムドゥッラー導師はこの西洋式便所でそこそこの時間を過ごしている。私は十分程度であろうと見積もっているが、歴史家の中には導師が便所に行っていたこの十分間がミンゲルの歴史を左右したと主張する人もいる。

ただ、こうした政治的とも言える誇張は、やや見当外れだろう。というのもハムドゥッラー導師が西洋式便所に籠っていたのは、たんにこの見慣れぬ「禊部屋」が興味深かっただけなのだ。総督府の新庁舎が落成した七年前、総督の執務室や賓客室、バルコニー等々が西欧式で、いかに現代的であるかは『アルカズ事報』をはじめ各紙によって報じられたし、とくにテッサロニキのストホス商店から購入されたその便器は、欧化した教養あるイスラーム教徒たちの間に、西欧化とか、キリスト教徒の富裕化とかに関連して大きな話題を巻き起こしたのだから。

51章

ハムドゥッラー導師が便所に籠っている間にキャーミル上級大尉は、桃色がかった白色で名高いミンゲル大理石製の大階段を上りはじめた。軍服に記章と勲章を付けているときの常で、誇らしさといくばくかの気恥ずかしさを覚えつつも、なるべく衆目を引かぬようひっそりと移動したつもりだったが、この日ばかりは事務員や書記官たちの不安と恐怖の入り混じった眼差しを避けることはできなかった。キャーミルは誰とも目を合わせぬよう壁の検疫令布告書の数々に、まるではじめて見たとばかりにじっくりと目を通しながら、二階へ上がっていった。

大会議室へ入ると検疫委員会のときと同じように大半のカーテンが引かれており室内は薄暗く、キャーミルは一瞬、部屋を間違えたかと思ってしまった。しかしバルコニーへ続く窓から差す陽だまりで話し込むヌーリー医師とフランス領事のアンドンが目に入った。アンドンは虫が好かないこともあってキャーミルは疫学室の緑色のドアへ向かった。

ところが疫学室の緑色の扉は内側から鍵がかかっていた。仕方なくバルコニーの方へ取って返そうとすると、扉の向こうからかすかに物音がして、話し声が漏れ聞こえた。まだ書記官が居残って感染地図に死者を書き込んでいるのだろうか？　もしそうであれば扉に鍵をかけるのは適切な安全対策だ。キャーミルはそう納得し、室内の書記官たちもすぐに出てくるだろうと思い直すと、ニコス検疫局長と検疫委員を務める老医師タソスの会話に加わった。

聞けば、ついにギリシア正教徒の暮らすコフニア地区とエヨクリマ地区でも家々の庭や裏通りでネズミの死体が見つかるようになったのだという。いずれも最近死んだばかりで、中には死んでなお血を吐き続ける死骸まであるらしい。この地区に住む正教徒の旧家マヴロイェニス家でも、大柄で獅子のように逞しい息子たちが譫妄《せんもう》状態に陥り病院へ運び込まれ、地区で愛されてきた小間物屋の店も閉まったまま開く気配すらないのだという。

キャーミル上級大尉はこうした話を聞きながらもハミディイェ大通りから州広場へ着きはじめた観衆を横目に眺めていた。大会議室やバルコニーに屯《たむろ》するほかの人々も同じだった。広場の中央には総督の演説を待ちわびる五、六十人ほどの人だかりができてはいたものの、いくら待ったところでサーミー・パシャが期待したような何百人という大群衆は見込めそうになかった。

キャーミル上級大尉は、サーミー・パシャの側や執務室でよく見かける書記官を見つけ、疫学室の扉の鍵を開けるよう求めた。

「疫学室の鍵ならヌスレトさんがお持ちですよ。いまは総督の執務室にいらっしゃるはずです」

ちょび髭の書記官がそう言って執務室の方へ視線を向けると、ちょうど扉が開いてサーミー・パシャと文書作成官、そして事務員のヌスレトが入ってきた。三人とも落ち着き払い、どことなく毅然としていた。

そのとき大会議室の反対側の大扉付近がにわかに慌ただしくなった。キャーミル上級大尉はハムドゥッラー導師が上って来たのだろう考え、ちょび髭の書記官とともにそちらへ向かったが、疫学室の前を通りかかった瞬間、ふいに内側から執拗に扉を叩く音が聞こえはじめたかと思うと、その音はまたたく間に怒りもあらわに激しくなった。

ヌスレトが待っていたとばかりにサーミー・パシャの側を離れ、鍵を手に扉を開けようとしたものの、あまりに力任せに扉が叩かれるものだからうまくいかない。

「そのドアを開けてはいけない！」

フランス領事アンドンが、こののち幾度となく歴史書で言及されることとなる叫び声をあげ、それで周囲の者たちは何者かが室内で待ち伏せしているのを察した。

大会議室やバルコニーにいた人々は慌てふためき、キャーミルは咄嗟に戸口から身を引くと会議場の大窓の下に身を伏せた。ハムドゥッラー導師に付いていた憲兵が二人、小銃を構えて近づいてくるのが見えたからだ。

大会議室にいたほかの人々もようやく罠の存在に気がついたようだ。襲撃者たちが鍵の開かぬまま疫学室に閉じ込められているのだ。みな状況を把握しようと頭を働かせている。サーミー・パシャの差し金だろうか？　イスタンブルから離れた帝国辺境では、キリスト教徒や不満分子たちへの見せしめとして、この手の奇襲が仕掛けられることがままある。しかし、彼らが暮らすのは紛れもない正式の帝国州であり、しかもこの場には新聞記者たちまで居合わせているのだ。

サーミー・パシャの手勢が疫学室の扉を取り囲むのを見てようやく、招待客たちの一部がバルコニーへ逃げ出した。いまや室内からは話し声が聞こえ、その声を知る者たちは「扉を開けろ！」と怒鳴っているのがラーミズであることに気がついた。室内で仲間割れを起こしたのだろうか？

誰一人どうすればよいかわからぬうちにも疫学室の緑色の扉が開き、ラーミズの部下が一人まろび出てきた。ネビーレル村出身の頭を剃りあげカイゼル髭をたくわえたその男は、とくに誰かに狙いをつけるわけでもなくただ怯える人々に小銃を向けた。

ギリシア正教徒の新聞記者や金持ちたちが身を寄せ合うひと隅から、バザール・ドゥ・リールのオーナーであるキリアコスが「落ち着くんだ！」と、ギリシア語訛りのトルコ語で部屋の皆の心の声を代弁した。みな「どうか引き金が引かれませんように、撃たれませんように！」と願いつつも、しかし大半の者は誰かが撃ち殺されずには終わるまいと予感した。

「撃たないでくれ！」

別の誰かがそう叫んだのと同時に、疫学室からラーミズが現れた。その挙措も、桃色に上気した顔も、その視線も平静そのもの、それどころか自信たっぷりに見える。

「今日の集会は、イブラヒム・ハック新総督の就任式を終えてから行うべきだ！」

このときハムドゥッラー導師はすでに新総督の部下や自分の側近たちに取り囲まれており、彼が義弟のこの発言にどのような反応を示したのかは、少なくともサーミー・パシャや領事たちからは確認できなかった。しかし後世の史家たちが主張するように、導師が身の程を弁えない義弟を諫めようとしていた可能性はある。なにせ、まともな仕事にも就かず、なにかの資格も持つわけでもない三下が、ただ義兄が島でもっとも高名な修道場の導師であるというその事実だけを恃《たの》みに勝手に新総督を隔離区画から連れ出し、あろうことか前総督に向かって命令口調で話しかけたのだ。

最初の一発の銃弾を誰が放ったのかについては、オスマン帝国の史家とトルコ共和国の史家、そして民族主義的傾向の強いミンゲルの史家によって、三者三様の主張がある。同様の事件であっても、最初に武器を使用した扇動者なり、恐怖のあまり思わず引き金を引いてしまった愚者なりを特定できる場合もあるが、この日の正午ミンゲル州総督府の大会議室で起きた銃撃事件はその限りではない。なぜなら、まるで誰かに撃てと命じられたかのように皆が一斉に射撃を開始したからだ。発砲の前からほとんどの者の人差し指が引き金にかかっていたし、たとえばイブラヒム新総督の秘書官ハディは、扉が開いた瞬間に銃撃戦になると考え、自らもナガン製リボルバーを握り発砲したと書き記している。

大会議室のみならず、廊下側の疫学室の扉から突入したサーミー・パシャの手勢たちによって室内では第二の銃撃戦も同時にはじまった。サーミーは情報提供者であり、陰謀の首謀者の一人でもあるヌスレトから仕入れた情報に基づき、庁舎の階段と執務室周辺に手勢を配したため、いざ銃撃戦がはじまった時点で大会議室周辺には十八名もの職員が控えていた。そのうち幾人かは公然と武器を携帯する護衛たちだったが、そのほかの大半の者は官吏や下僕、商店主の衣服やお仕着せで変装し、銃を隠し持って大会議室へ駆けつけた。ちなみにキャーミル上級大尉と同じ柱の陰に隠れていたユースフもその一人である。彼らがみな最初の銃声を聞くや武器を抜き、すぐに応戦したのである。

「総督府や州広場へ招待された貴賓たち、及び帝国臣民に害なそうとする不届き者どもが、本日行われる歴史的な決起集会を狙って〝妨害行為《サボタージュ》〟に手を染め、ことによっては殺人さえ犯す可能性がある。そうした反逆者どもには一切、慈悲をかけることなく発砲するように」

彼らはサーミー・パシャからそう厳命されていた。つまり、この日引かれた引き金は、のちのミンゲルのためにあらず、皇帝アブデュルハミトのためにこそ引かれたとも言えるわけだ。

ラーミズ一党による襲撃計画を知った当初、サーミー・パシャはバルコニーからの演説を危険に晒すことなく、ラーミズと戦意旺盛なその部下たちを一人ずつ音もなく捕縛していけばよいと無邪気に考えていた。彼の計画は、疫学室の扉を開けてただ踏み込むだけという、ひどく単純なものだった。

そして私たちから見れば、サーミー・パシャのこの計画こそが発砲を引き起こし、全員が机や柱、椅子や鉢植え、焼台などを盾にして自分の「敵」めがけて発砲しはじめるという激しい〝銃撃戦〟の原因となったように思われる。

最初の銃弾が放たれてから十秒ほどは、それほど激しい銃撃ではなかったが、この間にハムドゥッラー導師とサーミー・パシャが大会議室へ入って来たこともあって、居合わせた人々はそちらに気が行ってしまい、何が起こったか把握できていなかった。こうした間の悪さが手伝って、最初の銃撃が大きな混乱を引き起こし、銃声を聞きつけた武装した者たちがみな一様に射撃を開始したのである。銃声は厚手のカーテンが引かれた大会議室内に反響し、屋外にはとぎれとぎれの奇妙な力強い音が漏れるのみだった。

絶え間ない銃撃が交わされた数分間、室内の賓客たちは地獄の底から響くような大音響に晒されて目を回さんばかりだった。後年、招待客はみなこのときの光景を思い出すにつけ、恐ろしい銃声が耳によみがえるほどだった。それどころか目の前で兵士や役人、山賊たちが撃ち殺される光景ではなく、耳をつんざく銃声の方がよほど恐ろしかったと回顧する者さえいた。

招待客の一部は、検疫委員会のたびに委員たちがいつ果てるともない議論に明け暮れた木製の大テーブルの下へ逃げ込み、あるいは戸棚や椅子、書き物机の陰に隠れたが、大半の者はその場に身を伏せるのがやっとだった。

自分が狙われているわけではないと理解していても、実際に同じ部屋を銃弾が飛び交っているのであるから関係ない。このとき会議室を支配していた感情があるとすれば、それは誰もが標的となり得るという事実に対する憤慨であったろう。その意味では、このときの銃弾はまるで、同じく誰しもを取り殺すペストに向けて放たれていたかのようでもあった。目撃者と歴史家の双方が一致するところでは、数分間に少なくとも百五十発ほどの銃弾が発射された。

相対したのは準備万端のサーミー・パシャの手勢十八名と、武器は携えてきたものの敵を倒すことよりも我が身大事というラーミズの部下十名。

最初の数秒間でラーミズ勢は数名が負傷したものの、物陰に隠れつつすぐに応戦した。彼らの勇気と覚悟の賜物か、その銃弾の多くは大会議室に居合わせた賓客たちを餌食にした。しかし、少しすると彼らの小銃は完全に沈黙した。大会議室の扉に陣取ったサーミー・パシャの手勢たちが、ラーミズ一党に銃弾を雨あられと浴びせ次々と殺していったからだ。

ラーミズはあの不用意な発言の直後に腕と肩に銃弾を受け疫学室へ後退したものの、廊下側の扉からは逃げられそうになかった。廊下側に配置されたサーミー・パシャの手勢三名が、銃撃をはじめていたからだ。ラーミズは廊下側からの強行突破をあきらめ緑色の扉へ取って返すと、会議室側の護衛たちに発砲を開始した。はたして数分後、大会議室側で銃撃を続けているのは彼ひとりになっていた。

「みな、自分の配置を死守せよ!」

サーミー・パシャがそう命じたのを皮切りに長い静寂が訪れた。州広場上空で啼きわめくカモメの声が聞こえた。銃撃戦は室内で行われたにもかかわらず、その銃声はアルカズ市の郊外まで届き、山々に木霊した。

続くしじまはなんとも不安を掻き立てるもので、賓客たちの中には大会議室の扉から表へまろび出ていく者もあったが、隠れ潜んでいるその場所でじっと息をひそめる者が大半だった。やがて、死にかけの者たちや怪我人たちからうめき声が上がりはじめた。

キャーミル上級大尉は身を隠していた柱の陰から出ると、穴だらけになった疫学室へ足を踏み入れた。最初に目に入ったのはラーミズの部下四名と、ことを企てたヌスレトの死体であった。部屋の中は血まみれで、床のミンゲル大理石が不思議な赤色に染まっていた。ラーミズは突っ伏していたもののまだ息はあり、震えながらうめき声を発していた。

同じくサーミー・パシャの護衛の一人が痛みに悶え苦しんでいたが、少なくともこの男は死ななそうだと当たりをつけたキャーミルは、あの銃撃戦でも傷一つ負わなかった様子のラーミズの部下へ近づいていった。ひどく色白のその若者は恐怖にぶるぶる震えながらも、生き残ったことを喜ぶような気色を子供のようにいとけない顔に浮かべていたが、拳銃を構えた上級大尉が近づいてくるのを見て、降参するように両手を上げた。

一方、疫学室の廊下側の扉付近での銃撃戦は、大会議室側ほど激しくはなかったが、新総督のイブラヒム・ハック・パシャが額を撃ち抜かれて絶命していた。キャーミルは主の死を嘆き悲しむハディ秘書官とラーミズ一党の生き残りが憲兵たちに投降するさまを見守った。

この二カ月というもの毎朝、サーミー総督とヌーリー医師が緑のインクで死者や感染家屋、感染地帯を書き込んでいた感染地図にも四発の銃弾が命中していた。塗装の剝げかけた黒い書類棚は、ガラス戸に穴こそ開いていたもののガラス自体は割れずに残っていた。

しかし、その書類棚の隣の戸棚の方は、ガラスが粉々に砕け散っていた。サーミー・パシャの部下たちや憲兵たちが疫学室の方へやって来るのに気がついたキャーミルは、そのクルミ材の戸棚の一番下の棚に収められていたトランクを取り出すと、鍵のかかっていないその蓋を開け、折り畳まれた二枚のキリムの下から、ラ・ローズ・デュ・ルヴァンの紋章として用いられた宣伝布を取り出した。ミンゲルの城塞に特有の尖塔と白嶺、そしてミンゲルバラがあしらわれた、あの深紅と桃色の国旗めいた刺繡布である。

赤い布地に桃色のバラが描かれたその旗は、薄明かりのもとでまるで自らが輝ける場所を探しているかのようだった。キャーミル上級大尉がバルコニーへ向け二歩、踏み出すと、さきほどまで銃声の恐怖に飲まれていた会議室の賓客たちが見守るなか、その旗は探し求めていた光を探し当てたとでもいうように室内を鮮烈な赤に染めあげた。

集会のために参集した招待客たちがキャーミル上級大尉が握りしめた旗に魅了されるさまは、はじめにミンゲル島の新聞各紙が、のちには多くの歴史書が、ともに美辞を駆使して描写するところである。かくして私たちが追ってきたミンゲルの物語は、ミンゲル人の民族的情熱が、歴史と文学の、伝説と真実の、色彩と意味のあわいに至り、まさに生まれ出ようとする地点にまで辿りついたわけである。だからこそ、このあとの出来事についてはこれまで以上に注意深く、先を急ぐことなくつぶさに見ていくことにしよう。

52章

キャーミル上級大尉が片方の手にナガン製拳銃を、もう片方に赤いリネンの旗を握りしめて疫学室から大会議室へ出てきて、そのままバルコニーへ歩いていく様子を写した油彩画は数知れないが、その大半はラーミィの母方の親戚であるギリシア正教徒画家アレクサンドロス・ツァツォスが、のちに「革命」一周年を記念して『アデカトス・アルカディ』紙のために描いた再現画をもとにしている。ツァツォスの絵が、世界中の自由主義革命を志す者たちのロマン主義的嗜好によく合致して愛されたドラクロワの『民衆を率いる自由の女神』に多大な影響を受けていることもまた、明らかである。……そのせいだろうか、いま本書を執筆していてなおこれから語る出来事の数々が、それ以前にもどこか身近で起こったことではなかったかという感覚を、私は拭い切れずにいる。いずれにせよ、まさに自由を描き出そうとしたドラクロワやツァツォスの作品に触発されたアクセサリーやランプシェード、そのほかの土産物の数々は一九三〇年代後半に至るまで、ミンゲル島の商店で販売されることとなるだろう。

さて、キャーミル上級大尉がまさにバルコニーの敷居を跨ごうというそのとき、人々の輪から進み出て彼を押し留めたのはヌーリー医師だった。思わずそうしてしまったとでもいうようにキャーミルの肩に手をかけたのだ。このときヌーリー医師は襲撃者たちに撃ち返してくれた彼に感謝して抱擁を交わそうとしただけだったが、上級大尉は拳銃と旗を握りしめていてそれもままならなかった。そしてこの時点では読者も、またキャーミル本人も気がついていなかったある事実を最初に発見したのも彼だった。

「怪我をしたんですね？」

「まさか！」

キャーミルはそう答えたが、旗を握る手の手首の近くに銃創があり流血していた。痛みはなかったがたしかに被弾しており、かなりの出血がある。

「自分でも気がつきませんでした、閣下」

ちょうどこちらへ近づいてきたサーミーへ挨拶するようにキャーミルはそう言った。

「ですが、いかなる銃弾もいまこれから我が国民のために為すべき使命を阻むことはできますまい」

キャーミルが皆に聞こえるようおもむろに声を張りあげ、その言葉をしかと聞き留めた賓客たちは、今度は興味津々にサーミーの答えを待った。ところが、サーミー・パシャは逡巡したまま、結局なにも言わなかった。

「閣下、いまこそ皆で肩を並べ、モスクと教会への立ち入り禁止を公布いたしましょう。さもなければ検疫令が無に帰してしまいます。いま襲撃があったばかりなのです、いまここで国民に向け私たちの声を届けぬ限り、彼らはあなたの言葉にも、検疫部隊の命令にも従わなくなってしまうでしょう」

帝国政府の高官に対して声を張りあげる自分に誰より驚いていたのはキャーミル自身だった。ちょうどこの瞬間を写した写真が残っているが、一見キャーミルがサーミー前総督に拳銃を向けているようにも見える。サーミー・パシャは総督府のバルコニーから演説する自らの姿を新聞に掲載させるため、あらかじめ島のカメラマンたちを階下の広場に配置していたが、この写真を撮ったのは大会議室に居合わせたミンゲル島最初のカメラマン、ヴァニアスであった。アレクサンドロス・ツァツォスがドラクロワの影響のもとに描いた『自由』の中の上級大尉の服装や立ち姿、そのほかの細やかな描写は、いずれもこのヴァニアスの一枚目の写真を参考にしている。

ヴァニアスの二枚目の写真のひと隅には背筋を伸ばし、あくまで厳かな佇まいのハムドゥッラー導師が写っている。この時点で導師が、義弟が負傷したものの生きていると――大半の者はラーミズが死んだものと思い込んでいた――知っていたかどうかはわからない。しかし、老獪なハムドゥッラー導師は義弟によって襲撃が実行されてしまったいまとなっては、予定どおりに集会を行うよりほか政治的な選択肢は残されていないと理解していたことだろう。銃撃が止んで一分ほど経つころには招待客たちも落ち着きを取り戻し、此度の襲撃はこれから発表される禁則事項に反対するためだったのだろうと納得しはじめていた。かくして知らぬ間に、いま為すべきは何事もなかったように集会を実施して島民団結のメッセージを発し、併せてモスク、教会への立ち入り禁止を発表することだというのが、イスラーム教徒であれ、キリスト教徒であれ、総督府に集った人々の総意となったのである。

そしてまた、この歴史的瞬間に居合わせた人々は誰しもこう考えていた。自分たちの総意を代弁するに足る人物がいるとしたらそれは解任され混乱するサーミー・パシャではなく、キャーミル上級大尉である、と。司祭たちはもちろん各共同体の指導者たち、記者たちが揃ってバルコニーへ出ていくさなか、若い将校からイブラヒム新総督が額に銃弾を受け死亡したと聞かされて狼狽しきった表情を浮かべるばかりのサーミー・パシャとは対照的に、キャーミル上級大尉はこの上なく興奮した面持ちであったと、幾人かの目撃者がのちに語っている。

「もはや私たちの言葉に耳を傾ける者などおるまい！」

心の声をそのまま吐露したサーミー・パシャに対し、キャーミル上級大尉はその場で思いついた、史上名高いあの名言を口にした。

「その反対です、閣下。いまこそ前進への第一歩を踏み出すべき革命のときだと宣言したなら、進歩を愛するミンゲル人たちは私たちとともに次の二歩目を共に歩んでくれることでしょう」

民族主義的ないしは保守的傾向の強いオスマン帝国やトルコ共和国の歴史家たちの理解を阻むのは、一九〇一年当時のミンゲル島において口にされた「進歩《テラッキー》」や「革命《イフティラール》」のような言葉をいかなる歴史的文脈上で考察すべきかという語義上の問題に留まらない。彼らオスマン人やのちのトルコ人たちは、ミンゲル島が自主的に帝国から独立したその原因が、ミンゲル民族なるものの実在性やら、自国の不手際が重なった結果としての離反であるとは到底、受け入れがたかったため、一連の出来事の背後にもっと神秘的な理由なり、力学なりを探し当てようと躍起になってしまったのも、その原因の一つであるからだ。彼らは、このときの「革命」が後世に語られるような形では起こり得ないと思い込んでいた。つい先日まで不服従の罪で拘束されていた弱冠三十一歳の上級大尉風情が二十以上も年嵩で、しかも「閣下《パシャ》」の称号を帯びる老練な行政官である前総督に、命令するかのような口調で話しかけることなどあり得ない、というのが彼らの示す証拠の一つだ。

しかし、この時代の「革命」とは、それまで実現しなかったことや、そもそも実現するとは思われていなかったこと、ときには想像さえしなかったようなことが、一つまたひとつと形を成していく現象そのものを指すのではないだろうか。

そしてキャーミル上級大尉という人物は、自身の限られた経験と良心のほかには、ミンゲル島の住民たちへの真摯な愛情以外、何も持ちあわせていなかった。驚くべき重圧や恐怖にもめげず、胸元にはオスマン帝国の勲章を帯びていたにもかかわらず彼が行動を起こしたのは、ほかでもないその純朴さと真率さに促されてのことだ。サーミー・パシャが決めたとおり賓客たちがバルコニーでめいめいの配置につきはじめるなか、キャーミル上級大尉はヌーリー医師をはじめほかの招待客たちにもよく聞こえるようにサーミー・パシャに向かってひたむきに言い募った。

「総督閣下、我らが皇帝アブデュルハミト陛下が玉座にある限り、閣下も私もこれまでどおりに暮らしていくことは叶わず、晴れがましくイスタンブルへ帰京する道も永遠に閉ざされているのです」

パーキーゼ姫とヌーリー医師にとってはその後の数十年にわたって予言めいた意味を持つことにもなったこの言葉を朗々と述べたのち、キャーミル上級大尉はさらに声を張って詩的かつ雄弁な言葉を紡いでみせた。

「閣下、嘆いてはなりません。慰めはあるのです。私たちは決して孤独ではないのです。ミンゲル国民と共にあるのですから。この島で生きる者すべて、全ミンゲル国民にはもうよくわかっているはずです。アブデュルハミトに電報で命じられるままになっている限り、この島をペストから救い出し平穏な日常を取り戻す道もまた、完全に閉ざされているのだと」

このキャーミルの発言こそが、ミンゲル島の歴史において民衆に対し声高に〝ミンゲル国民〟という言葉が発せられ、またアブデュルハミト帝に対する叛意が表明された最初の例となった。そして、このごく短い言葉だけでも、居合わせた人々を怯えさせるには十分であった。

ここでバルコニーの手すりまで辿りついたキャーミル上級大尉は、生え抜きの政治家のようにサーミーたちに向かってこう言った。

「イスタンブルからの電文になど期待せず、私たち自らの手でこの島を統治するならば、やがて検疫隔離措置は終わり、疫病は終息し、そして私たち全員が生き延びることでしょう！」

そして彼は広場へ向き直ると、あらん限り声を振り絞って叫んだのである。

「ミンゲル万歳！　ミンゲル万歳！　ミンゲル人万歳！」

さきほどの銃撃戦で州広場の観衆は一度は逃げ出したものの、事の成り行きを気にして百四、五十人ほどの物見高い衆は残っていて、広場の周りの商店や柱廊、街路樹の下に隠れていた御者や憲兵、商人たちもバルコニーに立つハムドゥッラー導師やコンスタンディノス司祭、サーミー前総督や王配たるヌーリー医師の姿に引き寄せられるように広場中央へ戻りつつあった。キャーミル上級大尉が一度だけサーミー・パシャを振り返り、多数の目撃者やパーキーゼ姫の書簡がその詳細を伝えるあの歴史的な言葉を発したのは、まさにそうした瞬間だった。

「サーミー閣下、閣下の賢明な治定《じてい》なくば、私たちは今日の日さえ見られなかったことでしょう。閣下は私たちの知るもっとも偉大な総督でいらっしゃいます。サーミー総督に神のご加護を！　そしていまや閣下は、皇帝の総督ではなく、ミンゲル国民の総督となられたのです！　検疫委員会はいまこの場でミンゲルの独立を宣言いたします。いまこのときより、我らがミンゲル島は自由なのです。ミンゲル万歳、ミンゲル人万歳、自由万歳！」

州広場の観衆が増え続ける間にもカメラマンたちは休みなく撮影を続けていた。この日バルコニーに居並んだミンゲルの要人たちと一緒に、前途洋々たる新国家への期待感をも写し取った写真の数々は、ミンゲル島が世界史の表舞台へと躍り出たこの一九〇一年六月二十八日金曜日の新聞記事を晴れがましく飾ることになるだろう。さらにのちには五大陸すべての何百紙もの新聞に掲載され、書籍はもちろん百科事典や切手、そして歴史書へと受け継がれていくであろう写真である。

一番はじめに島外で掲載された写真は、写真家アルヒスの撮った一枚だ。アルヒスは、フランス領事の協力のもと漁師たちを使って島外への密航を行っていたならず者たちの助けを借りてはじめはクレタ島へ、そこからフランスへと逃れ、その写真は事件の三日後にあたる一九〇一年七月一日月曜日にパリの有名な『ル・フィガロ』紙の二面に掲載されたのである。

「ミンゲル島で革命」(Révolution à Minguère)

東地中海のオスマン帝国領にあって大理石とバラで名高い小島ミンゲルが独立を宣言した。人口八万人、キリスト教徒とイスラーム教徒がほぼ同数、居住するこの島では、ここ九週間というものペストが猛威を振るっている。在島の検疫組織が疫病の拡散を食い止められず、ペストがヨーロッパへ拡大するのを阻止すべくオスマン帝国政府の要請に応えた列強各国からは四隻の戦艦が派遣され、海上封鎖が実施されている。この島では三年前、アラビア半島のヒジャーズ地方から戻った巡礼者たちが厳格な隔離措置に対して反乱を起こし、武力衝突の結果、巡礼者、兵士あわせて七名が死亡している。今回の革命においても街には銃声が響き、街路にはオスマン帝国の兵士たちの姿が見られたという。

ちなみに最後の一行は少々、誇張が過ぎる。本書ではこの手の細かい過誤をいちいち正すことに労力を割くつもりはないが、フランス人たちはミンゲル島の支配者がいまだオスマン帝国であるという印象を醸成しようとしたのかもしれない。

その一方で、むしろ大宰相府とアブデュルハミト二世を欺くために敢えて掲載された虚報である、という興味深い見解も見られるが、いずれにせよ帝国政府がミンゲル島で何が起きたか把握していなかったのは確かである。なにせ電信は途絶し、島を脱出した密航者たちからもたらされる情報だけが頼りで、しかし彼らの大半はギリシア正教徒であったため、多くはイスラーム教徒であった皇帝の密偵も易々とは潜り込めなかったからだ。その結果イスタンブル政府は、このとき島の統治権が誰にあるのかさえ把握できずにいたのである。

総督府のバルコニーでの決起集会の様子を写した写真は『ル・フィガロ』紙二面の四分の一を占め、そこには「ミンゲルの独立が、オスマン帝国の総督府庁舎のバルコニーで宣言された」という説明が付されていた。この翌週には『イリュストラシオン』紙がアルヒスの写真をもとにした版画を掲載し、写真に写っている人々が誰かには触れないまま、ほぼ同じ説明書きを付けている。フランスの記者たちはバルコニーに並ぶ人々が何者なのか、いまだ把握していなかったのだ。この写真でバルコニーに並ぶ面々は以下のとおりであった。ハムドゥッラー導師、ギリシア正教徒共同体の指導者コンスタンディノス・ラネラス司祭、先代総督サーミー・パシャ、王配のヌーリー医師、すべての領事たち、マズハル治安監督部長、そして今日なお誰か判明していない二名と、憲兵五名。新総督の秘書官であったハディィや山賊ラーミズの姿はなく、彼らは負傷した部下たちともどもすでに総督府の地下牢に収容されていた。

「ミンゲル島の独立が、キリスト教徒、イスラーム教徒住民の合意のもと、オスマン帝国の総督府庁舎において宣言された」――のちに歴史家たちが幾度も幾度も引用し、ついには深く考えずに独り歩きをするようになったこの説明書きが写真に付されたのは『ル・フィガロ』紙発行の翌日、イギリスの『タイムズ』紙上においてである。

一方、オスマン帝国ではミンゲル島の独立の報は、パリ駐在のミュニル大使とロンドン駐在のコスタキス・アントプロス大使によってもたらされた。彼らが新聞で読んだ記事を電報で知らせ、イスタンブル政府とアブデュルハミト帝ははじめてミンゲル独立を知ったのである。報せの真偽を疑ったアブデュルハミト二世は『ル・フィガロ』、『タイムズ』両紙の該当する号を自分の目で確かめるべく、ヨーロッパからの荷物が最初に降ろされるスィルケジ埠頭へ秘密警察を送った云々という、やや意地の悪い大袈裟な噂も残っている。いずれにせよ先述のとおり、いくら電報を送っても返信がないため、皇帝も大宰相府もミンゲル民族主義者なる叛徒たちがどこから姿を現し、その首謀者が誰なのかさえ摑んでいなかったのは確実である。

53章

キャーミル上級大尉がミンゲル島の自由独立をトルコ語で宣言した直後に訪れたのは、沈黙だった。そして総督府でももっとも年嵩の事務員ハシメトという男が、襲撃に備え携えていたずっしりと重い棍棒にキャーミル上級大尉の血がついた〝旗〟を器用に結びつけ彼に返したのもまた、このごく短い静寂の合間のことだった。

生まれてこの方、島を離れたことがなく、読み書きもままならない事務員が一躍脚光を浴びた瞬間でもある。後年、イタリアによる占領後に成立したミンゲル民族主義政権は、ハシメトの故郷の村に新築された学校を旗持ち《サンジャクタル》ハシメト初等学校と名付けることになるだろうし、年老いた事務員が棍棒に旗を結びつける場面は幾度となく絵に起こされ、紙幣にまで印刷された。ところがさらに時代が下ると、教育省の方針に沿って紙幣にはキャーミルに老年の事務員が国旗を手渡す図像よりも、二人の女性が国旗を掲げている方がよかろうということになって、事務員ハシメトの姿を見かける機会は徐々に減り、一九七〇年代以降はまったく忘れ去られてしまって、今日では故郷の村くらいでしか記憶されていない。

さて、画家たちが描くこととなる老齢の事務員による「示威行動」に促されるように、キャーミル上級大尉は拳銃を手放すと、その旗を両手で掴み――左腕はすでに血まみれだった――広場からよく見えるように水平に振りはじめた。旗も棍棒もずっしりと重く、負傷で腕を動かすのにも難儀したが、それでもキャーミル司令官は左右に三回、旗を振って見せた。そして、鮮烈な色彩の旗がたなびくさまを人々がしっかりと見届けたのを確認すると、それをハシメトに託し、さきほどの言葉を今度はフランス語で、ついでトルコ語で繰り返した。

「ミンゲル万歳《ヴィーヴ・マンゲール》、ミンゲル人万歳《ヴィーヴ・レ・マンゲリアン》！　自由《リベルテ》、平等《エガリテ》、博愛《フラテルニテ》！　ミンゲル万歳《ヤシャスン・ミンゲル》、ミンゲル人万歳《ヤシャスン・ミンゲルリレル》！
自　由《ヒュッリイエト》、平　等《ミュサーヴァト》、博　愛《ウフッヴェト》！」

キャーミルはさらにこう続けた。

「ミンゲル人は一つの偉大な民族です！　ミンゲル人はペストに打ち克ち、尊敬すべき検疫委員たちと我らが総督の指導のもと、自由と進歩と文明化に向け前進することでしょう！　ミンゲル万歳、ミンゲル人万歳。万歳兵士諸君、万歳検疫官諸君、万歳検疫部隊員諸君！」

当然ながらこのとき、バルコニーに居並ぶ面々の大半はキャーミルが先走り過ぎだと感じていた。しかし、その目的は不明ながらすべてはサーミー・パシャの仕組んだ演出の一環なのであろうと得心して、あくまで辛抱強くバルコニーに立っていた。この点については、ギリシア正教徒共同体の長であるコンスタンディノス司祭の娘が一九三二年にアテネで出版した『ミンゲルの風』という回想録に記述がある。彼女によれば、この日、金曜日の晩のコンスタンディノス司祭は、島がオスマン帝国から独立することをまったく歓迎しておらず、むしろ不安でいっぱいの様子だったという。司祭が、サーミー総督が二日前に罷免されたことや、イブラヒム・ハック新総督が殺され、その秘書官が負傷したと聞かされたのはバルコニーでの演説の最中であったが、帰宅した彼は幾度となく「私たちは大変な災難の入り口に立っている、アブデュルハミト帝はこの馬鹿げた反乱に加担した者たちを決してただでは済まさないだろう」と繰り返したそうだ。地中海の島々でこの種の反乱が起きると、間を置かずオスマン帝国の戦艦によって村も街もお構いなく砲撃されるということを、司祭がよく承知していたからである。

その一方で同じ回想録によればコンスタンディノス司祭は、列強諸国の戦艦に島が包囲されている現状に安心してもいたようである。ペストが猛威を振るうミンゲル島が海上封鎖されている限り、アブデュルハミト二世と西欧諸国の間には政治的合意が成り立っていることになり、いまさらアブデュルハミト二世が合意を反故にしてまで海上封鎖を解き、戦艦マフムディイェやオルハニイェを派遣して島を砲撃することはなかろうと思われたからだ。自由やら独立やらの主張も、こうした条件をよく吟味したうえで狡猾なサーミー前総督が思いついたことなのだろう、というのがコンスタンディノス司祭の読みであった。つまるところ「この反乱の首謀者は誰だ？」というアブデュルハミト帝やイスタンブル政府の疑問に対する答えは、間近にいた司祭から見てさえサーミー・パシャであったわけだ。

はじめキャーミル上級大尉は電信局制圧事件を起こして拘束されたことで、かえってイスタンブルや総督に腹を立てていたイスラーム教徒の間では名を上げ、イスラーム教徒地区での出来事には基本的に無関心なギリシア正教徒たちでさえ彼の名は知れわたるようになった。日が経つにつれ、いずれは大業を為すであろうと思われるこの明敏な将校が、よもや中国のイスラーム教徒たちに助言をするという前代未聞の任務を帯びた諮問団に帯同する皇女の護衛のためだけに来島したなどと信じる者は減っていき、いつしか「もっと別の秘密の任務を帯びてミンゲル島へやって来たのではないか」と、絶望的な日々にあって縋るような気持ちで信じられるようになっていった。

そんなキャーミルがいま、銃撃戦のさなかに負傷した左腕下部は手首も手も血まみれのままバルコニーに立ち尽くしているのである。総督府のバルコニーに居合わせた面々は後年、イスラーム教徒はもちろん、護衛や官吏、あるいはキリスト教徒たちでさえ──誠意をもってであれ、たんなる誇張としてであれ──みな一様にこのとき旗に上級大尉の血が染み込んでいったさまを語り草としたものである。ミンゲル人たることをある種の〝血統の問題〟であると認識し、それを国家の基礎とした一九三〇年代から四〇年代にかけての時期には、この瞬間は〝自由のための闘争〟の過程でもっとも劇的な場面として思い起こされ、ミンゲル人たちに革命を促したのはその手首から指を伝って国旗へ、そして州広場とミンゲルの大地へしたたった建国者キャーミルその人の血であったと公言されるようになっていくことだろう。

そしてその血は、何千年も前にアラル海の南岸からミンゲル島へ移住し、非常に特有の言語を話し続けてきたミンゲル民族の血そのものであったわけだが、上級大尉の手首から先が鮮血に染まるのを見たヌーリー医師は彼の肩に手をかけ、袖をまくって傷を検めようとした。いまこそが彼に旗を手放させる好機だと考えたのである。ヌーリー医師は帝国辺境の廃屋と見まがう野戦病院で、前線から後送された負傷兵や将校たちを数限りなく目にしてきたし、その治療に幾度も立ち会い、手を貸しもした。だからこそヌーリー医師は手慣れた仕草で出血が止む様子のない銃創を露出させ、それが深刻な傷であるとたちどころに理解したのだ。

このときのヌーリー医師の行動を「皇女の婿であるヌーリー医師はキャーミル上級大尉を連れ出

して黙らせるのが目的だった」と邪推する者もいるが、答えは断じて否である。ヌーリー医師の行動は医者として迫られた結果であり、のちほど詳述するようにこのときそうしていなければ上級大尉は命さえ失いかねなかったのだ。ヌーリー医師は失血著しいキャーミルをバルコニーから引き剝がすことで彼を政治から遠ざけ、かくして止血治療に専念したというのが本当のところである。

上級大尉が室内へ運び込まれると、州広場に集まったささやかな群衆の中から、一人、二人のトルコ帽の男が「千秋万歳！」と叫び声をあげた。これに唱和したのは銃声を気にも留めず、すべてはサーミー・パシャの計画どおり進んでいると勘違いした迂闊な者たちだけだったが、大半の群衆も上級大尉の演説や旗に接し、銃声やそれに続くじしまの中でなにか特別なことが起きつつあるのだと徐々に実感し、堂々たる旗が自分たちの頭上で「威風堂々と」たなびくさまに心打たれる者も少なくなかった。

そうして、今日に至るまで誰の口から発せられたのかわからないフランス語の怒声が響きわたったのである。

「アブデュルハミト《ア・バ・アブドゥラミッド》を倒せ！」

サーミー・パシャをはじめバルコニーに居並ぶ人々の態度を見れば、この不穏当なかけ声をあげた者を許しがたいと感じていたのは明らかだ。ところが、イスラーム教徒の役人たちや兵士、憲兵はおろか、領事や書記官、記者たちは必ずしもそうではなかった。バルコニーのすぐ下、総督府の正面玄関あたりからあがったその声に対して、あくまで聞こえぬふりを装ったのである。このかけ声に関してはいまなお満足な記録が見つかっておらず、そもそもこうした挑発的な発言が本当になされたのかどうかさえ疑わしい。しかし、これによってサーミー・パシャ以下バルコニーの有力者たちが、不敬かつ軽忽《けいこつ》な言動に不快の意を表明する機会を得られたのは事実で、おかげで「陛下のお怒りを買ってしまう！」という彼らの怯えや心配は幾分、軽減される結果ともなった。それもあってサーミー・パシャは「あの男を黙らせろ！」とでも言いたげな態度を取ったのである。

こうしてバルコニーの面々は一様に「私たちはイスタンブル政府にも、陛下にも叛意など毛頭ございません！」とでも言いたげな態度を繕いつつ——すぐにそうも行かなくなるであろうが——大半の者はキャーミル上級大尉にやや行き過ぎた行動はあったものの、集会そのものはサーミー・パシャの思惑どおりに運びそうだと安閑と構えていたのである。つまり私たちはここで、大きな歴史の転換点や革命、あるいは崩壊を招くはじめの一歩というものが、大抵の場合、恐るおそるではなく、むしろ大業を為しつつあるという無邪気さとともに踏み出されるという歴史の条理を目の当りにしているわけである。

このときサーミー・パシャの背中を押したのも、おそらくはそうした無邪気さであったことだろう。彼はキャーミル上級大尉がヌーリー医師によって大会議室へ連れ込まれるや否や、予想の十分の一にも満たない群衆に向けこう宣言したのである。

「検疫隔離措置を成功させるため、これより一定期間、モスクと教会への立ち入りを禁止いたします」

さらにアザーンを詠むことも、教会の鐘を鳴らすこともまかりならないと言い添えたサーミー・パシャであったが、いまだ火薬の匂いが立ち込め負傷者のうめき声が聞こえるなかで、美辞麗句に満ちた情感たっぷりの演説に取りかかる気は起きず、ただ「修道院や修道場へ出入りできるのもそこに居住している者に限ります」と続けた。実際、この布告の直後から総督府に登庁した官吏たちが修道院と修道場の居住者を調査し、それ以外の立ち入りの禁止を徹底していくことになる。サーミー・パシャは前々からモスクと教会への立ち入り禁止をこの上なく繊細な問題と認識していたため、取り締まりにはそうした機微を弁えた官吏を配置するよう心を砕き、また現地で適用すべきさまざまな細則についても、自ら進んで書記官たちと共に作成した。この演説の場でサーミーが読み上げはじめたのも、そうした規則の数々であった。

もっともサーミーの演説は広場の群衆はもとよりバルコニーにいた人々の耳にさえ、あまり届いていなかったようだ。前総督の声がさほど大きくなかったことも一因だが、みな状況を把握すべく互いに話し合うのに夢中だったからだ。さらにサーミー・パシャが細心の注意を払って起こした演説文には、イスタンブルや皇帝を腐すようなくだりが一切なかったこともあり、広場の群衆の中でも年嵩の者たちからは「皇帝陛下万歳、陛下に長命あれ！」という声があがったほどだが、これを気にする者もまた皆無であった。

サーミー・パシャの演説の間、マズハル治安監督部長は写真家ヴァニアスに疫学室の現場写真を撮るよう命じた。もとより狭隘な緑色の扉の部屋には、被弾した襲撃者たちが折り重なり、死体が床の血と同じように絡み合っていた。机も側卓もひっくり返りランプは床に落ちて砕け散り、そこらじゅう銃弾で穴だらけであったが、感染地図は元の場所に掛かったままだった。いや、それどころか銃弾によって以前よりもしっかりと壁に縫いつけられたと言ってもよいかもしれない。

奥に感染地図、手前に死体が積み重なるヴァニアスの写真は、この三日後にはアテネの新聞社の手に渡り、『エフィメリス』紙上で「ミンゲルにおいて反革命派のアブデュルハミト派が敗北！」という見出しの記事とともに掲載された。

一方、『アクロポリス』紙では「ミンゲル革命を鎮圧すべくアブデュルハミトが派遣した新総督とならず者たちの末路！」という説明書きが付された。

これらの記事と写真がギリシア王国やヨーロッパ各国で報道されたことで、ミンゲル島の革命と独立がいまや弓から放たれた矢のように覆しようのない事実と化したことを、アブデュルハミト二世でさえ認めざるを得なかった。こうなってはミンゲル島をオスマン帝国の旗だけ残して他国の委任統治領とし、しかるのちいつの日か奪還するという望みさえ捨てざるを得ない。

敢えてギリシア王国の新聞社に写真を渡したのは、サーミー・パシャではないかと推察する者もいる。ミンゲル独立に対するアブデュルハミト帝の制裁に怯える島民たちの退路を断つのが目的ではなかったか、というのだ。しかし、本書はこの説に与しない。なぜならサーミー・パシャにとってキャーミル上級大尉の行動は予期せぬものであったし、独立騒ぎに関してもそれを大事にするどころか、終始沈静化させるべく努めたからだ。第一、これらの写真が報道されなかったとしても、新総督が殺されているのだ。アブデュルハミト帝が知ればサーミーは問責を免れず、解任命令に服さなかったことと併せて厳しい処罰が下されることは明らかだった。バルコニーから演説をしている最中に、サーミー・パシャはもはやイスタンブルへ帰京する道も、それどころか帝国内で生きていく道も絶たれたことを悟ったのである。

集会は、サーミー・パシャの計画に従い各共同体の指導者たちや宗教指導者、政治家、医師たちが揃って、検疫措置の成功と神がミンゲルからペストを取り除いてくれるよう祈ったうえで幕を閉じた。この祈りの瞬間を写した写真は、ミンゲル島ではいつでも見られ――また守られてきた――宗教を超えた同胞意識をよく象徴するはずなのだけれど、遺憾ながら早くも数年後には「ミンゲル政府の建国者たちが国家の永続と全国民の安寧を願って祈りを捧げる」写真と曲解されることとなるだろう。

集会が終わりを告げると、賓客たちは好奇と恐怖の相半ばするまま室内へ戻り、思わず足を止めて憲兵や事務員が片付けをはじめた死体の山をまじまじと見つめた。ギリシア正教徒たちの長であるコンスタンディノス司祭でさえ正面玄関へ向かう前に好奇心に負けて疫学室へ行き、十字架を取り出しながら血まみれの死体や新総督の穴の開いた額をひとしきり観察したのち、供回りに促されてようやく総督府を後にしたほどだ。サーミー・パシャは司祭たちや名のある賓客たちを正面階段まで見送り、検疫措置への協力に対する謝意を伝えた。「神に感謝を」と言ったその口調は、まるで人死にも襲撃もなくすべてが計画どおりだと言わんばかりだった。

同じころ、総督執務室の戸口にいたヌーリー医師はキャーミル上級大尉の止血にかかりきりで、それを検疫委員の中でも噂好きで知られる老医師タソスが手伝っていた。

サーミー・パシャは大会議室へ戻ったが、そこに待機していた領事たちの様子を見るや、その視線から自分がふたたびこの島で唯一の権力者に返り咲いたことを理解して満足感を覚えるとともに、いついかなるときもあらゆる物事を司る総督としての自信を取り戻したのだった。サーミー・パシャは彼らに向かって常ならば控えたであろう非難がましい、蔑むような口ぶりで言い放った。

「以降、ミンゲル島では何事もこれまでのようには行かないとお心得あれ！　ミンゲル国民の生命と財産、そして検疫体制維持の努力を無にせんとした今回の悪辣な襲撃に手を貸した者たちには処罰が下されることでしょう。奸賊どもが領事の皆さんに与えられた特権を利用してここまで入り込んだ可能性もあります。以後、皆さんが総督府へ自由に立ち入るため付与されていた全権限を取り消し、そのほかの領事特権についても詳細に見直すこととなります。もし襲撃に関与している領事がいれば、その方も処罰の対象となりますのでそのつもりで。詳細についてはのちほど、外務大臣より通達いたします」

このとき領事たちも記者たちもはっきりと「これまで文書作成部長が担っていた業務は外務大臣が引き継ぐ」というサーミー・パシャの言葉を聞いているので、この時点ですでに「総督」としてのサーミー・パシャはキャーミル上級大尉の独立宣言とミンゲル政府の樹立を支持していたということも窺える。

「ミンゲルはミンゲル人のものだ」

キャーミル上級大尉がそう呟いたのは、まさにサーミー・パシャが外務大臣の話をしはじめたのと同じ瞬間だった。しかし、銃創による痛みと疲労のため言葉が続かず、キャーミルは枕に頭を預けると黙り込んでしまった。

このときのキャーミル上級大尉の様子から――苦しそうにとぎれとぎれに動かされる腕や、独り言じみた呟き――ペスト患者を想起した者は少なくない。彼らの多くはイスタンブル政府に挑戦したところで大惨事を招くのがおちだと考える現実主義者であり、だからこそ上級大尉はペスト患者よろしく「おかしくなってしまっただけだ」と思い込もうとしたのだ。

ヌーリー医師の判断でキャーミルが大会議室から担ぎ出される光景を描いたアレクサンドロス・ツァッツォスの一九二七年の油彩は素晴らしい出来であるけれど、残念ながらこの傑作のオリジナルはテキサス州のアルコール依存症の石油王のコレクションに所蔵されているため、ミンゲル島の住民たちが接することができるのは、絵の大まかな輪郭のみを伝える新聞や雑誌に掲載された白黒の複製画だけだ。しかし、拳銃と旗を手にまるで女性のようにたおやかに横たわり、青ざめた白い肌をさらして瞼を閉じるミンゲルの建国者にして自由の英雄たるキャーミル上級大尉の姿は、実際の情景をよく写しているように思われる。なおこの場面に関してミンゲル史家たちは、キャーミルは革命を推し進めるべくすぐにも立ち上がろうとしていたと分析する。

大会議室をあとにしようとしていたサーミー・パシャは、戸口で一瞬フランス領事アンドンと目が合うと、さきほど感じた絶大な権能を改めて知らしめるべくこう付け加えた。

「今後はご自身の特権を悪用して捕まったとしても、いつものようにイスタンブル政府やフランス大使館に電報を打って私を中傷できるとは思わないでいただきたい。もとより、我らが司令官のおかげで電報を打とうにも打てないとは思いますが」

サーミー・パシャはそう言ってさきほどキャーミルが運び出されていった扉に目をやりながら、電信局事件のことを仄めかした。

ここでサーミー・パシャが再度「司令官」という言葉を口にしたのは注目に値する。以降百十六年にわたってミンゲル人たちは、これまで読者諸君が「上級大尉」として慣れ親しんできたこの人物を、ミンゲル国の建国者として崇め、心からの感謝と情熱を込めて呼びかけるときの尊称となったのだから。本書でもこれ以降、読者の注意を喚起するため上級大尉と司令官の双方の呼び方を用いることとしたい。

54章

大変な漁色家としても知られた元大使サイト・ネディム氏は、『ヨーロッパとアジア』という外交官時代の回想録において、ミンゲル島を喪失した際に大宰相府がそれをフランスやイギリスの新聞報道ではじめて知ったという一事を、崩壊の途にあったオスマン帝国の官僚機構の驚くべき無能ぶりの好例として取り上げているが、どうにも首肯しがたい意見である。なぜなら電信が途絶え、密偵網さえペストと海上封鎖によって機能していないなかで、イスタンブルの官僚たちやアブデュルハミト二世が情報を得られなかったのはごく当然のことだったからだ。くわえて、州広場において自由と独立——しばらく経つとミンゲル島ではこの二つは分かちがたい崇高な一つの理念と認識されるようになっていく——が宣言されてのち、サーミー・パシャから何らかの処罰が下されるであろうことをよく承知していた領事たちは、逃げるように総督府を後にした。そのまま自宅に引きこもった彼らは、自分の所有する店舗や旅行代理店を閉め、情勢を見守ることにしたのである。

対するサーミー・パシャは、時勢がミンゲルの独立に傾いたのは歴史の必然としてやむを得なかったのだと弁え、新国家を支持せずにいる優柔不断な一部の官吏や書記官たちを切り捨てることにした。「ミンゲル州喪失」を扱う学術論文の中には、むしろサーミー・パシャを二十年前にエジプトやキプロスがイギリスへ明け渡された際にも掲げられ続けたオスマン国旗のようなものであり、いつの日か帝国の領土奪回を期すために皇帝が残した腹心であったと主張する研究も見られるが、この点に関してはいまだ真偽がはっきりとしない。

あらゆる歴史家が意見を同じくするのはこの金曜日の夜、キャーミル司令官が死の淵から舞い戻ったという一点のみである。国家にとって劇的な瞬間にミンゲルの建国者が負った傷の程度については、診断書の類が存在しないこともあってひどく大袈裟であったり、矛盾していたりする異説が多くあるが、ここではもっとも信頼に足ると思われるヌーリー医師からの話に基づくパーキーゼ姫の記述を紹介しておこう。それによると銃弾はキャーミルの左腕下部を大きく損壊させていた。ヌーリー医師と助手を務めたタソス医師は、はじめ止血を行いながらも、勇敢な司令官が出血多量で死ぬかもしれないと危惧した。一人が傷口に圧迫止血を試み、もう一人が荒布で肘を縛りきつく結んだ。

そうしてようやく血が止まり隣室へ運び出される頃には、キャーミルは意識を失いかけていた。ヌーリー医師は自分たちが滞在する賓客室が治療に最適だろうと考え、急ぎ準備を整えさせた。パーキーゼ姫が顔を隠して奥の小部屋へ下がり、しかるのち普段は皇女が小説を読むときに腰かけているヨーロッパ式の長椅子へキャーミルを寝かせたのである。そして、ヌーリー医師はキャーミルを気遣う人々が詰めかける賓客室の戸口へ行き、扉を閉ざした。

キャーミル司令官は意識朦朧としつつも視線だけは動かして状況を確認し「サーミー総督はどちらですか?」と質問を発したが、ヌーリー医師はそれ以上喋るのを禁じた。司令官の顔は血の気を失い、やがて瞼も閉ざされたが、出血は止まっていたのでヌーリー医師は胸を撫でおろした。

人類史に照らせば、二十世紀初頭の四半世紀は人類がもっとも多く銃弾によって負傷した野蛮な時代に当たる。自動装塡式の機関銃の発明と、その機銃への突撃を敢行させる愛国主義の発露が重なり、双方が世界中に急速に広まったのがその原因である。この日、銃弾がかすっただけのはずのキャーミルの左腕から大量出血が見られたのは——当時の救急医療教本には記されていない症例だったが——おそらく左腕の動脈が損傷したためだったと考えられている。

パーキーゼ姫は辺りが暗くなるのも待たずに奥の部屋から出てきて、治療の一部始終を観察している。彼女はこのときミンゲルの独立についてはまだ知らなかったが、そんな彼女から見てさえ、オスマン帝国軍の軍服に身を包み、勲章を帯びて部屋の入り口の長椅子に血まみれで横たわり、そばに国旗が置かれているという光景はいかにもロマン主義的であったようだ。疫学室で死人が出たのはパーキーゼ姫も知っていたし、いまや火薬の匂いが総督府全体に漂っている。皇女はこれまで自分たちの護衛を務めてきたキャーミルをひたむきに治療する夫を見て、自分も彼に何かしてやりたいとは思ったもののどうすればよいかわからず、ひとまずはキャーミルの妻ゼイネプと母親に報せを送り、総督府へ呼び寄せることにした。

ゼイネプが到着したのは、ちょうどキャーミル司令官の左腕上部に縛った布を壊疽が起こらぬよう一度、緩めてから縛り直している最中のことだった。ゼイネプは青白い顔で意識朦朧となって横たわるキャーミルを見るや、小さな悲鳴をあげ、膝をついて夫を抱きしめた。居合わせた人々が遠巻きにするなか、新婚の二人を遠くから見つめていたパーキーゼ姫は終生、このときの光景を忘れなかった。

それまで宮殿内で暮らしてきたパーキーゼ姫にとっての男女の愛の証とは、互いの心が通じ合っているのはもちろん、互いの気持ちの深さや真率さであったようで、皇女の目から見てもゼイネプとキャーミルの間にはそうした親密さがたしかに存在していた。たしかにゼイネプの態度は、結婚してからわずか四十五日しか経たずとも、もはやキャーミルなしでは生きていけないと雄弁に物語っていた。ミンゲルの建国者とその妻についてのパーキーゼ姫の記述については――いずれ必ずやミンゲルの教科書に引用されることと確信しているが――本書のあとに私が出版予定のパーキーゼ姫の書簡集をご参照いただければ幸いである。

パーキーゼ姫はこのとき場の熱気に当てられでもしたのか、知ってか知らずか、オスマン帝国からこのミンゲル島を独立させようとしている当人をこう励ましさえしている。

「素晴らしかったわ、司令官！　あなたはご自分がまさにこの島の人間だと証明なさったのだわ」

「ミンゲルはミンゲル人のものですから」

キャーミル司令官は苦しそうにそう答えるのがやっとだった。

パーキーゼ姫は、安全のため帝国軍駐屯地へ運び出すべくキャーミル上級大尉が装甲四輪馬車へ乗せられる場にも、居合わせている。総督府の全職員が馬車の周りに集まっていたが、彼らは銃撃戦に巻き込まれたばかりだというのに、このままペストを免れ助かるのではないかと期待に胸を膨らませていた。

革命によって「自由と独立」が宣言されたその晩の街の様子を描いた画家タージェッティンの絵をミンゲル島で知らない者はいないが、そこに写されているのはひと気の失せた夜の通りをひた走る装甲四輪馬車の姿だ。しかし、この傑作の中の馬車の御者席には誰も乗っていない。それは自由独立宣言の早くも翌日には、御者たちが屯する界隈にペストが広まり、彼らがみな感染してしまったことと関連する。総督府の御者ゼケリヤーは罹患を免れたが、礼儀をよく弁え市民にこよなく愛された古参の御者が四名、わずか一日の間に相次いで死亡し、アルカズ市では馬車に乗ることもままならなくなってしまったのである。そのためだろう、人々は御者たちがいなくなってなお夜の街を行き来する四輪馬車を、いつしか操る者のないまま彷徨っているのだと妄想を逞しくし、画家タージェッティンはそれを作品に投影したというわけだ。

自由と独立が宣言されたこの日、アルカズ市のペスト死亡者数は十六名だった。それまでの一日の死者数平均を下回る数字であったが、そのうちの七名はギリシア正教徒が多いコフニア、エヨクリマ地区から出ていた。この晩、父娘が亡くなった家を訪れていた弔問客たちにはのちに、両地区を駆け抜けていくキャーミル司令官を乗せた馬車の上で燃える松明は、あたかも街全体を照らし出すかのようだったと、口を揃えた。

四輪馬車の明かりは道行く人々や病人たち、あるいは盗人や不吉な何者かの影を亡霊のように家壁に映し出しながらひた走り、血を吐くネズミや精霊、ペスト菌の混ざった粘液を泉亭の蛇口に塗りたくって回るという怪人までもが、その輝きから逃れようとしていた、と語る者もいる。いずれにせよこの晩、ミンゲル島の人々はみな、自由独立を宣言した革命に一縷の希望を託したのである。

翌日、執務室のサーミー前総督はさまざまな重圧にもめげず、また各方面からの質問にも沈黙を貫き重大な決定は一つも下さぬまま、バルコニーや大会議室における銃撃戦の後片付けに専心していた。

新聞記者マノリスが訪ねてきたのはそんな折であった。

「自由が到来したというのなら、報道もまた例外ではないのでしょうな！」

勇ましい彼の言葉をサーミー・パシャは取り鎮めるようにこう答えた。

「自由なミンゲルにおいては報道も自由ですとも。だが、かくも国家にとって歴史的に重大な時局にあっては、我ら当局者に諮《はか》ることなく思いつくままに記事を書くのはお控えいただきたい。たとえ、あなたが真摯な情熱を傾けて書くのだとしても……」

そう言ってサーミー・パシャは疫学室の方を示した。

「……それをならず者や叛徒ども、あるいは敵方に利用され、自由と独立が脅かされかねないのです。新政府の体制と検疫規則の詳細は近く通達いたします」

その後、サーミー・パシャは負傷のため病院に送られたラーミズら襲撃犯たちを、互いに引き離したうえでアルカズ城塞監獄へ送るよう指示し、面会を求めてきたハディ秘書官を筆頭とする新総督の随員たち——みな軽傷だった——の故イブラヒム・ハック新総督の葬儀に出たいという願いを面倒だとばかりに却下した上で、艀に乗せて乙女塔島へ送り返した。

この日サーミー・パシャを煩わせたのは唯一、アスル・サアデト《至福の世紀》修道場の至福回帰主義者たちだった。預言者ムハンマドが存命していた至福の時代の復古を期す小規模の教団で、これまではほとんど表へ出ず、資金にも乏しいうえ政治はもとより島の商店街や市場、否、ほぼ誰とも関わりを持とうとしない人々であったのだけれど、今回のモスク入場禁止措置には従わないことを内々で決め、必要とあらば暴動も辞さない構えを見せたのだ。もっともアスル・サアデト修道場へ通う者の数は少なく、タトルス地区の修道場にいるサジト導師も半ば正気を失っていた。

サーミー・パシャはそんな彼らに身の程を思い知らせ、新国家のための見せしめとすることに決め、至福回帰主義者たちの先手を打って、その修道場に信頼のおける憲兵小隊を送り込んだ。修道場の住人たちは怒りに満ちており、あれこれ理由をつけて憲兵たちを道場へ入れようとしなかった。憲兵たちから見れば彼らの物腰は十分すぎるほど穏やかかつ平和的で、どうけしかけたものかと頭を悩ませたほどだった。しかし、憲兵とやり取りするうちに大挙してモスクへ行進するという計画が密告されたことを知るとにわかに激昂し、修道場の客分たちや修道僧、門徒たちが薪やら棍棒やらを手に憲兵に襲いかかった。自由ミンゲル国の独立宣言から一日と経たず、政府と民衆の最初の衝突が発生したのである。

総督の小隊はいっとき乱闘を繰り広げたのち退却を余儀なくされた。荒事に長け向こう見ずで鳴らすカラ・カディルが眉間を割られ、もう一人も殴られて昏倒してしまったのだ。憲兵たちが検疫部隊に応援を頼み、再度修道場へ向かったのはようやく午後になってからだった。このときの対応の遅さや無為無策ぶりを、築かれたばかりの新国家の「力量」ないしは、その無能ぶりの証として指摘する研究者もいる。

サーミー・パシャが装甲四輪馬車で駐屯地へ向かったのは日没前だった。駐屯地の客人館へ行くと、キャーミルはゼイネプの側で長椅子に伏していたが、サーミー・パシャを認めると姿勢を正すようにして座り直した。司令官はすでに調子を取り戻したようで顔色も良く、なによりその眼差しも穏やかだった。いまだ帝国記章と勲章の付いた軍服を脱がずにいるせいなのか、その佇まいは人の心を動かす詩的な端正さを帯びてもいた。我らが英雄キャーミルは、いままさに歴史の表舞台に立たんとする人物にのみ降り注ぐあの特別な光に照らし出されていたのである。ゼイネプと二人の兄、医師、書記官たちが席を外すと、サーミー・パシャは扉を閉めた。タソス医師からは負傷した司令官に無理をさせぬように言い含められていたため、キャーミルとサーミーの話し合いはほんの三十分ほどで終わった。

ミンゲルの司令官とオスマン帝国最後の総督は、この半時間ほどの間にこのあとの島の半世紀に及ぶ未来を決する話し合いを持ったのだと主張する人もいる。キャーミル上級大尉もサーミー・パシャも死ぬまで——いずれもそう遠い未来の話ではない——何を話したのかを明かさなかったため、三十分間の会談についての喋々《ちょうちょう》しい記述は枚挙にいとまがない。

サドリ砲兵隊軍曹がミンゲル島の独立を告げる空砲を撃ちはじめるのと、サーミー・パシャの装甲四輪馬車が駐屯地を離れるのとはほぼ同時だった。ちょうど日が沈みはじめた頃合いで、水平線はミンゲル島以外では決して見ることの叶わない紫色と桃色の混ざったような色彩に覆われ、赤と橙の雲が一筋ずつ浮かび上がったかと思うと、すぐに上空の暗雲へと同化していった。

砲音を聞きながら総督府へ戻る道すがら、サーミー・パシャは千々に乱れる心を静めるにはマリカに会って言葉を交わす以外にないと思ったものの、少なくとも明日までは誰にも秘密を漏らすまいと思い直した。総督府に着いたサーミーは、砲音が続くなか窓辺から暗い街を眺めやった。

礼砲はアルカズの街をひとたび揺さぶったのち、周囲の岩山に反響して恐るべき大音となってふたたび街に木霊する。後年、子供時代にペスト禍を経験した世代は、何が一番怖かったかと尋ねられると——大半は苦笑交じりに——このときの砲声を挙げたものだ。はじめのうち大半の島民が砲声は戦艦からのもので、ついに列強諸国の攻撃がはじまったのだと勘違いしたからだ。

しばらくして市民たちは、砲声が一発ずつしかも随分と間を置きながら一定間隔で聞こえてくるのに気がつき、なにか別のことが起きているのだと理解した。二十五発の空砲が二時間かけて撃ち鳴らされ終わると、教会の鐘もアザーンも禁じられたアルカズの街は、港やモスク、教会もろとも常ならぬ静寂に包まれた。

翌朝、御者の制服の中でももっとも見栄えのするお仕着せ――サーミーが手配してやったものだ――を身にまとったゼケリヤーが操る装甲四輪馬車がキャーミル司令官を州広場まで連れ帰ってくるころには、昨晩の砲声がミンゲル独立を世界中に知らしめるための祝砲であったことは周知の事実となっていた。その独立をミンゲルへもたらした生粋の島育ちであるキャーミル司令官が馬車から降りてくると、駐屯地の軍楽隊が『ハミディィェ行進曲』の演奏をはじめた。楽隊がもっとも得意とするのがアブデュルハミト二世に敬意を表して作曲された行進曲であったためだ。総督府の玄関には検疫部隊員と憲兵たちが整列して彼を出迎えた。

「ミンゲル人が作曲した国歌が必要ですな」

執務室で二人きりになるとサーミー・パシャはそう言って、包帯を巻いて肩から吊るされた左腕や、記章や勲章を外したことでむしろ井々《せいせい》とした魅力を増した軍服姿を惚れ惚れと眺めたのちこう続けた。

「……みな揃っているころでしょう。あなたが上座に座ってください。ただし、部屋には私が先に入りますぞ！」

「いえ、一緒に入りましょう。儀式張ったことは必要ないでしょう」

キャーミルは口ではそう言いつつもサーミー・パシャのあとに続いて大会議室へ入っていった。大テーブルにはこれからの検疫業務を担う主だった官吏や検疫委員会の委員に加え、各地区長や総督府内の各部署の責任者たち、そしてヌーリー医師とニコス医師を筆頭に数人の医師が、互いに距離を開けて着席していた。

「もっと多くの方々にご参集いただきたかったのですが……。皆さま、咳をなさるときはほかの方の方を向かぬようにご注意ください。さて、これまで私たちが行ってきたことはすべて、疫病を終息させ、ミンゲル人の生命を守り、皆一丸となってこの災厄を生き残るためでした。そしてその使命を果たすためには、革命を起こすよりほか手立てがなかったということは、皆様もよくご存じのことでしょう」

サーミー・パシャの言葉に耳を傾けるうち会議の参加者たちは、自分たちが主権国家としてのミンゲル国の憲法を起草するか、少なくともその新憲法を承認するという大事業のために呼ばれたことにようやく気がついた。見れば、大テーブルの隅には書記官が二人、サーミー・パシャが読み上げる憲法条文を書き留めるべく待機している。

「一つ、ミンゲル人とはミンゲル島、すなわちミンゲリアに暮らす者たちである」

サーミーの指示で書記官が筆記を開始した。

「二つ、ミンゲリアはミンゲル人のものである。三つ、自由かつ主権を有するミンゲル島の国家ミンゲリアは、ミンゲル人を代表するミンゲル共和国政府によって統治され、国家の諸決定はミンゲル人の名のもとに下される。四つ、ミンゲル人は、全国民に対して平等に適用される諸法によって統治される。これに関しては追って憲法が起草される。なお、ミンゲル市民はみな平等である。五つ、裁判、財産登記、戸籍、税金、兵役、税関、郵便、港湾、農業、商業、その他あらゆる事項に関する決定権はミンゲル国民が有するものとするが、それらに関する新法が制定されるまでの期間は、もしこの場で異議がなければ、旧来のオスマン帝国の諸規則、記録、貨幣、位階と地位およびその身分を示す記章を有効と認める」

サーミー・パシャは最初の五ヵ条を書き取らせ、彼が早くも「議会」と呼びかけはじめた人々から——イスラーム教徒が多数を占めギリシア正教徒は少数であった——署名を取り付けたのを確認すると、これまたすでに準備をしておいた新政権や各行政組織の人事に話題を移した。

「寄進財管理部長は寄進財大臣、ニコス検疫局長は保健大臣、新政府における検疫大臣は特別にヌーリー医師に務めていただくことにいたします。さらに税関局長は税関大臣、憲兵司令官は内務大臣となります。こうすることで総督府改めこの首相官邸では、一人として部署を移動する必要がなくなるわけです。目的はあくまで滞りなく業務を続け、疫病終息まで検疫体制を維持することであって、体裁は重要ではないのですからな。さあ、いまやミンゲル島はあらゆる決定を自ら下さねばならなくなりましたぞ」

長い話の終わりに一同は、どうやらサーミー・パシャはこの新体制にあって「首相」の座に収まるらしいことを察したものの、当のサーミー・パシャは新政府の地位や称号についてはそれ以上の説明を避けた。それよりも、キャーミル司令官が民衆に向け旗を振ってからまだ二日と経っていないいまこの場にふさわしいのは、イスタンブル政府およびオスマン帝国からの分離独立宣言に対して——たとえそれがいかに理に適っていようとも——反発する人々をなじるのではなく、むしろ宥める言葉だと考えたからだ。

「知ってのとおり、私たちはいま前代未聞の日々を経験しています」

サーミー・パシャは話をまとめるように続けた。

「それは偉大なミンゲル国民が生存をかけて疫病と戦う日々です。また、その生存闘争を率いる日々にあって、私たちはミンゲル人たちが否応なく文明社会の表舞台に引き出されるさまをも目の当たりにいたしました。その闘争をはじめから率いてくれたのが、ほかならぬキャーミル司令官です。我らが長となるべき彼をいまこの場で将軍に昇格させ、パシャ《閣下》の称号を授けることに同意いただけますでしょうか。……提議は可決されました。続いてキャーミル司令官閣下をミンゲル共和国大統領に推挙いたします。同意いただける方は挙手ください。……キャーミル司令官閣下がミンゲルの初代大統領に選出されました。この決定は今晩、二十五発の礼砲をもって公布されるものといたします」

一同の視線を浴びながらキャーミル司令官が口を開いた。

「ミンゲル国民の代表者たる議会の皆さまに感謝申し上げます！」

キャーミルはその場で立ち上がるとやや大袈裟に、しかし微笑みを絶やさず礼を述べた。

「私からも憲法の条文を提案したく思います。これもまた憲法の劈頭に掲げるべき条文でしょう。〝ミンゲル共和国の国語は、ミンゲル人とミンゲリアの国に固有の言語であるミンゲル語である！トルコ語およびギリシア語は、国家公用語として一時的に用いられるものとする〟」

一瞬、沈黙に包まれた大会議室にあって、キャーミルの視界の隅でサーミー・パシャが不快げに顔をゆがめ、ギリシア人医師タソスは拍手しながら「ブラボー！」と叫んだ。

オスマン帝国ではギリシア語は公用語の地位にはなかったため、もし憲法にこの条文が入れられればギリシア正教徒たちも新政府を支持するはずだ。列席者たちはこれまではお伽話か夢の中の出来事のように感じていた会議がふいに駆け引きを伴った現実的な政治の場と化したのを肌に感じた。ミンゲル語の発展を期すのであれば、いずれはギリシア語もトルコ語同様に不遇な地位へと追いやられかねない。もっとも、このとき検疫隔離政策の維持を図るべくこの場に出席している面々には、ミンゲル語を島で唯一の言語と定めるなどとは民族主義的ないしは言語民族主義的な夢物語としか思えず、あまり深くは考えなかった。問題はむしろ、ギリシア語の公用語化にイスラーム教徒たちが怒り狂うだろうという点だったのである。

キャーミル司令官は列席者たちの不安を慮《おもんぱか》りつつ先を続けた。

「美《うま》しこの島にあって、我々は何百年もの時を兄弟として過ごしてきました！　検疫行政に当たっては、父たる国家は我が子たる兄弟たちを公正に遇し、それぞれと平等な距離を保つべきでありま す。そしてまた、私たち自身が互いを兄弟と認めること。それこそがペスト終息には不可欠なのです」

キャーミル司令官はここで一旦、口を噤《つぐ》んだ。生涯にわたって記憶されるべき言葉を伝えようとしているのだと一同に知らしめるような沈黙のあと、彼は言った。

「私はミンゲル人です！　ミンゲル人であることを誇りに思い、それが自慢でさえあります。自らがミンゲル人として諸国民と平等な誉れ高い世界の一員であることを幸運だと感じています。そしてまた、こうも願っております。ミンゲル人は、我がミンゲル島は、そして我がミンゲル語は、世界の諸国民によって敬意を払われるべきであると。もし明日、息子が生まれたのなら、家ではこの島の誰しもがそうであるようにミンゲル語を話すことでしょう。やがて学校へ上がったなら、私たちの子供が家の中で話している言葉を恥ずかしいと考えたり、それを忘れてしまったりすることがないように、そして、ミンゲル国民がペストに敗れ絶滅してしまうことがないように、いま世界中が見守る前で決断しようではありませんか」

ミンゲル国籍を保有し島で学校へ通った者であれば誰しも、このときのキャーミル司令官の名演説を諳んじて心に刻み込み、ときには涙ながらに復唱した経験を持っているもので、たとえば海外で同胞に迎えられたときなどには満面の笑みを浮かべて「私はミンゲル人です」と挨拶するのはこの上なく誇らしいことと考えられている。ただし、キャーミル司令官のこの演説はある矛盾をも孕んでいて、それに安易に言及することだけは禁忌とされている。だから誰も「島民みなが兄弟であると言うのなら、何百年ものあいだ祖先たちが用いてきた言語の中でどうしてミンゲル語だけが、トルコ語やギリシア語、あるいはイタリア語やアラビア語よりも勝っていると言えるのか」とは問えないし、まして「一九〇一年の出生児のうち、家内でミンゲル語を用いる家庭に生まれたのはわずかに五人に一人、島民の大半はトルコ語かギリシア語を話す家庭に生まれた」などとは口が裂けても言ってはならないのである。いずれにせよこのときのキャーミル司令官の演説は、大会議室の壁際に立っていた書記官の一人が急に椅子に座り込んだかと思うと、苦痛もあらわにいまや見慣れたものとなったペストによる高熱に震えながらうめき声を発したことで、残念ながら中断されてしまったのであった。

55章

自らの首相就任を皆に納得させ、併せて自らの意見をあっという間に公文書に適う文章表現に整えさせたサーミー首相は、その日の午後、隣の大会議室で憲法制定についての話し合いが続くなか、執務室において首相としての初仕事に取りかかった。

まず、昨晩の二度目の衝突の結果、検疫部隊が拘束した七名の至福回帰主義者をアルカズ城塞監獄へ移送し、その二倍ほどの人数の逮捕者たちを同じ城塞の隔離区画の方へ収監するよう命じた。アスル・サアデト修道場とはまた別の小さな修道場の「巻毛」という通り名の導師が――その名のとおり髪の毛が逆巻いていた――「モスクへ行かねばイスラーム教徒たり得ぬ、ペストを口実にモスクの門を閉ざすのは教義に反する無慈悲な振舞いである」と主張しており、この人物も冷静さを取り戻すまで収監するよう指示を出した。ちなみにこの「巻毛」師はすぐに改悛の態度を示したため城塞監獄へ連れていかれることなく解放された。さらにラーミズ一党の裁判の準備としてタシュチュラル、カディルレル両地区の家屋に対する強制捜査を手配させる一方、ゲルメ地区の隠れ家に関してはハリーフィーイェ教団の修道場が近すぎるという理由で捜査を許可しなかった。

サーミー首相はすでにハリーフィーイェ教団との間の不和は取り除かれたと考えていたものの、引き続きハムドゥッラー導師に気を遣い、いらぬ誤解を招かぬよう心を砕いた。例の銃撃戦の際にハムドゥッラー導師の義弟ラーミズが、負傷こそしたものの死亡しなかったのは僥倖でもあった。キャーミル司令官の怒りや警戒心はラーミズに向けられるであろうし、いざとなればハムドゥッラー導師に対する切り札としても使えるからだ。導師の義弟が多くの犠牲者を出した血まみれの襲撃を実行し、しかも自らは撃たれて投獄されているとあって、ハリーフィーイェ教団の勢力は削がれつつある。もっともサーミー首相は、ハムドゥッラー導師が修道場内のどの建物のどの部屋に籠って瞑想にふけっているのかなどの内情までは摑んでいなかったため、教団の門弟たちに今後どう対処すべきかについてはキャーミル司令官には諮らなかった。そのかわりラーミズ一党の裁判を一刻も早く開始するよう命じて報告に行くと、キャーミル大統領からはこんな答えが返って来たのだった。

「もちろん、ミンゲル政府は公正でなければいけませんからね！」

この答えを聞いた前総督にして現首相であるサーミー・パシャは、以後キャーミル司令官に対してミンゲルのどのような問題を、いかなる形で報告すればよいかをたちどころに理解した。つまり司令官は、官吏や書記官たちの業務や官僚的な作法にはまったく興味がないが、予算や財政、給与や兵員数、駐屯地にいるアラブ人部隊による治安維持などについてはよく理解しており、その動向についても把握している。さらにいくつかの問題については格別な関心を寄せ、政府の力をもって解決したいと強く願っている様子だ。

たとえば司令官はミンゲル独立を内外に宣言するためにも記念切手を発行すべきであると強く要

望しており、自らディミトリス郵政大臣に訓示を垂れるほどであった。「島にもイズミルにも、テッサロニキにさえお望みのような微細な印刷を行える工房はありません。パリへ注文するほかありません」という大臣の答えが気に入らなかったキャーミル司令官は、そうした技術的問題は島内にあるものを何でも利用して——「印刷業者がペストで逃げ出してしまったのであれば、内務大臣に見つけてもらえばよいのです」——解決するよう主張して譲らなかった。一連の経緯を知ったサーミー・パシャは「つまり大統領はご自分の顔とミンゲルの景色を切手に載せたがっているのだな」とすぐさま察したのであった。

また、政府の要職や議員たちの就任に際して皇帝の即位の儀よろしく大統領から贈答品を贈るというのも、司令官自らが注意深く検討した案件に数えられる。旧総督府、つまりは新政府の財政にゆとりのないことも承知していた司令官はどうにかしようとあれこれ策を巡らせた結果、近しい人々への贈り物として島の広大な国有地を与えることに決め、農地税の免除を証明する書類を作らせ自ら署名した。ただし百十六年経った現在では、このときの贈り物とされる「登記簿」と免税証明書の有効性をミンゲル土地管理局に認めてもらうためには、まず詳細な申請書を裁判所へ提出する必要があるということも断っておこう。

キャーミル司令官がミンゲルの元首となったことを知らせる礼砲がはじまったのは、この日の宵の口だった。今回は、前回の祝砲のようにアルカズ市民を震え上がらせるようなことにはならなかった。いまだ死者は減らず食料の確保さえ難しくなりつつあったものの、市民たちは電信局制圧を成し遂げ、島の娘と恋に落ちて結ばれた若々しく勇気ある指導者を歓迎した。三日前に血みどろの銃撃事件があったばかりの旧総督府で大統領就任式典を行うというのはとんでもない愚行であったから、かわりに検疫令公布のときと同種の看板が用意され、礼砲の開始とともに各通りに貼り出すための告知書が刷られた。それらにはキャーミル司令官が自由独立を旨とするミンゲル共和国の大統領に就任したことと併せ、検疫規則と新政府への服従の必要性が説かれていた。

しかしミンゲル革命の裏では旧総督府、つまりは首相府に奉職する役人たちのうち登庁して仕事を続けている者は半分ほどまで数を減らしていた。ある者は家から出ようとせず、ある者は農村部へ遁走し、また死んでしまった役人もいたからだ。登庁してくる役人たちにしたところで大半は無料の昼食をあてにしてのことで、それ以外の者も給料をほかの者に奪われまいとして顔を出しているに過ぎなかった。そのため行政の大半はもっぱら、イスタンブルから派遣されてきた責任感の強い中位から高位の官吏たちが担わざるを得なくなっていたのである。礼砲の翌朝、登庁する道すがら壁に貼りだされた告知書を読んで大きな不安を覚えたのも、彼ら中央派遣の書記官たちだった。告知書のとおりであるなら自分たちはイスタンブルのオスマン帝国政府か、新たに誕生したミンゲル共和国政府かの、いずれかを選ばねばならないのだ。しかも頼るべきサーミーは総督を解任され、アブデュルハミト帝が派遣した新総督も殺されている。

サーミー首相とて、もし自分が郡長や県知事、あるいはそのほか中位の公職を歴任していた地方都市や島々で反乱に出くわし、いままさに書記官たちが直面しているような選択を迫られたなら、イスタンブル政府の方を選んだに違いないし、いかなる理由であれ帝国政府を選ばない同僚がいたなら「反逆者」と見なしたことだろう。そのため新婚の妻をイスタンブルに残してきているニザーミー寄進財管理部長や、ミンゲル島に馴染めず島が嫌いなアブドゥッラー管財部補佐のように、すぐにもイスタンブルへ戻りたがっている役人たちの気持ちもよく理解できた。そこでサーミー首相はまず、島出身の裕福な妻と暮らすマズハル治安監督部長や、メフメト・ファーズル暗号解読官のように判断を下しかねている官吏たちを憲法の起草委員会へと登用して、ほかの役人たちの範となるよう取りはからった。

ギリシア正教徒や島育ちの役人たちはといえば、もとより自由独立について不満はなく、降って湧いたかのように与えられた新たな地位や肩書――「大臣」、「主任」等々――についてあれこれ話し合い、しばしの間とはいえペストや隔離の恐怖を忘れて冗談を飛ばし合うほど喜んでいた。――「イスタンブルは我々を処罰するだろうか?」、「俸給は取り上げになるのだろうか?」、「大統領の署名付きの土地証書にもこの新しい肩書が書かれるのだろうか?」、「サーミー閣下は俸給も払われると約束なさったぞ」。

彼らと異なり、あくまでイスタンブルとオスマン帝国に忠誠を誓う官吏たちは冗談を口にするでもなく、新しい地位や給与についてもまともなものとは考えず、それどころか悪化の一途をたどる感染状況への悲観さえ口に出さぬまま、ただ黙々と仕事をこなしていた。イスタンブルに忠実であるからこそ心を乱す書記官たちの一人ひとりをサーミー首相はよく知っていたから、そのつまらなそうな、あるいは不機嫌そうな表情の裏にはアブデュルハミト帝の報復への怯えや、妻子に二度と会えず、家に帰れないかもしれないという恐怖が渦巻いているのが手に取るようにわかった。

だからこそサーミー首相は帝都から派遣されている彼らを呼び出し、微笑みを絶やさずにこう声をかけたのである。

「ミンゲルは賢明かつ慈悲深い国です。誰かをこの島に引き留め、あるいは人質にする気は毛頭ありません。諸君ら全員に声をかけたわけではないので同僚諸兄にもそう伝えていただきたい。革命政府で働くのを望まぬ者はもちろん、島を離れイスタンブルへ戻りたいと願う者には援助も約束しましょう。この疫禍が収まったならミンゲルとオスマン帝国はあくまで友邦として万事、うまくやっていく予定なのだからね」

最後の言葉はまるで、友人に官僚特有の悩みを愚痴るときのような気軽な調子だった。

「ですが、このままでは私たちは祖国と皇帝陛下、なによりイスラーム共同体を裏切ることになります」

テセッリ市のラフメトゥッラー市長がそう嚙みつくとサーミー・パシャは「それは正しい見方とは言えませんな!」と返したものの、もとよりほとんど面識のない相手だったことも手伝って、中央派遣の官吏たちを集めて会合を開こうというキャーミル司令官の思いつきに乗ったことを早くも後悔しはじめていた。よもや「祖国への反逆罪です」、「今上陛下はなんと仰せになることやら」等々の言葉が飛び交うような会合になるとは思ってもみなかったからだ。サーミー首相はどう振舞うべきか逡巡しながらこう抗弁した。

「……言ってみれば、私自身もこの島の出身ではないのです。ですが、心配には及びますまい。よしんば我々ミンゲル側があなた方に危害を加えようものなら、オスマン帝国政府はそれを口実にこの島を占領下に置きかねないのですから」

「ミンゲル島はもとより皇帝陛下のものです。それを占領呼ばわりなさるとは心得違いもはなはだしいですぞ!」

ラフメトゥッラー市長がそう言い返した。

「やはりあなた方イスタンブル派の方々をこのまま帰すわけにもいきませんな。我が国に敵対的な諜報行為をなさるつもりでしょうから」

「閣下、いまや日に十五人、二十人と死者が出ているのですぞ。この疫病が続く限り誰もこの島を占領しようなどとは考えますまい。諜報活動など意味をなさないのですから」

「業務を続けてくれる職員には旧体制下で遅配していた給与と、新政権になってからの給与がすぐにも払われる予定です。オスマン帝国への背信を恐れて公務を投げ出した者も、滞納分の給与を受け取ることができます。現職員たちのあとになるでしょうが」

「いまは給与の話どころではないだろう」と苛立つ者もいたが、少なくとも誰も口に出しては言わなかった。窓からは灰色味を帯びた日光が差し込み、マツの木の緑も鉛色に色褪せて見えた。アザーンも鐘も聞こえないからなのか、街の上空には雲が常ならず重く垂れこめ、人々の意気も空の青と一緒にかすんでしまったかのような日だった。

長い議論の末、サーミー首相はイスタンブルへの帰京を望むイスタンブル派をなんとか分断し、彼らを島に留まらせることに成功した。彼が意図してそうしたのかはわからないが、結果として島内のギリシア正教徒たちに対抗するための勢力を維持したわけである。そのため、このときの話し合いを高く評価する人もいるが、家ではトルコ語を母語とする彼らはただ、ペストが去りオスマン帝国の戦艦と兵士が助けに来てくれるその日までは目立たぬようやり過ごすのが一番であると思い直したに過ぎなかった。サーミー首相が、イスタンブルへの帰還を望む者たちの中でも一等、声が大きく反抗的なテセッリ市のラフメトゥッラー市長、ニザーミー寄進財管理部長、管財部補佐のアブドゥッラーなど主だった面々の自宅へ憲兵と兵士を送り、乙女塔島へ収監させたのはこの日の夜だった。これ以降、白亜の愛らしい小塔が立つこの隔離島は、アブデュルハミト二世に忠誠を誓い、トルコ語を母語とするオスマン帝国臣民を収監する刑務所へとさま変わりすることとなったのである。

夜半、帝国に忠実な官僚たちを乗せた艀が乙女塔島へ向けひっそりと出発する頃、サーミー首相は首相府——つまり旧総督府——の庁舎の執務室のバルコニーに立っていた。革命の起こった金曜日の昼以来、はじめてのことであった。彼はそうすることで、アルカズ川の岸辺から届くカエルやセミの啼き声の中からオスマン帝国の官人たちを運ぶ艀の櫂の水音を聞き分けようとしたのである。

56章

この時期のミンゲル島でもっとも幸せな恋人たちは誰かと問われれば、それは疑いなくキャーミル大統領夫妻だった。キャーミルの腕の傷を診ていたタソス医師が、ゼイネプを一目見て「ご懐妊です」と告げるや二人の世界は一変した。

駐屯地の客人館に滞在していたゼイネプは、母親にも会えずまるで捕虜になったような気がしたものだが、ラーミズ一党が投獄されたおかげで危険は去った。くわえて駐屯地に暮らすのでは国家元首として外聞も悪く職務にもそぐわないので、二人はスプレンディド・パレス・ホテルに戻ることに決めた。

ホテルの部屋に戻ったキャーミル司令官はすぐ、この二日の間に付け加えられたパシャの位階を示す肩章と袖章のあしらわれた軍服に着替え、母を訪ねた。スカーフをかぶって涙に頬を濡らす母親の手の甲に接吻するキャーミル司令官を写したこの日の写真は、教科書や紙幣、はては宝くじ券に印刷され、一九五〇年代以降に祝日として一般化した母の日のおかげもあって、今日のミンゲル人で見たことのない者はいないほど有名である。このとき彼が訪ねた子供時代を過ごした実家は博物館に改装されているが、ミザンジュ・ムラトがアラビア文字を用いる「古いトルコ語」で著したフランス革命と自由主義について記したあの本も、この写真に次ぐ重要な収蔵品として、見学の学生たちの課題にたびたび引用されている。

さてキャーミル司令官はスプレンディド・パレスの一階を検疫部隊の詰所、二階を自身の執務室とし――ただの大き目の客室であったためサーミー首相の執務室よりも狭かった――併せて大統領補佐官（現在の大統領府首席秘書官にあたる）として派遣されてきたマズハル治安監督部長とその書記官たちの部屋も確保された。キャーミルとゼイネプの私室はホテル三階へ移され、子供のゆりかごを部屋のどこに置くかまで決められた。

部屋にふさわしい調度の調達にあたってはギリシア系富家マヴロイェニス家が所有するフリスヴォス海岸を見下ろす四階建ての豪邸から家具が徴発されたため、大変な批判を受けた。新政権が、無意識にギリシア正教徒国民を軽んじている表れと受け取られたのだ。

上級大尉は――私たちミンゲル人は彼を常に「大統領」とだけ呼ぶのではない――生まれてくる子供は男の子に違いないと頭から信じ込んでいて、考古学者セリム・サーヒルにミンゲル人の古い男性名を漁るよう依頼するほどだった。彼は我が子が特別な人間となるのを確信している様子で、少なくとも我が子が最初に聞き、話す言葉はミンゲル語でなければならないと考えていた。ゼイネプと二人きりで過ごしながらミンゲル語で会話する時間を増やそうともしたが、共和国の長としての仕事に追われ、ままならなかった。

キャーミルとゼイネプは、困難な日にあってなお、互いを愛し合い幸せに過ごしていられるのは、ひとえにスプレンディド・パレスの最上階で過ごす親密な時間あったればこそだと心得ていた。そ

のため二人きりになると窓を開け放って身を寄せ合い、アルカズの街の閑散として物音ひとつしな

い死臭を含んだ静寂に耳を傾け、あるいは焼却対象となった家屋から立ち上る黒煙を透かして、湾

の対岸にあるアルカズ城塞の隔離区画のペスト患者や感染容疑者たち、あるいはただ時間を潰して

いる不運な者たちから目を背けぬことにしていた。

二人が褥の中での新たな戯れを見出したのも同じころだ。互いの裸体のどこか——もちろん秘所は除くが——たとえば臍の穴や乳首、耳、指や肩などに注目し、それを果物や小鳥、とにかく動物や物に喩えるという遊びだ。キャーミルとゼイネプはこの戯れを通じて裸体や房事、なによりお互いの存在にさらに慣れ親しんでいった。目や鼻先を相手の裸体のどこかに近づければ、蚊やそのほかの虫に刺された痕であるとか、切り傷であるとか、あるいは痣やらほくろやら、とにかくこれまで気がつかなかったものが目に入る。蚊に刺されるのはしょっちゅうであったため、二人とも首筋や足は赤い虫刺されでいっぱいだったが、ときたまそうした斑点や腫れを見つけてペストに罹患したのではないかと恐怖に駆られることもあった。たとえばキャーミルの背中寄りの脇の下に小さな腫れを見つけたゼイネプは思わず「これは何!」と声をあげ、それから小さな刺し傷を見つけ、痒みがあるのだと聞かされて、ただの蚊の咬み痕だと得心して胸を撫でおろしたのだった。

島へ帰ってからのこの二カ月の間にキャーミルは、死の恐怖が夫婦や母子、父娘の仲を悪魔のように容赦なく引き裂くのを目の当たりにしてきた。ヌーリー医師の護衛として同道したテオドロプロス病院では夫婦で同時にペストにかかってしまったため、誰が子供の面倒を見るのだと夫に食ってかかる妻を目撃したし、別の機会にはカディルレル地区の海にほど近い界隈の、とある家庭の子供の収容にひどく手こずらされたこともある。結局、首筋に大玉の横痃が出たその子供を家から引

き離して病院に収容できたのは、検疫部隊に反発していた父親が発症し、喧嘩どころではなくなったあとだった。横痃が現れると家族はみな身体の赤斑や虫刺され、そのほかの腫れに異様に目ざとくなるもので、そんなとき彼らの顔には死をなお一層、耐えがたいものとする孤独感がありありと浮かぶのだった。

駐屯地からスプレンディド・パレスへ戻ったその日、包帯の上から銃創を確認していたキャーミルは、右脇の下にしこりがあることに気がついた。ゼイネプに気取られぬよう手鏡で見てみるとかなり大きな赤斑が出ている。しかし、指で押してみてもペストの横痃のような痛みはなく、痒みがあるだけだった。このとき大統領はペスト患者に特有の疲労感や発熱も感じなかったが、二日前から咳が続いていた。今回のペストでは咳から悪化する症例も確認されていた。

もし自分がペストにかかったのなら、その兆候に正確に気がつき、罹患の事実と向かい合うことができるだろうか？——ふとそう思ったキャーミル司令官であるが、彼がもっとも嫌うのは臆病であった。

もともとオスマン帝国の青年将校であったキャーミルは、ミンゲルの司令官にして共和国大統領という地位に就いてからというもの、自分の心の奥に潜む思考感情、さらには想像力さえもが激変しつつあるのを実感していた。それは苦痛こそ伴わなかったがキャーミルをひどく驚かせた。自分が以前よりも「理想主義的」になり、前にもまして他者を思いやり、ミンゲル島や息子、ミンゲル国民のために献身しようと願うようになったのを実感し、それに気がつくたび善き人でいることの幸せを感じるようになったのである。

予期しない形で国家元首となったためか、キャーミルの脳裏にはときおり、自分はまさにこの使命を果たすべく選ばれたのではないか、という思いがよぎるようにもなった。ギリシア戦争で勲章を授かったとはいえ、三日前まではただの上級大尉に過ぎなかった自分が、いまや一国の、それも生まれ育った愛しい島の指導者となったのは、はたしてただの偶然なのだろうか？　キャーミルはイスタンブルの陸軍士官学校に在籍中も、同郷出身の誰よりも成績がよく優秀だと自任していた。いま思えばそれさえも偶然とは思えず、自らの生涯をほかの者にも伝えておくべきだと感じるようになった。そうすれば、大きくなった息子が若き日の父親がいかなる学生であったか理解してくれるだろうと考えたのだ。

翌朝、考古学者のセリム・サーヒルから古いミンゲル人の男性名についての報告を受け取ったキャーミルは狂喜しつつ、スプレンディド・パレスの執務机からふと窓外に目をやった。二階の執務室の窓からアカシアやマツの木々を透かして見える港や桟橋、あるいは海へ下りていく坂には人の気配はなく、いかにも寂寞としていた。

現在ではミンゲル大統領府文書館に所蔵されているセリム・サーヒルの手紙に目を通すや、キャーミル司令官は不安に駆られ、大統領補佐官となったマズハルを呼び出して、大声で手紙を読み上げたのちこう尋ねた。

「この手紙にある名前を、これまで聞いたことがありますか？」

もと治安監督部長マズハルはミンゲル島へ派遣されたのち、島の娘と結婚してここに留まりはしたものの、ミンゲル人の家系でないどころかイスタンブル育ちである。彼は申し訳なさそうにそう説明したうえで、しかし自分がミンゲル島をいかに愛し、自由独立は全島民、とくにイスラーム教徒たちから大いに歓迎されていることを述べた上でこう白状した。

「しかし、それらの名前を聞いたことはございません」

「私もまったく初耳なのです！」

失望を隠さず大統領も同意した。

そこで二人は書記官を呼んで同じ手紙を読ませてみたが、彼は考古学者の使うフランス語の単語やミンゲル人の名前をまともに読むことさえ覚束なかった。アラビア文字で書かれたトルコ語の手紙の中で、ミンゲル人の名前といくつかの気取ったフランス語がわざわざラテン文字で書かれていたためだ。もっとも、生まれながらのミンゲル人であった書記官が、大統領を前にして緊張のあまりうまく発音できなかっただけかもしれないけれど。キャーミルはといえば考古学者が司令官《コムタン》というトルコ語の自分の呼び名をわざわざフランス語で指揮官《コマンダン》と書き改めていることを――揶揄が含まれているのは明らかだ――腹に据えかね、こう言った。

「考古学者のセリム・サーヒル氏は、私たちの歴史をもっと勉強すべきです！　マズハルさん、この件に関して郵政大臣と税関大臣と相談の上、規則を作ってくださいますか」

こうしてキャーミル大統領は急速に自分のなすべき職務を見出していった。日に二回、首相府の書記官がその日の死者数を報告しに来てくれるようになったため、朝方に首相府の疫学室へ出向く必要もなくなった。検疫部隊についてもキャーミルは指揮官を退き、飾り気のない委任式を経てミンゲルで最初に作られた記章と一緒にハムディ曹長に引き継ぎが終わっている。

ミンゲル島で名のある仕立屋はみなギリシア正教徒であったため、ほとんどが最後の便でイズミルやテッサロニキに逃げてしまったが、キャーミル大統領は居残っていた仕立屋のヤクミを探し出してきて、ペストが去った後に着用するための冬用の平服を注文し、布地見本や背広の型も見せてくれるよう依頼を出した。注文を終えると、ちょうどやって来たヌーリー医師と死者数や最新の感染状況について話し合った。いまだ一日の死者数は十二人から十五人の間を行き来し、予想よりも厳しい状況が続いている。頑迷であったり、なにか譲れぬことがあって、あるいはただ単に愚かなために虚勢を張った末に、検疫規則を軽視する者が後を絶たないのだ。

キャーミル司令官はついこの間まで護衛を務めていたヌーリー医師に、以前と変わらない丁重さで「パーキーゼ姫殿下は、ミンゲル新政府がお守りいたします」と伝えた。これに対してヌーリー医師は、自分が乗って来たサーミー首相の四輪馬車で一緒に街の情勢を見て回らないかと誘うことにした。

「装甲馬車からではなく、自分の足で歩いて視察する方が適当でしょう！」

こうしてヌーリー医師と連れ立って通りを歩きはじめるとすぐ、キャーミルは人々の挙措や眼差し、そして頻繁に窓辺などからかけられる「ご機嫌よう！」という類の市民の声から、自分がいかに愛されているかを理解し、その敬愛に対して大きな希望、つまりペストに留まらないあらゆる害悪からミンゲル島を守ってこそ開ける未来に資することで応えねばならないと誓いを新たにした。キャーミルには、大統領を見かけるや期待に胸を膨らませて微笑みを浮かべるこの善良な人々を生き残らせ、その庇護者たることこそが、神から与えられた使命に思えた。

この時期キャーミルは、ミンゲル国旗を国家予算で贖い街中に飾るよう命じたものの、仕立職人や布地屋の大半は島から逃げてしまい、かといって島外から亜麻布を買いつけることもできないため、小旗とはいえ二百本もの旗を用意するのは容易ではなかった。旗不足のせいもあってか、いまだ家に逼塞して暮らす家族たちの中には新国家の樹立さえ知らない者が少なくなく、知っていたとしても無関心な者や、それがどういうことなのか理解していない住民もいる。人々に国家の存在を認めさせるのは、一筋縄ではいかない難事だった。もっともキャーミル大統領に失意の色はなく、それどころかこの国家はいま島で生きている誰よりも永らえ、それこそ何百年と繁栄するだろうと信じて疑わなかった。たしかにこの時期、市民たちは新しい国に期待し、新国家は伝染病に打ち勝つに違いないと口を揃えたものだ。そして彼らの希望の源とはキャーミルその人であり、それも街を精力的に視察する彼を目の当たりにするたび、その決意や熱意、ひたむきな努力を肌に感じられるからこそであった。もともとパーキーゼ姫の護衛を務めていたキャーミルは、島民たちにイスタンブルや宮殿、皇帝などを想起させる大人物であったけれど、あの電信局制圧によって勇名を轟かせ、バルコニーに立って世界に向けて旗を振り挑戦状を叩きつけるに至り、人々はこぞって彼に従うようになったのだった。

キャーミル司令官は、神の恩寵というものがあるとすればそれはミンゲル人として生まれ落ちたことにほかならないと感じていた。彼らが窓越しに目が合うとにっこり笑ってその顔に感謝の表情を浮かべるのは、キャーミルの姿を見て自らもミンゲル人であることを思い出し、この島に生まれた幸運を噛みしめられるからなのだ。

しかし疫病の流行をいまだに受け入れず、なんの対策も取って来なかった貧しい人々は、いまだに絶望と飢えに呻吟している。彼らの窮状に司令官は責任を感じずにはいられなかった。市外に果樹園や田畑を持たず、また知己もいない者たちはすでにその日の食料にも事欠く有様であったが、この責任は疫病への備えとして食料を備蓄するよう周知徹底しなかったミンゲル州総督府にある。なにせ、流行初期においてサーミー総督はペストの存在すら頑として認めなかったからだ。この点はサーミーの愚策であった。

両脇と背後に護衛を従えたキャーミル司令官はハミディィェ大通り——こうしたオスマン帝国期の街路名もすべて改称せねばならないだろうとキャーミルは思った——へ出たのち、聖トリアダ教会とアルカズ川の間の食品店が立ち並ぶ小径へ入った。小麦粉やジャガイモなどの主要食品を販売していた店の半ばは疫禍と検疫措置を恐れ、自宅兼店舗を閉め別の場所で商いをしている。オリーヴや、在庫がある場合には白チーズ、クルミ、それに感染の危険があると噂された干しイチジクなど、あらゆる食料品は三倍に値上がりし、玉ねぎや青物、ジャガイモのような比較的に安価な食品も市場からは姿を消し、パン屋でも普段の半分ほどの量しかパンを焼いていない。もっとも、パンの供給に関しては、キャーミルはさほど心配していなかった。サーミー首相から、アブデュルハミト帝の命令でいまだ駐屯地には大量の小麦粉が秘匿されていると聞いていたからだ。肉屋や家禽店でも常の三、四倍の値段で裏口からこっそり常連客に肉を売るのがせいぜいだ。不衛生と判断された家禽店、魚屋、臓物屋などの大半が店を閉めた影響で、その軒に屯していた猫たちも姿を消してしまった。

ミンゲル島の人口は密航者や死者のせいで日に日に減っているはずなのに、商店街や市場からはそれを凌駕する勢いで食料品がなくなり、いまや島民たちの腹を満たすことさえままならなくなりつつあった。事態を重く見たサーミー首相は、革命前にギリシア人中等学校に自然発生した闇市に注目し、貧しい者たちにも食料を提供できる場所として維持すべく心を砕いていた。キャーミル司令官と随員たちはこの闇市を左に折れ、ふたたび小径へと足を踏み入れた。木造の出窓が並ぶこうした裏通りへ入っていくのは賢明とは言えなかった。いまや仕事を失った男衆が日がな一日その窓辺でぼんやりと過ごすばかりで、治安が悪化していたからだ。

市外との交易を再開し、アルカズ市民に食を保証するためには、現行の検疫規則に対する違反を許容するほかない。すでに街の周囲には憲兵が配置され人々の自由な出入りを制限されており、徒歩で街を出ようとするならさまざまな印と署名が必要な許可証を検疫部隊員に見せるか、さもなければ大半の市民がそうしているように夜を待ち、上トゥルンチラルかホラ地区あたりの後背の、風が吹き荒れる岩だらけの荒れ野の闇を踏破しなければならない。野犬や追いはぎ、あるいは正気を失ったペスト患者、それにネズミとペストをふりまいて回るという悪魔に出くわしさえしなければ、アルカズ市を脱出して近郊の農村へ逃げること自体は不可能ではない。しかし、たとえば週に三回街と村を行き来して商売をしたいとなれば、特別な許可証が必須となってくる。そして新政府はまだ何も手を付けられていないのが現状であった。

ギリシア人中等学校の闇市を保護するという方針は、サーミー首相はもとよりヌーリー医師やキャーミル司令官に、あの巡礼船事件が暴いたような検疫令の孕む矛盾を見せつけずにはおかなかった。検疫隔離措置を成功させるため当局者に厳格さが求められるのは当然だが、その厳格さが度を越したら最後、いま司令官に笑みを向ける島民たちはすぐにも革命に、そして自由と独立にさえ背を向けてしまうことだろう。

市内では餓死者こそ出ていないものの、近親者や家財を失った者や貧乏人、あるいは身寄りのない者たちが物乞いをはじめていた。サーミー首相は当初、憲兵をやってぽっと出の物乞いたちを追い払い、ときには城塞監獄の軽犯罪者たちと同じ房へ放り込んだものの、希望を失った貧者たちが通りで行き倒れたり、飢えたりするよりも、監獄で無料のスープにありついた方がましだと考えていることが判明したため、取り締まりは検疫部隊に任せることにした。ハムディ曹長と二人の部下は物乞いたちを目抜き通りから遠ざけるだけでよしとし、ミンゲル島がまだオスマン帝国領であった二週間ほど前から現在に至るまで、その方針を貫いていた。

そのうちにキャーミル司令官は、アルカズ市の実情を自分の目で確かめるため少なくとも日に一度は、時間をかけて街を歩くようになった。視察の途上、検疫令を巡る口論や諍い、乱闘に行き会えばいそぎ駆けつけ検疫部隊に従うよう説得することもあれば、事情をよく知る市民をこの巡幸に招待することもあった。

七月六日の土曜日、キャーミル大統領はハディド、メジド兄弟を伴ってアルカズ川沿いに新しく立った「村人市」へ足を運んだ。村人市ではやっと口髭がまばらに生えはじめたばかりの少年たちが新鮮なボラやマスを商い、ギリシア正教徒の婦人たちがゼニアオイやイラクサのような雑草を売っていた。

死への恐怖と孤独に耐えきれず正気を失って出奔した二人の子供がやがて健康そのもので帰って来て、山に生えるこのゼニアオイを食べて生き延びたのだと伝えて以来、いまだに店を開けている街の食料品店や、村人市のような新しい市場ではこうした雑草が売られるようになったのである。

この事実は、多くのミンゲル人が最終的には食物を手に入れるべく自分たちなりの手立てを編み出していたことを示している。サーミー首相は島での暮らしが漁業によって成り立っているのを承知していたため、当初は密航者対策として海に出るのを禁じていた漁船にも、出漁を許可するようになっていた。コンスタンディノス司祭の娘の回想録によれば、疫禍が猛威を振るっていたチテ、ゲルメ、カディルレル地区などの子供たちも魚を捕まえて家族を養っていたという。裏庭から抜け出した子供たちはそのまま街の外へ出て、徒党を組んで畑や秘密の小径、抜け穴を移動しながら藪イチゴや野イチゴ、ゼニアオイなどを摘みつつ、二時間ほどかけてダムタシュ川が地中海へと流れ込む断崖絶壁で岩だらけのダムタシュ渓谷まで行って魚を捕っていたという。そろそろ本書の暗澹たる内容に嫌気が差している読者諸君には、ズボンをまくり上げて浅瀬に入り、籠やたもで漁をしていた子供たちがそれを大いに楽しんでいたということをお伝えしておきたい。先述したコンスタンディノス司祭の娘は、子供たちが革命《レヴォリュスィオン》の銃声を聞いたのも、キャーミルが司令官にして大統領に就任したことを知らせる礼砲を聞いたのも、ズボンをまくって網を手に緑色のボラを捕っている最中のことだったと、懐かしそうに記しているのだ。

むかし私が愛読していたミンゲルの古い雑誌にも、網や籠を手に魚を捕って家族や地区に食料をもたらし市民の命をつないだこの英雄的な子供たちを写した絵がよく載っていた。自分も子供だった私はいたく感動し、いまでも、もし百十六年前のミンゲルに男の子として生まれていたのなら、自分も彼らの一員になっていたのではないかなどと想像することがあるくらいだ。小説と史書の相半ばする本書もそろそろ終幕が見えてきたところではあるけれど、私自身も本書のとある主人公の血を引いていることを、いまさらながら明かしておくとしよう。

キャーミル大統領とハディド、メジド兄弟がホラ地区のギリシア人初等学校の生徒たちが授業を受けていた校舎に立ち寄ったのも、ボラとともにスイバやゼニアオイのような薬物を売る新しい市場を視察するためであった。壁には最初の検疫令の告知書が掛かったままで、そこかしこにネズミ罠が置かれ、ライゾール液の香る薄暗い教室にはペスト除けの護符を売るイスラーム教徒の姿もあった。

川魚を売りに来ている長靴姿の少年たちの一人がキャーミル司令官に声をかけたのは、ちょうどハディド、メジド兄弟と連れ立ってこぢんまりとした居心地の良い校庭を見て回っている最中だった。

護衛たちは万が一に備えて少年の前に立ちふさがろうとしたが、キャーミル司令官がそれを押しとどめて言った。

「自由ミンゲルのもっとも困難な日々にあって、魚を捕まえて人々を飢えから救うこの少年は、誰よりも尊敬に値します。皆さんの立場はひとまず措いて、この少年に直接、ミンゲルの司令官と言葉を交わさせてやってください」

護衛が許可すると愛らしいにきび面にトルコ帽をかぶった少年は——実は十六歳の青年であった——司令官に歩み寄り、帯から拳銃を引き抜くと、その胸や顔に向けて発砲をはじめた。

57章

青年のリボルバーから放たれた最初の銃弾はキャーミル司令官の制服の肩に風穴を開けたものの、皮膚には傷一つ残さなかった。

初弾の前から違和感を覚えていたメジドは、拳銃が見えるや少年に飛びかかった。メジドは拳銃を奪おうとしただけだと言う目撃者もいれば、身を挺して司令官を守ろうとしたと主張する人もいる。

いずれにせよ二発目の銃弾はメジドの心臓に、三発目は背骨のすぐ近くに命中し、被弾の衝撃で彼の身体は後ろによろめき、しかし前のめりに倒れ込み絶命した。

四発目は、キャーミルの背後の校舎の窓のテッサロニキ製のガラスを割っただけだった。のちにハサンという名前であることが判明する青年が、拳銃を奪おうとする護衛たちとのもみ合いのなかで適当に引き金を引いたのだ。

五発目が放たれる前に取り押さえられたハサンは、途端に固く口を閉ざし不可思議な沈黙を守った。一同はハサンの決然とした沈黙に驚かされると同時に、あの若々しく潑剌として頑健なメジドがあっという間に死んでしまったことに肝をつぶした。もとより住民の少ないホラ地区のささやかなこの市場は——失業者や野次馬、子供たちが買い物するでもなくただ冷やかしに訪れることがあるとはいえ——市の中心部の港やアルカズ城塞周辺の切迫した暴力的な雰囲気とは無縁だと思われていたからだ。

市場の人々は銃声を聞くや逃げ散り、村人であれ子供であれ、しばらくは自分の屋台や魚籠へ戻ってこなかったのに対して、キャーミル大統領は突然の襲撃を前にしても平静そのものに見えた。のちに語ったところでは真っ先に自分の死や妻の顔、生まれて来る息子、そして祖国のことが思い浮かんだのだという。

護衛たちに手を縛り上げられた若き襲撃犯ハサンは一切、抵抗しなかった。護衛たちも彼を不必要に殴りつけるようなことはせず、ここまで乗ってきた馬車に乗せると、サーミー首相が統括する首相府へ連行し、地下の尋問に使う部屋が並ぶ廊下と向かい合わせの三つの独房のうち、まん中の房へ放り込んだ。

ミンゲル独立の立役者キャーミル司令官に対する襲撃は——すでにアザーンは唱えられなくなっていたものの——ちょうど昼の礼拝どきに当たった。大統領は、礼拝のため商売人たちが店を畳む前に市場を見て回ろうとしていたからだ。そして、その時間帯に大統領がホラ地区の市場に行くことを知っていたのはスプレンディド・パレス二階にいるマズハル大統領補佐官とその書記官だけだった。この襲撃事件は、本当に偶発的な出来事だったのだろうか？　ボンコウスキーもまた偶発的に殺されたと見なされている上でなお、ふたたびの偶然が重なっただけだと、はたして言い切れるものなのだろうか。

四時間後、スプレンディド・パレス二階にてサーミー首相、マズハル大統領補佐官も出席のもと行われた会議では、のちに「過激」と評された一連の決定が矢継ぎ早に下され、その晩のうちに実行に移された。民族主義者的傾向にある史家たちは、ごく慎ましい規模であったミンゲル革命を世界史的大事件の列に加えるべく、この決定に続く日々を「フランス革命後のジャコバン派による恐怖政治」になぞらえるのを好む。そして彼らのこの表現は、人々を従わせるという目的のために裁判と処刑が用いられた点と、「革命の理想」を実現するためには敵対者に対して暴力も辞さない態度で臨まねばならないと頑なに信じる政治理念が支持されたという点では、的を射てもいる。

司令官の執務室で行われたこの会議に、ヌーリー医師は招かれなかった。常に節度ある行動を薦める彼にサーミー首相は声をかけず、大統領もまたいまからわざわざ呼び出そうとは考えなかったのである。イスタンブル政府と帝国に近しすぎると見なされたのかもしれない。いずれにせよ、席上ではこれまで以上に厳格な決定や禁令が下され、数多くの死刑求刑がなされることとなったが、検疫大臣を務めることとなったヌーリー医師の不在によって、パーキーゼ姫と私たちには会議の内情を窺う術がない。そのためミンゲル革命における「ジャコバン的恐怖政治期」については、パーキーゼ姫の書簡ではなくほかの目撃者たちの証言に頼らざるを得ない。

若き暗殺者ハサンはいかに強いられようとも口を割らなかったが、彼が三年前にクレタ島から逃げてきた難民の出であることはすぐに判明した。彼の家族は島北のネビーレル村に住み、バラ農園で働いていた。ラーミズ一党が逃げ込んだのと同じあのネビーレル村の人間だったのである。

「あの青年はすぐにもすべてを白状することでしょうが、私は今回の襲撃の背後にはラーミズがいると確信しております」

サーミー首相はそう断言し、たとえ後からヌーリー医師がアブデュルハミト帝の意を受けて「シャーロック・ホームズのように」手がかりを辿り、新たな証拠をいくら集めようとも関係ないとわざわざ断った上でこう続けた。

「今回はラーミズに対する正義の執行を、いかなる理由であれ先延ばしにはできません。武装した彼らが逮捕されてからもう一週間です。一週間前のあの日、彼の部下、襲撃を画策した事務員ヌスレト、それにイスタンブルから送り込まれた新総督も含め、六名もの人間が殺されたのです」

ラーミズ一党を絞首刑に処するとして、襲撃事件の罪状だけでも国民の理解を得るには十分である。そのうえ、オスマン帝国のボンコウスキー衛生総監や、キャーミル大統領の義兄である勇敢な検疫部隊員メジドに惨たらしい死をもたらしたのもまた、ミンゲル国民を滅ぼそうと検疫体制の転覆を企図したラーミズであった可能性があるのだ。これでは、多くの男たちをその手にかけてきたこの残虐漢を早々に罰しなかったのを、オスマン帝国政府の弱体化の表れと見る向きが出はじめても仕方がない。

「手のつけようのないあの悪漢にこれ以上の慈悲をかければ、さらに誰かの、遺憾ながら私たちのいずれかの生命が危険に晒されかねません」

ここでマズハル大統領補佐官が付け加えた。

「ラーミズとその一党から供述書が取れ次第、総督府襲撃に関する審問に取りかかれば、明日の朝には刑の執行が可能です」

この日、スプレンディド・パレスの二階に集った人々は、絞首刑になるのはラーミズ一党だけでは済むまいと予感しつつも、速やかな刑の執行に同意した。キャーミル大統領がこれらの厳しい決定に大きな影響を与えたのはほぼ確実だが、彼はそのことを国民に知られまいとしたというのが後世の定説である。

またこの会議では、これまでサーミー首相をはじめ医師たちや検疫部隊員たちの悩みの種であったリファーイー教団やザーイムレル教団の修道場を病院として転用することも決定された。その実行は検疫部隊員と地区の代表者に委ねられ、修道場の建物内や中庭にペスト患者を収容し、適切な治療を行うため必要とあらば、修道場の住民全員を退去させることになった。その際、検疫部隊の業務を妨害したり、検疫令に違反した者には、これまでよりも厳しい罰が科されることも決められた。また、クレタ難民たちが暮らすタシュチュラル地区の裏通りの一軒の家の焼却が承認されたのもこのときのことだ。いくら消毒しても効果がないため、隣接するゴミ捨て場ともども燃やしてしまおうということになったのである。

感染がもっとも深刻で死者数が一向に減らないチテ地区の二本の通りも隔離封鎖されることになった。この日の決定に従って、武装した兵士たちの手で強制的に適用されていった数々の禁則事項こそが、このあと島を襲うことになる災難を一層、痛ましいものとしたのだと指摘する人もいる。たとえば殺人事件が起きたからといってアルカズ市内すべての村人市場を封鎖したのなどは見当違いもはなはだしく、蛮行でさえあったし、のちの飢餓の一因となって市民の恨みを買ったのも確かだ。しかし、ミンゲル島の指導者たちがもはや暴力を伴う断固たる措置以外に、ペストを終息させる術がないと感じるようになっていたのも、無理からぬことではあったろう。

さらに言えば、兄のメジドを失ったゼイネプの悲しみは深く、彼女がもと婚約者であるラーミズに復讐するようキャーミルにせがんだであろうことは、想像に難くない。

この時期サーミー首相が、巡礼船事件勃発時でさえ見せなかったような無慈悲さを発揮せねばならなかったのは、小さなミンゲル国が――すでに病身とはいえ――オスマン帝国による安全保障を得られなくなったこととも無関係ではなかったろう。たしかにミンゲルは自由かつ主権を持つ国家となりはしたものの、それは同時に世界から完全に孤立してしまったことを意味した。イギリスやフランスはともかくとして、近海の海賊船が島の北部に上陸し、武装した男を二百人も集めて山を越えアルカズ市に進軍したなら、たとえ数に勝るとはいえ訓練も教育も行き届かない駐屯地の部隊では排除は難しい。万が一そんなことが起きれば、ミンゲル国は建国からひと月と経たずに瓦解し、歴史の表舞台から消えてしまいかねない。サーミー首相は、検疫が失敗して疫病が止まないなら、遠からずそうした事態が起こるに違いないと考えていたのである。

すでに判決は出たも同然の裁判においてラーミズは「自分は新総督の就任に手を貸しただけであり、島民たち（愛国的な時流に合わせて〝ミンゲル人〟という表現も幾度か使用している）を死から救い、皆を検疫から解放するために必要なことを行っただけだ」と主張した。また義兄ハムドゥッラー導師を含め誰かに「こうしろ！」と指図されてのことではなく、自らの信念に基づいての行動であったとも明言した。たしかに、ラーミズとその部下たちは自分の信じる主張のためであれば瞬き一つせず、とくに相手がキリスト教徒となれば道徳的な葛藤など一切覚えることなく、その命を奪う連中だ。だからこそ島北の山岳部の村々を襲っては略奪と殺人に明け暮れてきたのである。

この裁判では総督府襲撃の主犯であるラーミズはもちろん、降伏した部下のうちもっとも年少の一人を除き全員に死刑判決が下された。本来であれば殺人や傷害、婦女誘拐や血の復讐を期した銃撃などの重大な裁判は帝都から派遣されたイスラーム法官であり、新たに裁判官へ転任したムザッフェルが担当し、イスタンブルにわざわざ伺いを立てることなく島内で処理されるはずであったが、彼は革命に同意しなかったあのテセッリ市長ラフメトゥッラーともども艀で乙女塔島に送られてしまったため、サーミー首相はフランス領事の仲介で知り合ったフリストフィを装甲四輪馬車で首相府に連れてくると、「ヨーロッパ的な判決文」の作成を命じた。ギリシア系富家ヤンニスヨルギス家のこの老人が、島で唯一、パリで法学を学んだ経歴の持ち主であったためだ。サーミー首相は「犯人たちはミンゲリアの富や鉱物、水産資源、あるいはバラ水を略奪するため、また人々から金品を搾取するため、そして外国勢力に介入の契機を与えることともなった今般の疫病のさらなる蔓延を期し、英雄的な医師たちや検疫に携わる当局者たちの殺害を計画した」という旨を法的な文章に起こすよう依頼した。フリストフィ氏は当初、フランス語で判決文を書くために呼ばれたのだと考えていたが、新国家の臨時公用語がギリシア語とトルコ語だと知らされると、イスタンブルの「外国人」同士の商業紛争で弁護士を務めていた時分に学んだ現代的なトルコ語の法律用語を用いつつ、繊細な長いその指先を駆使した美麗な筆跡で見事な判決文を仕立てた。

サーミー首相は死刑執行のための署名をもらうべく書記官を伝令と一緒にスプレンディド・パレスへ送ったが、二時間後に送り返されてきたのはいまだ署名されていない執行命令書と大統領の言伝であった。言伝には、起草中のミンゲル国憲法においてはミンゲリアの死刑執行を承認するのは大統領ではなく首相となるだろうと記されていた。つまり、大統領ではなく首相であるサーミーの署名が必要だと言うのだ。

サーミーは、処刑の責任を巧妙な機知によって転嫁して保身を図る大統領に腹を立てたりはせず、それどころか言われてみれば当然だと舌を巻きさえした。そして、島民たちを生き残らせるためには、まず彼自身が若き英雄キャーミルへの敬愛の念を欠かしてはならないとも思った。とはいえ、サーミーも国民の過度な反感を買いたいとは思わなかったし、三名には情けをかけて死刑から無期懲役に量刑を減じ、ラーミズと二人の部下の死刑執行命令書にのみ署名した。そしてこの三名を「縄にかける」良心の呵責を少しでも和らげようと、さっさと刑を執行するべく猛然と働きはじめた。

ラーミズと部下たちも、ミンゲルが独立したいまイスタンブルに諮ることなくいつ処刑されてもおかしくないことは理解しているはずだ。となると、死刑囚たちはいまいったい何を思っているのだろうか、とサーミーはふと考えた。サーミー首相は帝国各地の監獄で働く官吏たちから「最後の晩の死刑囚」の様子を聞くのが好きだった。死刑囚たちはみな眠れぬ夜を過ごしながら、アブデュルハミト帝の恩赦を期待し、実際に大半の者は終身刑へ減刑されるのだ。

サーミーは真夜中に装甲四輪馬車を呼んで、城塞監獄のラーミズを訪ねたいという耐え難い衝動を覚えた。しかし、あの高慢な無頼に根負けして恩赦してしまったら最後、誰もが新政府とその検疫体制を軽んずるようになるのは間違いないし、そうなればサーミー自身もキャーミル司令官の怒りを買ってその寵を失いかねない。

こうして自らも眠れぬ夜を執務室で過ごしていたサーミーのもとに、キャーミル大統領の補佐官となったマズハルがおっかなびっくりといった態で訪ねてきた。

「ハムドゥッラー導師の名代として羊毛の僧帽をかぶったあのニーメトゥッラー師が来ています！ハムドゥッラー導師がしたためた義弟の助命を請う嘆願書を持参し、閣下の慈悲を請いたいと申すのです！」

「君はどうすべきだと思う？」

「……大統領はあのろくでなしどもを一掃しない限り平安は訪れないと仰せでした。しかし、あのニーメトゥッラー師は話のわかる男です。お会いになっておく方がよろしいかと」

「あの羊毛頭はどこかね？」

真夜中過ぎ、サーミー首相が執務室を出て、頼りないガス灯が作る不思議な長い影の躍る大階段を下りていくと、旧総督府改め首相府の正面玄関のひと隅にハリーフィーイェ教団の名代ニーメトゥッラー師が腰を下ろして待っていた。

「……導師さまご自身には、ラーミズを擁護しようというお考えはございません。ですが、もしあの者を処刑してしまえば、導師さまを慕う者たちがあなたさまの味方になることはないとお考え下さい」

「慕う、慕わないというのは心の問題ですな」

サーミー首相は当意即妙にそう返した。

「ほかの多くの論題についてもそうであるように、ハムドゥッラー導師はまさに人の心のことについては常にもっともご存じのお方だ。ですが、あのアブデュルハミト帝でさえミドハト大宰相の謀殺を止め得なかったということを思い出していただきたい。導師聖下とは違い、私の使命は衆生の心を統べることにあらず、国家という名の船を沈めぬよう嵐を切り抜け、しかして国民たちを生き延びさせることなのです。そして難局にあっては人々の心よりも、恐怖に訴えねばならないときもある」

サーミーは平の事務員のようなまったく首相らしからぬ態度で羊毛帽のニーメトゥッラー師を玄

関まで送り、「ハムドゥッラー導師に敬意を表するとお伝えください」と送り返した。そして二階へ戻ろうと大階段に足をかけたところでマズハル大統領補佐官から、「死刑囚を州広場へ護送する馬車がアルカズ監獄を出ました」と報告された。死刑執行人のシャーキルもすでに夕方に首相府に入り、どこか観念した様子で静かにワインを飲みはじめている。サーミーは居室で横になったところで眠れまいと考え、執務室へ戻った。——せめてマリカが一緒であれば、夜明けまでコニャックを飲むという手もあるのだが。

三人の囚人はアルカズ城塞の小さな礼拝所で時間をかけて禊を済ませ、最後の礼拝を行った。州広場には新政府の代表としてマズハル大統領補佐官とその護衛、憲兵たち、それにサーミー首相が居並び、木陰や店舗の軒先にも役人が数名、待機していた。処刑の様子をのちのち市民に伝える立会人として招請されたのだ。もっとも、酔いどれの処刑人シャーキルは、囚人たちの手足を縛り、彼の母の手縫いだという白い処刑着を罪人たちに着せるのにひどく手間取ったため、やがて夜が明けてしまった。憲兵たちは市民が広場に入ってこぬよう道を封鎖せねばならなかったが、もとより辺りには人っ子ひとり見当たらなかった。御者たちがペストに斃《たお》れて以来、二輪馬車を見かけなくなり、そもそも馬車が必要になるような急用のある者もなく、街の空に低く垂れこめる暗く不吉な雲が人々を追い払ってしまったかのようだった。

マズハル大統領補佐官が「ラーミズを最初に」と命じたにもかかわらず、処刑人のシャーキルは不可思議な頑固さで彼を一番、後回しにした。ラーミズは最後の瞬間に恩赦が与えられないことを悟ると、広場に集った人々の耳にいつまでも残る金切り声で「ゼイネプ！」と叫び、踏ん張っていた踏み台の上からついに滑り落ち、少しの間身もだえしたのち絶命し、ぴくりとも動かなくなった。

58章

絞首台が設置されたのは州広場のちょうど中央、現在では色とりどりのミンゲルバラが咲き誇る公園になっているあたりである。島の近代史に関心を寄せる人であっても、そこがひとときとはいえ絞首台が立てられ、見せしめにと罪人の死体が晒された場所であったことを覚えているのはごく少数だ。当時、未完成であった時計塔やイェニ・モスク、あるいはパナヨト理髪店の前に佇み、ハミディィェ大通り沿いのボダイジュ並木に沿うように視線を動かしていけば、おそらくは州広場にぶら下がる三人の死体が見えたことだろう。

白い処刑着を着せられた三人の死体は三日間、晒し者にされた。サーミー首相の思惑は当たり、アルカズ城塞の方角から吹きつける南風によって首に巻き付けられた油を染みこませた太縄とともに死体が回転し、処刑着の隅からわずかに覗く黒いズボンの裾をはためかせるたび、人々は検疫規則に従おうと自らに言い聞かせたものである。このときの恐ろしい光景はヤンニス・キサンニスの『目撃談』に詳しい。まだ幼かったヤンニス少年は、実際には遠くからぼんやりとした白い影としてしか認識できなかったはずの死刑囚の死体が、想像の中でどんどん恐ろしい姿に化していったと綴っている。ただし、ヤンニスの回想録は多くの貴重な体験を伝える反面、惜しむらくは「新政府は絞首刑以外の問題解決方法を知らなかったオスマン帝国の残虐性を引き継いでいた」云々という明らかな反トルコ、反イスラーム主義的な筆致にあふれているということも申し添えておこう。

風が凪ぐと首都アルカズには死臭とスイカズラの香りが立ち込め、日が沈めば明らかなペストの気配が闇に感じ取れた。自宅に逼塞する者や、扉に鍵をかけてひたすら疫病終息を待つ者たちは、いまでは低い声でしか話さず、街へ寄港する汽船の山々に木霊する汽笛も、海中に放り込まれる錨の水音も、あるいは馬車の車輪や蹄鉄の音も絶えた。密航も街から遠く離れた岩だらけの入り江からしか行われなくなり、船頭や向こう見ずな者たちの姿も港では見かけなくなった。最近では修道場関係者の自宅に夜な夜な強制捜査が行われ、市民たちを震え上がらせており、夜に外出する者もめっきり減った。橋の上や急坂の辻にいても牛車や、四輪、二輪を問わない馬車の音は聴こえず、日暮れどきに家路につく通行人のかしましい会話の声もない。子供たちの楽しそうに遊ぶ声はまだときどき聞こえるものの、それも常より弱々しかった。アルカズ市は、アザーンや鐘の音が途絶えたからというだけでは説明のつかない、深いしじまに沈んでいた。

無頼の徒や空き巣、検疫規則を敢えて犯そうとする者、医師や病院から逃げ出してきた者、あるいはペストによって正気を失った者――辺りが暗くなってから表へ出てくるのはそうした連中ばかりであったため、夜警や憲兵たちは出くわす者を片端から拘束し、ときには棍棒を食らわせたうえで牢獄に二日ほど放り込むようになった。

ヌーリー医師は妻を怯えさせまいと、ラーミズ一党の処刑の顛末はもとより、首相府の正面玄関のすぐ外にその死体が吊り下げられていることは伝えなかった。賓客室の窓は州広場ではなくアルカズ城塞や波止場、そして紺碧の海へ面していたが、皇女は街の静けさの中にただならぬ不穏な気配が潜んでいるのを察していた。ペストの夜の静寂を破るのは賓客室まで届く酔っぱらいのわめき声くらいのもので、眠れぬ夜が明け、目覚めをもたらしてくれるはずの雄鶏の啼き声さえ、幾分控えめに聞こえるような気がすると、彼女は手紙に記している。絞首刑から二日後のこと、パーキーゼ姫は風がなく静かな日には砂浜に寄せる波の音が途切れることなく部屋まで届くようになったことにはたと気がついた。カモメやカラス、犬の声が聞こえ、床につく頃合いには大抵のアルカズ市民たちと同じくハリネズミやヘビ、カエルたちが庭を渡っていく気配さえ感じるほどの静けさが街を包み込むようになっていたのである。

長く宮殿の後宮に幽閉されていたパーキーゼ姫は、身の回りのものならなんでも、それこそ草や雲、虫や鳥に至るまで、その一つひとつをじっくり注意深く眺める術を身に付けていた。その甲斐あってか、彼女の書簡にはミンゲル州総督府で過ごす間も居室の窓辺へ「不絶《たえず》」やって来る一羽のカラスを「就中《なかんずく》」気にかけたことが細々と記されている。三姉妹は子供のころ人々を「カラス好き」と「カモメ好き」に分けて遊んだことがある。パーキーゼ姫自身は自由で優美な白い羽毛のカモメを愛し、喧《けたたま》しくて我侭で、なにより気性の荒いカラスは、頭は良いのであろうが好みではなかった。ところが日が沈むと賓客室の窓辺にやって来る「威風堂々たる」このカラスのことは大層気に入り、座って飽きもせずに眺めるようになり、カラスの方も毎日のように窓辺を訪れては皇女を見つめ返すのだった。

そのカラスは夕日に照らされるとときおり、大きな頭の羽毛が輝き、ほかのカラスとは違って老婆のようにしゃがれた啼き声をあげるでもなく、大抵は物静かに佇んでいた。漆黒と灰色の羽毛が混ざり、濃い桃色をした足は皇女の嫌悪感を誘いはしたものの、彼女が手紙を書いているとその大きな頭を微動だにさせず目で筆先を追うさまは、まるでインクが文字を描き出し言葉を紡いでいくさまに感心でもしているかのようだった。あるいはパーキーゼ姫に懸想でもしているのか、ヌーリー医師が部屋へ戻ってくるとさっさと黒くて大きなその姿を消してしまうのが常だった。

一度、ヌーリー医師が帰って来ても「恰《あたか》も」その姿を見せつけるかのように飛び去らないことがあった。ヌーリーは焦がれるような眼差しを妻に向けるカラスを認めると、あくまで冷静に言った。

「ああ、いつもサーミー首相の部屋の窓に来ているカラスじゃないか！」

「まさか、それは別の子です！」

パーキーゼ姫は嫉妬に駆られたように、思わずそう言い返したものである。

読者諸君にはいまのうちにお伝えしておこうと思うのだが、実はこの話の続きは皇女が随分あとになって姉姫に送った手紙にも記されている。彼女がわざわざ分かち書きをした理由はおそらく、夫が大臣になったとはいえ、自分の手紙が姉の手に渡る前に必ず誰かに検閲されるのを見越してのことだったろう。

先帝ムラト五世の三女たるパーキーゼ姫は、次に一人になる機会が巡ってくると、身支度を整え髪の毛を隠して居室を抜け出した。そのまま大階段を下りて中庭を取り囲む二階の柱廊を散策しながら、州広場に面した窓を一つひとつ覗きこんでいった。夫が言っていたサーミー・パシャのところへやって来るというカラスを一目確かめようと思ったのだ。しかし当然ながら、彼女の期待した威風堂々たるカラスの姿はなく、かわりに白い処刑着姿でぶら下がる三体の死体に出くわすことになった。生まれてはじめて目にする光景ではあったが、パーキーゼ姫はその三人がラーミズ一党なのだろうとすぐさま理解した。

その後、皇女は誰にも見られることなく、もう二カ月半も暮らしている賓客室へ取って返し、たまらず戻してしまった。妊娠したのかもしれないと思いついたものの、お腹の中の子供ではなく死に対する反応であろうと考えなおし、一人嗚咽を漏らした。しばらくするとひどい悲しみにとりつかれてしまったけれど、それは死体を見たためというよりも、父や姉たち、そしてイスタンブルを懐かしんでのことだった。

「あなたには失望いたしました！」

部屋へ戻ってきた夫に皇女はそう詰め寄った。

「目と鼻の先にあんな恐ろしいものがあるのを、わたくしに隠していらっしゃったのね。叔父のアブデュルハミトでさえこんなひどい仕打ちはなさらないわ」

「うん、たしかに君の叔父さまが州政府から上がって来る処刑命令に許可を与えることはほとんどないね。ミドハト大宰相の死罪だって、結局は終身刑に減刑なさったのだから。でも、ミドハト大宰相はターイフ監獄でなんとも奇妙な方法で殺されてしまったけどね」

「こんな恐ろしい総督が支配する島にいるくらいなら、イスタンブルで叔父さまに怯えて暮らす方がましです！」

「ああ、我が皇女殿下！」

ヌーリー医師は心からの敬意を込めてそう言った。

「君がイスタンブルを懐かしむ気持ちはよくわかる。でも、たとえペストが終息して検疫令が解除されたとしても、僕たちがイスタンブルに易々と戻れないのはわかるだろう？　少なくとも、この前まで君の護衛だった大統領閣下の許可を仰がなければいけないのだもの。いまやこの島を支配しているのは、君が言った総督ではなく、ゼイネプ嬢の夫君の方なんだよ」

「では一緒に逃げましょう。わたくしをこの島から助け出して下さいな」

「僕にはこの島の人々に対して責任がある。君だって同じでしょう。この島のトルコ人とイスラーム教徒——いや彼らだけではないね——ギリシア正教徒も、とにかく島民全員を助けてやりたいと、君だって願っているはずだ。よしんば人道的責任がなかったとしても、いまさら易々とイスタンブルに戻れるものでもない。僕は崇高なる帝国から分離独立したこの国に対して、人道的、医学的な気遣いからとはいえ、すでに手を貸してしまっているのだから。君とて状況は同じだよ。すべてが終わったあと、君の叔父さまのお許しがあってはじめて、帝都に戻れるというものだよ」

「祖国に対する背信」と聞かされて絶望感に打ちのめされた皇女は、ついに泣き出してしまった。そんな妻をヌーリー医師は抱きしめ、耳の後ろのふくよかな肌に口づけし、香しい髪の匂いを鼻腔いっぱいに吸い込んだ。

パーキーゼ姫はますます泣き止まず、バッグから父の後宮の老婦人たちの一人が丹念に花の刺繍を施してくれた手拭を取り出し、いとけないその瞳と柔らかい頬を拭った。

「つまりわたくしたちはいまや虜だと仰るのですね」

「……イスタンブルのときと変わらずね」

「ですが、どうしてあなたがこの島の政治的な争いに巻き込まれなければならないのです？　叔父さまがここへあなたを遣わしたのは新しい国を築くためではなくて、ペストを終息させるためなのよ」

「ではどうして彼は君を、私と一緒に中国へ送ろうとしたんだい？　どうしてまた、アレクサンドリアからペストの流行する島へ引き返させたのだろう？」

なぜ自分たちは中国への諮問団に加えられたのか——二人はこれまでもたびたび話題に上って来たこの疑問について、ふたたびじっくりと、ただし相手を傷つけぬようあくまで冷静に話し合うことにした。

「君の叔父さまが僕をこの島へ送ったのは、殺人犯を見つけるためでもある」

ヌーリー医師がそう思い出させると、パーキーゼ姫はすぐさま言い返した。

「殺人犯がいるとすれば、あの男の人たちを吊るし首にした人たちでしょうに！」

「一連の処刑を手引きしたのは、あの古顔の治安監督部長だよ。それにラーミズだって天使のように罪のない男というわけじゃない。あのアブデュルハミト陛下でさえ、最初の処刑命令に署名をする気になられたのは、新聞人アリー・スアーヴィーとその同志たちが先帝ムラト五世陛下の復位を狙って宮殿を襲撃した事件のあとだったことを思い出してごらん」

パーキーゼ姫が生まれてさえいなかった頃の話だ。その年、まずフリーメイソン会員たちがムラト五世の復位を図って地下道からドルマバフチェ宮殿へ侵入する計画を立てた。そして、自分たちがなにがしかことを起こそうとしている旨を前日の新聞のコラム欄で大々的に発表したアリー・スアーヴィーは——彼の一挙手一投足はすでにアブデュルハミトの間諜たちに捕捉されていた——銃と棍棒で武装した百名以上を率いて手漕ぎ舟でチュラアーン宮殿を襲撃した。すでに襲撃について知らされ復位に備えて正装に身を包んで待っていたムラト五世のもとまで辿りついたはいいものの、最終的にはアブデュルハミトの護衛兵たちが反撃に転じ、アリー・スアーヴィー勢はそのほとんどが殺された。アリー・スアーヴィーの死体には棍棒で殴られ、銃で撃たれた痕が無数に残っていた。このときの襲撃に加わったのは、一八七七年から七八年にかけての露土戦争で家や故郷を追われイスタンブルへの移住を余儀なくされたブルガリアのプロブディフ出身の男たちだった。イスタンブルの路上にあふれるバルカン半島出身のイスラーム教徒難民たちは、パーキーゼ姫の父ムラト五世が復位した暁にはロシア、ヨーロッパ諸国にふたたび宣戦を布告し、アブデュルハミト二世の無能のゆえに失われた領土を奪還し、晴れて故郷へ戻れるようになると信じたのである。

「可哀そうなお父さまは襲撃があるなんてご存じなかったのです！　スアーヴィー一党のせいでわたくしの家族はわたくしが生まれたあの宮殿へ移されて、お父さまも兄上さまも互いに話もまともにできないほど厳しく監視されるようになってしまったのです」

そうは訴えこそしたもののパーキーゼ姫は、自らを王配へ取り立ててくれたはずの帝国への批判を当の夫の口から聞かされ、自分と同じ馬鹿にするような口調でアブデュルハミト帝を語られたことに苛立ちを覚えずにはいられなかった。そうして、夫に身の程を弁えさせてやろうとこう続けた。

「そんなにイスタンブルへ帰るのが難しいと仰るなら、いまさらボンコウスキーさまと助手先生を手にかけた犯人を探さなくてもよいではないですか。叔父さまのためにあなたが探偵のシャーロック・ホームズの物真似をなさる必要なんてないのだわ！」

皇女の言葉にヌーリー医師はすっかりしょげてしまった。

それでも、のちのちヌーリー医師は新国家の検疫大臣としてサーミー首相に面会した際には、伝染病を終息させるためにも広場の死体をさっさと片付けるのが最善だと進言するのは忘れなかった。長いこと話し合った結果、そうすると妻に約束したからである。

「そんなことを仰るためにわざわざおいでになったのですか！」

聞けば、ハムドゥッラー導師のもとに疫病をものともせず弔問客が押し寄せているそうで、大半の者はハリーフィーイェ教団修道場の門前で何時間も屯した末に、導師の姿を遠目から拝むことさえ叶わず帰るのが常であるものの、州広場の死体を見るのさえ厭う層が修道場の方へ足を運んでいるというのがサーミー首相の見解だった。

「キャーミル大統領は常日頃、ミンゲル人は他国民からの尊敬に値する名誉と尊厳を誇っていると話しておいでではありませんか。しかるに、処刑死体を見せしめにするなど、ミンゲル人が絞首刑に執心するような民族だと全世界に向け公言するようなものです」

「百年前フランス人たちが王族や金持ちを筆頭に、ありとあらゆる指導者をギロチン送りにしたのはよくて、私たちが手のつけようのない人殺しや検疫措置を脅かした分離主義者を処罰すると、どういうわけか邪悪な国民扱いをされるというわけですか……」

サーミー首相はそう切り返したものの、ヌーリー医師には二カ月以上を共に戦ってきた仲間意識を抱いていたこともあり、それ以上の議論は避けた。

「それにカラスやカモメが行き倒れた死体やネズミの死骸を食べてしまうのです。そうすると自分は病気にかからぬくせに、伝染病を広めてしまうのです」

たしかにサーミーもカラスが死体の目玉や鼻、耳をついばんでいるのを見かけたことがあった。しかし、案山子《かかし》を怖がるカラスが、どうして死体は怖くないのだろうと、サーミーは首をかしげただけだった。

59章

キャーミル司令官は時間を違えつつ、日に幾度も護衛を引き連れては視察に赴いたが、それ以外はスプレンディド・パレスから一歩も出ず、旧総督府で開かれる検疫会議にも出席しなくなった。そのため会議が終わると首相府から護衛たちと一緒にスプレンディド・パレスへ徒歩で行き、司令官と感染状況について意見を交わすのがヌーリー医師の日課となった。自由独立宣言から二週間を経ていたが、死者数は減るどころか増加を続けている。

ヌーリー医師とキャーミル司令官は、ミンゲルがオスマン帝国領であったときと変わらずアルカズ市の地図を見ながら――ただし地図自体は疫学室のそれを複写したものだ――感染状況を見極めようとした。大統領執務室に置かれたクルミ材の瀟洒なテーブルの上に地図を広げ、ホテルの「クラブ」から持ち込んだ燭台の明かりを頼りに、ごくかいつまんで状況を報告するのだ。ヌーリー医師は一軒ずつ感染家屋を示したりはしなかったが、キャーミルの方も日に二度、首相府から派遣されてくる陰鬱な書記官たちから増加の止まらない死者数については知らされていたため、新たな話を聞けるわけでもなく、まして疫病終息に向けた提言なり助言なりは望むべくもなかった。

様子見を決め込んでいた当時の領事や一部の官僚たちは、サーミー前総督とは異なり疫病の終息を検疫担当官や医師たちに一任するキャーミル大統領の態度を理に適ったものと見なしていた。しかし、のちにヌーリー医師が非難がましい口調でパーキーゼ姫にこぼしたように、彼の小ぶりな指が地図上のゲルメ地区やハミディイェ大通りといった地名をなぞるとき、彼はそれらの新しい名前を考えることの方に気を取られているようだった。たとえば、当初キャーミルは州広場を「自由広場」に改称しようという腹積もりでいたが、カラスについばまれて崩れかけたラーミズたちの死体が吊るされ、すっかり市民が寄りつかなくなってしまったため、ひところは「独立広場」という案に傾き、最終的には「ミンゲル広場」に落ち着き、といった具合だ。ハミディイェ大通りに関してはマズハル大統領補佐官の提案した「キャーミル司令官閣下大通り」という案を「自分はあくまで国民の一人であり続けたいのです……」と退けつつ、これもミンゲル大通りと名付けたがった。もっとも、そう命名してから「私が生きている間は」という言葉を付け加えるのも忘れなかったが。

初期のミンゲル共和国の正史をしたためようとする歴史家たちは、猛威を振るい続けるペストにも負けず、二百七十九にも及ぶ通りや広場、大通り、橋の改称を実現したキャーミルの偉業を必ず称える。彼がミンゲル独立までは名前さえなかった小路にも名を与えたのは事実だ。とくにディミトリス郵政大臣などは、書留であれ普通郵便であれ、手紙や荷物の配送業務のため、名前のない場所にこそ地名を冠するべきと主張していたところ、帝国から新体制に変わってようやく実現したので、この偉業を大いに触れ回ったものだ。しかし当の郵政大臣とその妻がペストに倒れテオドロプロス病院に収容されてしまうと、いくつかのギリシア語の街路名が改称されたのを最後に命名作業は中断を余儀なくされた。そこでキャーミル大統領は新たな命名委員会を立ち上げることとし、郵政大臣の死亡を知らされると、彼の大きな肖像写真を郵便局の玄関ホールの自分の写真の脇に掲げるよう命じた。写真家のヴァニアスが撮ったディミトリス郵政大臣の写真が、百十六年を経た現在もまったく同じ場所に掛けられているという事実は、ミンゲル人が電信局の制圧から幕を開けた自国の特異な歴史や国家としての在り方に格別のこだわりを持っていることの証左とも言える。

後世、御用学者の史家たちは当時の司令官の「共和主義者」としての側面を強調したが、パーキーゼ姫の手紙を読む限り、やや誇張が過ぎるように思われる。なぜならキャーミル司令官は自分の国で起きた偉大な革命と大改革に、むしろごく個人的な満足感を覚えるに留まり、近代化を推進し国民意識の醸成に励みつつも、周囲の者たちにはことあるごとに「すべては息子のためにやっているに過ぎません」と言って憚らなかったからだ。彼は生まれてくる我が子が男の子だと信じて疑わず、その子に与えるべき名前は純然たるミンゲル人のそれでなければならないと考えていた。息子の命名は、大統領亡きあとまで影響し国民たちの範となるであろう点でも、重要な問題だった。

キャーミルは折を見ては執務室から上階のゼイネプのもとへ行き、あれこれ未来の展望を語りながらも彼女に不自由がないかを気にかけ、健康や妊娠についてあれこれ尋ねた。子供ができたことでゼイネプの世間に対する憤懣は以前よりも和らぎ、肌の色艶もよく、笑顔もはじけんばかりで前にもまして美しくなった。

考古学者セリム・サーヒルが提案した古いミンゲル名を却下したのち、キャーミル司令官は古いミンゲル語にさまざまな形で関心を寄せる島の名士たちと面談を重ねた。その中にはキャーミルの幼馴染もいれば、先の治安監督部長がミンゲル分離主義者としてファイルを作成し、投獄をちらつかせて脅しながら――これがもしギリシア分離独立主義者であったなら、このような慈悲は期待できなかった——協力者に仕立て上げた人物たちも含まれていた。無邪気な民俗学的興味によって長年かけて古物や古語を収集してきた彼らは、はじめのうちこそ罰せられることや、自分のコレクションを没収されることを恐れて口が重かったが、面談が進むにつれ、新国家のための新たな語彙や、人や通りの名前を提案しはじめた。これと同時にキャーミル大統領はハムディ曹長の協力を得て検疫部隊員たちからも息子の名前を募っていた。余談だが、ミンゲルの歴史において存命中の住人の名が街路に冠せられたはじめての例は、ほかならぬ〝親父〟ハムディである。

このほかにもキャーミル司令官は、イスラーム教徒の薬草師や、ニキフォロスを筆頭とするギリシア正教徒の薬剤師や漁師、食堂やレストランの主たちとも話し合いの場を整え、薬草や薬、海産物や貝類、あるいは各種の海事用語、島特産の料理等々の名前も記録していった。この三十年後にはじめて出版されたミンゲル語‐トルコ語、ミンゲル語‐ギリシア語、ミンゲル語‐ミンゲル語の辞書群や、東地中海の島嶼文化を扱う世界唯一の百科事典である『ミンゲル百科事典』の基礎となる知識は、まさにこの時期に収集されたのである。

やがて、スプレンディド・パレス一階、裏口が桃色のミンゲルバラに囲まれた庭に面するロンドン・クラブが、ミンゲルの言語・歴史・文化会合を開くための議場に割り当てられるようになった。ひところは領事や記者たちが宵の口に集っては噂話に精を出していたクラブである。さらにキャーミル司令官は、家内でミンゲル語を話す家庭の若者を探し出し——検疫部隊に協力を要請する予定だった——ミンゲルの言語、文化の研究者たちと面談させようと企画した。またミンゲル語の復興を望む人々の間ではよく知られた話だが、ペスト禍のなかで父母を失った子供たちが結成したあの孤児団のもとへミンゲル語研究者を送り込んだという話も伝わる。岩肌が剝き出しで踏破さえ困難な岩場の奥の秘された谷間で暮らすこの子供たちの純粋なミンゲル語を保護するため、わざわざ検疫部隊員による「救出」作戦さえ計画された。こうした計画が存在したのは確かだが、死者数は増加を続け、しかも原因も不明のままとあって、キャーミルの壮大な計画の数々が実現することはなかった。

キャーミル大統領が息子のためミンゲルの伝説やお伽話に出てくる名前を探し当てるべく、もと書記官のファーイク大臣に、作詩コンテストを開催するよう指示したのは、ちょうどサーミー首相とその右腕であるマズハル大統領補佐官が各教団の修道場と激しく争っているさなかのことだった。最初のコンテストは二回、賞金として首相府からメジディィェ金貨七十枚の支出を大臣に約束させた。コンテストの一等賞は、のちのち曲を付してミンゲル国歌とされる予定で、ミンゲル島や自由独立を称える作品が期待された。これに対して二回目のコンテストの優勝作品は、大統領の息子の生誕を祝し、式典で読み上げられる予定であった。

一方、ミンゲル島の古代史に造詣の深い考古学者セリム・サーヒルとの会合は難航した。キャーミル司令官がはなから、彼のような帝国高官の俗物じみたドラ息子たちに拭いがたい憤りを覚えていたからだ。二年ほど前にフランス人の妻とともにミンゲル島に移住してきたセリム・サーヒルは、フランスで法律と美術史を学んだのちイスタンブルの国立博物館に奉職し、イスタンブル帝国大学で教鞭を執った人物で、亡父の友人たちがイスタンブルの首相を説得した結果、最近は帝国の博物館を「世界的認知度を誇る国立博物館へ格上げ」するための任務に従事していた。要は博物館建設を通じて近代化した自分たちの姿を喧伝しようとするアブデュルハミト帝と帝国政府が選んだ文化政策顧問の一人であったわけだ。アブデュルハミト二世は当初、帝国内に残る古代ギリシア、ローマ期の遺構を、それを欲しがるヨーロッパの友人たちに無償で差し出していたのだけれど、のちに彼にそれらの価値を教え、無闇に与えぬよう説得したのは高級官僚たちと、このセリム・サーヒルのような学のある高官子弟たちであった。

二年前、セリム・サーヒルはアブデュルハミト帝の手紙を携え、帝国軍所属の貨物船ファズィー《美》レト《徳》号でミンゲル島へやって来るとアルカズ市のすぐ近く、北東に連なる入り江の一つに所在する遺跡の発掘調査をはじめた。島の友人たちからこの遺跡について聞かされたセリム・サーヒルの狙いは、水中を通ってしか入れない巨大な洞窟の底に沈む白亜の女性像だった。この女性像を洞窟から引き揚げイスタンブルの国立博物館へ送り、ちょうど十五年前に帝国の博物館の父たるオスマン・ハムディ館長がレバノンのサイダー近郊の洞窟から発掘し、当初はアレクサンドロス大王のものだと公表した――のちに誤りとわかった――石棺よろしく、大々的にお披露目をしようと念じていたのである。この物語の時代、オスマン帝国はいまだ世界に冠たる大国を自任し、また諸外国からもそう認知されてはいたものの、島へやって来たこの考古学者の発掘計画が早々に頓挫したのは、すでに帝国が博物館など気にかける余裕がないほどの「病人」と化していたからだろう。

帝都から十分な資金が送られなかったためなのか、あるいは誰かがアブデュルハミトに疑心を植えつけたからなのかはわからないが、海中洞窟から女性像を引き揚げるためのウィンチや鉄路の調達は遅れに遅れ、すぐにも計画は行き詰まった。当時サーミー総督は間諜たちに発掘計画の推移を追わせつつも、セリム・サーヒルが貸邸宅に領事や島の富家を招いて開催した宴会に足を運び――彼がミンゲル特産の淡水ボラのオリーヴ油炒めをはじめて食べたのはこの時だった――この考古学者と誼を通じようとした。毎月、途切れることなく高額の俸給を送金されているセリム・サーヒルが、皇帝の密偵であるのは火を見るよりも明らかであったからだ。

以上のような経緯をあらかじめ知っていたキャーミルは、セリム・サーヒルとの面談の席にサーミー首相も招待したうえで、臣下には褒美を賜わせ、甘い言葉で激励するのも仕事のうちと心得る帝王よろしくこう切り出した。

「息子の名前はまだ決まっておりませんが、此度ご提案頂いた名前はいずれも大変気に入りまして、さまざまな街路の名前にしようと考えているところです！　しかるに、ミンゲル人の歴史についての玉稿の数々には、まことに遺憾ながら、いささか納得のいかないところがありますね」

「どういった点が至らないのでしょうか？」

「ミンゲル人の原住地としてアラル海というアジアの一地点を推定していらっしゃいますが、私が子供のころに聞かされたお伽話には湖の話も、アジア人の話も出ては来ませんでした。しかも、ミンゲル人が世界から見捨てられ、自らの力だけでペストと対峙せねばならないこの時局にあって〝お前たちは後からこの島へやって来た民族だ〟などと仰られては困るのです」

すると考古学者は答えた。

「それは確かに考えてもみませんでした！　ですが、ミンゲル人がアラル海方面からやって来たというのは、フランスやドイツの著名な考古学者や古代言語の専門家たちの間ではよく知られた学説なのです」

「しかし少なくともいまは、ミンゲル国民は〝君たちの昔の故地ははるか遠くにあり、この島にはもともと君たちとは違う民族が暮らしていたのだ〟などとは聞かされたくないでしょう。ましてあなたのような学者の口からはね」

「コマンダン《指揮官》、私はあなた様の驚くべき偉業を賞賛してやみません。ですが、ミンゲル人の起源という歴史学的知見を改変することはできませんぞ」

「ミンゲル人は子供ではない。ミンゲルの人民が私を〝コムタン《司令官》〟と呼ぶのは、この私を慕ってくれるからこそ。この呼び名こそ我が人生最大の誇りでもあるのです。ところがあなたは、それをわざわざフランス語に直して軽んじておられる！」

さらに長々と考古学者を非難する若き大統領の姿を見て、サーミー首相は彼が託ちてきた計り知れない怒りを目の当たりにすると同時に、その憤りこそがミンゲル人の民族意識を形作っているのだと理解した。

「王や皇帝の時代が終わったのだとお認めなさい。あなたがミンゲル人のものであるはずの彫像を、わざわざイスタンブルの皇帝の博物館へ送ろうとしているのはなぜです？」

「水中に沈む彫像はミンゲル民族よりも古くから島にいたバタニン族の女王です。イスタンブルへ運べば、このミンゲルの人々の文化を世界中に知らしめる良い機会にもなることでしょう」

「いいえ、イスタンブルへ到着すればまたたく間に、アレクサンドロス大王やら別の民族やら、とにかくフランス人が好むミンゲル人以外の民族の遺産とされてしまうことでしょう。そもそもミンゲル島の女王の彫像をイスタンブルへ輸送してやる義理などない。島にあるものをいくら使っても構いませんから彫像を発掘してください。しかるのち時計塔の上に設置いたしましょう。期限は一カ月です」

60章

キャーミル司令官は生まれてくる息子をミンゲル語の名前に「慣れさせる」べく、ゼイネプのお腹に提案された名前の数々を囁きかけることにした。もし息子がそれを自分の名前だと直感したなら、必ずや母親の腹を蹴るなり、ぐるぐる回るなりするだろうと思ったのだ。キャーミル司令官は妻のお腹や――いまだ膨らんではいなかった――丸みを帯びた美しい乳房、花のように美しい乳首に、一瞬たりとも目を離さないとばかりに夢中で、いつも新しい言い訳を見つけてはゼイネプを「診察」したものだ。ときにキャーミルが妻の香しい肌のどこか、たとえば彼女の腹の上に地中の宝物を嘴で掘り出そうとする鳥のように鼻さきを這わせると、ゼイネプの方もこの手の子供じみたじゃれ合いに応えて新たな発見やら冗談やらを口にし、しかるのち二人は満ち足りた愛を交わすのだった。

セリム・サーヒルとの面会から二日後の昼下がり、上階の妻のもとへ向かうキャーミル大統領の心中には不安がわだかまっていた。死者数が一向に減少しないのである。ゼイネプはそんな夫を励まそうと彼をベッドへ引っ張っていき、キャーミルも妻と熱の籠った接吻を交わしてからいつもの

「診察」に取りかかった。ゼイネプの背中や首筋、そして脇の下などを嬉々として検めたキャーミルは、彼女の脚の付け根にあやしげな赤い小さな腫れを見つけた。健康そのものといった彼女の眩い肌には毎晩、蚊や正体不明の小さな虫、あるいは原因のよくわからない染みが現れてはすぐに消える。そのため常ならばこの赤斑もさほど気にしなかったかもしれない。ところが、この腫れを目にした瞬間、直視すべき何かから目を背けようとするときの常で、キャーミルの心臓が強く二回、打ったのであった。それは見たこともない赤い腫れだった。

しかしキャーミルはペストだとは考えなかった。ゼイネプはホテルの部屋から一歩も外へ出ていなかったし、スプレンディド・パレスではネズミを見かけなかったからだ。キャーミルは指先で固くなった箇所にそっと触れ、それから少し押してみた。ゼイネプが痛みに声をあげることもなく、キャーミルは虫刺されだと判断した。万が一、ペストの横痃であったなら、ゼイネプはどれほど悲しむことだろう。キャーミルは彼女の幸せに水を差すまいと思い直し、この赤斑は忘れることにした。

そんなある日、イギリスのジョルジ領事からキャーミル司令官と旧友サーミー首相に面会を求める手紙が届けられた。サーミー首相はこの申し出を前向きに受け止めた。いつもながらに抜け目ないあのイギリス人のことだ、雲隠れしてしまったほかの領事たちを尻目に、他国に先んじて新政府に何か提案があってのことだろうと推察したのだ。ただ、それがどのような提案かまでは見当がつかず、大統領にも正直にそう打ち明け、二人であれこれと対応策を検討した。

だから、準備万端で出迎えたジョルジ領事が「セリム・サーヒルはミンゲルの島と人々を愛する善良な人物だ」と伝えに来ただけだと知ったときは肩透かしを食らった気分だった。

「彼と奥方は、ペスト患者としてアルカズ監獄の隔離区画へ送られるよりも、オスマン帝国に味方するトルコ人として乙女塔島に〝検疫隔離〟されるのを恐れています。乙女塔島に閉じ込められたイスタンブル派の官僚たちが帝都へ送還されることは決してない、政治的な人質として利用されるに違いないと、あの考古学者は思い込んでいるのです」

ジョルジ領事によれば、セリム・サーヒルの望みはただ一つ、妻と一緒に島に留まることなのだという。

「ではあの考古学者があなたをここへ寄こしたのですか？」

「大統領閣下が古いミンゲル人の名前をお探しだと、セリムから聞いたのです。私からも古い名前を提案できるだろうと言われましてね」

ここでサーミー首相が助け舟を出した。

「領事はミンゲルをこよなく愛する方です。もう何年も前から私たちの島に関する書物をなんでも集めては目を通されていらっしゃるのです。ご自身がミンゲルについてお書きになるつもりの本のために」

「一冊の書物を著そうとなさるほどに私たちの島を重んじて下さるのなら、ひとつ教えていただきたい。ミンゲル人の故郷はこの島だと思われますか？　それとも別の場所でしょうか？」

「ミンゲル人がミンゲル人となったのはこの島においてです」

「私たちの歴史をもっとも正しく書けるのはあなたを措いてほかにない！」

キャーミル司令官はそう言って、しかし二の句を継がなかった。どういうわけか窓外の海上にゆらめく光に視線を定め、黙り込んでしまったのだ。

サーミー首相が思い切って二人の話に割って入った。

「イギリスの代表たるあなたに、ミンゲルの新政府としてお尋ねしたい。現状の海上封鎖を解かせるために私たちは何をすべきでしょう？」

「我が国の政府やイスタンブルの大使が現在の状況をどう考えているのか、私にも知る手立てはありません。ですが、疫病が終息すればおのずと封鎖を解かれるでしょう」

「ですが、何をしても収まらないのです！」

「修道場や政敵の方々と争っておられるから長引くのです」

「真の友人と恃むあなたからそんな風に言われるのはなんとも辛いですな。では、イギリス政府であれば、ペスト終息に向け何をすべきだと言うでしょう？」

「電信途絶に海上封鎖、しかも検疫隔離まで行われているのですよ。私自身、イギリス政府の思惑は推測するよりほかありません」

「では、あなたの推測は？」

「この島は高貴な御方を迎えていらっしゃいますね」

ジョルジ領事は慎重にそう言った。

「パーキーゼ皇女殿下です。オスマン帝室に属する特別な方です。先帝の娘というだけでも、その外交上の価値は計り知れない」

「帝国の慣習によって女性皇族は誰一人として帝位と関わりさえ持てません。国民が納得いたしませんからな」

「キャーミル司令官閣下のおかげで、この島はもはやオスマン帝国領ではなくなったではありませんか！」

ジョルジ領事は言葉を選ぶように、こう付け加えた。

「ということは国民も別の国民になったということです」

会見を終えたキャーミル大統領は——サーミー首相がいつもそうしてきたように——ジョルジ領事の忠告を真剣に受け止めた。これ以降、キャーミルはふたたび検疫会議にも顔を出し、修道場の動向や各地区長が報告する首都郊外のさまざまな難問に関心を寄せるようになった。

「空き家に住み着いていたイスラーム教徒の無頼漢が死んだらしく、この二日ほど死臭がひどいのです」

そう訴えたのはフリスヴォス地区のヴァンゲリス区長だ。テッサロニキのセフェリディス家が所有するそのお屋敷はすでに一週間前、情報提供を受けて邸宅の裏口から邸内へ入った検疫部隊によって室内確認がなされ、内部から扉や窓も封鎖され、ライゾール液消毒も済ませていた。おそらくその死者は消毒後に検疫部隊が出ていった裏口から侵入し、隠れ潜んだのだろう。こうした空き家に居着いて根城とし、あれこれ計画を練っては犯罪に手を染める無頼たちが、ミンゲル政府にとって大きな脅威になりつつあった。

一方、この日はじめて検疫会議に出席したのが、急坂と岩場が多く、絶景を恣《ほしいまま》にするデンデラ地区のアポストロス区長だ。彼は開口一番「オスマン帝国期から滞納の続く給金を払ってほしい、でなければ住民の代表をやめたい」と訴えた。デンデラ地区は人家もまばらな閑静なギリシア正教徒地区で、いまや住民はほとんどいなくなっていた。その孤独もまた、アポストロス区長のわだかまりの種となったのだろう。

「夜に誰もいないはずの庭をペストの悪魔が徘徊していたのです」

アポストロス区長はそう訴えた。悪魔ではなく船頭たちが夜陰に乗じて密航を行っているのだろうというのがサーミー首相の見立てであったが、いずれにせよ憲兵や官吏の多くが逃散してしまったいま、デンデラ地区のような人口稀薄な郊外には国家の統治能力が及ばなくなっているのは疑いがない。こうした治安の悪化した地域の多くは、住民がいなくなったギリシア正教徒地区のお屋敷町で、アルカズ川を挟んで西側のイスラーム教徒地区から、身寄りを亡くした者や略奪者、あるいは山師の類が入り込んでいるのだ。空き巣や追いはぎ目当てで島北からアルカズ市へ入り込む連中もいる。この手の無頼集団はみるみるうちに数を増やしていったが、中でも誰しも噂を聞きながら、実際に目にした者がほとんどなかったのがあの孤児団である。ミンゲルの国民的詩人サーリフ・ルザーの『お母さんは真夜中の森にいる』は、疫病を逃れて家出した子供たちの逸話をもとにこうした孤児団の活躍を描いたロマン主義的な小説で、十歳の私が熱狂的なミンゲル民族主義者になるきっかけとなった作品でもある。

他方で、フリソポリティッサ広場周辺の区長たちからは「この二日の間にふたたび家々の壁際や庭に死んだばかりのネズミの死体が発見されるようになった」という報告がなされた。もともと区長たちは、住民に検疫規則を遵守させ、家々に隠れる患者や、あるいは患者をひた隠しにする家を報せ、消毒士に消毒すべき家や通りを示す義務があった。しかし、この頃にはむしろ住民たちの不満を政府関係者に伝えるのが役目になりつつあった。この日、キャーミル司令官の叱責を浴びることになったのも、そんなある区長であった。

「コフニア地区からやって来た蹄鉄職人が、病気でもないのにアルカズ監獄の隔離区画送りになったのです」

そう訴えた無責任で考え足らずのその区長に、キャーミルはこう尋ねた。

「その過失があったときあなたはどこで何をしていたのかね？　あなたの職務は私たちを批判することではなく、検疫違反者を取り締まることのはずだ」

市民の怒りの矛先が区長たちに向かなかったのは、ひとえに検疫部隊のおかげでもある。もともとは同じ島民であり、また互いに顔見知りである検疫部隊員たちであったが、新政府が樹立されて以降、その態度は厳格さを増し、前にもまして市民の怒りを買うようになった。しかも、死者の数が減らないのだから、人々が鬱憤を募らせるのも無理はない。アルカズ市内のイスラーム教徒たちは「もう数えきれないほどの苦労を強いられ、まったくもって手荒に扱われた結果、何もよくなっていないではないか」と不平をこぼしたものだ。

これに対して「検疫部隊に対して文句を言うほどの数の住人さえ残っておりません」と報告したのは上トゥルンチラル地区の区長だった。焼却井戸の近くに住む住民たちが悪臭に耐えかね、みな逃げ出してしまったからだ。さらに、同じ上トゥルンチラル地区のうち、新イスラーム教徒墓地に隣接する地域には不安と怒りが渦巻いているともいう。葬式のたびに行き来する参列者たちの騒音や、夜な夜な墓地の死体を掘り起こす野犬が住民を苛立たせているというのだ。とくに野犬たちは縄張り争いに明け暮れ、人間やネズミの死体を牙にかけてどこかへ持ち去ってしまい、結果として疫病を広めてしまう。「赤い帆を掲げた船が島民を救いにやって来る」という噂が市内で囁かれ出したのもこの時期のことであったが、上トゥルンチラル地区では一人暮らしの布団職人が病死したほか、変わったことは起こっていなかった。

イスラーム教徒地区であるヴァヴラ、ゲルメ、チテの区長の報告は、新政府高官たちや検疫の責任者たち、そしてキャーミル大統領に、心中で密かに抱いてきた楽観論がまったくの誤りであったことを思い知らせるものだった。主要地区の一つであるヴァヴラ地区では陸軍中等学校やハミディェ病院、キョル・メフメト・パシャ・モスク界隈で死者が微増を続けており、新国家の威光は早くも翳り、検疫の効果も疑われているという。サーミー首相はすぐに医師たちの同意のもと疫病封じ込めのため、地区に検疫部隊員を常駐させて家々の庭を巡回させるとともに、いくつかの通りには防疫線――場合によってはかなりの長期間、張られることとなった――を設けて、併せて空き家に空き巣や無宿人、ペスト患者が入り込まぬよう太釘で板打ちを施すよう命じた。この三地区の感染家屋やゴミ捨て場の焼却処理は、新政府発足のすぐあとに決定されたはずであったが、一週間経っても実施されていないというのも、住民たちの怒りを買っていた。サーミー首相としては、再度の焼却命令をキャーミル司令官の名で出してほしいというのが本音だった。

ところが当のキャーミルは首相府の大会議室で話し合いが続いているのを尻目に、窓辺に立ち屋根の向こうのスプレンディド・パレスを眺めながら、すぐにも妻のもとへ駆け戻りたいと考えていた。彼女の脚の付け根の赤い腫れを知るのは自分だけだ。もしいま妻のもとへ戻って抱きしめ合い、ベッドへ入って何もかも忘れて愛し合ったなら、あの赤い腫れがペストの兆候かもしれないという疑念も消え失せるのではないか。

ゼイネプがペストにかかれば、キャーミルもほぼ確実に感染するだろう。よしんば罹患しなかったところで、ゼイネプと離れ離れになるのは変わらない。断じて受け入れがたいことだ。妻が心配でならず、検疫についてのあれこれの議論も頭に入ってこない。いつものキャーミルであれば、敵方の奇襲に我を失う兵士よろしくペストを前にして震え上がり、正常な判断を下せないような者に腹を立てるところだというのに、いまや自分自身がそうした体たらくを晒している。せめて自分だけは冷静でいなければならないというのに。

伝染病が大流行し死への恐怖が渦巻く時代にあってなお、キリスト教徒の中にも、イスラーム教徒の中にも冷静さを失わず、それどころか死の間際まで人間としての尊厳を保つ者もいる。その一方で自分が助かることしか頭にない者もいれば、危険を顧みずに死者の出た家へ弔問に訪れ、悲嘆に暮れる家族を慰めようとする者もいたし、「私たちを見舞っているものは何か？　地獄がやって来たのだ！」と叫びながら通りを徘徊するペスト狂者たちを正気づかせようとする善意の者もいる。信徒同士の紐帯《ちゅうたい》や兄弟意識、なにより友愛の心をいまだ失っていない者も少なくない。

日に二十人、二十五人と死者が続いていたこの時期、アルカズ市の人出の大半は、弔問のための行き来を欠かさないこうした人々だった。検疫発令後、外出そのものは減ったが、親族や隣人、あるいは共同体への愛情を忘れぬ善良な人々は、喪主の家やモスクの境内、あるいは葬列へ赴く機会がかえって増え、結果として感染拡大に拍車をかけることとなった。七月末、ミンゲル島の首都アルカズ市の街路からは完全にひと気が失せたわけではなく――この点はムンバイや香港における第三次ペスト流行のときとは異なっている――死者の出た家を訪ねようと坂道を急ぐ善意あふれるイスラーム教徒の男性たちの姿が残っていたのである。

区長たちの話を聞き流すうちにキャーミル大統領が理解したのは、もはやチテ地区の住民たちは新国家にも、その官吏にも何の権威も認めていないという事実だった。昨日も六人の死者が出ていたこの地区の長からの訴えも、死者ではなく「通行証」に関することに終始した。チテ地区の御者や農夫、商工業者たちと、タシュチュラル地区からチテ地区へ入り込みさまざまな悪さをするクレタ難民の若者との間の対立が激化しており、貧しく敬虔な家の者たちまでもが「疫病を持ち込んだのは無教養な無頼の若者たちだ、礼拝さえしないクレタ難民を地区から追放しろ」と唱えるまでになっていたのだ。

ほかの地区でも見られたこの種の住民の往来にまつわる諍いを収めるべく通行証制度を設けたのは、サーミー首相であった。ミンゲル独立前のことである。特定の地区や通りへの立ち入りを、検疫局の発行した許可証を持った人間に限るという趣旨の制度であった。当時のサーミー総督はこの措置によって、定職を持たない根無し草のクレタ難民をタシュチュラル地区に封じ込めると同時に、彼らの住民登録の推進をも期待し、一定の成果を得ていた。ところが、検疫官や、すでに通行証を発行された住民がそれを売却しはじめ、事態はサーミーの思惑とは異なった方向へ進みはじめてしまう。通行証を売って検疫官や住民たちが小金を稼ぐのはともかくとして、限定的な形ではあれ、いまだ防疫線のかわりとなる効果が見込めることもあって、サーミー首相とヌーリー医師はこの制度の廃止に踏み切れずにいた。しかし、通行証のせいでかえって人の移動が増えている側面があるのも事実である。区長たちによれば昨日も許可証を所持する死者が二名出たが、親族たちはすぐさま故人の許可証を近所の旧市街商店街の商店へ売り払ってしまったらしい。母親や兄弟姉妹が死ねば、その家は感染家屋に指定されるため、家人たちの持つ通行証も無効となるのが道理ではあるが、すぐにほかの者にそれを再利用されてしまうというのが実情だったわけだ。さらには新国家樹立をいいことに「旧来の許可証は無効だ」と主張し、古い許可証の上に新しい印を捺して、新しい通行証の発行税と称して金銭を徴収する検疫官もいるという。ことの重大さは、雲がかかったようなキャーミルの頭でさえ理解できた。商売を続けるためには通行証が必須であるから、みなこの発行税を払ってはいるものの、数々の苦情が寄せられている。この報告をしたチテ地区長がたまたま財務局の書記官だったこともあり、彼は司令官に「通行証の発行などでは大して稼げないのです。それなのに、いずれ金になるのではないかと考えて、いまから許可証をため込む輩《やから》さえいる始末です」と直訴したのであった。

61章

しばらくすると、キャーミルは妻の脚の付け根に現れた赤い腫れのこと以外、何も考えられなくなってしまった。もしかしたら、いまこのときにもスプレンディド・パレス上階の居室で熱や頭痛に苦しんでいるかもしれないのだ。

脳裏には不吉な光景が浮かんでは消え、ついにキャーミルは検疫会議を中座すると護衛を引き連れてホテルへ戻った。道すがら人影はまばらで、小包を抱えてどこかへ向かう女性と、小さな籠を担いで怯えた様子で道を行く子供がキャーミル司令官に気がついたものの、大半の歩行者は大統領に気づきもしなかった。途中、一軒の家の前を通りかかると茶色い髪の子供がキャーミルの姿を認め家内に声をかけた。すぐに窓際に同じ髪色をした父親が現れ、子供の方がこう叫んだ。

「司令官万歳！」

キャーミルは途端に嬉しくなり手を振りながら、この少年と茶色い髪の家族を呪わしいペストの魔の手から救い出す英雄になりたいと、心の底から願った。しかし、もしゼイネプが病気であるなら、もしあの腫れがペストの横痃であるなら、それも叶わぬ夢となる。いまのところ、キャーミルには罹患したような感覚はなかった。

スプレンディド・パレス正面玄関の検疫部隊員と護衛たちは、司令官に気がつくと気をつけの姿勢を取って迎えた。大階段を上りながらキャーミルは、ひとまず赤い腫れのことはゼイネプに伏せておいて様子を見ようと決心した。もしペストであれば発熱や頭痛などの兆候からそれと知れるであろうし、感染していないのであれば赤い腫れのことを話しても、ゼイネプに心労を強いるだけだ。人はペストを前にすると見当違いの不安にとりつかれるもので、感染していないとわかるまで自分も周囲の者も地獄の苦しみを味わう。そして、多くの者は初期の兆候からことさらに目をそむけようとする。家族が感染すれば自分も罹患しかねないのだし、そうでなくとも隔離されるのは確実だからだ。そのため確信がない限り腫れや熱、頭痛などの症状について正直に話そうとしないのだ。

いざ部屋へ入ってみるとゼイネプはいかにも気ぜわしげな態度で、まるきりペスト患者には見えず、キャーミルは胸を撫でおろした。やはり、冗談交じりに「君がペストだと思って心配した」とでも言っておいた方がいいのだろうか？

「お母さんが姪っ子からもらった真珠をちりばめた櫛を持ってきてくれたんだけど、見当たらないの……。三日前からあったはずなのに」

「お義母さんが三日前にここへ来たのかい！」

「いいえ、私が実家へ帰ったのよ。もちろん護衛たちと一緒によ！」

ゼイネプはちょっとした過ちを見逃してくれとせがむような微笑みを浮かべてキャーミルを見つめた。

「司令官の妻が守らない検疫規則を、いったい誰が守るっていうんだ？」

キャーミル司令官はそう言い放つや部屋を出た。

司令官は、妻が言いつけを守らなかった驚きと怒りとで、死への恐怖を忘れるほどだった。最初の妻アイシェとの間にはこうした不和は生じなかったので、いざ妻が自分に逆らったときどう振舞えばよいのかがわからなかった。とにかく部屋から離れて怒りが収まるのを待つほかない。

階下ではサーミー首相から遣わされた密偵がマズハル大統領補佐官にハムドゥッラー導師や弔問客の動向を報告しているところだった。ラーミズ処刑から三日の間はハリーフィーイェ教団を刺激せぬようにと、修道場に集まる弔問客を追い払うのは控えていたものの、門前に長蛇の列ができるに及び、検疫を名目に修道場のある通りへの出入りに制限を加えた。サーミー首相の提案を容れてのことだった。ところが、今度は裏口から修道場へ入り込もうとする輩が後を絶たず、検疫部隊員は裏口も見張るようになった。そうすると壁の低いところを登ったり、若い門弟たちが使う秘密の通路——生け垣が低くなっていて藪イチゴやカンゾウの茂みに隠れている——を通って忍び込む者たちまで現れた。もっとも辛抱強く機会を窺い、いざ道場内へ入った者たちにしても、ほとんどは導師に会うことは叶わず、手持無沙汰に過ごした挙句に持ってきた贈り物や食料を置いて帰っていくのが常であった。修道場内には二百人近くが暮らしていたが、その中でもハムドゥッラー導師がどこに隠伏しているのか知るのは羊毛帽のニーメトゥッラー師をはじめ数人に限られた。サーミー首相はハムドゥッラー導師を力ずくでも道場から連れ出してどこかに軟禁しようと考えていたため、マズハル大統領補佐官の密偵たちは導師の居所を知ろうと躍起になっていた。

キャーミル司令官ははじめのうちこそ導師の誘拐を〝不敬〟であると感じたものの、密偵から検疫措置に異を唱えたラーミズを支持する者たちの行状を聞くうちに賛同するようになった。

「確信はありませんが、導師がどこに潜んでいるのか予想はつきます」

敷地内のチテ地区寄りの区画に、ボダイジュとマツの木陰に隠れるように佇む二棟のどちらかにいるのではないか、というのが密偵の見立てだった。そこは門弟たちが〝隠棲〟したり〝指導〟を受けたりする建物なのだが、ここ数日は体格の良い門弟たちが取り囲んでいるのだという。

はたして、時間をかけて練り上げた甲斐もあって、修道場襲撃計画は成功した。検疫部隊でもとくに体格に優れ、巡礼者やら導師やらを快く思わず、なにより腕っぷしの強い十名の隊員から成る部隊と、首相府所属の六名の憲兵の部隊が、それぞれ二本の梯子でまたたく間に塀を乗り越え、二棟の建物を急襲したのである。別の情報提供者の話をもとに、まず一棟目の扉の鍵を破壊して屋内へ入ると、誰も座っていない長椅子と三つの扉が彼らを出迎えた。一つ目の部屋に入ると見張りの修道僧が目を覚まして、飛び起きたもののすぐに拘束された。そして、二つ目の部屋に敷布団に横たわるハムドゥッラー導師がおり、三つ目は無人であった。

手筈どおりフロックコートを羽織り、わざわざダフニ商店で仕入れた高級靴を履いた書記官が進み出ると、あくまで恭しくハムドゥッラー導師の手の甲に接吻を捧げた。導師はまるで魂そのものを表すかのような白亜の長衣を身にまとっていた。いまだ目を覚まさない導師の髪も髭もこの数日で白さを増したかのようで、蠟燭の黄色味がかった明かりが何もない壁に照らし出したその巨大な影はワシのように激しく揺らめき、導師その人の十倍も恐ろしげであった。

高価な靴を履いた書記官は一向に目を覚まさない――あるいはそう装う――ハムドゥッラー導師に告げた。

「首相府から参りました。導師さまに暗殺の危機が迫っているため即座に御身の安全を確保しに伺った次第です」

ここでようやく導師は書記官の背後に佇む隊員たちに目を向け、後世までその意に反した別の意味で引用を重ねられることとなるあの有名な言葉を口にした。

「蜂起か何かですか？　皇帝陛下の遣わした方々なのですか？　であれば、印璽《いんじ》のある勅書なり、御璽のある書面をお見せください」

「はい、この任務は正式な命令によるものです。これからお連れする場所はここよりも安全でありますから、詳しいご説明は向こうでいたします」

経験豊富な書記官が丁重にそう述べるうちにも検疫部隊員二名に両腕を摑まれた導師は、いくらかの身の回りの品と書物を持っていきたいと述べた。お気に入りの裾の長い夜着二枚に肌着、下着類、ニキフォロス薬局で調合してもらった薬に、祖父がイスタンブルから持ってきた字秘学についての書物を持ったハムドゥッラー導師は、さらに名代であるニーメトゥッラー師の同行を願ったが、こちらは許されなかった。

修道場の中庭に出た一行が、数ある門のうちもっとも近くにあった裏門から通りへ出ると、予定どおり御者ゼケリヤーの装甲四輪馬車が待機していた。抗うことなく馬車に乗せられたハムドゥッラー導師は、革座席の匂いを嗅いで以前にも乗ったのと同じ四輪馬車だと思い当たった。

寝しなにペストとその予防法を記したイブン・ゼルハーニー（オルハン・パムクの小説『黒い本』などに登場する架空のイスラーム学者）の著作に目を通すことにしていた導師はここ数日、『苦痛の書』のオスマン語訳と、『開蒙』をためつすがめつしていた。そのため、このときのハムドゥッラー導師の頭の中には言葉と数字、そして一つひとつの文字に隠された秘密を解議する字秘学の神秘がたゆたっていた。導師の頭はこのとき、この手の書物を熟読した者の常で、世界の裏に秘された神秘と、そこに潜む神の言葉を見つけ出そうと目まぐるしく働いていたのである。

静かで風のない夏の夜、いつ果てるともなく聞こえるコオロギの声と、深蒼の夜空から降り注ぐ星明かりは導師の宗教的陶酔をいや増さしめていった。生命と神意、神兆と万物、そして闇と虚無がひしめく神秘の世界は、まさに光と魂、孤独と美、力と惑いによって紡がれた詩の様相を呈して、神愛を示す星座の配置や木の枝ぶり、あるいは花の芳香、ペストの夜に響くフクロウやカラスの啼き声、ハリネズミのぱたぱたという足音が、まるでインクで引いたように一本の線を織りなしていった。退去命令によって閑散としはじめたカーディリー教団の修道場や、少し先のリファーイー教団の修道場がある通りを駆け抜けていく馬車の中から、松明を掲げて佇む二人の歩哨が見えた。ハムドゥッラー導師には、その二人の姿が新政府の勝利の証のように思えた。

もし新国家の統治力が強力無比であるなら、自分も島内のどこかに流されるだけで済むかもしれない――導師はそう考えた。そうなれば、いずれは門弟や彼を慕う者たちが自分の居場所を見つけ出し、大挙して押し寄せるのを阻むことはできまい。しかし、もしミンゲル島がいまだオスマン帝国の支配下にあるか、あるいは彼をかどわかした不届者たちが帝国の手の者であるなら、有無を言わさずアラビア半島やアナトリア東部のシイルトのようなミンゲル島から遠く離れた、人の通わない辺境へ送られてしまうことだろう。支配者を煩わせ、扱いがたい政治的影響力を行使しようとした修道場の導師を門徒から引き離し、辿りつくだけで半年を要するような僻遠の地に流すというのが帝国の旧習であるのだから。ハムドゥッラー導師自身も、若いころ州総督やイスタンブルの高官の怒りを買い、家や修道場から放逐され、辺境の街で聖典の詠み方を教えて糊口をしのぐ修道僧たちを目にしたことがある。信仰が頑なであるほか咎《とが》めるべきところなどないはずの彼らは、その誇り高さのゆえに、あるいは自らの力を確かめようとして度を過ぎた行動を取ったがゆえに、イスタンブルの不興を買ったのだ。ハムドゥッラー導師はそうした憂き目を見ぬよう、サーミー・パシャが政務を執っていたころから細心の注意を払ってきたつもりであったが、どうやら失敗してしまったらしい。

装甲四輪馬車はテントやベッドがひしめくハミディイェ病院の裏庭を見下ろす道を通り、左折してふたたび坂を上り、クラービイェが有名なゾフィリ菓子店の前を過ぎて、パナヨト理髪店の角を曲がってハミディイェ大通りへ出た。途中の道はどこも真っ暗で人っ子ひとり見当たらなかった。いま十七年間を過ごした街を離れ配流の身の上になろうというハムドゥッラー導師の目に映ったのは、打ち捨てられたかのような悲しみに沈むアルカズ市の姿と、アルカズ城塞と桃色の差す白色の石造りの家々を不思議な色彩に染め上げる星明かりだった。これからどこへ連れて行かれるのかはわからないが、それがどこであれこの玄妙な光のことを懐かしむことになるのだろう。ハムドゥッラー導師の脳裏には寒々しく活気もなく、樹木どころか窓一つない――行ったことはないがエルズルムやヴァンのような――東方の街の光景がありありと思い浮かんだ。鉄道網からも外れたそうした地へ流されたなら、ただでさえペストと検疫が旅を阻むのだから、きっと誰も追いかけては来られないだろう。羊毛帽のニーメトゥッラーはきっと、導師を連れ戻そうと人々に訴えてくれるに違いないが、仲間に裏切られるたびに敗北感に打ちのめされた人間というものがいかに卑しい振舞いに及ぶのかを思い知らされることになるだろう。

四輪馬車がハミディイェ橋を渡ったので、このまま首相府へ連れて行かれるのかと思われた。ところが馬車は旧総督府、現在の首相府前の広場に入ると、居並ぶ兵士や憲兵が見守るなかそのままフリソポリティッサ広場へ向かい、テオドロプロス病院の脇からフリスヴォス地区の湾岸へと馬首を巡らせた。ハムドゥッラー導師は海岸へ下りていく馬車の半開きの窓から海藻と海の匂いを胸いっぱい吸い込んだ。

この島の、この街の暮らしにあってもっとも素晴らしいのは、どんなに不運で辛い日々を過ごしているときでも、人の心を慰め人生に向き合う力を与えてくれる海が見晴らせ、その匂いを鼻腔に感じられることにほかならない。この暑く、温暖かつ穏やかな優しい気候から引き離され、雪に覆われるか、さもなければ乾燥しきったどこかへ追放され、洞窟で暮らさねばならぬほど貧しい人々のもとでただ門弟たちからの送金を心待ちにする暮らしを想像すると、気が重くなった。ハムドゥッラー導師の名声など知る由もない人々や、あるいは部族に自己紹介をして、聖典を詠み説教をすることで糊口をしのがねばなるまい。海沿いを行く装甲四輪馬車の中でハムドゥッラー導師は、いまにも迎えの艀が姿を現して、沖合で待つ戦艦マフムディィェか何かに乗せられ、何年にも及ぶ流刑生活がはじまるのだろうと想像しながら、固く急峻な石畳の坂道を下る蹄鉄の音に耳を傾けるうち、いつしか空想と後悔の入り混じった陶酔の中でこう願った。――この島に留まればどんなによいだろう。

しかし、海沿いに出た馬車は、浜に連なる湾のいずれに停まることもなく北上を続けた。ここまで来ると導師は、ミンゲル島から流刑地へと連れ去るアブデュルハミトの船が現れそうもないことに気がついて、徐々に安心しはじめた。森からあふれる奇妙な冷気を感じたかと思うと、啼きわめくようなフクロウの声とガサゴソという物音が聞こえてきた。馬車の右手からは崖や砂浜に打ち寄せる波音がかすかに届く。辺りに人の気配はない。船頭たちさえ、密航をやめてしまったのだろう。

恐怖に震えながら想像したのとは異なり、結局ハムドゥッラー導師が帝国辺境へ送られることはなかった。サーミー首相はアルカズ島北東部に位置する誰も知らない屋敷の持ち主と料理人を探し当て、導師の〝流刑地〟として準備させたのである。コンスタンツ・ホテルという名のこの屋敷は、ルギャール・ア・ルエスト・ホテルが閉まる季節外れや、あるいはたまには気分を変えようというときなどにサーミーとジョルジ領事が待ち合わせて昼食を共にした場所の一つだった。

コンスタンツ・ホテルは、勝手に住み着いた侵入者やペスト患者を追い出してもなお、床が軋みをあげ精霊や妖精が潜むかのごとき荒廃ぶりではあったけれど、ハムドゥッラー導師はさほど不便を感じなかった。島に残れたという安堵はひとかたならぬもので、彼は狭い居室で禊を済ませて長い礼拝に取りかかると、神がこの下僕の祈りを聞き届けミンゲル島に残してくれたことに涙ながらに感謝を捧げたのであった。なにせ彼は、すぐにも修道場の愛すべき自らの寝床へ戻れるだろうと確信していたのだ。

62章

キャーミル司令官は、ハムドゥッラー導師の修道場への襲撃が終わるまで首相府を離れず、彼が護衛を引き連れてスプレンディド・パレスへ戻ったのは、ようやく伝令が導師の捕縛に成功しコンスタンツ・ホテルに無事、軟禁したという知らせが届いてからであった。夜の街に響く足音を聞きながら坂道を下るうちキャーミルは、見捨てられたとしか思われない街の様子を目の当たりにして、ふたたび懸念と恐怖にとりつかれた。

勝手に母親に会いに行ったと聞かされて扉を叩きつけるように閉めて部屋を飛び出してから半日、ゼイネプとは顔を会わせていない。政治的偉業と信ずる理想を実現しようというこのときに、ペストなどの心配をして心を曇らせるわけにはいかないぞ！――キャーミルはそう自分に言い聞かせたものの、実のところ部屋に戻れなかったのは、万が一妻が疫病に冒されているとわかればとても悲しみに耐えられないと知っていたからだ。書記官たちに妻への伝言を託すのを欠かさなかったのも、罹患していた場合に頭痛などの兆候が表れるのはこの半日あまりの間だろうから、彼らが異変を知らせてくれるだろうと考えたためだ。

しかし危惧した知らせがもたらされることはなった。そのため真夜中にホテルへ入ったときにはまだ楽観的でいられたのだけれど、階段を上るうちにもゼイネプの絹のように滑らかな肌に浮いた赤い腫れが思い浮かんできて、見る間に自信は萎んでいった。いま部屋はどんな様子だろう？　いや、彼女にはもう何も訊くまいとキャーミルは決心した。

居室の前にはとくに必要とも思われないサーミー首相の護衛が待機していた。鍵を開けると室内は暗く、ゼイネプの姿は見えなかった。何事もなければもう眠っている時間だが、窓から差し込む月明かりが妻のいない寝台を照らし出している。

キャーミルは震える手で近くにあった蠟燭に火を点し、真鍮製の燭台を掲げた。失くなってしまったと言っていた贈り物の真珠細工の櫛が目に入り、ついで窓から少し離れたところに座るゼイネプに気がついた。

「ゼイネプ」

声をかけても応えはなかった。キャーミルはせりあがる恐怖をなんとかいなすと妻に近寄った。手に持った燭台の動きに合わせて部屋の中の影がアラベスク文様を描き、やがて妻の血の気の失せた顔を明るく照らし出した。そこには悲しげな表情が浮かんでいた。

「ハムドゥッラー導師を修道場から連れ出して市外の某所に隠すことにして……」

詫びるような口調でそう言ったものの、ゼイネプは興味を示さなかった。やはり一方的にまくし立てて出て行ったきり、半日も戻ってこなかった夫に腹を立てているのだろうか？　あるいは病気の心配をしているときに一人きりにされて心細かったのだろうか？

するとゼイネプは、まるで心の奥底に仕舞った悩みを話せずにいる内気な子供さながらに、わっと泣き出した。キャーミルはゼイネプを抱き寄せるとぎゅっと抱きしめ、撫で、優しく囁きかけながら慰めようとした。

二人は夜着に着替えることもなくそのままベッドへ入り、キャーミルは妻を後ろから抱きしめると唇を首筋にもたせかけ、お腹と赤ん坊のいるあたりをぎゅっと手で摑んだ。それが、ごく短い結婚生活の間に二人が学んだ幸せを噛みしめるためのお決まりの姿勢だったからだ。二人はこの姿勢で幾度となく一緒に夜を過ごしてきたのだ。

司令官はゼイネプの身体やお腹、腕にも指を這わせたものの、横痃と思しき腫れがある鼠径部にだけは触れなかった。ゼイネプに発熱はなかったが、いつものように愛し合いたいという欲求も湧いてこない様子で、キャーミルもまたその気にはなれなかった。

ふたたびゼイネプが泣きはじめたが、やはりキャーミルはそのわけを訊けず、ただ無言で彼女を抱きしめた。——でも黙ったままでいても、ただならぬ事態が起きているのを認めたと言わんばかりではないか？

眠ってしまいたいと念じるうち、いつしか二人は眠りに落ちていった。随分経ってから眠気と覚醒の狭間に港の方から怒鳴り声を聞いたような気がした。二人ともおどろおどろしい悪夢を見ていたからなのか、それは頭の中の地獄の欠片なのだろうと思った。

やがて怒声が途絶えるころ、キャーミルの心は死んでしまうのではないかと思われるほどの悲しみに覆いつくされていた。あれほど懸命に兵隊として都市から都市へ、戦場から戦場へ駆けずり回った末に摑んだ幸せが、ものの二カ月半しか続かなかったのだ。神よ、あまりに短すぎるとは思いませんか？　もしゼイネプがペストであるなら、すべておしまいだ。死ぬのは妻と生まれてくるはずだった我が子だけではない、きっと自分も生きてはいられないだろう。そうなれば悲しむべきかな、ミンゲル国もまた滅亡しかねない！　ふたたび表からかん高い叫び声が届いたものの、脳裏に去来する想像があまりにも恐ろしすぎて、その怒声の正体について考える余裕もないままキャーミルはふたたび寝入ってしまった。あるいは、眠っているのだと思い込もうとしていただけかもしれないが。

腕の中の妻ががたがたと震えはじめ、キャーミルは目を覚ました。発熱と同時にひどい悪寒に見舞われる患者の話は聞いていたし、すでに何人も見てきた。キャーミルは懸命に妻を抱きしめた。そうすれば震えが止まるのではないかと思ったのだ。しかし、きつく抱きしめるほどに、二人はペストにかかったのだという事実を誤魔化しきれなくなっていった。

「僕たちの幸せも、息子も、我が国の未来も……。君がつまらないことで母親を訪ねて行ったから、なにもかも台無しになってしまったんだ！」

そうなじりたくもあったが、医師の診断も待たずに口論をしても意味がないし、そもそも過去の過ちをあげつらうよりも、いまから何をすべきか考えるべきだ。ただ、行く手に横たわる恐怖はあまりに大きく、どうすればよいかわからなかった。

ゼイネプが声を押し殺して泣きはじめ、キャーミルはやはり何も尋ねられぬまま時間だけが過ぎていった。ゼイネプはさらに二回、悪寒の発作に見舞われたが、身体はそれほど熱を持っていなかった。キャーミルはどうすることもできず、ただベッドから出たくないあまりに、「朝が来ませんように、これ以上ペストが悪化しませんように、時間が止まってしまいますように」と念じ続けた。

しかし、いつものように桃色と黄色を呈する不思議な曙光によって夜は明け、それにつれ港から届く怒声もますます大きくなっていった。

このとき波止場や港湾地区に集っていたのはハリーフィーイェ教団の修道僧たちだった。指導者であるハムドゥッラー導師をかどわかされた彼らは、真夜中頃に修道場の正門から街へ繰り出し、導師を探すという名目でカディルレルやヴァヴラ地区の街路を練り歩いた末に海岸まで下りてきたのである。彼らはなにがしかの標語を唱えるでもなく、祈りどころか、神は偉大なりと唱えることさえせずにただ黙々と歩いた。辛抱強い門弟たちは真夜中であろうと構わず街を巡って導師を探し当て、連れ戻そうと決意を固めていた。誰しもが前を行く者に従って列に加わり、やがて朝方には四、五十人ほどのハリーフィーイェ教団の若い門徒たちがヴァヴラ地区の僧房から隊伍を組んで旧タシュ埠頭へと下り、湾に沿って波止場を税関局の方へ歩いた末に、イスタンブル大通りから下った先の波止場で待ち構えていた検疫部隊を視界に捉えて足を止めた。

ハリーフィーイェ教団修道場の門弟たちの行動は、ハムドゥッラー導師を慕うあまりの怒りから生じた偶発的なものであったけれど、彼らの行進の根底には街の外へ、つまりはペストのない地へ逃れたいという衝動が潜んでいた。もしこの時点で、新政府と新たな検疫体制がうまく機能していたなら、当局者は彼らをさっさと街の出口まで誘導し、そのまま市外へ退去させるべきであっただろう。ところが、この夜アルカズの街を支配していたのは知識と理性ではなく、対話もないまま膨らんだ疑念ばかりだった。そしてそんな街の波止場で、首相府からの矢継ぎ早の命令に従った検疫部隊が、怒れるハリーフィーイェ教団員に対峙したのである。

市外退去が許可されないと知ると教団の年若い修道僧や門弟たちは怒りの声を張りあげた。かくしてミンゲル革命は、修道場で賄われるスープとパンをこそ我が故郷の味と信じる僧たちと、途中からその行進に加勢したそのほかの不満分子たちによって、その第二段階へ移行することとなる。この日、ミンゲル島に突如として姿を現した無政府状態と呼びうる混沌とした惨状の最初の引き金を引いたのは、ハリーフィーイェ教団の修道僧たちの方だった。スプレンディド・パレスの窓から外を眺めるキャーミル司令官の耳に、検疫部隊が威嚇のために空に向けて放った銃声が届いた。三発の銃声は街中に響きわたった。窓辺から身を引いて振り返ると、ベッドではゼイネプがまだ泣いていた。キャーミルが歩み寄るとゼイネプは心を決めたように立ち上がり、服の裾をたくし上げて脚の付け根を見せた。

ほんの一日で赤斑は腫物に変じていた。まだ横痃と呼べるほどの大きさではなかったが、やがて肥大して大いなる苦痛をもたらすに違いない。キャーミルはゼイネプの表情や眼差しからすでに痛みがはじまっているのを見て取り、遠からず激痛に意識を失い、この部屋での幸せな生活が終わりを告げることを悟った。

幸福な生活がなんだ！　なにもかもがおしまいだ！　僕の人生もこれでおしまいなんだ――キャーミル司令官はそう確信すると同時に、現実と向き合えぬ臆病者のように自らを欺こうとしない自らを一瞬、誇らしく思ったものの、虚勢も長くは続かなかった。

キャーミル司令官は妻の隣に腰を下ろすと、股座の腫物にそっと触れた。

「痛いかい？」

まだ硬くなっておらず痛みはそれほどでもないようだ。でも、もう一日もすれば痛みは増すはずだ。そうなれば医師には横痃を切開して激痛を和らげるよりほか為す術がない。まだ上級大尉であった時分、ヌーリー医師の護衛として市内の病院へ行ってそうした患者はいくらでも見たし、そのたびに憐れに思ったものだ。

ベッドに横になったゼイネプは、キャーミルの顔に浮かぶ絶望と驚きを見て取ると同時に、彼が妻の感染を自分のせいと思い込んで、良心の呵責に苛まれているのに気がついた。

「テオドロプロス病院へ行くのが一番だ。できるだけ早く横痃の中の膿を出してしまうのがいい」

「病院なんて行きたくないわ！　この部屋からも出たくない！」

司令官はゼイネプを抱き寄せた。彼女がそうしてほしがっていたからだ。二人は長いこと力いっぱい抱きしめ合ったまま、静かに横になっていた。妻の呼吸やトクトクと打つ心音に耳を傾け、あるいは妻の体内の動きを指先に感じるにつけ、この二カ月半で知悉するに至ったゼイネプの人となりや彼女と交わした冗談の数々が浮かんでは消え、キャーミルを責め苛んだ。

「さあ立つんだ、ゼイネプ。病院へ行こう」

しばらくしてキャーミルがそう言うと、妻は答えた。

「あなたはこの島の王様になったんじゃないの？　お医者さまがここへ来ればいいんだわ」

たしかに彼女の言うとおりだ。ホテルで一番広い部屋なのだから、治療だって行えるに違いない。鼠径部の横痃に穴を開けるのを治療と呼ぶならば、だが。なにせ患者は大統領夫人なのだ、みな回復に向けた治療をしている、この処置をすればきっと助かるといった態度を繕うことだろうが、肥大し硬化する前であれ、膿が詰まって巨大化して首筋に現れたのであれ、横痃を切開してペストが治るというわけではない。ただ痛みをほんの少し、和らげるだけなのだ。そして、それさえあくまで推測に過ぎない。数々の症例によって明らかになっているのは、横痃が出た者のほとんどが死ぬという事実だけである。ヌーリー医師とギリシア正教徒の医師たちが交わす早口のトルコ語とフランス語の会話に耳を傾けてきたキャーミルは、それをよく知っていた。

正気を保つためには医師たちから聞きかじり、あるいは実見したことはすべて忘れ「横痃が出た患者でも助かることがある」と希望を持たねばならない。でも、治療のために医師を呼んだら最後、彼らは検疫規則に従ってキャーミルとゼイネプを引き離しにかかるだろう。そうなりたくなければ二人で一緒に隔離区画へ赴くよりほかない。

司令官自身がペストに罹患し、監視のもとどこかに隔離されているなどという噂が流れようものなら、検疫体制はもとより新国家が弱体化したと考える者たちが出てくるのは明らかだ。大統領夫人であれば、病院に来ないからといって四の五の言う者はいないかもしれないが、強力な指導者であるはずの大統領までペストに倒れたとなれば話は変わってくる。いったい誰が島民たちを救い、いまや忘れ去られつつある古い母語や名前をミンゲル人に教えるというのか。

ゼイネプが泣きわめきながら横痃のもたらす激痛に叫び、震えがはじまったとしても、彼女を無理やり病院へ連れて行くのは気が進まなかった。彼女はペスト患者がどうなるか、まだ詳しくは知らないのだ。彼女にペストの現実を率直に伝えるべきだ。

しかし、このときゼイネプが夫に望んでいたのは、ただ自分を抱きしめ、悪いことは何も起こらないと言い聞かせてくれることだけだった。キャーミルの腕の中にいる限りは、彼が罹患の恐怖をものともせずに愛してくれているのを感じられるのだから。それでも、これから訪れるだろう苦痛を想像すると涙がこみ上げた。

さらに長いこと抱きしめ合ううち、日よけ戸とカーテンの隙間から朝日が差し込みはじめた。キャーミルは光の中に浮かぶ塵を眺め、妻の呼吸に注意深く耳を澄ませながらも、窓外から届く声の意味を理解しようと努めた。

このとき街ではハムドゥッラー導師の誘拐に対する抗議はますます激しくなり、ほかの修道場の者たちまでもがこの〝修道場反乱〟に加勢をはじめていた。修道場反乱は、指導者もなく、組織立った行動も見られず、ただ自然の成り行きで発生した事件であった。キャーミル司令官は生まれながらのミンゲル人であるから、島の民衆のことはよく承知していた。だからゼイネプを抱きしめ、悲しみと絶望に抗いながらも漏れ聞こえる声から、街で起きている事態をなんとなしに察していた。まだ流血沙汰にこそなっていないが、司令官が妻と一緒にベッドにいる間にもヴァヴラ地区や波止場では兵士たちによって威嚇射撃が繰り返され、修道僧が撃たれたなどと騒ぎ立てる者も出はじめていた。

やがて大統領補佐官のマズハルがドアをノックしたが、応えがなかったため書置きを残して去っていった。検疫部隊に対する蜂起が発生していることを理解したキャーミル司令官は、すぐにも彼らの先頭に立たねばと考えた。ところが、この部屋を一歩出たら最後、妻の病気を隠すことはできなくなり、彼女と引き離されてしまう。そして、妻がペストとわかれば、キャーミル自身が兵士たちを指揮することさえ難しくなる。

昼近くゼイネプは間を置かず二回吐瀉し、困憊して倒れ込むように床についた。心臓は早鐘のように打ち、発汗と痛みが現れた。医師が来たら夫と二度と会えなくなると思ってか、キャーミルが部屋の扉に近づくだけで泣き出してしまうのだった。

午後に入ると熱が上がりうわ言がはじまった。「イスタンブルを見ることもできずに死ぬのね！」という彼女の言葉がキャーミルの心をえぐり、幾度も「イスタンブルに連れていってあげるさ」と答えたものだ。

「パーキーゼ殿下が幽閉されていたベシクタシュ地区にも、帝国政府の置かれる大宰相府にも、細菌研究所があるニシャンタシュ地区にも、連れて行ってあげるよ！」

妻は泣き、キャーミルは目に涙を溜めてそう言い聞かせ続けた。

ゼイネプがスプレンディド・パレスの居室で息を引き取ったのは、約八時間後だった。九十五日前に死んだアルカズ監獄の看守であった父バイラムよりもなお早く、彼女は死んでしまったのである。

63章

ハリーフィーイェ教団員や、彼らと親しいほかの修道場から合流した反乱者たちは、ハムドゥッラー導師の誘拐に腹を立ててこそいたものの、当初はそれほどの脅威ではなかった。修道場から駆けつけた門弟の中には棍棒を携えている者もいたが、ほとんどは武器など持たず、それどころか争う意思のないことを示すため枝一本握っていなかったからだ。そのためサーミー首相は、検疫部隊がこの烏合の衆を鎮圧できるだろうと疑わなかった。

ところが奇しくも同じ晩にアルカズ監獄ではじまった蜂起が、ミンゲル島の歴史を一変させることになる。この点に異を唱える歴史家は一人もいないだろうが、「もしキャーミル司令官がペストの妻を置いて検疫部隊の指揮を執っていたなら事態はまた異なり、おそらくかほどの死者を出さずに済んだはずだ」という類の主張には賛成できない。なぜなら城塞監獄で起きた暴動は誰も予期せぬ速さで拡大し、キャーミル司令官の軍事的、政治的才覚が必要とされる頃には、そもそも脆弱な新政府の力では押し留めようがなくなっていたからだ。

新入り房とも呼ばれた第三監房の囚人たちは、看守たちから受けた乱暴な扱いやペストの蔓延に憤懣をため込み、蜂起の機会を窺っていた。そしてハムドゥッラー導師の誘拐に端を発して市内に渦巻いた「無政府的」な情緒や、教団員を筆頭にいくらかの商店主や無頼が徒党を組んで検疫部隊と対立したことで醸成された街の空気は、彼らにとって絶好の機会であった。アルカズ市全体に蔓延しつつあった騒擾めいた雰囲気が、監獄の囚人たちの背中をも後押しする結果となったのである。

反乱の直接の契機となったのは、ここ十日ほどの間に第三監房で発生したペストだった。監獄側は監房全体の隔離措置を取ったきりで、囚人たちは運動のため外へ出ることもできなくなった。よしんば発症すればハミディィェ病院へ送られ——革命から間もないため、いまだ改名は行われていなかった——二度とその消息はわからなくなるのだから、病院送りになってまで外へ出たいと望む者はいなかった。毎日、監房の扉が開き、看守を伴った消毒士二名が恐怖のあまりおとなしくなってしまった囚人たちとすべての房を消毒していっても、翌朝にはさらに二人の囚人に横痃が現れハミディィェ病院への死出の旅路に出るのだった。

この日、消毒作業の最中に一人の囚人が寝台から転げ落ち、ペストの高熱で身もだえするふりをはじめた。その隙をつかれた看守が一人捕まり、鍵を奪われてしまう。ごく短時間のもみ合いの末にほかの看守たちも降伏し、看守長が気づく前に囚人たちは監房全体を占拠した。ペストあってこその勝利とも言える。なぜなら罹患の恐怖や葬式への参列、なにより監獄にペストが蔓延しているという噂など、さまざまな理由で監獄の官吏や看守の数が大幅に減っていたからだ。

その夜のうちに、囚人たちは大した抵抗にも遭わずアルカズ城塞の残りの区画も占拠した。もちろん当初から大がかりな計画があったわけではなく、そもそも計画的な犯行でさえなかったが、ビザンツ帝国期に建てられた中央棟を奪われたのを見て取るや刑務所長が、ヴェネツィア塔や管理棟に残っていた部下をみな、撤退させてしまったのだ。これは囚人たちにとってもまったくの予想外で、刑務所長が慎重に過ぎたのではあるまいかと批判する向きもあるが、第三監房の囚人たちは疑わしい行動を取る者はもとより、ただ気に入らない者や行く手を阻もうとする者を片端から殴殺していたうえ、拷問を受け、ファラカ刑に見舞われ、あるいは熱く焼けた木炭を押し当てられた経験のある三名の囚人が火を放ったのである。さらにこの晩はアルカズ市内でも火の手が上がっていたことを考え合わせれば、所長が監獄を放棄したのは理に適った判断だったと言えるだろう。

とはいえ、この権力の空白が第三監房の剛胆な無頼たちに思ってもみなかった責任を負わせることにもなった。いまや、城塞全体の運命が彼らの手に委ねられてしまったのだ。「ほかの房の囚人たちを解放すべきだろうか?」、「大勢の囚人が解放されればオスマン帝国なり新政府なりの当局者をまごつかせることができるかもしれないぞ」、「周囲にはサーミー・パシャの憲兵の姿も見当たらないのだから、病院送りになった仲間を迎えに行くべきだ」——さまざまな意見が出るうちにも、いまだ扉の開けられていない監房の中の囚人たちが狂ったように「開けろ、開けろ!」とわめきながら鉄格子を揺さぶる。開け放たれた監房から立ち上る錆やカビ、火煙の匂いは、またたく間にアルカズ城塞監獄を満たしていた。

結局、夜明けまでにすべての監房が解放され、広大な城塞の敷地内はさながら囚人たちの遊び場と化してしまった。互いに抱擁を交わして自由を祝福する者もいれば、さっさと城塞を出て徒歩で市内へ消えていく者もいた。みなペストのことなど忘れてしまったかのようで、街中には検疫部隊の姿も憲兵の姿もなかった。このとき、ただでさえ余力のない新国家の統治機構は大統領夫人ゼィネプの死によって機能不全に陥っていたのである。

看守であった父がそうであったように、ゼイネプもまたいまわの際にいっとき正気に返り、人々に束の間の希望を与えた。とくにキャーミルは妻の頬に朱が差したのを見るや、感染予防策など忘れて彼女のそばに腰かけ、お腹の子供のことを話しながら抱きしめ、万事順調、検疫もうまくいくだろうと語りかけた。このとき彼女がせめて窓から海を、ミンゲルでしか見ることの叶わないあの蒼海を目にすることができたのであったら、きっと人生のかけがえのなさを実感したことだろう。

いよいよ最期のとき、妻が激痛に半ば気を失いながらうわ言を繰り返しているときも、キャーミルは決してその側を離れようとはしなかった。

ゼイネプの遺体は石灰をまぶした上で葬儀は行わずに翌朝、埋葬することになった。キャーミル司令官は、少し驚いたような表情を浮かべる真っ白な妻の顔をまともに見られず、自責の念に苛まれるあまり、ハディドが力ずくで引きはがすまで熱を失っていく妻の手を握りしめたまま動こうとしなかった。

大統領夫人がペストで死んだ事実は伏せておくべきだというのが、その場に居合わせた者たちの総意だった。そのため新イスラーム教徒墓地に特別に掘らせた墓穴に、一切の葬礼は行われぬまま埋葬された。いまや街ではお馴染みとなった霊柩馬車と埋葬人、それにカモメとカラスのほかには、参列者はキャーミル一人きりだった。さらにそのキャーミルも衆目を避けるため村人のように飾りけのないトルコ帽をかぶり、ぶかぶかの下履きに太い帯を巻いて厚手の牛革の靴を履いていた。

もしかしたら、キャーミル司令官が自らを伝説の中に登場するミンゲルの農夫になぞらえ、ゼイネプをミンゲルのお伽話に出てくるような「牧歌的《パストラル》」な村娘に仕立て上げたのは、妻と子供を失った悲しみのあまりに空想の中に逃げ込んでいたこのときであったかもしれない。あれほど立て続けにさまざまな出来事が連鎖した一九〇一年七月二十七日にあって、キャーミル司令官が自身の味わった驚くべき悲しみを、そのたった一日の間にのちのミンゲルの神話の一部にまで昇華し果たせたのは、今日から見てなお驚嘆すべき偉業と言えるだろう。

この日キャーミルは、これまでと変わりない善意と愛国心に満ちた声明をギリシア人とトルコ人の二人の新聞記者に語り、その中でゼイネプの死についても触れている。のちにギリシア語の『新しい島』紙とトルコ語の『アルカズ事報』に掲載されたこの〝ルポルタージュ〟では、子供時代の――二人の間に十四の年齢の差があったことには目をつむろう――ゼイネプとの出会いについて詳述されている。それによれば、聡明かつ自我のはっきりとした少女であるゼイネプは、学校の教師の反対にもめげず、友人たちとミンゲル語で話そうとしていたという。ゼイネプとキャーミルがのちのち人生の伴侶となる絆を養ったのもこの時代で、ミンゲル語を話したいとき、二人は互いの姿を探しては話し合い、そうして古いミンゲル語で語らうほどに世界は神秘的な詩の装いを新たにしていったのだそうだ。キャーミルはミンゲル語の優雅さを、ゼイネプの愛らしい顔《かんばせ》の中に見出した末に、ミンゲル語をフランス語やギリシア語、アラビア語やトルコ語の圧力から救い、その自由を勝ち取るために何をすべきか、ごく若い時分から考えるようになった。

今日ではおおかたのミンゲル人が諳んじるこのときのインタビュー記事は、私たちから見ればミンゲル民族主義とミンゲル革命精神の源泉であり、また何にも勝るその詩学を言い表しているように思われる。キャーミル司令官が妻の埋葬の直前という憂き目に、この逸話を書き写させたという事実は私たちを驚かせてやまない。それも、マズハル大統領補佐官や幾人かの文学者たちが密かに修正を施したのだと主張する者がいるほどの美文によって、である。ちなみにこの半年後、ようやく実施された国歌コンテストの優勝作品も、国家の「礎」となるこの逸話に触発された作品だった。

ときに、ミンゲル語における「水」と「神」、「我」のような語彙に見られる音声的類似性と、その不可思議な意味関係性にまでさえ思惟を及ばせるこの詩的な声明文は、七年後にアレクサンドロス・ツァツォスが描いた油彩と共に広く知れわたる。偉大な画家が新イスラーム教徒墓地で妻の埋葬に立ち会いながら祈るキャーミルの姿に、その内面の葛藤を生き生きと描き出したあの傑作である。

絵の中のキャーミルは、夭逝した身重の妻の墓を痛ましげに見つめる一方——遠景にはカラスが描かれる——国家の未来のため知性を総動員する英雄の横顔をも覗かせる。黄色を基調に描かれた画面全体にたゆたう雰囲気はとくに印象的で、街中や焼却井戸から立ち上る煙の青がその情感を盛り上げる。そして、背景に描き込まれたミンゲルの岩肌剥き出しの山々や丘、平原によって表された「故郷」の姿が、私たちの忠誠心を掻き立て、心を揺り動かしてやまないのである。

64章

　当初、新たな国家の統治者たちはミンゲル語の初等教育やミンゲル語の名前の普及、その歴史や民話の収集などの高尚な論題に没頭するあまり、街で実際に何が起きているのか認識していなかったかのようにさえ思われる。官僚や密偵、書記官や兵士たちがさまざまな口実のもとに職務を放棄しつつあったことも、事態の把握を遅れさせたのだろう。のちに〝教団主義者〟と総称されることとなる若者の一団による最初の襲撃を受けたのは、トゥルンチラル地区を警邏《けいら》していた二人の検疫部隊員だった。一人はなんとか逃げおおせたものの、もう一人はひどく殴られ片目を潰されてしまった。検疫部隊員を恐れおののかせ、同時に復讐を誓わせることとともなった出来事である。一連の経緯を知ったサーミー首相は、これ以上〝教団主義〟が市内に広がることを望まなかった。

　しかし、歴史の流れを大きく変えた者がいるとすれば、それはアルカズ城塞監獄の囚人たちであった。監獄を掌握した囚人たちは、しばしの議論の末にいまだ鉄格子と錠によって閉ざされている唯一の場所、すなわち隔離区画を解放したのである。その結果、ペスト感染の疑いのある三百名近くの収容者たちが街に解き放たれた。

隔離区画を解放するなど、囚人たちははたして正気だったのだろうか？「みんな解放してやったんだ、ひとつこいつらも自由にしてやろうじゃないか！」といった類の単純きわまりない無政府主義的思考に促されての行動だったのだろうか？　それとも「ペスト患者やその疑いのある連中が街を麻痺させて、すごい勢いで疫病を広めてくれりゃあ結構なことさ！」とでも考えていたのだろうか？　この論題に関しては数多くの論考が書かれたものの、囚人たちの思惑を知る術はいまだない。しかし、囚人たちが検疫隔離措置はたしかに重要ではあったのだろうが、結局はまったくの無駄に終わったのだと見なし——検疫官たちでさえそう感じていたのだ——必要もなく留め置かれている収容者たちを解放することが正義に適うと考えた可能性はある。

いずれにせよ、蜂起した囚人たちは隔離区画の正門の鍵を壊しはしたものの、収容者たちに「お前たちは自由だぞ！」と触れ回るようなことはしなかった。わざわざ中まで入っていってペストにかかりたくはなかったし、そこまでしてやる義理はないとでも思ったのか、収容者たちが解放されたことに気がつくまでにはしばらくかかり、隔離区画が空っぽになるまでには相当の時間を要した。とはいえ、城塞監獄での蜂起と、隔離区画の収容者たちが解き放たれたという報はものの半日で街に広まり、翌朝にはアルカズ市民に知れわたった。——「こんなお粗末な事態が起きたのは、検疫官や看守どもが逃げてしまったせいらしい！」。

監獄と隔離区画、とどのつまりアルカズ城塞そのものがもぬけの殻になったことで、アルカズ市の空気は一変した。城塞裏地区《カレアルカス》を出て家路についた者と出くわすのが珍しいことではなくなったのだ。市民はこうした元収容者や、あるいは囚人に出会うと心密かに怯えつつも「お大事に！」と声をかけたものだ。ただし、逃亡者たちは検疫部隊員や憲兵の目を逃れねばならなかった。

隔離区画を出た時点で明らかに感染していたり、調子が思わしくなかった者たちは大抵、自宅でも歓迎されなかった。例のごとく、家族の離散や近親者の死、あるいは他人が家に居座っているのを目の当たりにする帰宅者もいたし、その新来の住人やら親類縁者やらと言い争いになることもしばしばだった。元収容者を自宅に入れようとしない者もいれば、「城塞の隔離区画へ戻って隔離期間を終える方がいい」と説得する老獪な男衆もいた。もとよりそうした目に遭うのを予期し、隔離区画にいれば少なくとも毎日パンとスープにはありつけると城塞に残った者もいた。彼らは出ていった者たちが使っていた質のいいベッドや快適な一角には移りおおせたものの、わずかなパンとスープだけを目当てに居残ったというわけでもない。なにせこの一週間というもの各地のパン焼き窯に配給される小麦粉の量は半減し、隔離区画で配られるパンも大きさが半分になっていたのだ。

幾人かの史家たちが記すとおり、新国家の樹立からひと月と経たぬこの時期、アルカズ市はある種の無政府状態に陥り、市民の間には先の見通しのきかない曖昧模糊とした不安が急速に広がりつつあった。こうしてアルカズの街には危険な犯罪者や婦女暴行犯、人殺しに加えてペストにかかった囚人やペスト罹患の疑いがある市民たちまでもが徘徊するようになったのである。

彼らの中には「不当に」隔離区画送りになった者たちもいた。検疫部隊に反抗したり、その指示に従わなかったり、あるいは考えなしに検疫令を侵した末に、医学的な根拠には一切基づかぬまま隔離された者たちだ。本来であれば監獄の方へ送られるべきところであるが、当局は隔離区画送りの方がより効果的な罰になるのを見越して、検疫令に違反する跳ね返りたちへの断固たる見せしめとしたのだった。隔離区画送りとなった彼らは、健康な者をあたらペストに感染させた検疫部隊への復讐を誓うとともに、検疫規則や医師たち、隔離措置に反発するあまり「島に疫病を持ち込んだのは医師やキリスト教徒、消毒士たちだ」という類の流言を垂れ流した。こうした反抗的な人々の数は日増しに増え、サーミー首相は以前のように力ずくで隔離区画へ送り返すのはもはや不可能だと認めざるを得なかった。

ことここに至って逃亡者たちは、アルカズ市に生じた権力の空白に気がついた。疫禍に革命、公開処刑を経て外出を控えていた住人たちは、いまや監獄や隔離区画から逃亡した無頼やペスト感染者が徘徊する表へは一歩も出なくなり、サーミー首相の警告を容れた検疫部隊さえ姿を見せなくなったのだ。

なお、憤懣をため込む元収容者たちがかくも易々と街に受け入れられたのは、彼らが監獄で蜂起し逃亡した犯罪者たちから家や店を守る助けになると見なされたことも一因だった。市内に逃げ込んだ囚人たちは、早くも手ごろな家を見繕っては侵入したり、あるいはそのひと隅に間借りして居着こうとしはじめ、しかも治安を守るはずの憲兵や兵士を見かけぬとあって無法者たちはにわかに活気づいた。そして、無頼の徒の中でも一等、無知かつ恐れを知らない乱暴者たちがわざわざ波止場まで繰り出し、イズミル行の船を探しはじめたところで、検疫部隊や隔離区画から帰った元収容者たちとの衝突が発生したのである。最初の本格的な衝突は、ロバ啼かせ《エシェキ・アヌルタン》坂の下で村から運び込まれたイチジクやクルミ、白チーズなどを商っていた商店主との間で生じた。売られていたイチジクを勝手に食べた囚人と、チーズを鞄に放り込んでいた囚人に、その商店主の仲間たちが襲いかかったのである。ペストにかかった逃亡者ではなくただの無頼と知っていたため恐れることなく反撃に出た商店主には、「不当に」隔離区画に五日間放り込まれた末に解放されて戻ってきた兄弟と幾人かの友人たちが、解放の喜びも手伝って嬉々として加勢した。棍棒での殴り合いはものの五分ほどで終わったが、隔離区画から舞い戻った怒れる「感染容疑者」が無法な囚人たちから商店主を棍棒で守りきったという話はすぐに街中に広がった。

サーミー首相は、五年間変わらぬ執務室から街の情勢を注視していた。その晩、執務室でマズハル大統領補佐官、ヌーリー医師、そしてサーミー首相が会合を持った。もはや、囚人はもとより無宿人や隔離区画からの逃亡者、そして政府に復讐を誓う修道場の門徒たちから新政府を守るのに十分な数の兵士も憲兵も残されていない。検疫部隊員たちも、不幸な衝突や乱闘が起こってからは家から出ようとせず、毎朝の駐屯地での点呼に集うのは半数程度、そこに来てキャーミル司令官の妻が亡くなったという噂に接して士気も落ち込んでいる。手許に残る護衛と憲兵を掻き集めて、ようやく首相府広場と首相府近辺の安全を確保しているような有様である。首相府に入り込んで夜を明かそうとした喧嘩腰の囚人たちを追い払ったのも、サーミー首相の手勢たちだった。空き家に潜んで官庁襲撃を計画する複数の集団がいるという噂もある。サーミー首相の執務室に集った面々は、検疫部隊と隔離区画からの逃亡者の和解の道を探ったものの、名案は思い浮かばなかった。

サーミー首相は、首相府とキャーミル大統領のいるスプレンディド・パレスのさらなる安全を確保するべく、アラブ人部隊のうちトルコ語を解する半個連隊を派遣するよう駐屯地に要請したものの、兵士たちが街に下りてくる気配はなかった。この日の会見を取り仕切っていたマズハル大統領補佐官は「街の情勢や急速に力をつけつつある逃亡者たちについて司令官閣下にご報告し、そのご意見を仰ぐのはどうでしょうか」と提案した。妻を亡くしてからというもの、キャーミルはスプレンディド・パレスの居室に籠りきりになってしまっていたのだ。そうこうするうちにも逃亡者たちがカディルレル地区の家屋に火を放ち、街のどこからでも見えるほどの煙が上がりはじめた。キャーミル司令官が正気に返り、状況を問い合わせてきてもおかしくないほどの大煙である。彼の耳にも夜の街に響く怒声や悲鳴、散発的な銃声は届いているはずなのだ。

このあたりで、個人が歴史の中で果たす役割の大きさについて一言、申し述べておきたい。万が一、キャーミル司令官の妻ゼイネプがペストで死ななかったとしたら、そのあとのさまざまな事件は起こらず、歴史はまったく別のものになっていただろうか？　それとも、あの歴史はミンゲル島のために用意された逃れようのない過程であり、何をどうしようとも必ず生起したのだと断言できるだろうか？　答えを出すのは困難である。しかし、権力的空白にかこつけてアルカズが無政府状態に陥るなか、キャーミル司令官がひたすらミンゲル語と妻のことしか気にかけていなかったのは確かであり、それが無政府状態と混乱を助長し、のみならず新政府が一度は市民に与えたはずの希望や、未来への展望までをも損なったのは、疑いようのない事実である。

翌朝、疫学室の感染地図を前にした人々は、そこに新たに死者として三十二名が記されているのを目にすることになった。もはや病死者を個々に埋葬するのさえままならなくなっている。各地区では検疫令などお構いなしとばかりに葬儀が営まれ、街中にあふれた秩序なき群衆は検疫隔離措置など歯牙にもかけていない。

国家の支配を回復するには、キャーミル司令官に検疫部隊の先頭に立ってもらうよりほかない。彼が妻の喪に服すあまり部屋から出てくるのが遅れれば、すべてが無に帰するだろうことを、もっともよく理解していたのはほかならぬサーミー首相だ。サーミー首相がマズハル大統領補佐官や護衛を引き連れてスプレンディド・パレスの階段を三階まで上がり、キャーミル司令官の居室をノックしたのはさらに翌日のことであったが、白塗りの分厚い扉が開かれることはなかった。しばらく待ってからいま一度ノックしたが、やはり扉は閉ざされたままだ。そこで三人はあらかじめ用意してきた最新の政治情勢をまとめた書簡を扉の下にそっと差し入れた。

一時間後に戻ってみると手紙は回収されていた。マズハルがドアノブに回された形跡があることを示した。つまりキャーミル大統領は一度、目を覚ましたのだ。そして、扉の鍵が開けられていた。もう一度ノックをして室内に入る前に、ヌーリー医師も呼ぶべきだと考えた二人はすぐに首相府へ使いをやった。

三十分ほどしてヌーリー医師を連れて戻って来たサーミー首相は、今度こそゆっくりと扉を押し開けた。

それでも室内から声はかからず、少し待ってからサーミー、ヌーリー、マズハルの三人が室内に立ち入ると、キャーミル司令官は日よけ戸を下ろした大窓の前のクルミ材の書き物机に座っていた。誰かが入ってきたのには気がついた様子だが、座ったまま身じろぎ一つしない。ヌーリー医師は彼に歩み寄りながら違和感を覚えた。

キャーミルは軍服を身にまとい、夏にそぐわない軍靴を履いていた。ヌーリー医師は、キャーミル司令官がいますぐ外へ出て行って隊員たちを率いて戦う決心を固めたのだろうかとも思ったが、すぐにそうではないことに気がついた。キャーミルはもはや戦うどころか、息も絶え絶えで、額には玉の汗が浮き、息をするのも精いっぱいといった様子だったのだ。

床屋で髭剃りの最中に頭を動かさぬよう気をつける客よろしく、その視線だけが自分たちに向けられているのを察したヌーリー医師は、引き込まれるようにその首筋に目をやった。キャーミル司令官の首の右側には、巨大な横痃がありありと浮かんでいた。

三人が、新国家の建国者にして革命の英雄であるキャーミル司令官がペストに罹患したのを目撃した歴史的瞬間だ。同時に三人は、キャーミル司令官が部屋から出てこなかったのは、自分がペストに罹患したとは言い出せなかったのか、あるいは「俺はペストになっちまった、病気なんだ！」などとは口が裂けても言いたくなかったからなのだと理解した。サーミー首相には彼が拗ねた子供のように喋るのを拒否しているように感じられ、ヌーリー医師はペストが人間の言語機能に打撃を与えたり、痙攣のため言葉がつかえてしまうことがあるのを思い出していた。

これからどうなってしまうのだろう？　三人には、キャーミル司令官がなによりもまず祖国ミンゲルのことを気にかけているのがひしひしと感じられるとともに、彼が自分たち三人と同じくその死までは大統領のペスト罹患の事実を伏せるよう望んでいることを察した。もっとも、このときキャーミルが気にかけていたのは自分が死ぬまでの寸暇のことだけであったのに対し、残りの三人は暗澹として彼の死ののちへと思いを馳せたのであった。

65章

キャーミル司令官は、島を代表する三人の政治家に首筋の横痃を見せてしばらくすると、それまでの姿勢を崩し、座っていた籐椅子からなんとか立ち上がり、いまは亡き妻と幸福な二ヵ月半を過ごしたベッドへ倒れ込み、がたがたと震えはじめた。

ペスト禍から何年も経った現在、当時のことを知ろうとする者の一人として私は、このときのキャーミル司令官以外の三人の男性が取った行動には驚きを禁じ得ない。なぜならサーミー首相、マズハル大統領補佐官、そしてヌーリー医師の三人は、すぐにホテルの部屋を出て首相府――つまり旧総督府――へ逃げ帰り、あとはもう我が身と妻子の命を守ることに専心しようとはつゆも思わなかったのだ。もっとも、新国家という船を沈めぬためにサーミー首相とマズハル大統領補佐官ができたのは、自分たちには政府の命令に従順な多くの兵士が残っているという態を取り繕うことくらいであったけれど。

キャーミル司令官のペスト罹患こそが、ミンゲルの時間を革命以前に巻き戻そうとする反革命のきっかけとなったと指摘する史家もいる。もしミンゲル革命をオスマン帝国からの分離独立と捉えるのであれば、この主張は当たらない。司令官の薨去《こうきょ》後もミンゲルは独立を保持し続けたからだ。ただし、ミンゲル革命を政教分離主義と近代化を目指す営みと解するのであれば、彼らの分析は正しくもある。物語のこの時点において疑問の余地がないのは、キャーミルの死から二日と経たずに官吏や医師たちのあらゆる努力の甲斐もなく、新政権の維持が困難になっていたという点だ。市内は狂気と無秩序、騒擾によって混乱を極め、のちにヨーロッパ人たちが「カオス」、「アナーキズム」と呼んだ様相を呈し、ついにサーミー首相子飼いの密偵や情報提供者たちまでもが情勢を静観すべく口を噤んでしまったため、旧総督府たる首相府庁舎には市内の情勢を把握する者さえ一人もいなくなっていた。

ヌーリー医師とニコス医師がキャーミル司令官の横痃の切開を行ったのはその日の午後だった。解熱剤を打ち、少しでも楽になるようにと男性看護師に優しく身体を拭かせつつも、二人は患者に過度に近づかぬようにした。ヌーリー医師がパーキーゼ姫に語ったところでは、キャーミル司令官は初日こそ皆と同じように病気を隠したものの、二日目以降はまるで子供のような振舞いをはじめたという。ミンゲルの教科書には、病に抗いながら近代的な検疫隔離体制の維持に努める「恐れを知らない」司令官の姿が描かれているが、実際のキャーミルは長いこと黙りこくったと思えば額をトンカチで叩かれるような頭痛に懊悩し、震えながらも何かを考え込むかのような素振りを見せ、次の瞬間には高熱に耐えきれず気を失い、あるいはようやく目が覚めると、やるべきことがあるとばかりに、ベッドを抜け出そうと試みるのだった。とにもかくにもどこか、行かねばならない場所があるとでも言いたげな様子であったという。

横痃の切開から一時間後、キャーミル司令官は力を振り絞ってベッドを出ると、大窓から街と港を見下ろした。群青と桃、白の色彩が入り混じった独特な光に照らし出されたアルカズ湾の美は、常と変わらぬ壮麗さを湛えていた。キャーミルはその光の与える啓示に導かれでもしたのか、それまで頭の中に渦巻いていた考えがようやく知識の形を成したのだとでもいうように話しはじめた。

「ミンゲル人は世界でもっとも気高く、真率かつ清廉な民族であり、それが変わることは未来永劫ありません。なぜなら、貴石というものはたとえそれまで邪悪かつ貪婪《どんらん》な者の手にあり、たとえばイタリア人やギリシア人、トルコ人から不当に扱われてきたのだとしても、その価値を減ずるわけではないのですから。ミンゲルの価値もまた同様です。ミンゲルをもっともよく理解し発展させることができるのは、ミンゲル人だけです。そのためにこそ、ミンゲル語が存在するのです。〝我はミンゲル人なり〟と言う人は、誰しもがミンゲル人です。何世紀もの間、ミンゲル人は〝我はミンゲル人なり〟と言うのを禁じられてきました。であるからこそ、この美しい言葉は、あたかも祈りのように神聖な文言となり得、ミンゲル人たる条件もまた、それ以上のことが求められてはならないのです」

やがて司令官の顔に、街の通りで国民と親しく交わっていたときと同じ表情が浮かんだ。

「〝我はミンゲル人なり〟という言葉こそが、全人類との連帯のとば口となり、あらゆる物事のとっかかりとなることでしょう」

ヌーリー医師はのちに妻にこのときの司令官の様子を「まるで司令官の身体から湧き出た愛と興奮、情熱がアルカズの街じゅうへと降りそそぐみたいだったよ！」と語っている。

「いつの日かミンゲル人たちは必ずや大業を成し遂げ、もって世界の歴史を変えることでしょう！」

キャーミル司令官は熱に浮かされたようにそう言ったのを最後に疲労困憊し、床に臥すとうわ言を繰り返しながら眠りについた。

大統領の寝室に若い書記官をやってそのうわ言をすべて筆写するよう命じたのは、マズハル大統領補佐官だった。ヌーリー医師がパーキーゼ姫に語ったところと、その書記官の記録は見事に一致しており、キャーミルはいまわの際の譫妄状態にありながら「海上封鎖を行う戦艦が見える」、「決して部屋を出てはいけないよ」、「息子の読み書きは必ずミンゲル人の学校で習わせなければ」と繰り返した。また、空の雲の形がミンゲル国旗のバラにそっくりだと口にしたのもこのときで、この言葉は後世、ミンゲル文化ではことのほか重んじられ学校教科書はもとより図画工作の授業でも必ずこの雲のことが教えられる。毎年八月初頭のキャーミル司令官の命日のあくる日が「雲とバラの日」とされているのもこのためである。

さて、厳しい状況に立たされたことを悟ったサーミー首相とマズハル大統領補佐官は、これ以上の犠牲者を出さぬためハムドゥッラー導師との和解を模索すべくコンスタンツ・ホテルへ遣いを出したが、導師から返答はなかった。

真夜中、変わらぬ高熱に浮かされながら目を覚ましたキャーミル司令官は、控えていた書記官に伴侶を探すミンゲル狐のお伽話を語り出した。子供のころ祖母から聞かされた話であった。祖母の薫陶の賜物か、この晩キャーミルはもう一つ、重大なお伽話も思い出している。——まだアルカズの街ができる前のこと、湾の岩に座礁した一隻の船から人々が島へ降り立ち、いまのミンゲル人の祖となったという。彼らは島を愛し、その岩場や泉、森、そしてその海を自らの故郷と定めた。当時、ミンゲルの渓流には淡水ボラや赤斑の古代のカニたちが棲み、森にはおしゃべりなオウムたちや寡黙なトラが暮らし、空には夏になるとヨーロッパへ向かうコウノトリや青いツバメたちが舞っていた。こうした生き物たちに樹上の巣や、あるいは洞窟をその住処として見つけてやったのは、ゼイネプという少女であった。このミンゲル娘は動物たちと友達で、彼女の父親は当時の島の皇帝に仕える官吏だったという。

「古代ミンゲリアにおける動物たちと少女ゼイネプの友情の物語が、初等学校用の教科書に載せられないのであれば……」

そう言ったキャーミルは、この『ゼイネプの書』の第一部をトルコ語で口述筆記させつつ、窓辺に寄って日よけ戸を開けさせると、息も絶え絶えのままアルカズの街をいま一度、眺めやった。祖母の語ったお伽話の光景がそのまま、眼下の森閑とした暗闇の中に息づいているかのように思えて、刹那のあいだキャーミル司令官の顔には記憶と未来、古《いにしえ》のお伽話と現在の出来事が交錯して一体となるさまに愉悦を覚えたかのような表情が兆した。未来を想像するというのは、過去の中に現在を見出すことにほかならないのだと悟ったキャーミルは、そのまま苦痛に責め苛まれてベッドに倒れ込んだ。

翌朝、キャーミルの病状が悪化し、死者の数も四十八名に増えたと知らされたサーミー首相は、思わずこう漏らした。

「もう神にお縋りするよりほかない！」

そうは言ったものの、その一時間後にはマズハル大統領補佐官と相談の上、神に祈るかわりの〝最終手段〟として、乙女塔島へ赴くことで事態を打開する決心を固めた。かくしてサーミー首相は同日の正午、総督府の所有する小舟――読者の方々はアズィズィイェ号までボンコウスキー衛生総監を迎えに行ったのと同じ艀だといえばわかるだろう――で乙女塔島へ向かった。政治的混乱と死者数の激増によって、アルカズと乙女塔島を結ぶ船は、定期便であれ不定期便であれ、絶えて久しく、いま小島に取り残されているのはイスタンブルに忠実と目される官吏たちだけであった。あくまでオスマン帝国に忠節を尽くそうとする彼らから言外に〝国賊〟と見なされるのを厭うたサーミー首相は、就任前に死亡した新総督の秘書官ハディにだけ面会することにした。

「すべては皇帝陛下のしもべたる臣民たちの健康を思ってのことだったのです」

そう切り出したサーミーはすぐさま本題に入った。

「島の状況は惨憺たるものです。トルコ人の官吏たちとあなたを船でクレタ島へ移送しても構いません。そこからイスタンブルへお戻りいただくこともできるでしょう」

サーミーは慎重にこう付け加えた。

「ただし、キャーミル大統領はその見返りとしてイスタンブルからの軍事的援助をお望みです。海上封鎖を解かせ、ペストを終息させるために」

このときの二人のやり取りはオスマン帝国の行政官や官吏同士の話し合いというよりは、身代金目当ての海賊と人質のそれのようであったと、ハディ秘書官は『島から祖国へ』の中で冗談めかした調子で回顧している。付言すれば、このときのサーミーの申し出は到底、現実味のあるものではなかった。たとえ乙女塔島からクレタ島へ彼らを連れて行ってくれる船が見つかり、さらに海上封鎖をかわすことができたとして、イスタンブル政府がミンゲル島からやって来た怪しげな官吏たちの言葉に耳を貸す保証などないうえ、そもそも帝都まで最低、一週間はかかるのである。話すうちにサーミー自身も自分の提案の馬鹿馬鹿しさに気がついたのか、まるで急用を思い出したとばかりに唐突に話を打ち切り、艀でアルカズ港へ帰っていった。

艀が港に接近するにつれ、サーミー首相の眼前にはアルカズの街の耐え難い荒廃ぶりが姿を現した。人っ子ひとり、動くもの一つとてない。曇天のもと鉛色に染まった街は生者が絶えてしまったようだ。動くものといえば、二カ所から上がる青い煙だけ。漕ぎ手たちも、ただすべてを神に委ねたような諦観とともに櫂を漕いでいる。暗い海がひたすら恐ろしい。もちろん、いずれはこの疫禍も終息し、島は息を吹き返し、色彩はよみがえり、また美しい姿を取り戻す日が来るに違いない。

――でも、その日まで墓場のような街の様子をこれ以上見ずに済むならどんなにいいだろう、とサーミーは思った。

サーミー首相がいまだ船上にあるこの時刻、ミンゲル国の建国者たるキャーミル司令官は、妻の死から四日を経てスプレンディド・パレス最上階の寝室でペストによって薨去した。居室には司令官のうわ言を記録していた書記官以外誰もおらず、ヌーリー医師はホテル二階で待機していた。

書記官によれば、最期の二時間あまりの間にキャーミル司令官が口にしたのは、トルコ語で約二千語、ミンゲル語で百二十九語。このときの記録は司令官の遺言としてトルコ語、ミンゲル語で官公庁の壁やポスター、切手、カレンダーなどに印字され、あるいは無線やアルファベットの教育に供されたのはもちろん、文学を筆頭とする芸術分野でも活用されることとなったし、最初のミンゲル語辞典においては、司令官が口にした百二十九のミンゲル語単語はほかとは異なった字体で所載されている。これまで一度としてミンゲル語を耳にしたことのない人であっても、現代の首都アルカズに三日も滞在したのなら、どこでも見かけるこの百二十九語に関しては放っておいても覚えてしまうことだろう。

今生の終わりに司令官が口にした語彙の中でも「火」、「夢」、「母」のような言葉は彼の詩的感性の在りようを伝え、あるいは「闇」、「悲しみ」、「鍵」のような言葉は偉大な指導者の感情を示すし、「扉」、「タオル」、「コップ」のような言葉は無意識でありながら彼がどのようなものを求めていたのかを暗示してくれる。

ちなみに伝記作家や歴史家、あるいは政治家たちの中には、司令官の言葉の中でも「軍靴」や「軍艦」のような語彙ばかりを取り上げては、建国者が最期の瞬間まで——それこそ話すことさえ覚束なくなった末期にいたるまで、検疫部隊と自らに忠実な船頭たちを引き連れて列強諸国の戦艦への襲撃計画を練っていたのだ、などと主張する者もいる。

旧タシュ埠頭まで迎えに来た御者のゼケリヤーが操る馬車で首相府へ戻ったサーミー首相は、帰庁すると恐慌を来した閣僚たちに迎えられた。司令官をヌーリー医師に委ねてきたのだろう、マズハル大統領補佐官の姿もある。その場で聞かされたのは驚くべき知らせであった。昨夜、ハムドゥッラー導師がコンスタンツ・ホテルから逃亡したというのだ。

あるいは誘拐かとも疑われたが、少なくとも誘拐者たちと争ったような形跡は残されていなかった。そもそも、あのハムドゥッラー導師が連れ出されるときに、じたばたもがくなどということがあるものだろうか？　あり得ない、あの導師がそんなことをするはずがないという確信がサーミー首相にはあった。いまのところわかっているのはそれだけ、誰も導師が誘拐されたのだとは言わなかった。誘拐されたのだとしたら、彼らはボンコウスキーにそうしたように導師のことを殴り、拷問にかけて殺してしまうかもしれない。そうなれば、全責任がサーミー首相にのしかかることだろう。

もう一つ、ハミディイェ大通りの坂の上の商店や地元の職人たちが、隔離区画からの逃亡者たちが組織した徒党を支援していることも大きな懸案事項として取り上げられた。四十名ほどのこの徒党は、アルカズ市の友人や職人仲間、あるいは親類の手を借り、自らを〝検疫の犠牲者〟と公言して脱獄囚たちから商工業者を守るのを旨としつつ、大半の者が聖トリアダ教会地区に居座りを決め込んでいた。そのため、聖トリアダ教会地区でもペストが蔓延しはじめている。彼らは検疫部隊に余力がないのを見抜き、隔離区画へ送られた恨みを晴らすべく牙を研いでいるのだ。密偵たちからは、この連中がただ隔離のみならず検疫体制そのものに反発し、税関局の裏手の雑貨商が同郷であるのをいいことに無理やり店を開けさせ、望みのものはなんでも好きに商うようけしかけているのだという報告も上がっていた。

以上の懸案事項についてサーミー首相はヌーリー医師とも話し合おうと考えていたが、日が暮れようという頃合いに彼の方から執務室を訪ねてきて、キャーミル司令官の死を告げた。訃報が届くのはもう少し先かとは思っていたが、サーミー首相に驚きはなかった。

建国者の死を前に、首相府には涙を流す者もいた。サーミー自身もスプレンディド・パレスへ行って司令官の遺体に別れを告げようかとも考えたが、司令官死亡の報せが広まりかねないと考え直した。それに、難局にあっていま周囲の者たちが自分に求めているのは、新国家の指導者としての役回りのはずだ。とはいえ、マリカには言伝を送ることにした。さまざまな感情や野望、想像がこみ上げてきて、今夜はとても眠れないだろうと思ったからだ。四輪馬車でペタリス広場まで行き、そこから霧の立ち込める裏道を歩き——道すがらの小さなホテルに掲げられたミンゲル国旗に見惚れたものだ——マリカの家へ向かった。

家の敷地へ入ると、いつもながらに危険な夢の中に迷い込んでしまったような感覚に襲われた。マリカの家にいることがサーミーにとって〝禁忌〟であればあるほどに、その禁じられた夢こそが彼を安らがせもするのだ。通りや家壁、木々や葉を照らす明かりが明滅するたび、その影と一緒に幸せな思い出が一つずつ消えていき、あとにはただ今生の無意味さを思い知らせる死の静寂と孤独だけが残されるような気がした。

「ペストはもう街中に蔓延していて、この界隈でも死者が出たのを隠している家があったんですよ」

マリカが時間をかけてそう説明してくれる間も、サーミーは立ったままで、なかなか話に集中できずにいた。そんな様子に気づいたらしいマリカはやがてこう言った。

「あなたも死者のようなお顔をしておいでなのね」

顔を見ただけで即座に自分の気持ちを汲んでくれたマリカに感謝しつつ、サーミーはようやく腰を下ろして少しばかり休むと、何もかも忘れてしまうような情熱に身を任せて彼女と愛し合った。しかし、腹の底にわだかまる死の恐怖と失意の鈍痛が和らぐことはなかった。

マリカは新政府の発した戯言を真に受けているようで「モスクや教会への立ち入り禁止を、撤回なさってくださいな！　このままでは、みんなあなたの司令官や検疫令に反発を募らせるばかりですわ。モスクにも教会にも行けないとなれば、国民はみんなあなたに背を向けてしまいかねませんよ」

「君の言う国民というのは誰のことだい？　私たちはこの島の住人すべてに責任を負っているんだよ」

「でも、モスクや教会なしに、信仰なしには国民もありませんわ、閣下」

「この島で私たちを国民たらしめているのは、モスクでも教会でもなく、まさにこの島に私たちが暮らしているという事実そのものだよ。私たち一人ひとりこそが、この島の国民なんだ」

「でも閣下、あなたの仰る国民であることを島のギリシア正教徒は受け入れるかもしれませんけれど、イスラーム教徒たちはどうでしょう？　私たちがイエスさまによる救済と祈りの大切さを思い起こすのも、自分と同じように苦しみ、怯え絶望する人々が同じ街にいることを思い出すのも、教会の鐘を耳にして慰められるからこそです。鐘の音もアザーンの声もしない土地にはびこるのは死ばかりです」

そしてマリカは、辛抱強く耳を傾けるサーミー首相に最新の噂話を語りはじめた。――夜に孤児団が隠れ家にしている精霊でも潜んでいそうな廃屋から首なしの白骨死体が発見された、救援船スュハンダン号からもたらされた薬品や缶詰、寝具やシーツ類が薬剤師コジアスの店と旧市街商店街のイスラーム教徒の商店で売られている、とある検疫部隊員が賄賂の見返りにペストに冒された母子を医師から隠している等々。

「それはいい、少なくともまだ検疫部隊員が残っているというのは朗報だ！」

サーミーはそう言うと、思い立ったようにマリカの家を出て首相府へ戻った。

五年の間、この島を統治してきた庁舎には誰もいなくなっていた。まだ階段や廊下に歩哨が立ってはいたものの、大半の部屋のランプは消えたままである。サーミー首相は歩哨の数を増やすよう命じると、庁舎裏手の居住区へ向かい、ようやく三十分後に自室へ入って鍵を二つちゃんとかけ、扉の掛け金も下ろして、眠りについたのであった。

66章

あくる日の朝、サーミー首相とヌーリー医師、ニコス医師は、いつもどおり疫学室に集った。前日の死者は四十名を数えたが、検疫部隊は隔離施設からの逃亡者や復讐に燃える門弟たちに恐れをなして集まらず、死者数が著しく増えているバユルラル、トゥズラ地区の隔離や家屋封鎖のために送れる隊員さえ見つけられなかった。よしんば新顔の兵士や暇を持てあました検疫部隊員がいたところで、首相府の防衛を最優先とするサーミー首相が囲い込んでしまっていた。

もはや八方塞がりというべき絶望的な時局にあってなお、建国者の墓地については何時間も議論が交わされ、しかも結論を見なかったという点は、文化史家たちの注意を引くに違いない。最終的にミンゲル国の建国者の埋葬地に選ばれたのは、ペスト病没者のための新イスラーム教徒墓地とキャーミルが生まれ育った生家の間にあるトゥルンチラル地区の高台で、アルカズ市街やアルカズ城塞はもとより、南および東から来島する船舶からもよく見える場所だった。墓廟建設決定書には、文化と考古学を愛好するタソス医師の――この日ばかりは家を出て首相府にやって来たのだ――司令官の霊廟は古代ローマ、ビザンツ帝国、オスマン帝国、アラブの建築様式をすべて取り入れるべきだという提案も記載された。この構想は、三十二年後に実現することになる。

サーミー首相は、スプレンディド・パレス最上階の居室の遺体を、それが誰か知られず、人々の注意を引かぬよう埋葬する方法に一日じゅう頭を悩ませたものの、妙案は思いつかなかった。なにせ街中にはありとあらゆる通行人――葬列、商いに来た村人、脱獄囚――を呼び止めては金銭をせびる無頼たちが跋扈《ばっこ》しているのだ。彼らを追い払えば追い払ったで、丘の上の特別な被葬者は何者だと、いらぬ好奇心を掻き立てかねない。

そしてマズハル大統領補佐官が持ってきた一通の書簡が、新政府とサーミー首相を混乱させ、その正常な判断力さえ消耗させることとなった。それは逃亡者たちの徒党が書いて寄こした書簡で、検疫部隊による不当な検疫措置の結果として隔離され、のちに解放された四十二名で首相府を訪問したい旨が、首相府にいる数名の隊員についてその氏名が、彼らによる不正や賄賂授受などについての苦情と共に、あくまで恭しい文体で綴られていた。

「連中は、市民に対し目に余る不当な振舞いに及んだ隊員が首相府に潜伏しているという情報が寄せられている、ついては庁舎を検めたいと申しております。まったくもって無礼な要望です」

マズハル大統領補佐官がそう付け加えた。

彼らが騒動を起こす口実を探しているのは明らかであったから、サーミー首相は駐屯地にマズハルを送り、無頼の徒の襲撃に備え四、五十名の兵士の派遣を要請した。執務室の窓からときおりスプレンディド・パレスが視界に入るたび、まだそこに置かれたままの建国者の亡骸のことが思い出されて、サーミーは苦悩のあまりに涙した。神出鬼没の無頼どもと衝突せず、またそうしたことが起こりかねない危険な地域を避けつつキャーミル司令官の遺体を埋葬するのは、日のあるうちには叶わないだろう。そのためニコス保健大臣と相談の上、真夜中を待って英雄の亡骸をホテルの居室から運び出し、検疫規則を遵守しつつ夜闇に紛れて埋葬することに決めたのだった。

サーミー首相がパーキーゼ姫とヌーリー医師の賓客室に姿を現したのはその三十分後だった。書記官と護衛を待たせて一人で入室した彼は、迎えたヌーリー医師にひどく悲しげな口調で言った。

「まことに遺憾ながら、キャーミル司令官は御母堂にも知らせを送らず、真夜中過ぎに埋葬することになりました」

その話しぶりはむしろ、このとき部屋の隅に立っていたパーキーゼ姫に聞かせるようでもあった。

「私のしたことが何であれ、すべては皇帝陛下の臣民たちの命を守るためでございました。それがうまくいったなどとは口が裂けても申し上げられませんが。ですが皇帝陛下があなたにお命じになられたいま一つの任務に関しては、詳細かつ遺漏なき結果を出せたものと、ささやかながら誇らしく思っております。ボンコウスキー衛生総監閣下と助手のイリアス医師を手にかけた犯人たちを一人ひとり特定いたしました。すべてここに綴じております。シャーロック・ホームズ流、トルコ流ともに両用いたしつつ、であります！」

サーミー首相はそう言って、書類束を置くと続けた。

「こちらの首相府の正面玄関に警備の憲兵を配置いたしました。遺憾ながら、みな逃げ出そうとしておりますが……。いつ脱獄者たちに襲撃されても不思議ではありません。連中の思いどおりにさせる気はございませんが、どうか扉は二重に鍵をかけ、掛け金を下ろしておいてくださいませ。ですが、お二人は我が国の保護下にある特別な賓客であらせられる、このことだけはどうかお忘れなく。あるいは、お二人には別所へ移っていただくこともあり得ます」

「……あなた方の居場所を気取られぬためです。そのような大事にはならないでしょうが、どうか外にはお出ましになりませぬよう。この部屋の戸口にも、警護の者を置いておきます」

「閣下、どうしてでしょうか？」

サーミー首相はそう言いおくと出て行ってしまった。

パーキーゼ姫とヌーリー医師がサーミーに会ったのはこれが最後だった。そしてこれ以降、二人はこの島に来て以来もっとも恐ろしく、不遇な夜を過ごすのである。ゼイネプに続きキャーミルの死を心から悼む一方、いまや死はほかの島民と同じように自分たちにとっても身近なものになりつつあった。首相府は島でもっとも多くのネズミ罠や殺鼠剤が設置された建物ではあったが、ペストや防疫に関する国際会議に幾度となく出席してきたヌーリー医師でさえ、今回のペストがネズミやノミがおらずとも、つまり昔信じられていたように空気感染するのではあるまいかと恐ろしくなる時があったほどだ。そしていま、反乱者や脱獄囚によって殺される危険性まで出てきたのである。

二人は部屋に残っているわずかばかりのクルミと塩漬けの魚を、駐屯地で焼かれたパンと一緒に食べた。パンの供給量は目減りを続けており、この丸パンだけをよすがに暮らしている者たちはますます飢えることだろう。二人は扉の前に小さな箪笥を移動させてから床についた。パーキーゼ姫の筆は、島を覆う雰囲気や二人の覚えた感興、港や群青色の海から届くカビ臭いそよ風、あるいは街に揺れる二、三のカンテラの明かりを見事に描写してみせている。そして、夫と抱きしめ合ってベッドに横たわり、街から届く物音や潮騒に耳を傾けながらも一向に眠れなかったというその記述を見れば、彼女たちがペストの死の恐怖に涙し、眠れぬ夜を過ごしたことも容易に察せられるというものだ。

広場や庁舎の正面玄関から銃声が聞こえたのは、真夜中を少し回った時間帯だった。すぐ近くで発砲されたと思しき数発の銃声が広場に響きわたり、二人は慌てて寝台から出ると中腰のまま室内を右往左往しつつ、窓にだけは近づかぬようにした。

叛徒とサーミー首相の手勢の争いは、朝方まで続いた。サーミーは最後まで勇敢に立ち回り、〝正気を失った〟叛徒からは七名、サーミー方からは二名の死者を出した末に、二名の護衛だけを伴って裏口からの逃奔を余儀なくされ、かくして旧総督府は叛徒たちの手に落ちたのだった。

夜が明けきるころ、いっとき銃声が収まり、ふたたび激しい銃撃戦の音がしたかと思うと、それきり途絶えた。まったくの静寂の中、広場を駆ける音や階段を駆け上がる足音、それにいくらかの話し声が聞こえたものの、パーキーゼ姫とヌーリー医師の部屋を訪ねてくる者はいなかった。扉を開けて護衛の有無を確認する勇気が出ず、二人は長いこと室内で息を殺していた。

やがてヌーリー医師が着替えを済ませ、部屋の扉を開けると護衛が別の者に変わっていた。その見張りたちから不慣れな手つきで銃を向けられるに及び、ヌーリー医師は扉を閉めて掛け金を下ろし、あとは窓際から外の様子を窺うことにした。

一時間ほどすると扉が叩かれた。開けてみると、よく見知った書記官が二人と、数名の他の官吏、そして修道僧の服を着た老人が一人、立っていた。

訪問者たちはヌーリー医師を同じ階にある執務室へ連れて行った。読者にはすでにお馴染みのサーミー前総督の執務室である。島へ来てから九十八日、ヌーリー医師はこの執務室と隣接する疫学室へ日参してきたが、いつも傍らにはサーミーがいた。ところが、いま彼の執務机には別の人物が座っていた。立ち上がって出迎えた彼を見て、ヌーリー医師はすぐに羊毛の僧帽をかぶっていたニーメトゥッラー師だと気がついた。いまは僧帽を脱いでいたものの、常と変わらない丁寧な挨拶に続いてハムドゥッラー導師の〝名代〟を任じていた彼はこう切り出した。

「戦いの結果、新政府は潰《つい》え、サーミー殿は逃走いたしまして、首相の印璽は私が継ぐこととなりました。とはいえ、大臣の方々の大半は現職に留まっておいでですので、職務はそのまま続けられることでしょう。そして式典こそ執り行いませんでしたが、ハムドゥッラー導師さまは無事に修道場へお戻りになられました。いまや検疫令の撤廃がみなの総意でございます！」

つまりハムドゥッラー導師は検疫体制に反発するさまざまな人々——隔離区画からの逃亡者や各修道場の門徒と導師たち、商工業者の一部——を利用して、サーミー首相に忠実な一握りの護衛たちを蹴散らし、権力の座に就いたというわけだ。サーミー首相は逃げたというが、捕縛されるのは時間の問題であろうし、実質があるかはともかくとして新たな政権が誕生したのだと、ヌーリー医師は即座に理解した。

ニーメトゥッラー首相によれば、モスクや教会はすぐにも開放され、アザーンと鐘の音もふたたび聞こえるようになり、遺体を石灰で清める義務は撤廃され、モスクでの遺体の清めもすぐに再開されるのだという。それらこそが喫緊の課題であるから、というのがその主張だった。

「どうかお考え直し下さい、そんなことをすれば疫病がさらに蔓延し、遺体を清める者を見つけることさえできなくなってしまう。事態が悪化するだけです！」

しかし、新たな首相は話し合おうという素振りさえ見せなかった。折しも検疫令を実施しても疫禍は終息せず、死者数も増加するばかりで、検疫廃止論が叫ばれ、検疫官たちこそがペストを島に持ち込んだのだと流言飛語が飛び交っている時期であったからだ。

ニーメトゥッラー師は慎重な口調で言った。

「検疫令が廃止されましたので、御身も自由に行動なさいませ。病院で患者たちの治療に当たられるというのも一つの手です。ただし、御身がお持ちの影響力や能力を悪用しようとする兵士や医師、官僚たちがいれば、相応の報いを受けることになるでしょう。いずれにせよ御身と皇女殿下は変わらずミンゲル政府の公式の賓客でいらっしゃいますし、常に警護の者たちがお守りいたします」

やがて執務室を辞する段になって「ところでサーミー・パシャが隠れている場所にお心当たりは？」と尋ねられたが、ヌーリーは「存じ上げません」とだけ答えた。

ヌーリー医師は居室へ戻りパーキーゼ姫に事の次第と、ニーメトゥッラー師が新たな首相になったものの、自分たちを悪いようには扱わないだろうと説明した。

妻にはそうは言ったものの、ヌーリー医師が街の様子を確かめようと外出を申し出てみると、護衛たちに部屋の戸口で押し留められてしまった。実のところ新政府は彼が病院へ治療に行くのでさえ歓迎していないのだ。ヌーリー医師は、自分たち夫婦がこの賓客室の虜になってしまったのだと理解したのである。パーキーゼ姫にとってのこれまでどおりの暮らしが、いまやヌーリー医師にとっても日常となったというわけだ。

その後十六日間、二人は部屋から出なかった。そのため史家たちが〝ハムドゥッラー導師期〟と名付けたこの時期については、パーキーゼ姫の書簡以外の史料に拠りつつ、羊毛の僧帽姿のニーメトゥッラー師の政治活動を追ってみよう。

ハムドゥッラー導師期の顕著な特徴として挙げられるのは、ペストが大流行しているにもかかわらず、モスクや教会、修道場や修道院が礼拝のために開放された点である。商店、食堂、理髪店などの開店のみならず、蚤の市や古物商までもが再開を許可されたが、それでもなおモスク、教会の開放がもたらした被害とは比べるべくもない。知識もなく無関心に過ごしてきた民衆は、モスクと教会の開放こそが数々の検疫措置が無意味であったことのなによりの証であると考えたからだ。神のほかに縋る者はないともとよりあきらめていた運命論者や、信仰心が篤い者、あるいは敗北主義的な者たちも、こうした見方に与した。これに対して、半世紀もの間コレラの発生源と目されてきた籐職人やキリム職人、古物商や八百屋たちの大半はギリシア正教徒であったため、ハムドゥッラー導師による商業活動再開を疑い、店を開けようとはしなかった。大商店や有名食堂の大半、ホテル内のレストランやクラブハウスも、これに倣った。

結果的に、実際に営業を再開したのは裏通りや郊外地区の床屋や食堂が大半で、もとから検疫官の目を盗んでは商品を倉庫から出して販売し、あるいは常連客に密かに売ったり、昼の決まった時間だけ、あらかじめ決めておいた裏口で商いを続けていた店々ばかりだった。こうした雑貨商や食料品店の下働きや親方たちの半分ほどは、ハムドゥッラー導師期が終わるのを待たずにペストで死亡することとなった。

しかし、この恐るべき悲劇に気がついたのはほんの一握りの人々であったし、徒弟の命を守ろうと対策を講じる者もいなかった。もはや誰も何が起こっているのか、把握していなかったのだ。検疫令の撤廃に伴い、検疫業務に携わってきた役人たちが——墓地に待機して死者の数を数えていた者や、同じく霊柩馬車の台数を数えていた者、その数字を疫学室の大地図に通りごと、家ごとに色分けして記していた書記官たちなどだ——みな任を解かれてしまったため、ハムドゥッラー導師期の死亡者数は判明していない。もっとも、ハムドゥッラー導師期の統治者たちはそれを知りたいとも思わなかったろうけれど……。

羊毛僧帽のニーメトゥッラー師はというと、最初の十日ほどで想像を絶する速度で死者数が激増するのを目の当たりにし、ハムドゥッラー導師の出す命令と現実の間のあまりの齟齬に震えあがる羽目になった。「墓地での石灰消毒を厳禁し、習わしに則りモスクの洗台で祈禱とともに時間をかけて遺体を洗い清めるべし」というハムドゥッラー導師の特命にくわえ、再開した商店に客が群がり、寺子屋では聖典朗誦の授業が再開し、収容者たちが隔離区画から自宅へ戻ったのも相俟って、感染は爆発的に拡大していった。

検疫措置が撤廃されてすぐに、通りを行き来する人が増えたというわけではない。いまだに街路で見かけるのは、はなから検疫隔離政策に懐疑的で、疫病など気にも留めない修道場の門弟たちか、何がしかの商いのためにやって来た豪胆な村人くらいのものだった。パーキーゼ姫が手紙にしたためたように、検疫令が解除されてなお、車馬の車輪や鈴、蹄鉄の音はほとんどせず、教会の鐘が鳴り、モスクからはアザーンの声が響いているというのに波止場や入り江、街そのものを覆い尽くすかのような死の静寂が薄らぐことはなく、むしろ生き物の気配の失せた街のしじまを破るアザーンと鐘の音こそが、死の恐怖を際立たせる暗示のようにさえ聞こえるのだった。

ハムドゥッラー導師期における唯一の成功と言えるのは、毎日六千個の丸パンが市民に無償で配布されるようになったことくらいのものだろう。駐屯地の貯蔵庫に隠されていた小麦粉の大袋が押収されたことで実現した政策で、駐屯地の竈《かまど》で焼かれたパンが市の所有する馬車に積まれて各地区の広場まで届けられ、そこで配られるようになったのである。

白インゲン豆や小麦など、長期保存のきく食料品の大袋は巡礼船事件ののち駐屯地が包囲されたり、封鎖されたりした場合への備えとして——事実、海上封鎖は実施されたわけだ——イスタンブル政府が送って寄こしたものだった。ハムドゥッラー導師はアラビア語を忘れぬためにも、また聖典に用いられる言葉で話したいという意図もあって、もう何年もの間なにかにつけ駐屯地を訪れ、ハリーフィーイェ教団に好意的なアラブ人兵士と友誼を育んできた。その甲斐あって、ハムドゥッラー導師は秘密の食料品と小麦の貯蔵場所を知っていたのである。

67章

もう一つ、ハムドゥッラー導師期に顕著な特徴があるとすれば、それが法廷と処刑、投獄を駆使する、どこからどう見ても文句なしの〝国家テロ〟の時代であった点だ。その恐怖政治は、当然ながら政治的要因に帰するものではあったが、同時にごく個人的な恩讐の側面も内包していた。

サーミーは銃撃戦ののち自分が標的とされるだろうことを予想して、真夜中に首相府を放棄し、二時間後にはマリカの家に逼塞していた。このとき二人は愛を交わしたものの、よく知られているようにマリカ宅に長居はせず、手勢の手引きで裏通りを伝って市外へ出た。マズハル大統領補佐官の密偵や情報提供者は前総督の味方であり続けていたし、そもそも新政府は無償でパンを配る以外ほとんど何もしていなかったので、サーミーがいずこに潜伏しようとも見つかることはなかろうと思われた。

サーミー・パシャは、総督時代にアルカズから電信線を敷設したドゥマンルの街の、彼を慕う富裕な友人アリ・ターリプの所有する農場の空き家に身を潜めた。畑は石垣で囲われ、アリ・ターリプの手勢が戸口や周囲を見張っていたため安全な隠れ家と言えた。ペストが蔓延して以来、夜になると脱獄囚や隔離区画からの脱走者、ペスト患者に無頼、そのほかの荒くれ者たちが空き家のみならず、人が住んでいる家にまで押し入るようになっていたが、この家ではそうはいかない。しかもアルカズ市から離れた辺鄙な街の護衛たちはみなクレタ難民であったから、おそらく自分が先の総督であったことなど知りもすまいと、サーミーはそう高をくくっていた。

安心した彼は、ほどなく農場からアルブロス山脈の峰々へ山歩きに出るようになった。その道中、疫病を逃れてアルカズからやって来た三人の中年男性と行き会い、そのうちの一人がくたびれた様子のくせにはきはきと動くこの人物こそが前総督であると見分けたのであった。この三人は自由独立宣言も、新国家の誕生も、あるいは指導者となったキャーミル司令官のことも、それどころかハムドゥッラー導師による支配がはじまったことさえ知らなかったので、ミンゲル州総督がこんな山奥で何をしているのかと訝り、それを数人の知人に話した。この三人が絶景を恣にする別の山道でサーミーとふたたび行き会ったのは、さらに二日後のことだった。

そのあくる日、羊毛僧帽のニーメトゥッラー師が首班を務める政府の命令を受けた私服警官たちが、農場にいたサーミーを捕縛してアルカズ市へ連行した。サーミーはそのまま城塞監獄の海際に佇むあのヴェネツィア塔のじめじめとした暗い独房に放り込まれた。捕縛の際、アリ・ターリプの遣わした護衛たちは私服警官に一切、異を唱えなかったという。

サーミーが、カニが地面を這いまわる洞窟と見まがう独房へ来たのははじめてではない。以前、ギリシア王国から来島し『オイディプス王』を演じた一座の主演俳優をスパイ容疑で投獄し、あくる晩に訪ねたことがあったからだ。独房の暗闇はサーミーの思考を鈍らせ、すべてに失敗したのだという自責の念が彼を苛んだ。私は総督の職を免ぜられたことを受け入れられず、新たな任地へ赴くどころか、我侭な子供のように恥も外聞もなく総督の職に縋りつこうとした挙句、当然の帰結として敗北したのだ。たしかに別の任地への任命を受け入れなかったことが最大の誤りであったろうが、どうしてあんな過ちを犯してしまったのだろう？――そう自問しながらも、青い海の光が独房内を照らすたび、サーミーはいつも同じ答えに辿りつくのだった。ミンゲルを愛していたからだ！そう思い至ったのも束の間、その愛の対象はいつのまにかミンゲルからマリカへと変じるのが常であったけれど、そもそもその二つを区別することはサーミーにはできなかった。アルカズで過ごした最後のあの晩、マリカは断固とした勇気を発揮し、このサーミー・パシャのために危険を冒してくれたのだから。

サーミーにはマリカ以外に信じられる者も、また助けを請える者も思いつかなかった。たとえばヌーリー医師は、サーミーを救うために危険を承知で手を差し伸べてくれるだろうか？パーキーゼ姫であればサーミーのことを憐れんでくれるかもしれない。しかし、野蛮な導師たちが権力の座に就いたいま、彼らは乙女塔島のトルコ人官僚たちと同じく新政権の人質に過ぎない。そこまで考えてサーミーは、旧友のイギリス領事ジョルジに思い当たり、自分を解放するようハムドゥッラー導師に掛け合ってもらうべく手紙を送ろうと決心した。しかしまずは、紙とペンを見つけるところからはじめねば。

アルカズ監獄に捕らわれていることを誰にも知らせることができないまま、サーミーは裁判を受けることになった。八月十二日月曜日、いまだペストが猛威を振るい、島民がみな脇目もふらずに自らの命を守ろうと汲々とするなか、サーミー・パシャの審問にまで漕ぎつけたのは、ある意味ではハムドゥッラー導師が監督するニーメトゥッラー師の政権の成功と見るべきかもしれない。

サーミーは裁判を通じてであれ、あるいはまた別の口実のもとにであれ、義弟を絞首刑にされたハムドゥッラー導師が見せしめとして自分を有罪にするだろうと確信していた。その際に原告となるのは、感染者でないにもかかわらず不当に隔離措置を受けた者か、あるいはペストに罹患したため家屋を差し押さえられた者かもしれない。さもなくば、サーミーをアブデュルハミト帝の間諜や傀儡とあげつらう場になることもあり得る。そう予想していたサーミーは、いざ出廷してニスを塗りたての椅子に座らされてみると、居並ぶ巡礼船事件で殺された者たちの遺族と、当時の検疫担当者たちが並んでいるのを見て仰天した。よもや三年前の巡礼船事件が蒸し返されるなどとは、思ってもみなかったのである。

巡礼船事件に巻き込まれた結果、ラーミズ一党の協力者となったネビーレル、チフテレル両村の住民は、ハムドゥッラー導師とその名代であるニーメトゥッラー師が島の政権を奪ったと聞くと狂喜し、疫病についてあまり知らなかったこともあり――知っていたとしても気にしなかったであろうけれど――報せから二日後にはアルカズ市へと下りてきた。検疫官たちに殺された父親や兄弟の死の償いを求めて訴え出たものの敗訴に終わった不当裁判の再審を求めるためだ。

裁判官には「巡礼船事件はオスマン帝国期の出来事であるため、新国家には一切の責任はない！」と棄却する道もあったが、ハリーフィーイェ教団の新政権を支持するその判事は再審理に同意した。おそらくはハムドゥッラー導師からの指示を受けてのことであろうけれど、この裁判官は「当時、巡礼者に発砲した憲兵の大半が別の任地へ異動しているため、この悲劇の全責任を、州総督であったサーミー・パシャに問う」旨の訴状を読み上げた。

かくしてサーミーは巡礼船事件の遺族である息子や娘たちから涙ながらに弾劾されるという、何年もの間夢に見るほどに恐れてきた事態に直面したのである。サーミー総督が当時のマズハル治安監督部長――彼もすでに拘束されていた――に宛てた「巡礼船乗っ取り犯に一切の手心は無用である」という電文がわざわざ彼のファイルから持ち出されて読み上げられたのに続き、白髪頭の老人が立ち上がって「偉大な総督よ、あんたには良心というもんがないのかね！」とサーミーを糾弾し、さらには反乱を先導した廉《かど》で投獄されていたネビーレル村出身の父子も監獄を出て出廷し「残虐な総督」を面罵した。疫禍が猖獗《しょうけつ》を極める最中だというのに、法廷には憲兵に射殺された別の巡礼者の娘と息子が二人ずつ、それに十二人の孫たちの姿まであった。端から端まで演劇よろしく周到に演出された裁判の光景を前に、サーミーはすっかり希望を挫かれ、いまにも自分を罵倒する父子に襲われ殴り倒されるのではないかと怯えた。

この裁判がイスタンブルやヨーロッパ諸国にも報道されることを見越し、ミンゲル国の新たな指導者たちは法廷に裁判官のみならず、検察官と弁護士、それに新聞記者と傍聴人それぞれに席と机を用意していた。さらに、裁判官と検察官のために、イスラーム教の旗色たる緑の布地にミンゲル国旗のバラを縫い取った法衣を大急ぎで準備させた（この醜い色彩の法衣は百十六年を経たいまでも、残念ながら趣味の悪い伝統として生き残り、ミンゲル憲法裁判所や高等裁判所の法曹関係者たちが生真面目かつ誇らしげに着用を続けている）。

「はい、当時私はこの島の総督でした。しかし……」

自らに問われたさまざまな罪状に対し、サーミーは抗弁をはじめた。

「兵士たちに巡礼者へ発砲するよう命じたわけではありませんし、そもそも彼らが巡礼者に対して組織的に発砲したと知ったのは何日もあとのことでした」

しかし、指弾の声と罵声、泣き声に彩られたこの日の審理が終わるころには、サーミーの「私は総督でした」という供述は「私には責任があり、罪を犯しました」という風に人々の耳に残ったのだった。

審理は早手回しに進められ、検疫に反対してきた当局者たち――というかならず者たち――が統括する法廷では検疫隔離措置の必要性を主張する機会さえ与えられなかった。サーミーは絶望しつつも、断固たる口調で「栄えある巡礼者たちを隔離したのは、列強の自分勝手な要求に膝を屈したからではなく、このミンゲルの人々に疫禍を及ぼせまいとする志があったればこそです！」と訴えたが、「サーミー・パシャは、イスタンブルのユルドゥズ宮殿の暴君アブデュルハミト二世に忖度し、ヨーロッパ諸国が皇帝の平穏を妨げぬよう気にかけるあまり、罪もない巡礼者たちを殺させたのだ」という類の論調がすぐに島の新聞四紙を介して伝えられ、市民たちはそれを事実と受け止めた。

二時間にわたる裁判ののち、裁判官からサーミー・パシャに死刑が宣告された。サーミーは、予期したとおりの結末だと思いはしたものの、やはり判決には耳を疑った。とても信じられず、胃の右下の方から全身へと、針で刺されるような鋭い痛みが広がっていった。

この判決が覆らぬ限り、もう二度と一睡もできまい――サーミーはそう思うと同時に、一瞬、目に涙が浮かんでいるのではないかと心配になった。実際には、彼の目には涙など見えず、誰も気に留めていなかったのだけれど。

サーミーは、彼に死刑判決を告げた裁判官を指名した三年前の六月を思い出した。黄色い陽光にあふれるよく晴れた日だった。この裁判官ははじめ、電信線の新設を援助してくれた富裕なハジュ

・フェヒムの紹介で総督府に奉職していたのだ。聖典やイスラーム法学に詳しいという触れ込みの彼は、しばらくするとハリーフィーイェ教団修道場へ通うようになったが、サーミーは「神を恐れるなら不名誉は犯すまい！」と言って、むしろ理解を示した。そのなんとも風采の上がらなかった男が、どうして自分に死刑判決を告げられたものか、サーミーは理解が追いつかず、ただ呼ばれるままに裁判官席へと歩み寄った。

裁判官は、いまだ信じられないとばかりの眼差しを向ける死刑囚のサーミーを慰めるように言った。

「総督閣下、あなたに死刑判決が下されたのですよ！　以前であればこうした判決の認可を得るためイスタンブルのとやり取りが必要でした。それには時間がかかったものです。また、ユフカ（薄く伸ばして焼き上げたトルコのパンの一種。布のように薄く柔らかい）のように優しい御心をお持ちのアブデュルハミト陛下が、最終的には死刑を、終身刑や流刑に減ぜられることもございました。あるいは、各国大使の圧力を危惧なさり、死刑を実際に執行することもございませんでした。しかし、いまや主権国家となったミンゲルにおいて閣下の死刑執行は、イスタンブルの認可も、またアブデュルハミト陛下の恩赦も待つ必要はなくなりました」

「つまり、どういうことかね？」

「今夜が、最期の夜となるかもしれないということです、総督閣下。ミンゲル国のこの判決をねじ曲げる力は、イスタンブル政府にも、また列強諸国にもないのですから」

サーミーはここでようやく事態を飲み込み、そして戦慄した。つまりミンゲルの独立性は何者にも犯しがたいことを世界に示すため、サーミーの処刑が実行されることもあり得るわけだ。

いまだ半信半疑でいるうちにも、例の針で刺されるような痛みは胃の腑から背中へ広がり、さらに足まで下りてきて頭も心も麻痺させていく。気がついたときには、サーミーはもう何も考えられず、恐怖のあまり現実と向き合うこともできぬまま、人々の言葉も耳に入って来なくなってしまった。アルカズ城塞監獄の独房へ戻される道中、格子窓の付いた囚人輸送馬車に動物のように放り込まれただけでもサーミーの自尊心を傷つけ、意気を挫くに十分であったというのに、人々から〝死刑囚〟という珍しい生き物を見るような好奇の眼差しを向けられ、あまつさえ哀れみの目で見られるのは、まさに最悪の経験だった。判決は出たばかりのはずであるのに、まるでサーミー以外はみな、この結果を承知していたようにさえ思われた。

城塞の正門をくぐりヴェネツィア塔へのろのろと向かう囚人馬車の格子窓から外を覗いていたサーミーは、反乱のはじまった城塞西部のオスマン帝国期に建てられた棟――設備の整った最大規模の監房が置かれていた――の前に、死体が並んでいるのに気がついた。全部で二十六体あった死体を、とくに何の感情も湧かぬまま数えおわると、中庭に立ち込めるひどい臭いの白煙が目を刺した。中庭のひと隅で死んだ囚人や隔離者のマットレスや毛布、そのほかの遺品を燃やしているのだ。ハムドゥッラー派が検疫令を撤廃して以来、焼却井戸で働いていた官吏も検疫部隊員も解散してしまったため、遺品の焼却を望む者たちは、ちょうどこの監獄の管理者たちがいまサーミーの目の前でそうしているように、めいめいで勝手に燃やすようになっていた。

晩にやって来る死体運搬馬車を待って整然と並べられた死体の向こうには、まだ息のある者たちが寝かされていた。七、八名ほどの病人たちが、マットレスやシーツの上で身もだえし、あるいは石畳の上で苦痛に身をよじり、戻したり、うめき声をあげている。監獄のみならず、城塞全体に疫病が広がっているのだ。まさに恐れていた事態が起きつつあるわけだ。経験豊かな行政官であるサーミーには、瀕死の患者たちが中庭の死体の脇に寝かされているのは、夜にやって来る死体運搬馬車への積み込みの手間を減らすためだとすぐに察しがついた。

城塞の中に入ると、ハムドゥッラー導師に忠誠を誓う官吏と憲兵の姿は監獄の入り口にしかなく、中庭などには制服姿の看守さえ見当たらなかった。みな逃げてしまったのだ。

囚人輸送馬車が中庭へ入っていくと、囚人二人が車を停めた。そこを占拠しているらしい二人はサーミーのすぐそばで、彼にはわからない言葉で口喧嘩をはじめた。やがて馬車が動きはじめたときサーミーは「この二人のチンピラが体臭や息遣いがわかるほどの距離に総督であった私がいるのを知ったら、ハムドゥッラー導師たちに先んじて手ずから私を吊るしてしまうことだろう」と思った。馬車がヴェネツィア塔へ向かう道すがらにも、十六人の死者が驚くほど整然と四列に並べられているのを見かけたが、もはや憐憫の情さえ湧かず、サーミーはそれが無性に悲しかった。

死刑判決によってサーミーがひどく〝利己的〟になってしまったせいなのだろうか、目に入ってくる他者の死はむしろ来世がたしかに存在し、そこへ行っても一人きりではないことを教えてくれているようにも思われて、不思議と悲しみは感じなかったのだ。サーミーの頭にあったのは、とにかく生き延びること、ただそれだけだ。独房へ戻ったらすぐにもペンと紙を手に入れて、ジョルジ領事に手紙を書かねばならない。

そう念じていたはずなのに、海の妙《たえ》なる青に照らし出された独房に入った途端、サーミーはうわっと泣き出し、長いことしゃくりあげるように嗚咽を漏らし続けた。泣きじゃくる姿を誰にも見られぬよう願いながら。ようやく涙が枯れると部屋の隅の藁の上に身を横たえ、神が奇跡を賜わしたものか、十分ほど眠ることができた。夢の中でサーミーは、母と一緒に父方のアティーイェおばさんの家の裏庭を散歩していた。柔らかな黄色い光に照らし出された庭にはヒナギクが咲き、井戸が掘られていた。つないだ母の手は温かく、その指が井戸の釣瓶を指していて、井戸の上をかさかさと足音が聞こえるほど大きなトカゲが横切っていく。しかし、トカゲにおぞましさはなく、あくまで親しげであった。

そこで目を覚ましたサーミーは、トカゲのものと思ったのが海に面する側の壁際を歩くカニの足音だと気がつき、はたとこれはなにかの神兆に違いないと思いついた。自分が最終的には絞首刑になどならず、いまにも解放されるという予兆ではあるまいか。そも、本当に処刑するつもりがあるなら、結審後に独房へなど戻さず、そのまま旧総督府に連れていくのが筋ではないか。そう思い当たって、サーミーは少しだけ安心した。

サーミー自身がその原案のすべてを起草したミンゲル国憲法に照らせば、処刑は首相、つまり羊毛僧帽のニーメトゥッラー師の署名を必要とする。ニーメトゥッラーがハムドゥッラー導師の意のままに行動していることは明らかであり、そのハムドゥッラー導師とサーミーは古くからの友人であり、来島したばかりの時期に詩や文学について語らった仲なのだ。彼はきっとその悋気を収め、差し出された恩赦許可証に署名し、かくして自分も大手を振って監獄を出て執務室へ戻れるかもしれない。そのときはゆっくりと帰路に着くとしよう。そうだ、非礼を詫びにやって来るだろうニーメトゥッラー師には、ハムドゥッラー導師の詠んだ『夜明け』のことを話題にしてやるのがいい。もし私を本当に絞首刑にするつもりであるなら、こんな独房に放り込むはずはないし、この賢そうなカニがわざわざ海から揚がって、意味もなく訪ねてくるわけがない。

イスタンブルにいる妻と二人の娘を想うと、さらに気が楽になった。「次の定期船でミンゲル島へ行くわ」、「お父さまがご病気になられてしまって行けなくなったの」――妻はさまざまな言い訳や嘘をついては結局、五年ものあいだサーミーを一人きりにした。しかも政府高官の娘であるのをいいことに、それで当然とさえ考えている様子だ。そんな彼女に腹を立てていたはずなのに、気がつけば妻と二人の娘と一緒にイスタンブルのウスキュダルの街の海岸で、のんびりと日向ぼっこをしていたときの光景が、眼前によみがえった。そうすると当時、マリカまでイスタンブルにいたような気がしてくるのだった。

ハムドゥッラー導師の恩赦が出たなら、島内の仇敵たちとも和解して、領事たちとは改めて友誼を結び直し、そしてあらゆる仕事はきっぱりとやめてしまうのがいい。マリカと結婚して、素晴らしい景色が見えるオラ地区の海岸へ下っていく曲がりくねった坂道か、あるいはもう少し先のデンデラ地区の白漆喰塗りの家に移り住み、悠々自適の生活をはじめるのだ。どうしてもっと早くそうしなかったのだろう？ もっとマリカに優しくしてやればよかったと、いまさらながら後悔が押し寄せた。コニャックを数杯ひっかけたある晩、一度だけ御者のゼケリヤーを呼んで、装甲四輪馬車でマリカを連れ出したことがある。彼女は月の明るく照らす夜の馬車行に大はしゃぎだった。それからも月が出るたび、馬車遊びに行こうとせがまれたというのに、噂が立つのを恐れて二度と連れて行かなかったのだ。過去の自分に腹が立った。

前触れもなく独房の扉が開けられたとき、サーミーは想像の中で幾度もそうしてきたように、ハムドゥッラー導師を迎えようと戸口へ急いだ。そして、昔から顔馴染みの看守たちしかいないのを見てすべてを悟ると、自分でも驚くほど冷静な声音で言った。

「礼拝をしたい。禊もしなければ」

疫病のため城塞の職員用の礼拝所も、囚人たちのためのそれも閉鎖されていたため、サーミーは泉亭と礼拝敷布を見つけてもらい、礼拝にふさわしい場所を見繕った。聖典のどの章も終わりまで思い出せないまま、礼拝を行った。それでも何かに集中していれば、少しは辛さを忘れることができた。

昨日と同じ囚人輸送馬車に乗せられたのは、日暮れどきのことだった。がたがたと馬車に揺られて中庭を進んでいくと、暗然として不吉な死体運搬馬車が到着していて、大半は素っ裸に剥かれ整然と並べられていた死体の積み込みがはじまっていた。しかし、中庭には死臭ではなく濡れた草の香りが漂っていた。刑務所長は死者たちの布団やマットレス、毛布の焼却を命じていたものの、新体制下では防疫措置が禁じられていたため〝清掃作業〟と称してそれを行わせていた。いま中庭をうろつき、死体を馬車に積み込みながらお喋りに興じる四、五人はなんと幸運なのだろうと、サーミーは思った。彼らは明日、朝日が昇っても同じようにここに、つまりは現世に留まることができるのだし、空を見上げることだって叶うのだ。

サーミーは囚人馬車の木製の壁に両こぶしを叩きつけあらん限りの声で叫び、ひとしきり暴れたものの、誰も彼には気がつかなかった。指の痛みと怒り、なによりも絶望のあまりに彼は馬車の床に突っ伏し、また少しだけ泣いた。それから意志の力を掻き集めて立ち上がると、五年の間自らが統治し、底意のない愛情を捧げたアルカズの通りを目に焼き付けておこうと馬車の格子窓へ近寄った。外は暗く、何も見えなかった。

やがて鼻腔に土と草、それに海藻の匂いを感じ、これこそがミンゲル島の匂いだと理解するに及び、彼はふたたび馬車の床に倒れ、涙ながらに神の助けを請うて祈った。いまや心を占めるのは後悔ばかりで、怒りも誇りも、あるいは英雄じみた空想さえ湧いてこない。自らの愚かさへの後悔、ただそれだけだ。しかし、もっとも悔いるべき失敗とは何だったろうか？　ラーミズにこだわりすぎたこと、あれもこれも真剣に受け止めすぎたこと、罷免をすぐに受け入れなかったこと――前ミンゲル州総督にして前ミンゲル国首相たるサーミー・パシャはそう数え上げた。そのうちに馬車の車輪の音が変わった。ハミディイェ橋を渡っているのだ。サーミーは弾かれたように立ち上がると格子窓を覗いた。そこには、ついさきほどまでいたアルカズ城塞が不可思議な光に照らし出されて佇んでいた。この壮麗な建物も、これで見納めだ。

歴史書に登場する人物を慕ったり、その逆に憎んだりすることは稀であるけれど、小説を読んでいるときには、その手の感情に襲われることはままある。だからここで、サーミーが旧総督府の独房に移されてなおハムドゥッラー導師やニーメトゥッラー師が恩赦を与えてくれるのではないかと夢見ていたことや、慰問に訪れた礼拝師の言葉に耳を傾けながら懊悩したこと、あるいはどのような悲嘆を味わい、死の恐怖を感じたのかを長々と説明して――ごく少数であると思うけれど――サーミー・パシャという人物を敬愛するようになった読者諸君をあたら悲しませるのは控えておきたい。

いずれにせよサーミーはその死の瞬間まで、ハムドゥッラー導師の恩赦への無邪気な期待をついに失わなかった。処刑執行人を前にしてさえ、これは恩赦を隠すためで、自分を脅かすための演出だろうと思ったほどなのだ。

処刑を受け持ったシャーキルは酔っぱらいの盗人であり、ただ金のために処刑人を引き受けるような男だ。サーミーはそんなシャーキルが大嫌いで、だからこそそんな男の手によって絞首刑にされるのかと思うと息が詰まるほどの憤りを覚えた。サーミーは手を縛られたまま拳骨をシャーキルの背中に振り下ろし、全力でその手を逃れようとしたが、すぐに首根っこを摑まれてしまった。

「総督閣下、しゃんとしなせえ。その方があんたらしい」

広場の暗がりの、どこか離れたところに処刑を眺める者たちの気配が感じられた。しかし、死を前にしてそんな卑怯者どもにどう思われようが構うことはない、それよりも人生や世界そのものの方が、どんなにか価値があるだろう――サーミーはそう自分に言い聞かせながら勇気を振り絞った。

絞首台へ近づくと膝が笑って立っていられなかった。するとシャーキルが酒臭い息を吐きながら、しかし驚くほど優しい声音でサーミーに言った。

「さあ、我が総督閣下！　歯を食いしばれ、すぐに終わるさ！」

それはまるで子供をあやすように穏やかな口調だった。白い処刑着を着せられ、首に縄をかけられたサーミー・パシャは勇気を振り絞ったひと飛びで、虚空に跳躍した。

「母さん、いま行くよ」

死の直前、大きな羽を広げた真っ黒なカラスの姿が見えた気がした。

68章

白い処刑着を着たサーミーの死体は、新たにミンゲル広場と呼ばれるようになった旧州広場に風が吹くたび悲しげに揺れ、それを一目見ようと人だかりができた。死も疫病も恐れない子供たちや、家出した若者、サーミーの政敵たち、ギリシア民族主義者やミンゲル民族主義者たち、それに彼に投獄された新聞記者たちなどだ。ネビーレル村のラーミズの親戚たちは、絞首台の下で「我が神よ、感謝いたします」とばかりに祈りを捧げたが、あまりにも不敬だということで憲兵たちに追い払われた。歴史遺物の密輸を行った廉で四年間、投獄されたタルクシスは——当初、サーミー総督は確信のないまま投獄したが、彼はたしかに密輸を行っていた——広場に吊るされている人物はサーミーではないと主張して遺体を検めようとしたため、やはり憲兵につまみ出された。

マリカはもちろんのこと、サーミー・パシャに好意的であったイスラーム教徒、ギリシア正教徒を問わぬアルカズ市の有力者たちは家に閉じこもり、まるで凍ってしまったかのようにじっと動かず時機を待っていた。ペストは空気感染する可能性が高いらしいという噂が広く知られるようになっていたせいもあるだろう。

後世の歴史家たちが〝国家テロ〟と呼んだ恐怖政治は留まるところを知らず、処刑から二日後にサーミーの遺体が下ろされ、ナルルク墓地のバラ園に埋葬されるや、あくる日のまだ日が昇り切らぬうちから同じ絞首台にボンコウスキー衛生総監の旧友であった薬剤師ニキフォロスが吊るされた。

ニキフォロスを吊るす際のシャーキルの態度は、サーミー前総督のときよりも随分と厳格かつ思いやりに欠けていた。恐怖のあまり腰砕けとなった老齢の薬剤師をなじり、必死の懇願にも「もっと前に心を入れ替えるべきだったんだ、もう遅いよ」とにべもなく答えたのである。こうした心無い扱いは、シャーキルがニキフォロス薬局で盗みを働いて追い出されたことや――ただし処刑人であったため憲兵は呼ばれずに済んだ――あるいは前の晩の酒量が度を過ぎた云々とはまったく無関係で、むしろハムドゥッラー導師期の〝国家テロ〟の影響により、徐々に島に住むギリシア正教徒たちへの反発が育ちつつあったことを示しているだろう。ニーメトゥッラー師とハムドゥッラー導師の政府は、以前のオスマン帝国期の統治者の例に漏れず、疫禍を好機と捉え、ギリシア正教徒を追い出すなり改宗させるなりすると同時に、すでに逃げ出した正教徒住民の帰還を阻むことで、イスラーム教徒をミンゲル島の多数派にしようと画策していたのである。正教徒住民の中に、いまだに電信局が閉鎖されたままであるのは、検疫隔離措置がなくなったことが知られてしまうと定期船の運航が再開し、ふたたびギリシア正教徒が多数派になるのを恐れているからだと考える者もいたほどだ。

もっとも、ハムドゥッラー導師とその公僕たちのギリシア正教徒に対する厳しい姿勢の裏には、人口比率を変更するという目的以外にも、キリスト教徒をはじめとする異教徒に対する素朴かつ潜在的な恐怖や敵意が潜んでいた。モスクや修道場とともに教会と修道院も再開したものの、修道場に置かれていた仮設の診療所の大半が撤去されたのとは対照的に、修道院の方の診療所はそのままで、しかも修道場の患者たちが続々とその緑あふれる広大な敷地内へと移送されはじめた。一時とはいえ、ミンゲル島の正教徒とクレタ島やロドス島のイスラーム教徒住民との交換が計画されたこともあれば、もはや国庫は空っぽだというのにイスラーム教徒の官吏が新たに採用されたりもした。そうした政策は、ギリシア正教徒ほどではないにせよ、トルコ人たちの暮らし向きをも逼迫させつつあった。当然ながらハムドゥッラー導師政権は、オラ、フリスヴォス、デンデラなどの富裕なギリシア正教徒地区の屋敷に侵入してそこを根城にする不法占拠者たちの追放にも熱心ではなかった。

とはいえ、ギリシア正教徒であるニキフォロスが死刑判決ののちすぐさま絞首刑に処せられたのは、少なくとも表面上はこうした事情と無関係だった。ニキフォロス有罪の糸口は、ほかの容疑者を父祖の代から続く伝統的なファラカ刑にかけたところ得られた自白によるものだった。一方、ニキフォロスの処刑と同じ時期、パーキーゼ姫とヌーリー医師はサーミーが首相府での最後の晩に残していった捜査ファイルに丹念に目を通していた。賓客室から出るのを禁じられ時間を持て余していた二人は、街の惨状もほとんど知らぬまま気楽かつ遊び半分に捜査を進めることにしたのである。

イリアス医師の毒殺後、アルカズ駐屯地の厨房に勤務していた八名の兵士とその指揮官がまず、ファラカ刑にかけられた。逆さにして足の裏に棍棒をしこたま食らわせ、その足を血まみれにしてなお、はかばかしい証言を引き出せなかったため、当局はさらに検疫部隊宣誓式の食事を給仕した五名の兵士と、クレタ島出身の食糧調達課の責任者、およびその部下である茶色い髪の男二人にも追加でファラカ刑を施した。

ヌーリー医師が薬局や薬草店を訪ね歩き、殺鼠剤の販売を含め疑わしいと思われる点についてシャーロック・ホームズ顔負けの綿密な捜査をしていたその頃、尋問官とファラカ担当の刑吏たちによって凄惨な尋問が行われていたわけだ。そして、一度目の尋問が終わるとマズハル治安監督部長の要請によって、一度目と同じ順番で二度目のファラカ刑が繰り返された。そうすると、一番はじめに尋問した八名の兵士のうちの一人が、自分の順番がふたたび巡ってくるのを恐れるあまり、涙ながらにチョレキ菓子に毒を盛ったのは自分だと自白をはじめたのである。兵士たちの中でも一等、無邪気で無垢な顔つきをした男は、宣誓式の前、金曜礼拝のために皆が出払っている隙に厨房へ入り込み、携えてきた毒薬入りの小麦粉の袋を大麦に混ぜたという。男はそのときの様子を、白い顎鬚をたくわえた尋問官や口髭の書記官たちの前で実演してみせた。もう一度ファラカを受けたら最後、ようやくかさぶたができはじめた傷口に棍棒を食らったり、あるいは痛みで気絶したり、はたまた足が不自由になったりするのではないかと気を揉んでいた厨房係たちは――出血多量にならぬよう、また尋問室が血で汚れぬよう塩水入りのバケツに足を浸して待機していた――二度目の拷問を免れたので、同僚の自白を大歓迎した。

マズハル治安監督部長とサーミー総督も、天使のようにいとけない面立ちに緑色の瞳の十六歳の若者の自白を喜んだものの、そもそも誰が、いかなる理由でこの無害かつ人好きのする青年にヒ素の入った袋を渡したのかという問いに答えを出す必要があった。さもなければ、検疫医の殺害が続くかもしれないからだ。刑吏は、罪を告白した若者にひときわ力強い棍棒の一撃を見舞ったのち、暗がりでその顔を蠟燭で照らし出しながら同じ問いを繰り返したが、観念したはずの若者は炎をじっと見つめたまま黙り込み、さめざめと泣くばかりだった。

殺鼠剤をどこの薬局や薬草店で買ったのか、あるいは誰かから渡されたのか？　核心に迫る答えを聞き出すべくふたたびファラカにかけたところで、おそらくこの青年は口から出まかせを言うか、一生足を引きずる羽目になるか、さもなくば死んでしまうのがおちだろう。長年の経験からそう察したマズハル部長はひとまず尋問を休止して時間を置くよう尋問官たちに命じ、その旨をサーミー総督にも報告した。こうして、再度の尋問に取りかかる前にまずは青年の足の傷が塞がるのを待ち、その間に考えなしの裏切り者を出した家族郎党を洗い出し、青年が言葉を交わした相手を特定し、必要とあらば彼らにもファラカを施すという方針が決められた。

報告書に注意深く目を通していたパーキーゼ姫には、当時のサーミー総督の気持ちが手に取るように理解できた。パーキーゼ姫は、それを嬉々として夫に教えてやったものだ。

「可哀そうなイリアス先生を手にかけた犯人をあなたより先に、しかも彼なりのやり方で見つけたのだから、サーミーさまはさぞ鼻高々だったことでしょうね」

そう口火を切った妻に対してヌーリー医師はこう切り返した。

「もっと早く二回目の尋問に取りかかれば、もしかしたらメジドが殺される前に襲撃を行ったならず者たちを捕らえられたかもしれないけれどね！」

「ですが、サーミーさまにも、それに叔父さまにも急ぐ必要はなかったのですわ。サーミーさまはあなたが薬局や薬草店を巡っているのを知って、この調子では決定的な証拠は出まいと安心して、あなたの鼻を明かしてやろうと思ったのね。シャーロック・ホームズ式のやり方なんて東方世界では、ましてオスマン帝国では通用しないのだって、あなたや、夜な夜な伽語りに聞く推理小説に夢中の叔父さまに思い知らせてやりたかったのよ。サーミーさまのような地方総督から自分の過ちを突きつけられるのを、叔父さまが許すとは思いませんけれどね」

「ということは君の考えでは、サーミー総督はあくまで君の叔父さまに忠節を尽くしているというんだね」

「疑いようもありません。だから、あの方がこの賓客室から四部屋先の居室で暮らしてらした時分は、気の休まる暇がありませんでした。どうかお忘れにならないで、イリアス先生が食べることになったチョレキ菓子の標的には、あなたも含まれていたんですよ」

「でも、あのチョレキはサーミー総督の前にも置かれていたよ」

パーキーゼ姫は夫の目を覗き込んでこう答えた。

「でもあの方は一切、手を付けられなかったのでしょ」

サーミー総督の報告書を、さながらアブデュルハミトが推理小説に感じるのと同種の喜びを見出しながら読み進めていくうちパーキーゼ姫とヌーリー医師は、ファラカ棍棒を駆使して集めた証拠にシャーロック・ホームズ式の推理を応用したマズハル部長と部下たちが、事件の真相へ迫っていくさまを目の当たりにした。

賓客室の二人は軽口をたたき合いつつも、この頃ドゥマンル市近郊のアリ・タ－リプの農場に身を隠していたであろうサーミーの身を案じ、たびたび話題にした。どうして彼は、命を狙われアルカズ市から逃げ出そうというそのときに――つまり時間的に切迫していたにもかかわらず――容疑者や目撃情報、尋問の詳細が記されたこのファイルを、わざわざ自分たちに託していったのだろう？

「サーミーさまは私たちが叔父さまの密偵だとお考えなのです。私たちが陛下のところへ戻った暁に〝あなたさまの総督であるサーミー閣下は本当に優秀な総督でした、ご覧ください、陛下が仰せになられたとおりに人殺しどもを見事に特定し、一網打尽になさいました！〟とでも伝えてほしいのでしょうね。そうすれば叔父さまから許してもらえるかもしれないもの」

「たしかにあの人は皇帝のしもべだからね、成功を収めた捜査結果を陛下に見せない手はないだろうね」

「あなたはサーミーさまが下手人をみんな明らかにして、捜査は無事に終了したとお考えなのかしら？」

「うん、ファイルを読んで、報告書に目を通したことで確信したよ」

「わたくしもです……」

ヌーリー医師の率直な答えにパーキーゼ姫もそう返したきり、部屋には沈黙が降りた。やがて口を開いたのはヌーリー医師だった。

「不本意ながら、シャーロック・ホームズ式の捜査は不発に終わったようだね」

「もしかしたら叔父さまにとってシャーロック・ホームズ云々というのは、それほど重要な問題ではなかったのかもしれません。ヨーロッパ人たちに強いられてきたあれこれの改革と似たようなものだったのかも。それに問題は、皇帝が嬉々としてヨーロッパ人の真似をするか否かではなくて、その模倣が国民に歓迎されるか否かの方でしょう。ですから、あなたもどうかこれ以上、お悩みにならないで」

「いや、君の叔父さまは、こういう言い方が許されるのであればだけれど、シャーロック・ホームズに関しては真剣でいらしたと思うんだ。事は共同体と個人の関係性に関わると、理解していらしたはずだから。陛下が大きな病院や学校、裁判所、兵営、駅舎や広場を建設してきたのは、ひとえに国民一人ひとりを宗教から切り離して、皇帝の御手がじかに届くようにするためだ。いざ裁判となったら地元の隣人ではなく、国家をこそ恐れるように、とね」

するとパーキーゼ姫は悪戯っぽく微笑んだ。

「もしかしたら、本当にただシャーロック・ホームズがお好きだっただけなのかもしれませんわ」

サーミー総督が残していったファイルには、裁判を担当した検察官の所見も相当量含まれていたが、もっとも多かったのはファラカ刑によって得られた自供書だった。よもやサーミー総督がこのすべてに目を通したはずはないと思いはしたものの、分厚い調書のところどころには彼の鉛筆書きが残されていた。また、尋問官とマズハル治安監督部長の間の階級にあった書記官が書いた拷問と尋問の経過報告書も差し挟まれていて、それを見れば真に罪を犯した者と、政治的理由で罰せられただけの者の区別も明らかとなった。

人の好い厨房係の青年の足裏の回復を待つ間、マズハル部長の部下たちは彼の家族や友人関係の調査を進めた。青年はここ三年ほどの間、焼却井戸の裏手の丘に並ぶ掘立小屋の一軒に家族と一緒に暮らしていた。サーミー総督のお目こぼしで所有者のいない土地に築かれたこの界隈には、ほかにクレタ島から来た貧民や、彼らと同じくらいに過激な行動に出やすい若者たちや失業者、信心深い住民などが暮らしていた。青年はタシュチュラル地区の喧嘩早くて反抗的な若者たちとも付き合いがあったようだ。

「あの子を波止場に屯するごろつき連中と別れさせるためなら何でもいたします」

そう申し出た父親は、息子が駐屯地の厨房でペストにかかり、隔離区画へ送られたのだと疑わぬまま、この界隈や丘の上までやって来る彼の友人たちの名前を一人ひとり挙げていった。

青年が付き合っていた者たちは、疫病がはじまってから革命が起こるまでの間に大半が検挙されており、中には無罪であるにもかかわらずファラカを食らった者もいれば、ラーミズの側近やアルカズ市まで出張って来たネビーレル村の村人たちと共謀して検疫措置に抵抗した者たちも含まれていた。ひと月以上を費やしてこれらの証拠が集められる間、マズハル部長は拷問やファラカを駆使して若者からさらなる自白を引き出し、自宅から手紙や電文、その他の文書を押収した。その結果マズハル部長は、巡礼船事件を機に州政府に反発するようになり、ネビーレル村からアルカズへ下りてきて潜伏した者たちのつながりを暴き、山賊ラーミズが密かに、しかし明らかに彼らを指導する頭目の座にあったことまで証明して見せた。サーミー総督とマズハル部長は、もっとも微細な点から大きな問題に至るまで「事件捜査とはかくあるべし」と評すべき、完璧かつ模範的な捜査を行っていた。もしこの捜査ファイルがアブデュルハミト帝や宮内省へ提出されていたなら、彼らがいかに優れた行政官であるかを証立ててくれたことだろう。

マズハル部長と密偵たちは、ラーミズの周りに群れ集った徒党——不満をため込む信仰熱心な若者たちや鉄砲玉、巡礼船事件の復讐を誓った者たち——の名前を突き止め、彼ら一人ひとりの動向を追ったものの、一斉逮捕には踏み切らなかった。いまだ総督の地位にあったサーミーは、容疑者たちの中にさまざまな修道場の門弟が含まれていたため、彼らを投獄して各教団の検疫令への反発を煽ることになるのを恐れ、二の足を踏んだのだろう。この躊躇がメジドの命を奪う結果につながったわけだ。

サーミーの捜査ファイルからは、ボンコウスキーの誘拐および殺害には——読者諸君がすでに予測しているとおり——偶然がかなり大きく作用したことも明らかになった。忘れてならないのは当時、島に検疫措置を持ち込もうとしていたキリスト教徒医師をサーミー総督もろとも亡き者にしたいと望む者がアルカズ市にはいくらでもいたという事実だ。暗殺計画を練った者たちはかねてよりボンコウスキー衛生総監とその右腕であるイリアス医師を毒入りチョレキ菓子で殺害しようと画策していたため、アブデュルハミト帝の化学顧問である衛生総監を誘拐する予定などはなかった。ところがネビーレル村のテルカプチュラル修道場からアルカズ市へ移り住み、三年前の巡礼船事件を生き延びたある男が道でボンコウスキーと行き会い、その風体や物腰から高名な帝室化学顧問であると見分けてしまう。男は咄嗟にその場で思いつくまま「うちにも病人がいるのです」と嘘をついてボンコウスキーを仲間たちのもとへ連れて行った。マズハル部長の密偵と書記官たちは、ボンコウスキー衛生総監を痛めつけ、拷問にかけた挙句に、憎悪に任せて無慈悲にも絞め殺し、そののち遺体をフリソポリティッサ広場に投げ捨てた者たちの名前を余さず突き止めていた。

「マズハルさまが下手人たちを投獄なさらなかったのは、彼らのうちの何人かがラーミズの部下で、総督府での集会襲撃に加担していたためでしょうね。ラーミズ一党を現行犯としてその場で逮捕してすぐさま罰するため、サーミーさまはマズハル部長に罠を張るようお命じになっていたのだわ。総督閣下の目論見では、襲撃者たちが疫学室の裏扉から出てきたところを音もなく逮捕できるはずだったのでしょうけれど……」

「ああ、僕の皇女殿下、君の賢明さといったら！　実のところ叔父さまは僕なんかではなく、君をこそシャーロック・ホームズ役に任命なさるべきだったんだ」

ヌーリー医師はパーキーゼ姫の説明に大いに頷き、パーキーゼ姫もまた肩をそびやかせて当意即妙にこう答えた。

「そうして、そのとおりになったのだわ！　ようやく叔父さまがわたくしをアズィズィイェ号へ乗せてあなたと一緒にミンゲルへ遣わしたご意図がわかりました。あなたがこの謎々を解くのに、お父さまのように小説を愛読するような人物が、つまりはわたくしが傍らにあって推理力を働かせる必要があると思し召しだったのでしょうね」

「……やはり君は、誰よりも今上陛下の賢明さを買っているんだね」

「でもお忘れにならないで。あなたが解決しようとしてきた殺人事件の背後で糸を引いているのは、叔父さまご自身なのだと」

「いまでもそう考えているのかい？　もし君の叔父さまがそんな悪意に満ちているのだとしたら、僕たちがイスタンブルへ戻るのは絶望的だ。君だってそう思うだろう？」

イスタンブルという言葉が出たときの常で、二人は窓辺で肩を寄せ合うと、イスタンブルからの船がいましも姿を現すのではないかというように、水平線を眺めわたした。地中海は常ならず生き生きとして見えたが、手前に広がるアルカズの街はまるで墓場のように静かで、動くもの一つとてなかった。

69章

「もし君の叔父さまが本当にボンコウスキーさまの死をお望みだったのなら、もっと簡単になされたはずだよ。それこそ、彼がイスタンブルにいるうちに殺すことだって。それにもかかわらず、陛下はペスト終息のため彼をこの島に送り込んだ。もちろん、イスタンブルから遠く離れたこの島では何が起きてもおかしくなかったとはいえね！」

「はたして、そのとおりになったではありませんか！」

パーキーゼ姫はさきほどと同じ答えを繰り返した。

「それこそが叔父さまの望まれたことなのですもの。あの人は自分が手引きした暗殺がそうとは露見せぬよう、自分の支配の手が及ばぬところでそうさせるのです。叔父さまはあのミドハト大宰相にユルドゥズ宮殿の法廷で死刑判決を下させて、そのまま判決書に署名してイスタンブルで絞首刑にすることだってできたのです。誰よりも才能あふれる知欧派のミドハト閣下は、アブデュルハミト叔父さまの叔父アブデュルアズィズ先帝陛下を廃位して、しかも密殺したクーデターの首謀者だったのですもの。でも〝慈悲深い大御心〟をお持ちの抜け目ない叔父さまは、そうはなさらなかった。いかにも人間らしい感情にほだされたとばかりにミドハト閣下の死刑判決を無期刑に減じられて、アラビア半島のターイフの監獄へ流刑になさったのです。あそこはミンゲルの監獄よりもなおひどい場所だとか。そのあとしばらく経って、ミドハト閣下はひどく奇妙なやり方で殺されてしまいました。だから、大抵の方はそれが叔父さまの指図なさったことだとは気づきませんでした。叔父さまは、ボンコウスキーさまにも同じことをなさったのに違いないわ」

「でもミドハト大宰相は君のお父さまを廃位してアブデュルハミト陛下を即位させた官僚たちの一人でもあるじゃないか。そんな功労者を暗殺させた証拠でもあるのかい？」

「たとえシャーロック・ホームズが相手だとしても、叔父さまが彼を満足させるような証拠を残すとは思えませんわ。あの人がシャーロック・ホームズを読まれているのもそのためかも。私から見れば、あの人があいった推理小説をお読みになる理由なんて、ほかの人と変わりありません。痕跡を残さずに人を殺すため、最新のヨーロッパ式のやり方を学ぶためなんですわ」

「たしかにミドハト閣下の民衆人気の高さや一徹さが、ご自身の権勢を脅かしかねないとお考えになった可能性はあるだろうね」

「少し違います。ミドハトさまは、あなたがお考えになるほど民衆と呼ばれる方々から愛されていたわけではありませんもの」

「だとしても、ボンコウスキー閣下の方は長年、君の叔父さまに仕えてきたのだし、そもそもミドハト閣下と違って陛下の脅威になるとも思えないよ」

「ボンコウスキーさまは――神さま、あの方に安らかな眠りを――毒物の専門家だったのですよ。それだけでも十分な脅威ですわ。〝ボンコウスキーさまは二十年ほど前に、ユルドゥズ宮殿の庭園に生える毒草や、痕跡を残さない毒物について報告書を書いたんだ〃って教えて下すったのはあなたでしょ。たとえば、どこかの情報提供者が〃ボンコウスキー・パシャは陛下に毒を盛る気でおります〃としたためたでっち上げの報告書を渡したのかもしれませんわ。時間とお金をたっぷりかけながら何年も熱中してきた国家事業に目途がついて、いよいよ式典と一緒にお披露目する段になって、根も葉もない報道を気にして思い悩んだ挙句に、結局みんな放り出してそのまま忘れてしまうなんて、叔父さまがよくなさることだわ」

「つまり、君の叔父さまがボンコウスキー閣下を亡き者とするためにミンゲル島へ遣わしたという証拠《カヌト》はないけれど、確信《カナアト》はあるということだね」

「わたくしたちも何日、こうして話し合ってきたんでしょう!」

パーキーゼ姫は辛抱強くそう言い募った。

「筋の通った説明はこうです。わたくしたちには知りようもない理由があって、叔父さまはボンコウスキーさまを遠ざけたい、あわよくば亡き者となさってしまいたいとお考えになられた。その意を受けた宮内省の役人たちが、ボンコウスキーさまの旧友のうち、薬剤師のニキフォロスを介して殺害計画を実行させるのがいいと思いついたのでしょう。帝都薬舗協会と薬草師たちの争いや、陛下が二人に賜わせた特権を巡ってニキフォロスがボンコウスキーさまに引け目を感じているのを宮中のどなたかが——たとえば侍従長のタフスィンさまあたりが覚えておいでで、それを陛下に奏上なさったのかも。そもそも宮中官人の仕事は皇帝に国民のすべてを知らせると同時に、彼らに皇帝への畏怖を思い知らせることなのですもの。サーミーさまの置いていかれた報告書に、イスタンブルからニキフォロスに宛てられた暗号電文と、イスタンブルとイズミルからボンコウスキーさまに宛てられた電文が収められていたでしょう？　ニキフォロスはミンゲル語の草や植物、薬の名前を知っていましたから、ミンゲル革命のあとミンゲル語辞典のためだなんだと口実を設けてキャーミル司令官に近づき、彼をアブデュルハミト方に取り込むよう指示されていたのではないかしら」

「たしかマズハル部長はそう推理していたね。僕はどうにも得心が行かないけれど」

「この報告書に書かれているのは、端から端までマズハルさまの推理ですわ」

パーキーゼ姫とヌーリー医師は、捜査ファイルを作成する際のマズハル治安監督部長の几帳面さや、あらゆる出来事を分類票に書き留めつつ、他の出来事と関連付けながら施された分類の妙、そしてそれらすべてを模範的な筆跡で、まるでレース刺繡よろしくカードに記していく姿勢に敬意さえ抱くようになっていた。さらに勤勉なマズハルは、殺人事件とは関係がなくとも、新たなミンゲル国政府が関心を示しそうな事柄についても生真面目に報告書を作成していた。しかし、サーミーはどうしてそうした報告書まで事件の捜査ファイルに同封したのだろうか。

いずれにせよマズハル部長のまとめたファイルの中には、パーキーゼ姫とヌーリー医師がそれまでまったく知らなかった出来事についての綿密な調査も含まれていた。ミンゲル国を建国することになるキャーミル上級大尉が、電信局制圧に際して壁に掛かっていたテータ社の時計を撃たせたのはなぜか？　メーカーがテータ社であったことに何らかの意味があるのだろうか？　それとも、時計のΘ《テータ》がギリシア文字だから、わざわざ〝親父〟ハムディに命じて撃たせたのか、はたまたテータを頭文字とする何か重大な言葉が念頭にあったのだろうか？　また別の書類には上級大尉がパーキーゼ姫の手紙を送りに来たときの様子も記されていた。それによれば彼は壁の銘板をじっくり読み、やはりテータ社の時計に興味を寄せていたという。

さて、皇女夫妻がサーミーの捜査ファイルが新たに提示した数々の疑問について話し合う間にも、アルカズの街では日に四十人もの死者が出続けていた。ミンゲル島の、そしてミンゲル国の歴史を通じてもっとも過酷な時代であったことに疑いはない。当局への信頼は失われ、いまや救世主を探し求めて苦難を忘れようとする気力さえ、人々には残されていなかった。パーキーゼ姫とヌーリー医師が、街の情勢が常軌を逸しつつあることをようやく認識したのは、サーミー首相の処刑を聞いたときだった。絞首台に吊り下がる彼の姿が思い浮かんで脳裏から離れず、二人はしばらく口数も減り、食事も喉を通らず、笑顔さえ失われた暗澹たる日々がはじまった。ヌーリー医師は検疫措置が撤回されたという街と市民の様子を確かめるべく、ふたたび部屋の外に出たいと願い出たが聞き入れられなかった。あの悪魔めいた不吉なカラスが部屋の窓をコンコンと突ついたのはさらにその二日後のことで、二人は今度は薬剤師ニキフォロスがニーメトゥッラー師によって絞首刑にされたことを知った。

「どんな犠牲を払っても、イスタンブルへ帰りたいのです！」

パーキーゼ姫はそう言って夫の腕の中で涙をこぼした。

「ねえあなた、おわかりかしら。次はきっと私たちの番ですのよ」

するとヌーリー医師は自信たっぷりにこう答えた。

「……その反対だよ。こんな非道を尽くしているんだ、そろそろ諸外国の反応を慮らねばならなくなる頃合いだ。だから君の心配は杞憂さ。むしろ、これまで以上に私たちの扱いは良くなるはずだよ！　第一、検疫措置を再開する以外、もう手はないんだ！」

実際はそんな確信などなく、ただ妻を慰めるための嘘だったからだろう、ヌーリー医師はすぐさまこう付け加えた。

「だから心配しないで。ニキフォロス氏がどういう罪状で死刑判決を受けたのかも書記官たちに訊いてみるから」

二人はふたたびサーミー総督の遺したファイルを読み進めることにした。ミンゲル島の秘密警察組織は、二人がこれまで思いつきもしなかった疑問や、あるいはふと異和を覚えてもすぐに忘れてしまったような不審の数々にすでに答えを用意していた。たとえば、治安監督部長へ提出された報告書の中にはあの伝説の孤児団の実在を示す証拠が幾つもあった。しかし、ペストによって家族を失い家を追われ、山へ入って果物を集め、山菜を食らい、渓流で魚を捕って暮らしていた孤児たちがいずれの洞窟に潜伏し、あるいはどこの廃農場を根城にしているのかまでは突き止められなかったようだ。

あるいは、ラーミズの部下たちが起居していた上トゥルンチラル地区の独居住宅に踏み込んだ結果、ボンコウスキーがゼイネプの父バイラムの遺体から回収したはずの護符が発見されたことも、報告書には記されていた。この護符こそが、ボンコウスキー衛生総監殺害の首謀者としてラーミズを絞首刑に処する際の動かぬ証拠となった。その一方で、処刑を免れたラーミズの部下たちはハムドゥッラー導師期に釈放されるか、逃亡を黙認されるかしたことも、のちに判明している。

報告書においてマズハル治安監督部長は、薬剤師ニキフォロスがアブデュルハミト帝に情報提供を行っているという結論を導き出していた。マズハル部長にも与えたのと同種の暗号表がニキフォロスにも渡されているのが確認されたのだ。ニキフォロスが有罪とされたのも、イスタンブルの皇帝の僚属たちから直接の命令を受けていたと見なされたためだった。アブデュルハミト二世の支配が島に及んでいた時期であればこの上ない名誉とされたはずのことが、ミンゲルの自由独立宣言を経て、相手を貶めるための材料とされたのである。さらには、ニキフォロスが駐屯地の厨房係に手ずから毒物を渡したわけではないものの、雑貨商や薬草店から殺鼠剤を入手する方法を彼に「伝授した」らしきことも記されていた。パーキーゼ姫はニキフォロスにこうした手管を吹き込んだのはアブデュルハミト二世に違いないと断言した（もっとも、処刑前に拷問にかけられたはずのニキフォロスの自白は今日まで伝わっていない）。

ニキフォロスの判決書にはミンゲル国旗に対する侮辱罪という、現代の私たちでは考えつきさえしない罪状も添えられていた。キャーミル司令官が旧総督府のバルコニーからミンゲルの独立を宣言し、ミンゲル国旗を掲げたのを見たニキフォロスは、自分も自由独立に一役買ったのを大いに喜んだ。そして、国旗と同じ模様の宣伝布を薬局のショーウィンドウに誇らしげに飾ったのだという。当然ながら情報提供者たちの報告とは異なり、彼に国旗を揶揄する意図はかけらもなく、ミンゲル島の独立を心から支持し国旗にも敬意を払っていた。しかし、日に四十人、五十人と死者が続くなか、ニキフォロスの処刑判決を証拠不十分の不当なものと見なして異を唱えたのは、数名のギリシア正教徒だけだった。そして彼らもまた、検疫令発令前に島を出なかったことを後悔しながら、息をひそめて家に閉じこもることしかできなかったのだった。

かくしてボンコウスキー殺害からはじまった一連の事件の時系列や犯人の動機を見事に解明してみせたマズハル治安監督部長であったが、キャーミル司令官の薨去によってハムドゥッラー導師期が幕を開けると、犯人逮捕に踏み切る前に彼自身が拘束されてしまった。マズハル部長によれば、検疫体制とサーミー総督に叛意を抱くラーミズ一党は、総督であれ駐屯地司令官であれ、あるいは検疫医であれ、とにかく宣誓式のために駐屯地へ集った主だった者たちをいちどきに毒殺するつもりでいたという。ひところは珈琲に毒を入れる案も出されたようだ。マズハルの力をもってしても、アブデュルハミト帝がこの毒殺計画を先から承知していたことを示す確たる証拠は見つからず、また彼自身も半信半疑であったようだ。しかし少なくとも、島のどの店で殺鼠剤を入手できるかに誰より通暁していたニキフォロスにときおり、皇帝からの暗号電文が送られていたことは突き止めている。

ふとした思いつきでボンコウスキー衛生総監が郵便局の裏門から無計画に抜け出したこと、総督府の護衛や私服警官たちが彼に撒かれてしまったこと、そしてサーミー総督に復讐を誓い、巡礼船事件当時の検疫関係者やギリシア正教徒を敵視する無頼の手に落ちてしまったこと――つまるところこれらの一連の巡り合わせこそが、ミンゲルの政治力学を独立へ向かわせたのである。もしも、アブデュルハミト帝が証拠を残さず帝室化学顧問を亡き者にしようと企んだのだとしたら、その試みは成功したことになる。よって、ボンコウスキー殺害後に駐屯地で行われた宣誓式で、わざわざチョレキに毒を盛らせる必要は一切ない。ところが実際にはボンコウスキーが死んでなお、大胆というよりも稚拙とさえ評しうる毒入りチョレキ事件が発生し、結果としてイリアス医師も殺されてしまった。

いとけない面立ちの厨房係の青年の足の裏にようやくかさぶたができ、やがてそれも剝がれて傷が完治したのは、ミンゲル革命の一週間前だった。尋問官と刑吏たちは取り調べの再開を決めたが、厨房係はもう二度とファラカには耐えられないと思ったのか、洗いざらい白状しはじめた。そして「チョレキに入れた大袋一杯の殺鼠剤は、誰かから受け取ったわけではなく、自腹で回数を分けながらアルカズ市のそこかしこの店から買い集めたのだ」と自白したのである。「自腹というのはいくらくらいで、毒を買ったのはどの店だ？」という問いに青年は「古い薬草店からも、新しい薬局からも買いました！」と答えた。こうなっては、たとえ彼を面通しさせたところで、店員たちは覚えていないだろう。少量の殺鼠剤を買う客など珍しくもなく、店員も商品はもちろん買い手のことなどいちいち気にかけないからだ。つまり、青年は足がつかぬよう少量ずつの毒を、別々の店から購入するという非常に賢い方法を取っていたのである。しかし、いったい誰がそんなやり方を彼に吹き込んだというのか？

「きっとこの島にもシャーロック・ホームズやフランス産の推理小説を読んだ者がいたんだ。そいつが青年に入れ知恵したに違いない。たとえば薬剤師のニキフォロスがそういう小説を読んでいたとしても不思議ではないよ！」

「推理小説をイスタンブルで、いえオスマン帝国で最初に読んだのは私の叔父さまです！」

パーキーゼ姫は、話はおしまいだとばかりの決然たる口調に、自分の帝国への不思議な誇りを滲ませながらそう断言した。

その後、尋問官と刑吏たちは毒の入手方法を明らかにすべく青年に再度、ファラカ刑を施すこととした。ところが、ミンゲルの自由独立が宣言されたためサーミー総督は、まずはラーミズ一党の裁判と、続いてメジドが犠牲となったキャーミル司令官暗殺未遂事件の捜査に忙殺され、尋問官や書記官たちも手が離せなくなってしまった。司令官暗殺未遂とメジド射殺の両事件の犯人としてラーミズが処刑されると、尋問官とファラカ刑吏たちは一層、厳しい態度で尋問に臨んだものの、キャーミルを襲撃しメジドを殺害した若者の方はまともに歩けなくなるほど棍棒で足裏を殴られてもなお口を割らなかった。若者が巡礼船事件で死亡したネビーレル村民の息子であり、検疫措置とギリシア正教徒を憎んでの犯行であったのが明らかになるのは、かなりあとのことである。こうして、パーキーゼ姫とヌーリー医師の間で総督の捜査ファイルについての話題が出尽くすころ、街ではのちに「ペスト禍乱」と呼ばれる混乱が巻き起こっていた。折しも死者の数は増加の一途をたどり、四台ある死体運搬馬車が夜を徹して死体を集めても追いつかず、朝の礼拝の呼びかけのあとも死体運びが続けられるような有様で、それでも夕方になるとハリーフィーイェ教団やリファーイー教団、カーディリー教団などの各地の修道場の敷地は、ちょうどアルカズ城塞と同じような具合に整然と並べられた死体で埋め尽くされるのだった。

70章

パーキーゼ姫とヌーリー医師は、夜中に死体運搬馬車のけたたましい車輪の音や、御者たちの悪態交じりの会話——ミンゲル語のこともあった——が聞こえると、アルカズの街で暮らす大半の者たちと同じく、疫禍の袋小路から抜け出す術がないことに絶望し、寝床のなかで互いに抱きしめ合うよりほかなかった。二日前にはついにこの首相府からも死者が出た。サーミー前総督とニキフォロスが相次いで絞首刑になったいまとなっては、ペストにかかるよりも先に政治的な理由で謀殺される可能性の方が高いのではないか。ヌーリー医師は妻に言ったのとは正反対の危惧を抱くようになっていた。

一九〇一年八月十六日金曜日の死者は五十一名を数えた。雨が降りしきり強風の吹き荒れたこの日、パーキーゼ姫が姉に手紙を書いていると扉をノックする音がした。皇女は新政府が寄こした下男か小間使いだろうと考え、夫が扉を開けに行く間も書き物机から離れなかった。戸口から何事かを囁き交わす声が聞こえてきた。パーキーゼ姫が戸口へ寄ってみると、ヌーリー医師がどこか気おくれたような口調で言った。

「僕に証人になってほしいそうだ！　陛下へ行って検事に供述書を取らせろというんだ。悪意ある検疫部隊員数名に、健康な者を隔離したり、金品を巻き上げたりした嫌疑がかかっているとかで」

家屋侵入や婦女誘拐、財産の不当没収、はては殺人まで、ありとあらゆる重罪を犯したとされた複数の事件のうちの一件に、ヌーリー医師が目撃者として関わっているというのだ。ある部隊員が当該事件における家屋退去命令はヌーリー医師が出したと主張しているらしい。

「検疫医としてではなくあくまでミンゲル国の友人の一人として、弁明してほしいのだそうだよ。気は進まないがね」

「もちろん、行ってらしてください。でも、決してあのごろつきたちに盾突くような真似はなさらないでね。あの連中はすぐにもあなたに悪さするに違いないから。後生ですから、興味もなければ聞く耳も持たないあの人たち相手に、科学や医学、疫学について説いたりして、わたくしを一人ぼっちで待たせないで。すぐに帰ってらしてね。さもないと、わたくしはこの世でもっとも不幸な女になってしまうのですもの」

「殿下、僕が君を不幸にするなんて……想像さえできないよ！」

ヌーリー医師はそう答えつつも、改めて妻の機知と、目前の出来事を推し量るときの即妙な賢明さ、ついでに姉姫に宛てた手紙にかける情熱に感嘆したものだ。

「すぐに帰ってくるよ！」

しかし、ヌーリー医師はその日、帰ってこなかった。辺りが暗くなるころ、パーキーゼ姫は書き物机についてはみたものの筆は進まなかった。好奇心と怯え、そして苦悩の混ざった呪いの矢を心臓と肺臓の間に突き立てられたかのようで、呼吸さえままならない。首相府内に響く足音や怒声はもとより、小さな物音にさえ耳をそばだてたが、慣れ親しんだ夫の靴音は一向に聞こえてこなかった。やがて日が落ち、皇女の涙がぽろぽろと手紙にしたたった。

一度でも立ち上がったら最後、二度と夫が帰ってこないような気がして、パーキーゼ姫は真夜中まで何もせず、ただじっと書き物机に座り続けた。

そのまま机で微睡みこそしたものの、ヌーリーが帰ってこない限り熟睡できそうもなかった。朝の礼拝前の時刻、つまりその日の絞首刑が執行される頃合いに、パーキーゼ姫は扉を開けて表へ出た。外にはシリアから来たトルコ語を解さないアラブ兵たちが待機していた。椅子に寄りかかって寝ていた兵士はぱっと目を覚ますと、怯えたような表情を浮かべて小銃をパーキーゼ姫に向けた。パーキーゼ姫は黙って室内へ戻って鍵をかけると、書き物机について身じろぎ一つせずに辺りが十分に明るくなるのを待った。

州広場に絞首台が設置されていないのは知っていたし、よしんば設置されればじめてもあのカラスが窓辺へ来て知らせてくれるだろうと思い直し、パーキーゼ姫はようやく横になったのだった。

あくる日も、微睡むばかりで悲しみばかりが募り、ときおり涙をこぼしては悪夢にうなされる一日が続いた。書き物机でうつらうつらしていようが、寝台に身を横たえていようが、夢の中に現れるのはヌーリーばかり。夢か現《うつつ》か判じがたい微睡みの中のヌーリーは、アズィズィィェ号の舳先に座って中国へ向け船出し、パーキーゼはイスタンブルの父のもとで彼の帰りを待っていた。

眠れぬ夜を悪夢に苦しみ泣き暮らしてなお、夫は帰ってこなかった。パーキーゼ姫は幾度となく賓客室を出て首相の執務室へ乗り込もうと思い立ち、ときには見張りの兵士と首相府じゅうに響きわたるほどの大声で言い争いさえした。あの不吉なカラスの姿が見えないのが、唯一の救いだった。

ヌーリー医師が部屋を出て行って五日後、書記官がやって来て、一時間後に首相の執務室へ来るよう告げられた。つまり、彼は生きているのだと自分に言い聞かせながら気を静めると、手持ちの中でももっとも目立たない服を選び、肩掛けで首どころか顎元まで隠し、さらに頭にも頭巾を巻いた。これから会いに行くのが、宗教を利用して権力を手にした者たちだったからだ。

しばらくすると下男と小間使い――毎日少量のパンやクルミ、干し魚や干しイチジクを持ってきてくれた――がやって来て、皇女の〝お側仕え〟を務めた。賓客室と同じ階にある執務室へ行くと、パーキーゼ姫がこの部屋の主であったサーミー・パシャの死を悼む間もなく、首相であるニーメトゥッラー師がサーミーの椅子から立ち上がって部屋の隅の大きな椅子を指し示した。しかしパーキーゼ姫は座ろうとはせず、ただ怒りの眼差しを彼らに向けた。部屋の隅には若い書記官が二人、控えていた。

「皇女殿下はいまも、ミンゲル国にとってもっとも栄誉ある賓客であらせられる。史上はじめて帝都イスタンブルを出られた皇帝陛下の姫君の、その最初の御幸先が我が国であったことは光栄の極みであります」

ニーメトゥッラー首相はパーキーゼ姫にそう言った。元来、ミンゲル人たちもアブデュルハミト二世の暴虐に晒されたことがないではなかったから、パーキーゼ姫とその父親であり不当に廃位された先帝ムラト五世を〝贔屓〟にしていた。しかし、相手が皇女の王配となれば、同種の好意は期待できない。島民たちは、残忍な皇帝が姉姫たちにそうしたのと同じように、末のパーキーゼ姫を父親から引き離し、あくまで自らに忠実で、皇女たちの動向を逐一知らせるような官吏と結婚させたのだ、と考えていたからだ。ニーメトゥッラー首相によれば、いまヌーリー医師は「検疫隔離措置の実施」なる名目でミンゲル島に混乱をもたらし、検疫部隊員と国民の対立を招いたとして、法廷で判決を言い渡される寸前であるという。

パーキーゼ姫は思わず身震いした！

「しかし、ミンゲル国はこの困難かつ孤立した状況下にあって、アブデュルハミト二世とのこれ以上の対立は望んでおりません」

首相はそう言って、解決策があるのだと仄めかした。

「我ら新政府のみならず、ミンゲル島を愛する誰しもが、すべての問題を円満に解決する妙案を案じてまいりました。しかも、国際社会の関心を引き西欧諸国からその庇護を引き出せるような妙案をです。もし、パーキーゼ皇女殿下がこれから私どもが献ずる提案を承服なさってくださるなら、難境にあるミンゲルにとって、最良のご助力を賜ることとなりましょう」

「ご期待なさることがわたくしの力で叶うのであれば、もちろんこの島のために喜んでいたしましょう」

「賓客室で護衛に守られながらお過ごしになる日常に変わりはありません。一日中、手紙をしたためていらしても構いません。皇女殿下がそうせよと仰せであれば、ご夫君もすぐに賓客室へお戻しいたします。もっとも、写真撮影が済んだら、ということになりますが」

こうしてニーメトゥッラー師はその妙案とやらについて詳しく説明しはじめた。要は、ハムドゥッラー導師との結婚に同意しろというのである。婚姻はあくまで書類上のものにすぎず、ただ導師と一緒に写真に収まるだけでよく、先のオスマン帝国の皇帝にしてイスラーム世界を統べるカリフたるムラト五世の息女が、新生ミンゲル国の花嫁となったことを世界中に知らしめるのがその狙いだという。

「イスラーム教やその共同体を統べるカリフ位、そして年を追うごとに増加するヒジャーズ州への聖地巡礼者の増加を勘案すれば、国家元首の座にあるハムドゥッラー聖下と皇女殿下のご婚姻は、ミンゲル国ここにありと世界に知らしめる機宣となります。当然ながら、ハムドゥッラー聖下にはご婚姻を事実上の夫婦関係にするご意図は一切、ございません。それどころかご夫君であるヌーリー殿下が一刻も早く、賓客室へ戻られることをお望みでいらっしゃいます」

「ヌーリーさまのお考えは？」

書面上の手続きに過ぎないと言われようとも、導師と婚姻を交わすとなればヌーリーとは離婚せねばならない。皇女が敢えて問うたのは、ヌーリー自身が「離婚する！」と宣言するか、さもなければ彼が投獄され、夫婦関係がない期間が四年以上に至った時点でミンゲルの裁判所にパーキーゼ姫が離婚を申し立てるかの二つの方法しかなかったからだ。

「わたくしはヌーリーさまが投獄されていることさえ、いまあなたから聞かされたばかりなのですよ」

「有罪判決は下されますが、その直後にハムドゥッラー聖下の特赦によって罪を免じられ、一等ミンゲル勲章を授与されます」

「ヌーリーさまからわたくしに最善の身の処し方をご教示いただけるようなお手紙を賜らないことにはなんとも申し上げられませんわ」

書簡はその日のうちに皇女に届けられた。そこにはヌーリー医師がアルカズ監獄で快適に過ごしている旨とともに——ただし、清潔な下着と毛織りの靴下、それに新しいシャツを二枚、欲しがっていた――この重大な決定は、夫の意見には拘泥せず皇女自身が決めるのが最善であると記されていた。命の危険に晒されながらも、妻に判断を強要しようとしないヌーリー医師の態度はパーキーゼ姫を喜ばせた。

とはいえ、夫が監獄で安全無事に過ごしているというのは嘘だろう。アルカズ城塞もペストに冒されたと聞くから、事は急を要する。パーキーゼ姫はあれこれの交渉を交わすこともできぬまま、婚姻と写真撮影に同意せざるを得ず、せめてこう要望するのがやっとだった。

「婚姻式ではどなたがわたくしの保護者を務められるのでしょう？　わたくしは自分の口で〝婚姻に同意する〟と申したいのですが！」

またパーキーゼ姫は、婚礼衣装も自分で選びたいと望んだ。ハムドゥッラー導師たちからは、五カ月前にイスタンブルはユルドゥズ宮殿での披露宴で着たのと同じ衣装を、つまりは白亜の婚礼衣装と装身具を身に着けるよう求められたが、パーキーゼ姫はキャーミル司令官の披露宴でゼイネプが着ていたようなミンゲル式の赤い婚礼衣装を着ると譲らず、最終的には彼らの首を縦に振らせた。

ミンゲル国の国家元首であるハムドゥッラー導師の乗る装甲四輪馬車が旧州広場、つまりミンゲル広場へ入って来たのは八月二十二日の木曜日、正午の礼拝から三十分ほどのちのことだった。ニーメトゥッラー師はハリーフィーイェ教団修道場から首相府へ至る道沿いに憲兵を配し、首相府内にも警備の者が大勢配置されたうえに、壁際や部屋の隅、階段の下などにネズミ罠が置かれた。

導師の到着を告げられ、赤い婚礼衣装への着替えを済ませ、髪を念入りに覆い隠し、パーキーゼ姫は部屋を出た。婚礼衣装の着付けを手伝った小間使いも清潔な服に着替え、彼女に従った。

ミンゲルでも大衆人気が高く、魅力的かつ愛すべき歴史家であるレシト・エクレム・アドゥギュチによれば、パーキーゼ姫が賓客室を出て階下へ下り、写真を撮影し、婚姻を交わし終えてふたたび戻ってくるまでに要した時間はほんの九分だったという。パーキーゼ姫が姉に宛てた手紙でこの九分間に割いたのはたったの一葉で、この婚姻式の見栄えはもとより、それ自体を大したものとは考えていなかったようだ。パーキーゼ姫は、婚姻を見届けた人たちや、婚姻契約を取りしきるキョル・メフメト・パシャ・モスクの導師に礼儀正しく首を垂れて挨拶し、式の間は内気な少女よろしくじっと床を見つめ、ただ必要な言葉を口にするだけだった。

この婚姻式を容易には受け入れがたい奇怪かつ醜悪な一事と感じてしまうのは、七十二歳のハムドゥッラー導師が花嫁より五十も年嵩だったというのもあるけれど、パーキーゼ姫が新夫を、イスラーム教を政治に悪用する叔父と同種の山師の類と見なしていたことにもよるだろう。パーキーゼ姫は自らの権力を強化し、恐怖を植えつけるためだけにサーミー総督や薬剤師ニキフォロスをはじめ、手当たり次第に人々を処刑させるハムドゥッラー導師に強い嫌悪感を抱いていたのである。

そのため皇女は、ハムドゥッラー導師が予想以上に老け込んでくたびれた〝何の変哲もない〟男であるのを見て驚いたという。微笑みを浮かべてこちらの目を覗き込もうとしてきたハムドゥッラー導師から、思わず目をそらしてしまったとも書き記している。婚姻式のために連れてこられた写真家のヴァニアスと、新政府の官報と化した『アルカズ事報』紙のカメラマンの指示を受け、皇女とハムドゥッラー導師はあまりに近づきすぎぬよう気をつけつつ、幸せな新婚夫婦らしいポーズを取った。

二人の前には手をかけておくための瀟洒な小卓が配置された。二人は互いに近づこうとはしなかったが、カメラマンから陽気な調子で頼みこまれるまま、導師が少しだけ皇女に近寄った。さらにせがまれてハムドゥッラー導師は一瞬だけパーキーゼ姫の手に自分の手を重ねたものの、すぐに手を引っ込めた。のちにパーキーゼ姫は、ハティージェ姫に宛てて「なんとも醜悪な仕草でございました」と書き送ることになるだろう。

71章

パーキーゼ姫とハムドゥッラー導師の婚姻は、官報を含む四紙が号外として報じ、二人の写真はその一面に印刷された。パーキーゼ姫は疚《やま》しくてたまらず、その写真を直視することができなかった。しかもそれから一日経ったのに、まだ夫は解放されていない。利用されただけなのかもしれないと思うといたたまれず、怒りに苛まれながら声もなく泣いた。もしかしたら可哀そうな夫は、何も知らされていないのかもしれない。皇女は涙を人に見せまいと決め、手紙にも書かなかった。なにより父にこの写真を見られたらどうしようと、心配でならなかった。

導師の特赦を受けたヌーリー医師が嬉々とした足取りで賓客室へ帰ってきたのは、陽光が燦々と注ぐ快晴に恵まれたあくる日のことだった。ヌーリー医師は何事もなかったかのように冗談を飛ばし、それから二人は長いこと抱きしめ合って過ごした。パーキーゼ姫は安堵のあまり少しばかり泣いてしまった。夫は青ざめ、少しやつれていたものの、独房に閉じこもって誰にも近づかぬよう気をつけながらペストをやり過ごしたという。

日よけ戸を閉め、下着と夜着だけになって寝床に潜り込んで抱き合うと、ヌーリー医師は興奮や恐怖、幸せのないまぜになった感情と疲労のあまりに少しの間、ぶるぶると震えた。その日、パーキーゼ姫とヌーリー医師はベッドから一歩も出ぬまま、はじめて本気でミンゲル島脱出の方法を相談した。検疫措置が撤廃されたいま、検疫医としてのヌーリー医師にできることは残っておらず、なによりもはや誰も皇女夫妻を気にも留めていない。新政府は崩壊寸前で、首相府に残っているのは羊毛僧帽のニーメトゥッラー師とハムドゥッラー導師に忠実な修道場の門徒が五、六人。必死に国家という名の船が沈まぬよう奮闘しているのは、政務のことなど何も知らない彼らだけだ。

次の日、小間使いは姿を現さなかった。部屋の外の籠に置かれていた干し魚二尾と、小さな丸パン一つでは到底、腹はくちくならず、二人は徐々に体力が失われていくのを感じた。それもあって、同じ日の午後に書記官が訪ねてきて、ニーメトゥッラー師がヌーリー医師に会いたがっていると告げられたときは、事態を打開する望みが湧いたように思えて二人は喜んだ。パーキーゼ姫はふたたび手紙に取りかかる気力を取り戻し、忘れぬうちにとヌーリー医師の監獄体験を姉宛てに書き綴ったのだった。

ヌーリー医師は半時間と経たずに戻ってきた。

「ハムドゥッラー導師がペストにかかったらしい。診察に行くことになったよ」

「横痃が出たのですか?」

夫の表情を見て、答えが是であると察したパーキーゼ姫は取りすがるように言った。

「行ってはいけません! もう手遅れです。あなたまでペストにかかってしまいますわ!」

「あの人たちの愚かさのために、これ以上人々が苦しみ、死んでいくのは耐えられない」

「あなたお願いです、後生ですから表へなんて行かないで。愚かで残酷な導師風情、自分が悪化させたペストの魔の手に摑まれて死にあがけばよいのです」

「そんな言い方をしてはいけないよ。あとで後悔することになる。だって、導師はおそらくは君の言うとおりになるんだから。でも、僕は誓いを立てて医師になったのだもの、助けを求められて行かないというわけにはいかないんだ」

「あの人は総督閣下を吊るし首にしました。薬剤師のニキフォロスもです」

「でもサーミー総督も、彼の義弟のラーミズを絞首刑にしたんだよ！」

ヌーリー医師はそう言いおくと賓客室を出て行った。

ハリーフィーイェ教団修道場まで歩いて出向くことにしたヌーリー医師は、護衛を二人連れて出たものの、ハミディイェ大通りに入るとすぐ、警戒の必要などなかったことに気がついた。いまだ改名されないままの街の目抜き通りには、疫禍が最悪とされた時期であっても十人ばかりとは行き会ったはずなのに、検疫令が撤廃されたいまや本当に人っ子ひとり、歩いていなかったのだ。郵便局の前にも憲兵の姿はなく、ギリシア人中等学校の坂の下の方の校門に通じる階段には死体がいくつも野ざらしになっている。あるいは絞首刑が続いているから人出がないのだろうか。ヌーリー医師はハミディイェ橋へ着くと欄干から身を乗り出して街を眺めわたした。スプレンディド、マジェスティック、レヴァントなどの大ホテルは軒並み閉鎖され、通りに車馬の姿はなく、海にも艀一艘浮かんでおらず、海さえガラスのように凪いでいた。ヌーリー医師はパナヨト理髪店が閉店しているのを見て、アルカズ監獄の新しい所長から理髪師一家が三日と置かずに次々と死に、全滅したと聞かされたのを思い出した。ふもとからロバ啼かせ坂を見上げると、重い足取りで坂を上る十人ほどの葬列が見えた。

「王配殿下！」

訛ってはいるが流暢なトルコ語が聞こえ、見れば道端に白髪頭で顔色の悪い、痩せぎすのギリシア正教徒の女が腰かけていた。

「皇帝のお姫さんはあたしたちのことをどうお考えなんでしょう？」

「……姫君は姉姫さまにお手紙を書いていらっしゃいます」

すると女性は達者なトルコ語で応えた。

「ああ、それがいい、それがいいですとも。あたしたちの様子を世界中に伝えてもらわないと」

踵を返すヌーリー医師の背中に女が言った。

「あたしはイスタンブル出身なんですよ！」

もっとも賑やかであるはずの界隈にさえ、夏の終わりや収穫を前に人々が去っていく小さな街のような寂寥とした空気が漂い、街猫たちはヌーリーが歩いてくるのにすぐさま気がついて、家々の玄関や庭の木戸まで出てきてにゃあにゃあと啼き声をあげた。さらに番《つがい》の犬が二頭、ヌーリーのあとについてきたものの、やがて鼻をひくひく動かすと、ゾフィリ菓子店に隣接するお屋敷のこんもりと茂った藪の中へ消えていった。

キョル・メフメト・パシャ・モスクが近づいてくると、ヌーリー医師にはまるで全市民がそこに集まっているように思えた。それは習わしに則って遺体を清めたことを証明する書面を求める人々だった。印章と署名のあるこの書類がなければ、イスラーム教徒には埋葬許可が下りないのだ。しかしモスクの境内や遺体の洗台にできる長蛇の列に並んでペストにかかるのを恐れる者も多く、そうした人々は夜中に巡ってくる死体運搬馬車の回収をあてにして道端に死体を打ち捨てたり、あるいはめいめいが好き勝手な場所に埋葬するようになっていた。

死者の数は増え続け、いまではもっとも保守的で、疫病など恐れもしなかったイスラーム教徒でさえ自主的に検疫規則に倣い、とにもかくにも人だかりを避けて不必要な外出を控えるようになっていた。幾人かの老人はいまでも日に五回の礼拝に足を運んでいたが、金曜日正午の集団礼拝の会衆でさえ半減している。新政府の施策は結局、感染者を二倍半から三倍に増やすだけの結果に終わり、市民たちはハムドゥッラー導師による検疫令撤廃に背を向けつつあった。

ハミディイェ病院の裏庭は四、五メートルおきに並べられた病床で壁際まで埋め尽くされ、その壁の向こうのリファーイー教団修道場の敷地も同様の有様だった。所によってはベッドフレームやマットレスが足りず、シーツやキリム、茣蓙が寝床に敷かれているだけの患者もいた。修道場が軒を連ねる通りには、どこもかしこも同じような光景が広がっていた。とどのつまり、ハムドゥッラー導師に心酔し、彼を信頼した人々こそが、もっとも大きな苦しみを味わい次々と死んでいるわけだ。

ハリーフィーイェ教団修道場の前まで来ると、すぐそこの民家の二階の窓が開き、ひどく額の狭い男性が声をかけてきた。

「先生さん、検疫医の先生さん、お前さんがやったことを見てどんな気分だい？　気は済んだか？」

ヌーリー医師には男が批判しているのが検疫という施策そのものであるのか、それともミンゲル島におけるその不成功であるのか、わからなかった。男はヌーリー医師の背後につき従う護衛に気がつくと、吐き捨てるように言った。

「護衛やら用心棒がいなけりゃ、うちの通りに入ってくることもできないくせに！」

実際は男の言葉とは正反対に、ハリーフィーイェ教団の修道場の門へ着いたヌーリー医師は、二人の若い修道僧に過剰とも思える恭しい物腰で迎えられた。二カ月ほど前に訪ねたときは天国のように穏やかだった修道場は、いまでは地獄の様相を呈していた。もはや修行生活が破綻しているのは明らかで、敷地内の各建物、それこそ僧房や宿坊の前にまで死体が並べられていた。死体運搬馬車でモスクへ運ばれるのを待つ死体だ。ヌーリー医師はあまりの惨状に自責の念に駆られ、ただ前だけを見て歩いたが、それでもなお修道場のあらゆる場所にあふれかえった病床がいやでも目に飛び込んできた。

庭塀の近くに佇むひと棟のこぢんまりとした建物に扉を開けられるままに入ってみると、床に敷かれたマットレスの上に意識朦朧とするハムドゥッラー導師の姿があった。もはや手の施しようがないのは一目瞭然だった。

それでもヌーリー医師は、首筋に浮く硬化した巨大な横痃を切開し、膿を出した。はじめてここを訪れた際にはいかにも暗示的な名演説を披露してくれた導師は、いまはもう目の前にいるのがヌーリーかどうかさえ覚束ぬ様子だ。あのときは修道場じゅうの衆目が導師に集まっていたというのに、ペストに罹患した〝国家元首〟に注意を払う余裕のある者はもはや皆無のようだ。道場内には歩いたり駆けたり、とにかくなにがしかをしている気配こそあったものの、道場の精神的紐帯は失われ、門弟はみな自分の身を守るのに必死なのだろう。

しばらくするとハムドゥッラー導師はようやくヌーリー医師に気づいたようで「王配殿下に我が詩集『夜明け』を献詠たてまつる約束を忘れてはおりませんぞ」と言った。そしてすぐに咳き込み、汗が噴き出るほどの高熱に浮かされて痙攣をはじめた。ヌーリー医師は感染せぬよう身を引いた。しばしの休息ののちふたたび口を開いたハムドゥッラー導師は、『夜明け』の話はどこへやら、死に面した信徒の常で聖典の復活章を唱え、ふたたび意識を失った。

修道場からの帰路には、装甲四輪馬車が用意されていた。車窓から鉛色の雲が垂れ込めるアルカズ城塞の陰鬱とした情景を眺めながら、ヌーリー医師は皇女とこの島から脱出する方法を思案した。首相府へ戻るとヌーリー医師はニーメトゥッラー師にハムドゥッラー導師は助からないと正直な所見を伝えた。自分でもどうしてそうしたのかわからなかった。首相であるニーメトゥッラー師は両の掌を天に向けると、早口で祈りの言葉を唱えた。

あくる日から、パーキーゼ姫とヌーリー医師は部屋から出なかった。適当な口実を見つけて装甲四輪馬車に乗り込み島北へ逃げられさえすれば、しばらくどこかに身を潜めることも、あるいはクレタ島へ密航することもできるかもしれないと、二人は考えていた。

72章

八月二十六日月曜日、ハムドゥッラー導師は長らく頭痛に苦しめられたのち、高熱による痙攣を起こし、そのまま眠りについた。いや、苦痛と疲労のあまり意識を失ったと言った方が正確かもしれない。感染の恐怖をものともせず、涙ながらに枕元に詰めかけた門弟や他の導師たちは、万事を良い方へ捉えようとするいつもの習慣を違えず、ハムドゥッラー導師はただ休んでいるだけだと考えた。たしかに導師は、正午の祈りが近づくとうっすらと目を覚まし、回復したかのようだった。生気と陽気さを取り戻し、周囲の者たちに訓話を垂れ、思い出すまま詩行を諳んじ、恐々と見守る者たちに首筋の横痃——切開され膿を絞り出したのち、うっすらとかさぶたができはじめていた——を示しながら冗談を飛ばした末に「島を封鎖している船はまだそのままかな」と尋ねた。

しかし幾らも経たぬうちに苦痛に悶えながらふたたび意識を失い、そのまま息を引き取った。修道場と長年、友人付き合いをしてきたギリシア人のタソス医師がハムドゥッラー導師の死を確認したのち、手をライゾール液で丹念に消毒しはじめると、部屋に集った者たちはわっと泣き出した。すでに三年前、ハムドゥッラー導師は羊毛僧帽の名代ニーメトゥッラー師を次の修道場長として指名し、門弟たちの同意も得ていた。

パーキーゼ姫とヌーリー医師は、その日の午後に訪ねてきたニコス医師からハムドゥッラー導師の死を聞かされた。いまだ保健大臣の職にあるニコス医師はほかのこともすべて承知している様子だったが、余計なことを漏らすまいとでも思ったのか、大急ぎで部屋を出て行ってしまった。それからすぐ、今度は書記官が賓客室を訪れ、ニーメトゥッラー首相がパーキーゼ姫とヌーリー医師との面会を望み、ついてはこの賓客室を訪問する許可をいただきたいと告げた。

二人はどういうことだとばかりに顔を見合わせたものの、相手は首相なのだから自室よりも執務室で面会するのが筋だと考え、パーキーゼ姫は着替えて髪の毛を隠した。かつてはサーミー総督の執務室であった首相の部屋へ入った二人は、サーミーを死刑にしたニーメトゥッラー師を自分たちがいかに憎んでいたのかを改めて思い出した。

ニーメトゥッラー師の方も二人の怒気を感じ取ったものの敢えて目をつむり、あくまで慇懃な態度で上座を勧めると、言葉を飾らずハムドゥッラー導師の死を告げた。そして、書類上のこととはいえ導師の妻に当たるパーキーゼ姫に哀悼の意を表した。もっとも、ハムドゥッラー導師の訃報はアルカズ市民にも、新聞記者にも、つまりは世界に対して伏せられたままであったので、その言葉にはいつもの大仰な調子はなく、気安いものだった。いまや街も国も人々も、なにもかもが混迷を極めているところに、市民の信頼を集め、善悪を問わぬ全国民の長たる人物が死んだのだ。いまから備えをしておかなければその死が絶望や混乱、無政府状態を倍加させぬとも限らない。

ニーメトゥッラー首相によれば、訃報を明らかにする前にミンゲル島の主だった名士があらかじめ集まり、今後の対策と、この災厄を終息させる方策を協議したのだそうだ。その結果、いくつかの重大な取り決めが交わされ、今後の見通しが定められたため、パーキーゼ姫とヌーリー医師にも意見を仰ぎたいという。

「ミンゲルの〝代表委員〟はギリシア正教徒の長コンスタンディノス司祭、私ニーメトゥッラー、もと治安監督部長で、自宅軟禁中のマズハル氏を中心として、富裕なギリシア正教徒、イスラーム教徒双方の長老数名、ギリシア正教徒一名を含む古参の新聞記者二名、ニコス医師を筆頭とする医師数名、ジョルジ英国領事をはじめとする領事三名によって編成されます」

はじめにそう説明したニーメトゥッラー首相は、早々にもっとも重要な話題を切り出した。

「意見の一致を見たのは、検疫令の撤廃がミンゲル国民に災厄をもたらしたということ、そしてこの疫禍がこれ以上長びけば、私たちがみな死に絶えてしまうだろうということです……。あの軍艦たちは私たちを死ぬまでこの島に閉じ込めておく気です。そうなれば最後、ミンゲル国民などというものは一人残らずいなくなってしまいます。そこで最後の策として私たち代表委員会は、ヌーリー医師にふたたび検疫措置の先頭に立っていただくよう懇請する次第です」

同時に〝親父〟ハムディ曹長が検疫部隊の再編に取りかかる。やはり外出禁止や戒厳令、それに厳罰は必要であったというのだ。そんなことは、誰よりもよくヌーリー医師が承知していたことだというのに。

「いまさら遅すぎます！　そもそもあなたご自身が昨日まで検疫に反対していたではありませんか」

「民族の命運がかかるこの一大事に、私ごときの一身を云々するのは無分別の誹りを免れません。私は自らの誤りを恥じつつ、ここを離れて修道場へ戻ります」

そうしてニーメトゥッラー師は、もとはサーミー総督の使っていた椅子と執務机を指し示した。

「こちらへお座りください！　あなたに首相をお務めいただきたい！　ミンゲル国民の行く末、ペスト対策、すべてをあなたが差配なさるがよい。私が保証いたしますよ、ギリシア正教徒もイスラーム教徒も、医師も商工業者たちも、全島民がそう望んでいるのだと。ちなみに、記録によれば昨日の死者数は四十八人でした」

ヌーリー医師とパーキーゼ姫はニーメトゥッラー師の提案の内容は理解したものの、とても信じられず、また事実か確認する意味もあってあれこれの詳細を問いただした。

ニーメトゥッラー師によれば、家宰や名代のごとき〝総督府でのお務め〟――彼は首相の責務をそう言い表した――からの離任に際して、空位となった地位にはヌーリー医師が就くことになる。そしてハムドゥッラー導師の死によって同じく空位となった国家を代表する象徴的地位には、すでに民衆の間では〝女王〟として知られるパーキーゼ姫に就任してほしいというのが、代表委員会の強く要望するところであるという。

「ミンゲルの名士諸氏は、ふたたび厳格な検疫体制を敷くことと同じくらい、パーキーゼ皇女殿下に真の女王として世界に向けてお立ちいただくことが唯一の打開策であると、強い確信とともに決定した次第です」

ニーメトゥッラー師の見立てでは、パーキーゼ姫の女王即位を公式に布告することで国際世論の関心をいま一度ミンゲルに引き戻し、ヨーロッパ人たちもミンゲル島における政治的混乱の収拾を望むようになるのだという。アブデュルハミト二世も、女王の存在と決意を目の当たりにすれば、戦艦マフムディィェをイスタンブルに呼び戻し、海上封鎖を解く気になるかもしれないというのが、彼らの見立てだった。

パーキーゼ姫とヌーリー医師が最初の驚きから醒めやる頃には、ニーメトゥッラー師からは何を訊いても楽天的な答えしか返ってこなくなった。つまり、ハムドゥッラー導師の死によって事実上の軟禁は終わり、望めば密航船で島外へも出られるということだ。いつのまにか〝女王〟と呼ばれるようになっていたパーキーゼ姫とヌーリー医師はこうして、ハムドゥッラー導師が国家元首に就いてからの二十四日に及ぶ虜囚生活から解放されたのだった。

ニーメトゥッラー師は、なおも女王即位に躊躇するパーキーゼ姫に、それが象徴的な地位でしかないことを強調しようとこう言った。

「もしお望みとあれば、あの賓客室からお移りいただく必要もございませんよ！」

パーキーゼ姫が忘れがたい答えを返したのはこのときである。

「異なことを仰いますのね。わたくしが女王位に就くのは、誰の虜ともされず、そうと望むときはいつであれ表へ出ていけるからこそだというのに」

ここでヌーリー医師も口を開いた。

「私もこの執務室で働けるのなら願ったり叶ったりですね！」

羊毛僧帽のニーメトゥッラー師はサーミー総督の執務室に一切、手を加えていなかったが、二十五日前まで毎日のように足を運んでいたはずの部屋が、ヌーリー医師にはまったく別の場所のように感じられた。

ニーメトゥッラー師は書類箱や封筒を運びこませ、サーミー総督がミンゲル最初の首相に就任した際、熱に浮かされたように作らせた印璽と、金や銀の鎖がついた鍵束をヌーリー医師に渡した上で、大半の官吏が行方をくらませてしまったミンゲル政府が抱えるさまざまな懸案事項の説明に取りかかった。現代の我々の目から見れば、オスマン帝国から引き継いだ官僚機構が置かれた深刻な状況や、アルカズ市への食糧供給網に生じた空白こそが喫緊の課題かつ憂慮すべき問題であるように思われる。ところが、新旧二人の首相がもっとも時間を割いて話し合ったのは、ハムドゥッラー導師の葬儀とハリーフィーイェ教団やそのほかの神秘主義教団の今後の処遇、そして女王の紋章はどうするかだった。

話し合いの中でニーメトゥッラー師は、ふと皆が知りたがっているに違いないとばかりの口調で、一週間前に見た夢の話をはじめたという。表向きは〝唐突に〟自分が首相のごとき栄えある地位に任じられた理由を説明するための夢解釈という体裁を取ってはいたが、ニーメトゥッラー師はそうすることで首相の職を辞したのはあくまで自分の意志であったという印象を強調しておきたかったのだろう。いま島の惨状は酸鼻を極め、行政的失策は火を見るより明らかであったし、もとより検疫令を撤廃すべく政権を執ったニーメトゥッラー師が、このまま権力の座に留まるのは不可能であったろう。なにせ、いまでは全島民が検疫隔離措置を再開する以外に生き残る手段はないと理解するようになっていたのだから。

首相の引継ぎはものの十分程度で済み、ヌーリー医師はニーメトゥッラー師にハリーフィーイェ教団と教団修道場に対して国家から財政的援助を与えることは約束したものの、ハムドゥッラー導師をキョル・メフメト・パシャ・モスクで国葬にしてほしいという要望は断固としてはねつけたのだった。

73章

ヌーリー医師はニーメトゥッラー師が首相府を去ると、すぐさま装甲四輪馬車と護衛馬車を準備するよう命じた。夫妻は賓客室の虜囚となっていた間に街で何が起きていたのか、細切れにしか聞き及んでいなかったため、自らの目で確かめておきたかったのである。

妻の隣に腰かけたヌーリー医師の指示で、御者のゼケリヤーは馬車をフリソポリティッサ広場方面へ向けた。右手には故サーミー総督が建設させた公園が広がり、マツやヤシが木陰を作り、ちょうど岩場がせりあがる園の奥には、敷布やキリムを広げて何かを待つようにして座り込む人々の姿があった。聖アントワーヌ教会へ続く埃っぽい赤銅色の坂道のたもとにも、みな同じ色合いの赤と青の服を着た家族連れや男たちが座り込んでいた。砂塵の舞うマツ並木の陰に腰かける彼らもまた、何かを待っているようだった。アルカズ市へ下りてきたばかりの村人たちなのだと、しばらくしてヌーリー医師は思い当たった。

彼らはそれまで山羊の群れを連れて島北の山あいに入って生き延びようとしていた村民たちで、検疫措置が撤廃され農村部と都市の行き来が許可されたと聞いて街へ下りてきたのである。疫禍がはじまると村々でも数々の無法が横行したため、それから逃れてきた者もいれば、職を失ったり、空腹に耐えかねたりしてアルカズへ下りてきた者もいたし、クルミや白チーズ、干しイチジクや松脂などを高値で売ろうとやって来た者もいた。さきほどルヴァン公園で見かけた人々も含め、農村部の人々が街へ入ってくるようになった直接のきっかけは、サーミー・パシャが首相在任中に行った首都への招致の呼びかけだった。ニーメトゥッラー師もその方針を引き継ぎ、欠員が目立つようになった公職者の穴を埋め、旧市街商店街で徒弟に逃げられた親方に人手にあてがうため、村人の募集を続けていた。この手の仕事にありついた者やその家族たちは、市内に暮らす知己を頼れば大抵は、キリスト教徒地区の空き家に住処を見つけることができた。いま道端に屯している彼らは、これから隠れるなり潜むなりする場所が見つかるのを待っている人々なのだろうと、ヌーリー医師とパーキーゼ姫は納得した。

閉ざされた扉、傾き崩れかけた家壁、青々と茂る木々、黄色に染まる平地や、桃色や紫色の花々——次々と視界に現れては消えていくそれらは皇女にとってどれもみな美しく、喜びにあふれていて目が離せなかった。パーキーゼ姫は、いま目にしている一本だけ崩れている煙突のことや、とある家の庭で母親から逃げ回っていた子供のこと、あるいはスカーフの縁でそっと涙を拭っていた女性のことを、必ず姉に書き送ろうと思ったものだ。一人きりで決然と歩く黒服にシャッポ姿の男や、道の隅っこで気だるそうに微睡むトラネコとクロネコ、狭苦しい通りで胡坐をかいて座る顎鬚たっぷりの祖父とその孫（夫に言われなければ皇女にはそれが物乞いだとわからなかったろう）、ハンモックでうたた寝する老人たち——そうした光景が車窓を通り過ぎるうちにも、格子の外れてしまった家々の出窓には四輪馬車に好奇の眼差しを注ぐ人々の顔が覗くのだった。

ゆっくりと進んでいく四輪馬車の車窓を、ひと気のない空き地や焼け落ちた家屋、そして鮮やかな緑で名高いミンゲルの庭々がよぎっていく。酔っぱらいのようにふらふらと出歩いている者がいるかと思えば、女たちは大声のギリシア語で話し合い、そうかと思うと落とし物を探しながら口論をする夫婦に出くわす。聖ヨルギ教会の裏口からマスクをした三人の男が飛び出してきたが、二人には何者なのか見当もつかなかった。ある家に差しかかると、猫背の男が怒りに任せて扉を叩いており、上階の窓からは住民が負けじと怒鳴り返していた。やがて馬車はコフニア地区とホラ地区の丘陵地帯のふもとの通りへ入った。家々の開け放たれた窓の向こうには、そこで暮らす家族や部屋の隅の寝台で昼寝する男性、あるいはさまざまな調度品や机、ランプ、花瓶や鏡の一つひとつがくっきりと見えるようになり、パーキーゼ姫は馬車がずっとこうした裏通りを走ってくれればよいのにと願ったものだ。

ギリシア人中等学校と旧市街橋の間の空き地では、青空市場が開かれていた。市内への立ち入りが自由になってからのこの三週間ほどの間に立つようになった小さな市だ。窓から興味津々といった様子で市場を覗き込む妻に気がついたヌーリー医師は、ゼケリヤーに馬車を停めるよう言った。護衛たちの馬車が追いつくのを待って、夫妻は心弾ませながら市場見物へ繰り出した。店を出しているのは十一人、年代はばらばらであったが、一様に農民らしい格好で、そのうちの二組は父子だった。みな売り台がわりに籠や箱をひっくり返し、白チーズやクルミ、干しイチジクやオリーヴ油の入った盥《たらい》を並べ、籠にはイチゴやスモモ、サクランボを盛り、中には錆びついたランタンや花瓶、磁器製の犬の置物を売る者もいる。壊れた置時計や柄の長いやっとこ、大小の漏斗、それに瓶詰にした桃色や橙色に色づいた乾果を商っていた。みな微笑みを浮かべて女王一行を迎えたが、売り手たちは用心深く互いに近づきすぎぬよう気を配っている様子だった。

アルカズ川に沿って馬車が進んでいくと、川沿いの家々の窓から釣り竿を垂らして魚釣りに興じる住民たちが見えた。疫禍がはじまるとミンゲル島の人々は、あの孤児団の功もあって淡水魚が食用になることを学んだのであった。旧市街橋が近づくと馬車は左折し、低い塀に囲われた庭々の間へと分け入った。すると前触れもなく茂みの中から裸足の子供が現れて、猿のように馬車の泥除けを蹴って女王の窓にしがみついた。中を覗き込んできた子供に、いまや女王となったパーキーゼ姫は小さく悲鳴を上げた。その子供は護衛たちが追いつく前に、一瞬の隙をついて蝶のように姿を消してしまった。この地区の住民たちは、総督の装甲四輪馬車のことをいまでも覚えているわけだ。狭隘な街路を縫うように進んでいくと、窓からはバラやボダイジュの芳香が漂い、必ず誰かの泣き声が聞こえてきた。

しかし、ヨーロッパ的かつオスマン的と評しうるアルカズの目抜き通りハミディイェ大通りには、やはり人影は見当たらなかった。ヌーリー医師は橋の上で馬車を停めさせ、パーキーゼ姫にこの街でもっとも美しいとされる景色を見せようと車外へ連れ出した。この翌日、礼砲とともに女王即位が伝えられることとなるパーキーゼ姫は、さらにこの四十年後のペスト終息記念日に『アクロポリス』紙が行ったインタビューに対して、馬車を降りて夫と一緒に景色を眺めたことを回想している。記事を担当したのはバザール・ドゥ・リールの商店主キリアコスの息子で、彼はこのとき二日に一回デンデラ地区の家から母の手料理を満載した籠を持ってロバ啼かせ坂の祖父の家——頑なに家の外に出るのを拒否していたのだ——の窓辺に届ける日々を送っていたという。

キョル・メフメト・パシャ・モスク周辺の細道に差しかかるとようやく人出が増えはじめた。この界隈ではじめのひと月のうちに三軒に一軒は感染者が出ていたはずだというのに、いったいいまはどうなっているのだろうと、ヌーリー医師は危ぶんでいた。

「モスクの中庭にいるのは、遺体を教義のとおりに洗い清めようと順番を待っている人たちだよ」

パーキーゼ姫にはそう説明したものの、疫病をまき散らす原因となっているこの習慣にヌーリー医師は強い懸念を抱いた。

陸軍中等学校と旧タシュ埠頭の間の貧しいイスラーム教徒地区に入ると、馬車には好奇心たっぷりの眼差しが浴びせられた。久しく総督の装甲四輪馬車が姿を現さなかったからだ。中には軽口をたたいたり怒声をあげたりする者もいたが、この地区の気性の荒いクレタ難民たちは後ろから護衛の乗る別の馬車が来ていることも承知しているようだった。ヴァヴラ、タシュチュラル両地区および波止場近辺では、おそらく感染者が出ていない家屋はもはやなく、日に十五人ほどの死者が続いているにもかかわらず、二、三人で連れ立って歩く夫婦などの姿が絶えないことにパーキーゼ姫とヌーリー医師は驚きを禁じ得なかった。

ヴァヴラ地区を行く馬車の中でヌーリー医師は、アルカズ城塞監獄で八日間、妻と賓客室で十六日間、虜となっている間に、愛着を覚えつつあったアルカズの街の大部分が、まったく別の場所に変じてしまったのだと、いまさらながらに思い知らされた。一つひとつ指で示すことができるような変化も少なくない。検疫措置の廃止によって人通りは増え、みな窓辺から顔を覗かせるようにはなった反面、子供の姿は見えなくなり、なにより人々はおぞましい感情にとりつかれているようだった。

暗澹たる不幸のみならず、それと背中合わせの無言の失望が街を覆いつくしていた。すでに遅きに失した感があったとはいえ、検疫発令当初に街のイスラーム教徒や富裕なギリシア正教徒の胸にあったのは怒りや驕り、ときに無関心だった。当時、故サーミー総督がぼやいたように、このあたりのイスラーム教徒地区の住民たちは疫病の蔓延を〝帝国と総督の無能がゆえ〟と決めつけ、憤懣をため込んでいた。だからこそいざ検疫措置がはじまると、ペストはもちろんのこと、憎むべき〝独裁的で愚かな総督〟からも逃れようと試みたわけだ。そして当局に対するその怒りが、人々に密航や生き残るためのさまざまな工夫を思いつかせ、希望を与えもした。ところがいまや無慈悲なペストが勝利し、そのわずかな希望さえも平らげられてしまったかのように、ヌーリー医師には感じられた。人間関係は希薄になり、友情や好奇心は薄れ、新たな噂話を聞いてももはや怒りさえ湧かず、ただ恐怖と傷心、怯えしか残されていない。もはや隣人が死んでいても気にかける者さえいないようだった。

カーディリー教団の修道場の裏手を通ると、庭に真っ白な洗濯物が干され、隅に上半身が裸の男が横たわっていた。彼が病人かどうかはわからなかった。木陰には腰かけたり、祈ったりしている修道僧の姿も見えた。そして、別の男が寝間着姿でやはり庭の隅に寝かされていた。彼はまるで夢を見ているような眼差しを天に向けていて、周りを涙に暮れる男たちに囲まれているのを見て、二人ははじめて彼が死んでいるのだと思い当たった。

いまにも崩れそうな木造家屋の続く小径や、ぼろぼろの瓦、煙突、窓、そして涙に暮れる女たち——同じく深刻な感染状況にあるチテ地区の貧しい裏通りの様子はパーキーゼ姫の心を揺さぶった。バユルラル地区の急峻な坂を上っていくと、四方を厳重に封印され兵士たちが護衛を務める馬車と行き会い、四輪馬車は一度、引き返して道を譲った。御者のゼケリヤーから「あれはパンの配給馬車なのです」と教えられなければ、二人はそれがどんな車両か知る由もなかっただろう。先述のとおり、ハムドゥッラー導師期の最大の成功がこのパン配給馬車であり、あれほど無為無策の体制であったにもかかわらず人々が反乱を起こそうとしなかった最大の要因でもある。この馬車はいまでも毎日、駐屯地のパン焼き竈で焼かれた六千個の丸パンを、護衛の兵士を伴いつつ各地区に配布し続けていた。

ギュレレンレル地区に入った一行は、病院に転用されたベクタシー教団修道場の惨状を目の当たりにした。キャーミル司令官期には、長老たちこそ修道場を離れたものの、道場に残って有志で病人の世話をし、道場を維持しようとする若い修道僧たちも残っていたが、ハムドゥッラー導師期に入ると修道場同士の諍いの犠牲となり、あれこれ口実をつけては道場内の調度品を押収され、援助も絶え、食料も医師も足りなくなってしまったのだ。

ツタの這う外塀が尽きて、緑生い茂る広々とした修道場の中庭が見えるようになると、パーキーゼ姫はその光景に魅了された。緑の野のそこかしこにさまざまな色の服を着た修道僧たちが三々五々に座る姿が小さく見えるその有様が、チュラアーン宮殿にいた時分に見た古いインドの装飾写本に描かれていた大庭園にそっくりだったからだ。白い服の集団がもっとも人数が多い若い門弟たちで、年嵩の修道僧たちは紫や茶の服を着ていた。——では、赤い服の方々はどなたなのかしら？そんなことを考えるうちに、庭のずっと奥の方に運び出された患者たちの寝台や、さらにその向こうの家並みまでもが、不可思議な古い細密画の一部のように思えてくるのだった。

しかし馬車は速度を緩めず、ミンゲルの女王と首相が修道場の中庭の様子を把握する前にバユルラル地区の庭園の続く通りへ入った。紫色や桃色に色づく野花や、打ちひしがれた様子で立ち尽くす一群の住民たち、蝶番を外して庭木に立てかけられた黄色や貝殻色の扉——しかし二人がそれらをしかと見分ける前に、やはり馬車は走り過ぎてしまった。

馬車はそのままザーイムレル教団の修道場前を過ぎて、車輪をがたがたとかしがせながら、石切り場から流れ下った水溜まりや石だらけの道をゆっくりと上っていった。二人はカラスたちが群れをなして止まる紫色の手すりに目を見張り、木々に生るサクランボの赤に目を楽しませたが、そのまま上トゥルンチラル地区の眠気を催すような閑静な通りを進んでいくと、ふいに前方に死体運搬馬車が現れた。

死体運搬馬車はキャーミル司令官期の終盤に導入され、ハムドゥッラー導師期にも運用が続けられた。とはいえ、昼日中《ひるひなか》に死体を集めて回るのは民心を害するとされ、巡回するのはもっぱら夜間だった。キャーミル司令官の時代には一台きりだった馬車は、駐屯地の木工所の援助を得て四台まで増えたものの、死者は日ごとに増え、御者や死体を積み込む三名の官吏も次々と罹患して死に、頻繁に交代するので、四台あってもとても追いつかなかった。家から患者が出たのを隠したり、怠慢や当局者への敵意、悪意の類から運搬馬車に載せられなかったりした死体もかなりの数にのぼる。上トゥルンチラル地区へ続く坂道をさらに上っていくと、遠くの木立と家並みの向こうから火の手が上がっているのが見えた。汗まみれで荒い息をつく馬車馬がようやく坂を上りきった先では鶏小屋と物置が燃えていて、少し離れた敷地の隅では裾長の白い上着を着た二人のイスラーム教徒とフロックコートにトルコ帽姿の男が、徐々に火勢を増す火事には見向きもせずに言い争っていた。車中の二人もことの異様さに目を見張り、パーキーゼ姫は夫に「ゼケリヤーに言って彼らに声をかけてもらってはいかがかしら？」と頼んだほどだ。しかし、男たちは四輪馬車には気づかない様子で、よしんば視界に入っていたとしても関心がないのがありありと感じられて、感受性豊かな皇女は夢の中にでもいるような、あるいは何もかもから打ち捨てられてしまったかのような不思議な心地を覚えたのだった。

やがて馬車はアルパラ地区の曲がりくねった隘路へ入り、キャーミル上級大尉の母親サティーイェ婦人が、国が派遣した小間使いと暮らす家——現在では博物館になっている——の前を通って、ようやくロバ啼かせ坂を上りきった。坂の上から見晴らす絶景を車窓の向こうに見たパーキーゼ姫には、さきほど感じた打ち捨てられたかのような孤独な感興が、アルカズの街やアルカズ城塞、そして東地中海そのものからも立ち上り、迫ってくるように思えてならなかった。街もペストも皇女を怯えさせるに十分で、彼女は一刻も早く書き物机へ戻ってハティージェ姫に手紙を書きたいと思った。夫妻はそれから間もなく総督府、つまりは首相府へ戻り、翌日に即位式を控えたその晩も、パーキーゼ姫はハティージェ姫への手紙を書いて過ごしたのだった。

74章

テオドロプロス病院で丹念に石灰消毒を受けたハムドゥッラー導師の亡骸は明け方、修道場の中庭にある墓地に大急ぎで埋葬された。夜中のうちに密やかに掘られた墓穴は、代々の道場長たちが埋葬された区画ではなく、名もなき貧者たちが葬られた一角の、大きなボダイジュが木陰を作るひと隅だった。マズハル部長がハムドゥッラー導師の遺体の石灰消毒の様子を写真に記録させたのは、ハムドゥッラー導師とて検疫隔離措置の例外たり得なかったことを証明し、機会があればハリーフィーイェ教団の鼻を明かしてやろうと考えてのことだった。ハムドゥッラー導師期が終わりを告げるや、前にもまして精力的に職務遂行に当たりはじめたマズハル部長の指示で撮られた一連の白黒写真は、街の上に垂れこめる厚い雲と、ようやく差しはじめた曙光の色彩に照らされた東地中海の玄妙な美とともに、死への恐怖とペストで病死する孤独をも写しとっている。

写真に写るニコス医師と検疫部隊員二名がマスクをかけている点も興味深い。これは前日の昼下がりに行った視察の折、ヌーリー首相がふと思い至って大急ぎで決定した新施策だった。ヌーリー医師は、ペストが肺炎を併発したことでネズミとは関係なく、病原菌が付着した空気中の浮遊物を介しても伝染しはじめているのではないかと思いついたのである。検疫令の撤廃のみならず、ペスト菌の伝染様態と速度が変化したのかもしれないと半ば確信したヌーリー医師に、二十五日ぶりの再会を果たした元検疫局長ニコス医師も同意した。となると、いまや疫病は前にもまして容易に広まりかねず、それを制御するのはほぼ不可能だ。

新しい首相としてヌーリー医師は、新たな検疫体制をどのように構築し、しかも人々に遵守させればよいのかをニコス医師と話し合うことにしたが、それに先んじてパーキーゼ姫の即位式が人々を、ほんの短い間とはいえ勇気づけてくれるだろうと期待した。

砲兵隊指揮官のサドリ軍曹が二十五発の礼砲を撃ちはじめるよう部下たちに命じたのはこの一時間後のことで、立て続けに、そして島全体を揺るがせるように放たれはじめた空砲と併せて、パーキーゼ姫がミンゲル女王として即位し、ミンゲル国の三人目の国家元首となる旨が宣言された。重々しい砲声が響きわたるなか、この知らせはこっそり営業を続けていた繁華街の商店や小さな村人市、あるいは漁師たち、そして民家を駆け巡り、ハリーフィーイェ教団員やハムドゥッラー導師の信奉者を除くほぼすべての市民が歓迎した。

ハリーフィーイェ教団修道場ではハムドゥッラー導師の死を受け入れられず、また石灰消毒によって亡骸を汚されたと考える門徒たちがふたたび蜂起を企てたが、それを諫めたのはほかならぬニーメトゥッラー師だった。前首相である彼はいまだ新たな導師に就任していなかったものの、すでに若い門徒たちの手綱を握っていたのである。史家の中には、導師の亡骸が石灰消毒のうえ埋葬されたことが、門弟たちや友好関係にあるほかの教団の関係者たちにとっていかに受け入れがたい事態であったかを長々しく説明する者もいる。彼らによればハリーフィーイェ教団の門弟たちは、いまだオスマン帝国やトルコ人を支持する人々にけしかけられるまま反乱を起こそうとしているというが――彼らはアブデュルハミト二世が戦艦を遣わしてアルカズを砲撃すればよいと主張していた――これは過解釈と言わざるを得ない。より正確かつ、少しは心慰められる歴史的事実を述べるのであれば、つまるところ状況はそこまで切迫したものではなかったということである。

八月二十七日火曜日、この日のペストによる死者は五十三名だった。丘の上の駐屯地からパーキーゼ姫の即位を知らせる礼砲が撃ち鳴らされる間、ヌーリー医師は執務室を出て同じ階の賓客室へ戻ると妻の頬にそっと口づけをした。女王は夫に言った。

「わたくし幸運ですわね。わたくしが女王になったって、お父さまのお耳にも届くかしら?」

「もちろん、いずれは世界中に知れ渡るだろうね!」

そうは言ったものの、パーキーゼ姫もヌーリー医師も前任者たち、とくにキャーミル司令官とは異なり自らが手に入れた地位にも、それに付随する称号やら名声やらにもさして興味がなかった。

「実効力を発揮できる検疫委員会を組織するためには何をすべきでしょう?」

ヌーリー医師にそう尋ねられたニコス医師は怒りの籠った非難がましい口調で答えた。

「ふたたび秩序を取り戻すのは困難を極めるでしょう。ハムドゥッラー導師がペストで死んでくれなかったなら、いまも検疫令を復活させよう、禁則事項を定めて隔離措置を再開させようとは誰も言い出せなかったに違いありません。かててくわえて大臣と称してニーメトゥッラー師の周りに群がっていた連中は、国家の従僕たる分など弁えようもない商店主たちでした。連中が身の危険を感じて姿をくらまさなかったなら、ニーメトゥッラー師も道場に帰ろうなどと思わなかったはずです」

ヌーリー医師とニコス医師は大会議室のテーブルの隅に並んで腰かけると、新たな閣僚を一人ひとり決めていった。

「私たちはもはやオスマン帝国の州に属する一検疫委員会ではございません！　当然のことですが、主権国家において情報収集と国防は最重要課題であります。ですから、検疫委員会にもマズハル氏のような人物が不可欠です」

そう主張したニコス医師にヌーリー医師は言った。

「では、検疫委員会の長はいま一度、御身にお願いするとして、マズハル氏にも閣僚として治安維持活動に当たってもらいましょう」

ヌーリー医師は書記官たちにマズハルを執務室に呼び出すよう命じた。キャーミルの大統領補佐官を務めたマズハル治安監督部長は、サーミー首相の敷く検疫措置に反発する大小を問わない修道場や、ペスト除けの祈禱文を与える〝先生〟たちに対する情報収集の要を担ってきた。当時、いずれの修道場を病院へ転用するかや、どの導師を脅しつけて従わせるかの決定権はキャーミル大統領とサーミー首相にあったが、そもそも彼らが教団や修道場内部の動向を知り得たのはすべて、密偵網を駆使して情報を集め、それを感嘆すべき細心さによってファイルにまとめた上げたマズハル部長のおかげである。そのため、修道場を追われ、あるいは指導者である導師を島流しにされて面目を失い、ときに生活のたつきさえ奪われた修道僧たちは、サーミー総督と同じくらいマズハル部長を憎んでいた。自分たちに否定的な情報を上司に報告したのがマズハル部長だと承知していたからだ。こうした経緯があったためサーミー首相に死刑判決が下されたのと同じ裁判では、マズハル部長にも同様の判決が下されるだろうと予想された。ところが、マズハルの量刑は土壇場で終身刑に変更された。温情的な裁きが下されたのは、ひとえにマズハル部長の知略の賜物である。彼はあらかじめ自分がミンゲル生まれであることを示す偽造書類を準備しておいたのである。イスタンブルとの関係を断ち、ミンゲルの自由独立に加担したオスマン帝国の高級官僚のうち――サーミー首相を筆頭に三名だ――自らの出自にまで思惟を及ばせ得たのはマズハル部長ただ一人だった。彼の妻がミンゲル人であった点も、判決に有利に働いたことだろう。

さらに言えば、キャーミル司令官薨去ののち政権の座に就いたハムドゥッラー導師と羊毛帽の名代ニーメトゥッラー師の目的の一つが、島のギリシア民族主義者たちを弾圧することだったのも、温情判決の一因に数えられる。なにせサーミー総督の下では治安監督部長を、つづくキャーミル大統領期には大統領補佐官を務めた彼ほどに、ギリシア民族主義を標榜する叛徒たちについて通暁する者はいなかったから、その豊富な経験を利用しようと考えたのだろう。こうしてマズハル氏は終身刑の身でありながらアルカズ城塞監獄から連れ出され、ミンゲル出身の妻子とともに暮らす自宅で刑に服することとなった。こうなると報告を持ってくる密偵たちも彼の自宅に出入りするようになった。ニーメトゥッラー師たちが密航船で島に入り込んだギリシア系武装集団の存在を知り、彼らに資金を提供したのがギリシア王国領事や小間物屋のフェドノス、宝石商のマクシモスであることを突き止められたのも、すべてマズハルのおかげであった。こうした貢献の甲斐あって、旧総督府（首相府）に置かれていたマズハルのファイル類も、彼の自宅に移されることになった。長年にわたって精到に収集された新聞の切り抜きや、一通一通異なったやり方で綴じられた密偵たちからの報告書――マズハルはいつも、口頭での報告よりも書面でのそれにより高額の報酬を与えた――そして何百通にも及ぶ電文などからなるファイルの山である。ゾフィリ菓子店の少し先にあるその自宅がミンゲル国における情報活動の一大拠点となり得たのも、オスマン帝国期はもとより、それ以後の時期も含めて分離独立を標榜したミンゲル民族主義者、オスマン主義者、トルコ民族主義者、ギリシア民族主義者おのおのについての情報を彼なりの興味深い方法でまとめ上げたこのファイルがあったればこそである。後年、マズハルの石造りの家はＭİＫ（ミンゲル情報局）へ改組されたのち、最終的には博物館となることだろう。

マズハルにはどのような新政府であろうとも、これまでの当局者たちと変わらず自分の知識や手管、密偵網を必要とするだろうという確信があった。ハムドゥッラー導師が身罷《みまか》ろうとしていたころから、島を救うための献策を手紙にしたためては領事や検疫医たちに送りはじめたのも、それを見越してのことだった。だから、いざ導師の死を知った彼は、現政権下で統治に携わっていた者たちが逃散し、検疫措置の復活を期する人々が取ってかわるだろうことを、まだ女王即位の礼砲を聞く前から正確に見抜いた彼は、自宅でぐずぐずせずに大急ぎで首相府へ向かった。現状を自らの目で確かめ、あわよくばそこに〝参与〟しようと考えてのことだ。もっとも、マズハルが首相府に馳せ参じたのは、彼がこよなく愛する資料室に忍び込む機会を窺っていたからだと主張する者もいれば、もとより首相の座を狙っていたからだと考える者もいる。いずれが正しいかはともかくとして、いざ首相府の正面玄関でニコス医師と出会った彼は「島の惨状」や「無能な馬鹿ども」を腐し、疫病を終息させるためであれば「いかなる犠牲」も厭わずに「任務を拝命する」用意があると述べている。

ヌーリー医師はといえば、サーミー総督の懐刀であった彼と再会して、改めてこの最悪の数週間を思い起こしつつ、まずは仲間意識を育む目論見もあってこう尋ねたのだった。

「私たちは同じ時期に城塞監獄に入れられていたようですね？」

「いえ、私はサーミー総督閣下の処刑の五日後には、自宅へ送致されておりました。ですが、私はハムドゥッラー派などではなく、あなたと検疫医の方々のためにこそ奉仕したいと願っております。ミンゲル国民を救う手はもう検疫隔離措置以外にございませんから」

「そうお考えなら、検疫委員会に――いやいまは閣僚評議会と言うのですが――加わってください！」

「ですが、私はいまだに囚人なのです。自宅から出ることさえ禁じられているのですよ！」

マズハルはあくまで謙虚な微笑みを浮かべてそう答えた。もちろん、そうすることで自分が人好きのする憐れな犠牲者に見えるだろうことをよく承知していたからだ。

「女王陛下は大規模な大赦を発表なさるおつもりです。そうだ、あなたのお考えも伺いたい。検疫措置の復旧と疫病終息のため、なによりもミンゲル国民のため、釈放すべき方はどなたでしょうか？　それと、釈放者のリストにご自分の名前を付け加えるのもお忘れなく！」

さて、ここで新たな大臣たちの名を列挙し、併せて再発令された検疫規則の数々を詳述するのもよいが、まずは外出禁止令というこれまでのあらゆる検疫措置に勝る強力な施策について述べておこう。ニコス医師もヌーリー医師も、疫病終息に向け残された手段は外出禁止令以外にないと理解してはいたものの、その実現は困難を極めるだろうと考え、口に出すのは控えていた。そのため、いざ新たに就任したマズハル公安大臣から外出禁止措置を発令してはどうかと提言を受けたヌーリー医師はこう答えた。

「いま検疫令を発して、どこそこの通りを隔離地区に指定する、あそこの家を隔離封鎖する云々という細々とした発表を行ったところで、もう誰も従いますまい。国家と兵士に対する敬意も信頼も失墜して久しく、島民たちは疫病が終わる希望などとうに捨て、ただ自力で生き延びようと必死なのですから」

「閣下は悲観論者《ペスィミスト》に過ぎますな！　それでは国民は外出禁止令にも耳を貸さないということになりますぞ」

そう反論したニコス医師に、マズハル大臣が言った。

「外出禁止令に従う可能性もあります。従わないとなればミンゲル国は滅び、残るのは混沌だけです！」

「あるいはオスマン帝国が戻ってくるか、ギリシア王国に占領されるかですな」

そう後を引き受けたニコス医師にヌーリー医師は答えた。

「いや、政府が崩壊したとなれば、必ずや進出してくるのはイギリスでしょう」

するとマズハル大臣がこう畳みかけた。

「国家なくして国民もまたなしです。このままではミンゲル島はふたたび植民地という名の大国の奴隷になってしまうでしょう。駐屯地のアラブ兵に小銃を持たせて巡回させ、外出禁止に違反した者を射殺させるくらいしか方法はありません。外出禁止令が機能しなければ、私たちはみなおしまいなのです。以上が、私が投獄中に練っていた案です」

これにはニコス医師が反発した。

「あなたが忠誠を誓っていた故サーミー総督が絞首刑に処せられたのはほかでもない、巡礼船事件において検疫の名のもと兵士たちに民草を撃たせたからではありませんか！　私たちが同じ末路を辿らぬとも限りませんぞ」

「ではどうせよと仰るのです？　家々を一軒ずつ訪ねまわって患者を探し出すような時間も、人員もなく、今回は志願者さえ望めないのですよ。死者も、隠れ潜んで暮らす者も以前より多いのです。とても手が回りません……。みなが艱難辛苦に耐えているそのときに〝二人で並んで歩いてはなりません〟程度の禁則を発表したところで耳を貸す者がいるでしょうか？」

かくして新政府の閣僚たちは、ひとまずは外出禁止令の発令には同意しつつも、アラブ人部隊の準備には時間がかかるため、発令を急ぐことはないという結論に達したのだった。

ミンゲル国民とその国家の命運の舵取りを任された彼らがこのとき抱いていたであろう絶望がいかばかりであったか、現代の歴史家では推し量りようがないし、民族主義的な傾向のあるミンゲルの史家であれば、そのような怯懦《きょうだ》について聞かされるのさえ嫌がることだろう。しかし私に言わせれば、その絶望感と、国民にさえ発砲しようという覚悟がなければ、そもそも二十五日ぶりにふたたび検疫令を再発令したところで、国民は納得しなかったのではないだろうか。ともあれ、検疫令の発令とそれに付随する検疫規則および外出禁止令が布告書とともに、布告官や馬車によって国民に周知されるまでには、さらに二日を要した。そしてそれは、当然ながら怠慢による遅れではなく、細心の注意を払った結果であった。

その二日の間に、島で二紙発行されているトルコ語新聞のうち半ば官報の地位を占めつつあった『アルカズ事報』が、女王の命によって大赦が行われた旨を報じた。泥棒や婦女暴行犯、殺人犯と共に、ハムドゥッラー導師期にアルカズ城塞監獄に放り込まれたギリシア民族主義者やオスマン帝国の密偵、検疫部隊員、反体制的と見なされた者や、密航の途中で捕まった者、はては客船の乗船切符を過剰に販売した業者やただ過激な行動に出た者、乱暴者等々――そうした者たちがお祭りじみた歓喜の中で解き放たれた。恩赦によって監房内で猛威を振るったペストもまた、放免者ともども家々と家族の間に持ち帰られることとなった。このパーキーゼ女王による大赦にはその功罪を論じがたいところがある。たとえばある検疫部隊員は、このままじめじめした独房で朽ち果てるのだと覚悟を決めていたところ降って湧いたように恩赦を与えられ、喜びに涙しながらタトルス地区の自宅へ戻ったが、父母も二人の子供もすでになく、妻は残った一人息子とどこかへ逃げてしまったことを知った。しかも、それを教えてくれたのは自宅に勝手に入り込んで暮らしていた連中だった。

占拠者たちは北東部沿岸のケフェリの街からやって来た男たちで、帰宅した隊員に脅しつけるような口調で「いまはもう俺たちがここで暮らしているんだ」、「皆がみな避難場所を血眼になって探してるってのに、こんな広い家に一人で住むなんて不公平だ」、「さっさと可哀そうなかみさんと餓鬼でも探しに行った方が身のためだ」と放言した。

いまやこの手の不法行為は常態化しており、もし家屋を不法に占拠されたのが検疫部隊員ではなく、またマズハル公安大臣という政府要人への伝手を持っていない者であったなら、涙を呑むしかなかったであろうし、そうなれば妻子を探しにいくべきか、家に居座るろくでなしどもに目にもの見せてやるべきか苦悩する羽目になっただろう。ペストの夜に人々の眠りを苛むのは、頭痛や横痃の疼き、あるいは死への恐怖だけではない。それらが絡みあった、果てしない鬼胎に心蝕まれることこそが恐ろしいのだ。いずれにせよ、マズハル公安大臣はこの隊員の意趣返しにと護衛たちをタトルス地区の家に踏み込ませ、居候たちを家族ごと城塞監獄の隔離区画へ放り込んだのだった。隔離区画の中庭は新たな収容者に備えて清掃ののち消毒を施されてはいたものの、それでもなお一度収容されたなら死ぬまで忘れられない場所であるのに変わりはなかった。

アラブ人兵士だけではとても人手が足りないため、マズハル公安大臣はヌーリー首相の同意を取りつけて、元検疫部隊員たちの再動員に踏み切った。隊員の中にはハムドゥッラー導師期に、不当な暴力を振るったり非感染者を隔離区画へ送致して死に至らしめたり、あるいは隔離送りをちらつかせて賄賂を授受した廉で服役中の者も少なくなかったが、ハムドゥッラー導師たちも全隊員を問答無用で有罪にしたわけではなく、投獄されたのはあくまで有罪判決を言い渡された者に限られていた。そして島において慕わぬ者のないあの〝親父〟ハムディ曹長は、そうした無罪判決を受けて放免された一人だった。彼はアルカズ市から歩いて二時間ほどのイトスギと岩々に囲まれた故郷の村に帰り、父親が残した家で暮らしていた。はじめ彼はアルカズへ戻って検疫部隊の指揮を執るのを渋った。隊員たちが不必要に厳しい態度を取り、あるいは不適切な振舞いに及び、結局は民衆の支持を失うに違いないと考えたからだ。そこでマズハル大臣は、検疫部隊の名をそのまま引き継ぎつつ、まったく新しい部隊を編成することを提案し、併せてパーキーゼ女王勲章の授与も約束して、言葉巧みにハムディを口説き落としてみせた。

キャーミル司令官が率いた最初の検疫部隊と、ハムディ曹長が指揮を執った二番目のそれは、目的にも取り締まりの方法にも、大きな隔たりがある反面、オスマン帝国期にイスタンブルから帰島したミンゲル人キャーミル上級大尉が、ミンゲル国を建国した際の勝利の軍隊であるという点には変わりがなかった。それを承知していたマズハル大臣は、検疫部隊のため駐屯地の中心部に位置する広い施設を新たに本部として提供した。百十六年後の現在、ミンゲル国統合幕僚本部となっているあの建物である。

公式に検疫令が発令されると、アルカズ市民たちは街の各所のみすぼらしい村人市や、いまだに短時間の営業を続けていた商店に群がった。たとえ高値であっても、外出禁止がはじまる前に食料品を買って家に持ち帰るためだ。これまで外出を控えるため買いだめしておいた食料さえ、長引く疫病で底を突きはじめていたのである。

検疫発令の翌日から、すでに周知されていたとおりにいかなる例外も認めない全面外出禁止措置がはじまった。ダマスカスから送り込まれたアラブ兵たちと検疫部隊員約四十名はその日の朝、まだ日も昇らぬうちからアルカズの街路の巡回を開始した。

キャーミル司令官は、オスマン帝国の陸軍本部からミンゲル駐屯地に派遣されていたトルコ語で意志疎通の可能な将校たちに帝都へ帰るのを許可したものの、アラブ人部隊の兵卒に関しては外交的な手札の一枚として島に留め置き、しかしミンゲル島内での政争に関わらせることはしなかった。これに対して、ハムドゥッラー導師は、権力を握った二十四日間の間に——先述のとおりであるが——合計四回、駐屯地を訪問している。その折、彼が聖典を詠みアラビア語で話す喜びを味わったこともすでに述べたが、実はこのとき元の駐屯地司令官を罷免し、ハリーフィーイェ教団に長年通う無学なミンゲル人の若者を高級将官に任じていた。

ミンゲル島をめぐるこの物語に転機があるとしたら、それは島民たちが二十七日ぶりに再発令されたこの検疫令と、とくに外出禁止令を遵守したということだ。外出禁止令の成功は、死者数の激増に対する危機感と——直近の三日間だけで百三十七名が死亡していた——市民の恐怖や無力感に拠っていたと主張する賢明な史家たちの考察に異論はないが、私は第二の理由として、故サーミー総督の言葉を借りれば「好き勝手」に検疫措置を軽視するようけしかける宗教関係者がいなくなったことを挙げておきたい。しかも、当のハムドゥッラー導師がほかならぬペストにかかって死亡した事実は〝運命論者〟たちや皮肉屋、あるいはヨーロッパ人であれば冷笑主義とでも呼ぶだろう検疫懐疑論者たちに大いなる教訓を与える結果ともなった。これに対して、外出禁止令の成功は当局の厳格な対応に帰すと考える人もいる。彼らによれば、アラブ人兵士や検疫部隊員が最初に外出禁止令を破った者たちには、子供であろうと女であろうと老人であろうとも、構わず発砲したのが成功の鍵だったというのだ。

たしかに、バユルラル地区で表へ出てきた二人の子供には威嚇射撃が行われたし、ロバ啼かせ坂を外出禁止令などどこ吹く風とばかりに徘徊していたペスト狂者は威嚇射撃ののちすぐさま取り押さえられ、タシュチュラル地区では窓からアラブ兵に投石した家がハチの巣にされたうえに、同日中に検疫部隊が踏み込みクレタ難民の若者三名を拘束して城塞監獄へ放り込んだ。この三件の事案に際して放たれた銃弾は、外出禁止による異様なしじまに沈むアルカズ市に朗々と響きわたり、兵士たちの容赦のない厳格な態度を知らしめ、大半の市民はようやく検疫措置が効力を発揮するだろうと喜んだのであった。

75章

賓客室と首相の執務室を行き来するようになったパーキーゼ女王は、アルカズ市民たちが〝整然と〟外出禁止令に服すさまを逐一、目の当たりにすることとなった。「市民は自宅に留まっております」、「通りにはアラブ兵と検疫部隊以外、見当たりません」、「いまのところ目立った事件は起きておりません」等々、巡回兵や書記官が報告に訪れるたび、女王は室内に侍る男たちの誰よりも喜びに胸を弾ませたが、その心中をその場で表明するのは控え、賓客室に戻り姉に宛てる手紙を書く段になってはじめて言葉にするのだった。

ハムドゥッラー導師期にパンの配給がはじまった当初——はじめは一頭立て馬車だった——配給馬車は各地区で二カ所ずつに停車し、地区代表や検疫部隊員が配給の列を監視した。パンは各家の住民数に応じた数が一家の長に対して配給される決まりになっていた。これは近隣住人がみな顔見知りである事情に拠った方法であったが、疫禍によって住人がいなくなった家々に新顔が住み着きはじめると諍いが起こるようになった。そうした不法居住者が徒党を組んで配給馬車のところへやって来ては、暴力をちらつかせてほかの住民のパンまでせしめてしまうのだ。諍いを起こすのは大抵、ラーミズの復讐を期するならず者か、さもなければギリシア王国とつながりのあるギリシア正教徒やオスマン帝国に忠誠を誓い続けるトルコ系住民をいたぶってやろうという魂胆の連中だった。

ハムドゥッラー導師が石灰消毒ののち埋葬されたと発表されると、過激な宗教者や修道場の門徒、あるいはミンゲル国粋主義者たちも鳴りを潜め、疫病もやがては弱まるかと期待された。ところが実際にはそれを待つ必要さえなく、パーキーゼ女王自らがそうした諍いが起こらない新たな配給方法を考案し、それを採用するようヌーリー首相と閣僚たちを説得してしまったのだった。以後、パン配給馬車とその護衛たちには、可能な限り一軒一軒の各戸を訪ね歩き、必要とあらば裏庭や台所、扉の前などに配給の丸パンを置くことが義務付けられたのである。

パーキーゼ女王はこの単純明快な解決法に関して、そのささやかな貢献をいくばくかの誇張も交えつつ、詳細に姉に報告している。パーキーゼ女王は、あくまで象徴的な国家代表に過ぎないはずのその使命を、持ち前の責任感でもって真剣に全うしようと努め、疫学室——すでに壁や調度の弾痕は補修され、塗装し直されていた——で毎朝開かれる閣議にも参加するようになった。当時のイスラーム教徒の女性としてはやや欧風が過ぎる見た目の、しかし今日から見れば身体の線のしっかりと隠れる衣服に、ショールを頭巾のようにかぶって髪を隠した彼女の常座は、疫学室の一番奥の席だった。

やがて大臣たちが退出してヌーリー医師と二人きりになると、女王は夫にあれこれ相談し、あるいは会議で下された決定について尋ねた。読者諸氏も、パーキーゼ女王の書簡に、新政権樹立後の細々とした政策決定や、そこに至る議論までもが記されているのを見たなら、彼女が首相である夫の裁定がミンゲル国憲法に抵触せぬようにと、とくに心を砕いていたことに気づくはずだ。

女王がもっとも激しく議論を戦わせた相手は、妻の意見には常に敬意を払ってくれるヌーリー首相ではなく、マズハル公安大臣の方だった。

「アルカズ市のすべての通りに名前を付け、家屋にも番地を付す必要があります」

マズハル公安大臣が女王にそう提案したのは外出禁止令が滞りなく開始されてから三日目――それまでの二日の死者数はそれぞれ五十九名、五十一名だった――のことだった。丸パンを満載して駐屯地から出発する配給馬車が遺漏なく通りを見つけ、パンを各戸に配れるようにとの配慮からだった。はじめて街路の命名に関心を寄せたのはほかならぬキャーミル司令官である。司令官が、首相府で開かれていた街路命名委員会には必ず顔を出し、毎回手ずから几帳面な字で綴った詩的な名称を提案していたのは周知の事実でもある。小人泉通り、盲目法官通り、獅子寝床通り、眇目《すがめ》猫通り――キャーミル司令官が命名した街路名は彼が指導者であったたったの三十五日の間に国民たちから好評をもって迎えられ、百十六年を経てなおアルカズ市民は忘れず、いまだに用いられている名前も少なくない。命名事業に関しては郵便配達人たちもその完遂を切望していたものの、この詩的な企てはキャーミル司令官の薨去と疫病の激化、なにより死への恐怖によって道半ばで放棄されていた。

マズハル公安大臣から命名事業再開を最初に提案されたとき、パーキーゼ女王は即位後はじめてこの人物の秘された野心を目の当たりにする思いだった。

「あなた、あの嫌な男に甘い顔をなさってはだめです！」

二人きりになるとパーキーゼ女王は夫にそう注意した。

「僕たちはみなペストを終息させるために集まったんだよ！　それ以外の政治的なことなんて放っ

ておけばいいさ、彼にやらせておこう！」

姉姫に宛てた手紙を読むと、ムラト五世の娘にしてアブデュルハミト二世の姪であるパーキーゼ女王が、皇太子であったころにフリーメイソンに入会した考えなしの父や、政治的態度といえば〝寛容さ〟くらいしか持ち合わせていないヌーリー医師のような男たちよりも、よほど鋭い政治的な勘所を弁えていたことがよくわかる。

即位後、女王は毎日嬉々として、夫と連れ立って装甲四輪馬車で出かけるようになった。そのうちにこの馬車行は検疫体制の視察として半ば習慣化し、パーキーゼ女王は外出禁止令によって完全にひと気の失せた街路や広場、橋に魅せられていった。

街に見入っているとパーキーゼ女王は、父や姉たちと幽閉されていたチュラアーン宮殿で出るのを禁止されていた庭園を眺めていたときと同じ心地がしてくることもあれば、がらんとしたフリソポリティッサ広場を見つめるうちにも時間が過去へ巻き戻されていくような感覚に捕らわれることもあった。御者のゼケリヤーが操る馬車が、桟橋の続く海岸沿いを進んでいくと、もうこの島に二度と船がやって来ないように思えて悲嘆に暮れ、都市郊外の打ち捨てられたかのようなタシュマーデニ地区の空き地や廃屋の間を抜けていくときには恐怖に肌を粟立てるのだった。タトルス地区で一人ぼっちで泣いている五歳くらいの少女を見かけたとき、パーキーゼ女王は思わず車の外へ出ようとして夫に押し留められ、馬車の中で涙をこぼした。

もっとも、パーキーゼ女王が最初のころの視察を、人々が外出禁止令を遵守していることへの満足感とともに書き綴っているのも事実である。たしかに禁止令開始からの三日の間、アルカズ市民たちは一歩も外に出なかった。

小規模な病棟へ転用されていたリファーイー教団の修道場を出た一群の修道僧たちが――いまだに修道場の僧房で暮らしていたのだ――駆け足でキョル・メフメト・パシャ・モスクへ金曜日の集団礼拝へ向かったのが唯一の例外となったが、マズハル公安大臣は密偵たちを介して状況を把握するとすぐに憲兵を派遣し、強情さと信心深さで鳴らす藤色の不可思議な長衣を身にまとった修道僧たちを城塞監獄の隔離区画へ収容させた。

当時、アルカズ市民が味わっていた恐怖の一端を窺うため、女王の即位式から三日後、八月三十日のハミディィェ病院の状況を瞥見しておこう。ハミディィェ病院およびその周辺の、たとえばリファーイー教団とカーディリー教団の修道場に急ごしらえで設置された診療所には――診療所とは名ばかりの場所だった――私の計算では合計百七十五名の入院患者がいた。主な建物とその周囲の施設はもとより、中庭のテントまで病床で埋め尽くされ、しかも各病床の間の距離は一メートル以下というところさえあった。医師や看護師、白い前掛けを締めた用務員たちが行う治療といえば解熱剤の注射と横痃の切開洗浄のみで、つまりは延命措置にさえなっていなかった。毎日、四十人、五十人という患者にこうした〝治療〟を施そうと病床の間を駆けまわる医師たちがいかに勇敢で、しかし徒労とも思える努力を重ねているのか、パーキーゼ女王も夫から聞かされていた。

しかしその日、実際に目にしたハミディィェ病院の乾いた土色と緑の広がる地面の上に色とりどりの服装の人々が横たわる光景は、ひと気の失せた街の通りの様子も相俟ってか、パーキーゼ女王に審判の日を思い起こさせるに十分だった。こうした病院から出た死者たちの回収も、死体運搬車の仕事だった。日ごとの死者数が目に見えて減少をはじめ、三十九名にまで減ったのは外出禁止発令から五日後のことで、パーキーゼ女王は小躍りして喜んだ。

あくる日、女王と首相を乗せた四輪馬車が向かったのはフリスヴォス地区だった。疫禍のはじまる前には富裕なギリシア正教徒たちが暮らしていたお屋敷はもぬけの殻になるか、屋敷の管理人が同郷の村民たちを住まわせたり、あるいは新来の住人たちが管理人に金を払うか、さもなければ銃で脅しつけるかして暮らしていた。馬車はそのまま貧しいギリシア正教徒たちの住む界隈へ入っていった。もし二階から馬車を眺める住民や、庭先で遊ぶ子供たち、あるいは庭塀に沿って馬車に追いすがる犬たちの姿がなければ、廃墟としか思われない荒んだ街並みであった。

女王が無人の広場や街路のすべてを写真に記録するよう命じたのは、ちょうどこの頃だ。いまあなたが読んでいる本書の描写にしたところで、写真家のヴァニアスによって撮られたそうした風景写真に基づいている。ときおり島民の姿も見える八十三枚に及ぶ白黒写真は、類を見ないほど痛ましく、いつ見ても涙を禁じ得ない。

しかし、続く三日間も死者数は減り続け、疫学室に集まる閣僚たちは外出禁止令と市門の閉鎖が功を奏してついに検疫が軌道に乗ったのだと喜んだ。

さらに、はじめてミンゲル島の独立を報じた『フィガロ』紙にふたたびミンゲル島の記事が出た一事も島民を沸かせ、とくにパーキーゼ姫を〝女王〟にと望んだ人々に至っては「目的達成だ!」とばかりに大喜びした。女王即位から少し遅れて一九〇一年九月八日の号に、こんな最新ニュースが載せられたのである。

ミンゲルの女王誕生

先だってオスマン帝国からの分離独立を宣言したミンゲル国民は、自らの国家元首としてオスマン帝室の皇女を女王に戴くこととなった。イスタンブルの帝国政府はもちろん、全世界を驚かせる決断をもって、先代のオスマン帝国皇帝ムラト五世の第三皇女であるパーキーゼ姫がミンゲル女王に即位した。パーキーゼ姫はペスト終息のためにイスタンブル政府がミンゲル島へ派遣した防疫の専門医と結婚したばかりである。しかし、いまだ疫禍は収まらず、新政府とも連絡途絶状態にあるためイギリス、フランス、ロシアの艦艇による海上封鎖が続いている。

ちなみに「イスタンブル政府を驚かせた」というのはイギリスの情報機関の予測をなぞった記述でしかない。それというのもこのころ、ヌーリー首相は一刻も早い電信局の復旧を望み、政治的判断としての〝国情の正常化〟を企図していたからだ。つまりは、ミンゲルと西欧諸国との友好関係を築き、最終的には海上封鎖の解除を期待しながら、あれこれ対策を女王や閣僚入りしたほかの医師たちと常に話し合っていたわけである。

またヌーリー医師は、死者数の減少にいたく喜ぶ妻には、ほかの者たちにもそうしてきたようにこう釘を刺した。

「死者は夜中に運搬されているし、葬儀も禁止されているから、一般市民はまだ死者数が減っていることを知らないんだ。もし、この朗報を聞いたなら君のように大喜びするだろう。でも、君とは違ってあくる日からはもう大丈夫だとばかりに互いに腕を組んで外出をはじめるに違いないよ。ペストを終息させたいのなら、彼らには恐れを抱かせ続けないとならないし、僕たちも変わらぬ厳しい態度で臨まなければいけないんだ」

妻の顰められた眉や視線から、〝オスマン帝室〟の一員である彼女が気を悪くしたのは明らかだったが、ヌーリー医師は努めて気にしないことにした。『フィガロ』紙の記事に接した島の指導者たちは、これが外交上の駆け引きにも有利に働くかもしれないと期待する一方、パーキーゼ女王もまた君主としての矜持を新《あらた》とした。そもそも島の新聞各紙が彼女の女王即位を大々的に伝えたのは、ミンゲル国の新政府や国旗について報じるとともに、なにより主権国家になったという事実を世界に知らしめるのが最大の目的であったことは、パーキーゼ女王も書簡にそう綴ったとおりに、よく承知していた。しかし、それを知ってなお彼女は君主としての職務に真剣に取り組んだのである。姉姫宛ての手紙には、彼女が毎日夫の執務室に同席したことや、あるいは馬車での視察の折に見かけたあれこれが詳しく書き綴られている。ところで、大半の史家はあまり重要と見なしていないようであるが、死者数の減少にはもう一つ原因がある。ネズミたちの不可思議な消失である。孤児団ももう一週間、新しいネズミの死体を首相府へ持ってきていないほどだったのである。

女王と首相夫妻がアルカズ市郊外の寂れた地区を訪れ、国民に手ずから贈り物や食料を届けるようになったのも、この時期だった。通常の馬車視察の延長線で行われたこととあって、訪問先は書記官たちによって注意深く選定され、心から女王を慕いなおかつ検疫規則に服している家庭に限られた。そうして選ばれた家を訪ねると、欧風ではあるものの教義に適った瀟洒な服に身を包んだパーキーゼ女王は庭先まで行って子供たちに「贈り物がありますよ」と声をかける。すると家内の者たちはあくまで窓辺から女王一行に挨拶し、女王はそれ以上は何も言わずにそっと贈り物を庭に置き、まるで少女のように無邪気な様子で家人たちに手を振って去っていくのだった。

女王の来駕を受けた家をうらやむ者や、女王反対派の人々の主張とは裏腹に、女王の御幸はとても効果的で、市民を大いに安心させた。タシュチュラル地区のある老人が女王からの慰めの言葉にほだされ思わず「定期船はいつ再開しますでしょうか」と尋ね、ミハイルという雑貨商は「家の扉を内側から釘打ちして閉じこもっていたところ、これまで滞りなく窓辺に置かれていた食料が検疫再発令後には届かなくなったので、もしや新たな首相閣下がそうお命じになられたのだろうかと心配しておりました」と吐露した。他日には御者のゼケリヤーが、女王と首相を故サーミー総督の愛人マリカの家へ連れていったこともある。女王は、窓辺で涙に暮れる彼女にチョレキとチーズを差し出した。また別の日、女王は同じく泣き暮らすキャーミル司令官の老母を訪ねたが、このときは母親の語るキャーミルの少年時代の様子を書き留めるため――のちに『キャーミルの少年時代』という一書にまとめられた――書記官を帯同した。あるいは城塞裏地区では女王の信奉者たちが庭を渡って、彼女に手が触れられる距離まで思わず近づいてくるなどという一幕も見られた。

ニコス医師がいまや心安い相手となったヌーリー首相に「女王陛下の国民訪問は検疫令に抵触するのではないでしょうか」と危惧を口にしたものの、女王自身からこんな指摘が返ってきた。

「日ごと死者数は減っているのですよ。それに国民を訪ねるのは、ミンゲルの方々に検疫令に従うよう促すためなのです」

その後、アルカズでもっとも有名な仕立屋である〝そばかす〟エレニを貴賓室に招いた女王は、彼女が持参した生地見本とデザイン画を参考にしながら、欧風でありながらもイスラーム教の教義に適うドレスを三着仕立てるよう依頼し、採寸の許可を与えた。また新たな郵政大臣の提言を受けて発行されることとなった女王即位記念切手のため、写真家のヴァニアスがパーキーゼ女王の肖像写真――ヨーロッパの女王たちと同じように一人の写真と、夫と連れ立った写真を一枚ずつ――を撮ったのもこの頃だ。女王がこの肖像写真を気に入ったのを見たマズハル公安大臣は、現像させた二十四枚を額縁に入れ、徴兵事務所や登記局、寄進財管理局などの政府機関や、まだ営業を続けている銀行に送った。女王は四輪馬車での視察の折、オスマン帝国銀行——のちのミンゲル銀行！——の閑散とした玄関ホールに飾られた肖像写真を見かけ、「父上がご覧になったらどんなにか喜んでくださることでしょう」と姉姫に書き送っている。

こうして数多くの市民が、我が家に女王夫妻をお招きしたいと自分の地区長のもとへ詰めかけるようになり、女王の御幸で贈り物や食料を賜った家ではペストが出ないという類の噂まで囁かれたのだった。

76章

九月十三日金曜日を過ぎると、死者数の減少はさらに顕著になり、島には楽観論が広がりはじめた。ペストの蔓延を鈍化させ、その苛烈さを鈍らせた原因は何か？　検疫隔離体制こそが永遠不滅のミンゲル国を生み出したという歴史を踏まえ、史家たちは多年にわたってこの問いに取り組んできた。

国民に対して発砲を許可するほどの厳しい措置、ハムドゥッラー導師のペストによる死去、日に五、六十人という大量の死者数などが、検疫を成功に導いた主要因であろうと考えられているが、ペスト菌の感染力弱化やネズミの消失など、現代でもなお原因不明とされる医学的要因や自然現象もこの幸運な結果に寄与した可能性もあるが、以下では検疫行政の成功について詳しく追うに留めたい。

ペスト発生当初、アルカズ市内で死亡したイスラーム教徒の遺体はキョル・メフメト・パシャ・モスクの霊安室で〝床屋〟と通称される長身の痩せた男によって粗布で丁寧に洗い清められていた。検疫規則に則って口や鼻の孔、へその穴に至るまで、指先に巻き付けた粗布で拭ったのち、ミンゲル産のオリーヴ石鹼とたっぷりの水で洗っていくのである。死者が女性の場合は老婆が洗い清めるが、彼女に数クルシュを支払えば、水の中にあえかな香りのバラの花びらを混ぜてもくれる。流行初期、ニコス医師はこの霊安室の消毒を欠かさなかったため、遺体洗浄を担当する彼らが罹患することはなく、それどころか仕事が忙しくなるにつれ、助手や見習いを取って前にもまして迅速かつ丁重に遺体を洗浄する体制を整えた。

ヒジャーズ州にいた時分、ヌーリー医師は現地のアラブ人とオスマン帝国政府の代表を務めたフランス人やギリシア正教徒、そしてトルコ人の医師たちの間でコレラ死者の埋葬を巡って幾度となく諍いが起こるのを目の当たりにした。ヌーリー医師が、ペスト禍にあって洗浄係に就いた者たちにいくらかの金銭を払い、あまり難しく考えずに気軽に業務に携わるよう助言したのも、遺体洗浄を巡って検疫隔離政策の意義とイスラーム教の教義を戦わせる、いつ果てるともない議論を避けるためだった。〝床屋〟たちの方も感染の危険性は心得ていたので、古式ゆかしい丁寧な禊はあきらめ、さっさと仕事を済ませるようになっていった。

〝床屋〟たちは死臭を放ち、吐瀉物や粘液に覆われ、あるいは大きな横痃が浮き出る恐ろしい見た目の死体には熱湯を浴びせるだけでよしとし、モスクの裏庭——よく猫が入り込んだ——の遺体台や地面に裸の死体を並べて乾かしたのち、白い経帷子で包むことにしていたが、一回目の検疫発令から二週目には経帷子で包む習慣を省かざるを得なくなった。街路に遺棄される死体が増加し、洗浄を経ず直接、石灰消毒を施して埋葬されるようになっていたからだ。

霊安室の消毒が欠かされることはなかったが、オスマン帝国支配期の終わりに見習いの一人がペストで死に——もちろん霊安室ではなく地元で感染した可能性もある——さらにミンゲル自由独立宣言後には有名な〝床屋〟まで死んでしまったため、キャーミル司令官とヌーリー医師は遺体洗浄そのものを禁じる措置を講じた。もっとも公的な発表を行ったわけではなく、ただ霊安室を閉鎖しただけだったため、愛する者を禊もせずに埋葬すれば来るべき審判の日にその罪に問われ、天国に行けなくなると信じる者や、習慣を違えることをひたすら厭う者たちからは抗議の声があがった。

ニーメトゥッラー師が首相となって検疫委員会が解散すると、一転してイスラーム教徒の遺体埋葬は、自らも禊を済ませた洗浄者が祈禱を唱えながら洗い清めたあとでなければ許可されなくなった。おそらくハムドゥッラー導師期だけで遺体洗浄に従事した者は二十名以上が死亡している。ハムドゥッラー導師期がはじまって一週間と経たぬうちに、従来の感染防止策を取らず、つまりは教義に従った禊を行うとすぐさまペストに感染する事実が確認されたわけだ。その一週間に三名が死亡し、洗浄担当者はみな逃げ出してしまった。

ハムドゥッラー導師が遺体の禊をことのほか重んじているのを承知していたニーメトゥッラー師は、イスラーム法学者や市長の協力を仰いでアルカズ以外の街から遺体洗浄の「志願者」を募ることにした。中には嘘偽りない自己犠牲精神や信仰心、信徒への同胞意識から応じた者もいたが、結果として「志願者」の半数以上がペストで死んだ。善意の志願者を見つけるのが難しくなると、はじめは駐屯地から三人の兵士が送り込まれたものの、そのうち二人が死亡するに及びこれも立ち行かなくなり、ついには憲兵たちに道で行き会った村人やら、なんらかの容疑をかけられた者たちが〝志願者〟としてアルカズ市に連行されてくるようになった。アルカズ城塞監獄で蜂起が起きたあとには、逮捕された殺人犯と婦女暴行犯が、祈禱の文句など知る由もないまま遺体洗浄役に就かされたものの、しばらくするとこの二人も死んでしまった。

遺体洗浄の「志願者たち」のむごたらしい顛末は、ハムドゥッラー導師とハリーフィーイェ教団の無為無策や狂信をよく示す例として、歴史家や政治家によってたびたび取り上げられてきた。羊毛の僧帽のニーメトゥッラー師の首相在職はごく短期間であったが、その間に彼は敵対するほかの教団や、ハムドゥッラー導師が「反宗教的」と判断した修道場の人々を捕まえては洗浄役の志願者に〝任命〟していった。当然、彼らはほかの遺体洗浄役と同じように次々とペストで死亡した。歴史家の中には、これこそハムドゥッラー政権が無知であったり、夢想にとりつかれていたのではなく、明らかに感染死を期待して悪意に満ちた虐殺を行った証拠だと主張する者もいるほどだ。

しかし、私見を述べれば真に虐殺と呼ぶべき一事があったとしたら、それは遺体洗浄の〝志願者たち〟がアルカズ市、そして島じゅうにペストを飛び火させたことの方だろう。終日、ペスト患者の遺体を洗っていた彼らは、まず修道場へ帰って門弟たちにペストを広めたから、修道場が多く所在する地区や、施設の一部が診療所に転用されていた修道場での死者数は、指数関数的に増加した。原因は火を見るより明らかであったはずなのに、誰一人としてそれを語ろうとはしなかった。

実のところこうした門弟の大半は、細菌やら検疫やらは信じていないにせよ、頭の隅ではとんでもない惨劇が起きていることを理解していたのだけれど、不思議なことに教則に則った遺体洗浄をやめようとはしなかった。

ミンゲル国の公衆衛生史を専門とするヌラン・シムシェキの統計を見れば、この時期の遺体洗浄役のうちリファーイー教団修道場の門弟たちが修道場内の診療所に入院している人々にペストをばらまいたことは明らかである。おそらくハムドゥッラー導師自身も、こうした忠実かつ敬虔な遺体洗浄役の誰かからペスト菌に感染したものと考えられる。それというのも、のちに死亡した遺体洗浄役三名が暮らしていた小さな石造りの建物は、ハムドゥッラー導師が起居した質素な東屋——国家元首の住居とはとても思えない——のすぐ隣に位置していたからだ。

ハムドゥッラー導師とニーメトゥッラー師が政権を執った二十四日間の終盤、諸修道場の敷地内に留まらず、空き地や火除け地、いや街のいたるところで「ペスト禍乱」が現出し、もはや誰から誰へ、いかにして疫病が伝播したのかを解き明かすのは不可能になってしまった。なお、ハムドゥッラー導師期の最末期には死者数の減少が見られたが、これは死者の激増を目の当たりにして絶望した年若い門弟たちが修道場やアルカズ市から逃散し、山々や人のいない土地でイチジクやクルミを集めて暮らすようになったことに起因すると思われる。

さて、いまだ公式発表はなくともアルカズ市民たちは疫禍が収まりつつあるのを肌で感じとり、街には明るい雰囲気が流れつつあったが、いまだ検疫令下ということもあって目立った動きは見られなかった。九月二十四日、死者は二十人にまで減り、ヌーリー医師はこの数字に誰よりも喜び、イギリス領事ジョルジを首相執務室へ招請した。

ジョルジ領事はほかの領事たちと同じく修道場関係者の襲撃や間諜として訴えられるのを恐れて姿をくらませていたものの、ハムドゥッラー導師の死とニーメトゥッラー師の首相退任後には一転して島の首脳部の相談役を引き受けるようになっていた。

英国領事はまずヌーリーの首相就任を外交官らしく祝したものの、その仕草の端々にはある種の皮肉が垣間見えた。新政府樹立後のあれこれの人事が話題になるたび、彼はお決まりの「諧謔」を覗かせずにはいられなかったが、同時に今度の新政府とは真剣に相対しようとも考えていた。

この日の会合にはマズハル公安大臣はもとより、パーキーゼ女王その人も同席していた。女王は薄暗い執務室に先ぶれなくやって来たため、室内にいた三人は一瞬、故サーミー総督の亡霊が入って来たのかと疑い、名状しがたい後ろめたさに捕らわれて思わず口を噤んでしまった。誰しもがサーミーに悼みの言葉をかけてやりたいと念じながらも、しかしなにも言えずにいたのだ。壁に掛けられていたオスマン帝国の地図とアブデュルハミト二世の花押は取りはらわれ、かわりにミンゲル国旗とキャーミル司令官の肖像画が掲げられていた。しかし、サーミーが額装して執務室に飾っていたミンゲルやイスタンブルの風景、オスマン帝国の支配を謳うアラビア文字の銘板や、あるいは帝都のウスキュダル埠頭広場を写した写真などはそのままだった。

「疫病は終息しつつあります！　ミンゲル国はヴィクトリア女王陛下の政府が海上封鎖を解除し、医薬品や医師を派遣してくださるよう懇請いたします」

ヌーリー医師があくまで節度ある声音でそう言うと、イギリス領事ジョルジことジョージ・カニンガムはこう答えた。

「海上封鎖こそがミンゲル島独立の生命線ですぞ！　ヨーロッパ諸国の戦艦が去ればアブデュルハミト帝は新総督を惨たらしく殺して〝革命だ〟などと叫ぶ身の程知らずの叛徒を処罰しようとするに違いないのですから。マフムディィェかオルハニィェを派遣され、マルセイユで艤装を終えたクルップ砲がアルカズ市に砲弾の雨を降らせることになります」

するとマズハル公安大臣が話に割って入った。

「そしてカラル湾あたりに兵士を上陸させ、全島を把握しようとするでしょう。女王陛下のイギリス政府は、血まみれの皇帝がミンゲルの民を虐殺するのを黙って見過ごされるのですか？」

「国際法に照らせば、ミンゲル島はいまでもオスマン帝国の領土です」

「となると、貴国の軍艦はオスマン帝国領の島を包囲し、島を離れようとするオスマン帝国の船を沈めていることになる。これは国際法に適った行為と言えましょうか？」

マズハル公安大臣の慇懃な声音を聞いた室内の一同は、物腰柔らかで、ときに愛らしくさえ見える彼がその実、したたかな交渉者であることを改めて思い知らされた。

「適っていますとも。此度の海上封鎖はオスマン帝国政府の要請を受けてのことなのですから」

そう答えたイギリス領事にマズハル公安大臣は畳みかけた。

「であればこそ、女王陛下の政府に我が新国家をご承認いただきたいのです。ガスコイン＝セシル首相閣下の内閣にお認めいただけるなら、ミンゲル国民はそれをこの上ない名誉として記憶することでしょう。もしミンゲル国がイギリスのお墨付きを得られれば、アブデュルハミトもアルカズを砲撃できません。よしんばイスタンブル政府がそのような軍事行動に踏み切れば、兵士たちは貴国の領事館も攻撃対象とすることでしょうから。テッサロニキを巡る攻防のときのように、諸外国の領事たちが真っ先に殺されることになりかねません」

ジョルジ領事はこう返した。

「私自身の事情も、生命さえ問題ではありません！　私はミンゲル島のためであれば何でも致そうと念じてはおりますけれども、島民たちと同じように国際社会と切り離された状態ではそれも叶いません」

「どのような提案であればイギリス政府が受け入れるかをご承知で、貴国の庇護を得るためにミンゲル国がいかに振舞うべきかを正確に推察できる方は、あなたを措いてほかにない。もしあらかじめご用意なさった回答がないと仰せなら、二、三日中に書面でご教示いただくのでも構いません」

マズハル公安大臣は言外に〝貴君がイギリス政府と連絡を取っているのは承知していますよ！〟と仄めかしたわけだが、実のところこの推察は外れていた。

そのため、領事がこの提案を受け入れて後日、報告書を用意してくるものと考えていた室内の面々の予想に反し、彼はすぐさま所見を述べはじめたのである。

「いずれの政党が政権の座にあるかに関わりなく、女王陛下のイギリス政府はこの四半世紀というもの、アブデュルハミト帝が全世界のイスラーム教徒を政治的に糾合しイギリスに伍そうとするその妄想に悩まされてまいりました。しかし、イギリス外務省の半数はいまや、アブデュルハミト帝の汎イスラーム主義的政策が徒労に終わるであろうと予測しております。なにせイスラーム教徒たちときたら、一致団結するどころかアラブ人、アルバニア人、クルド人、チェルケス人、トルコ人、ミンゲル人等々、ますます分裂の度合いを深めるばかりですから。これを見た我が国の外交官たちは、イスラーム教徒の統一などは夢まぼろしにすぎず、ある種の政治喜劇でしかないと感じておりますし、遺憾ながらいまなお政府内ではグラッドストン前首相のような反イスラーム的な保守政治家が勢力を保っております」

ここまで話してジョルジ領事はパーキーゼ女王に向き直った。

「アブデュルハミト帝が女王陛下のお姉さま方やご家族、なによりお父上にしてきた惨い仕打ちは広く知られております。そしてあなたの叔父の無法は、青年トルコ人や諸々の反対派はもとより、ブルガリア人、セルビア人、ギリシア人、アルメニア人、そしてミンゲル人に害をなしてきました。いま、オスマン帝室の血を引く女王陛下がアブデュルハミトの苛政と、汎イスラーム主義を糾弾なさってくださるなら、確信をもって申し上げますが、イギリス政府のみならずフランスやドイツも、この島とその高貴な国民をオスマン家の皇帝から守ろうと立ち上がることでしょう」

真っ先に答えたのはマズハル公安大臣だった。

「領事閣下のご意見に賛同いたします。残る問題は、この海上封鎖下で女王陛下のお言葉をヨーロッパまで届けることのできる新聞記者を見つけることです。そうと申しますのも、仮にギリシア正教徒や、あるいはクレタやアテネの新聞にお話しになられると、誤った印象を持たれかねませんので」

ジョルジ領事があとを引き受けた。

「オスマン帝国皇帝の姫君であらせられる方が、お父上や姉姫さま方とともに経験した艱難辛苦の生活を詳細に活字にしたいと望む新聞社は、ロンドンであれパリであれ、いくらでも見つかります。すでに陛下の女王即位の報も世界中の各紙で報じられているわけですし」

「ですが女王陛下とハムドゥッラー導師の結婚は報じられませんでしたな」

「あれが書面上の偽りの婚姻であると見抜かれていたからでしょう。女王陛下が、圧制を敷く無慈悲な叔父アブデュルハミトについてのご本心を詳《つまび》らかとなさるのをお望みになられるのであれば、そのお言葉はきっと、専制を恣にする支配者と対立した代償を、お生まれになってよりこの方、片時も休まずに支払うことを余儀なくされてきたそのお気持ちが形を成したものとなるのでしょうな。当然、ロバート・ガスコイン＝セシル内閣はそんな女王陛下のお気持ちを汲み取り、この美しい島をアブデュルハミトの魔の手より守ることを切望するに違いありますまい」

このときのジョルジ領事の善意からの提案は、たとえばこの四十二年後にヒトラーのバルカン半島での軍事的勝利を熱狂的に歓迎した『オルホン』や『タンルダー』のようなイスタンブルで発行されていたトルコ民族主義系の雑誌や新聞の歴史コラム欄では、トルコ民族に敵しようとする悪魔的な策謀の一つとして描写されることとなるだろう。これらの雑誌によれば、オスマン帝国がアラビア領土を喪失したのはイギリスのスパイであるトーマス・エドワード・ロレンスのせいであり、小さなミンゲル島を失ったのも、同じくスパイのジョルジ領事のせいだということにされている。しかし、一九〇一年九月二十四日の朝に首相執務室で持たれたこの歴史的な会談に参加した面々にとっては、いずれかの西欧列強による委任統治なり保護領化なりを受け入れる以外に、アブデュルハミトをはじめとする諸外国の攻撃から身を護る手立てはないというのが総意であった。そのため一同は揃ってパーキーゼ女王の様子をちらりと窺ったのだった。

「叔父さまに対するわたくしの考えをどのように詳らかにすべきかは、わたくし自身で決めさせていただきます！」

パーキーゼ女王は決然と——ヌーリー医師は妻への愛と誇らしさを新たにしたものだ——そう答えた。

「まずはよく検討したうえで、ミンゲル国民にとってもっとも適当なことは何かを定めておかねばなりませんね」

77章

首相執務室に集った男たちはからはらしながらパーキーゼ女王のこの言葉を拝聴した末に、女王はアブデュルハミト帝を批判する声明を出すに違いないと確信した。この女王の声明こそがミンゲル島の未来にわたる政治的独立を確保するためのほぼ唯一の手段であったからだろうか、島の指導者である彼らが抱いたこの確信は、折しも島に漂いはじめていた楽観論への追い風となるようにも思われた。ところが、実際にパーキーゼ女王が叔父アブデュルハミトやその政策に異を唱えるような発言を「外国」であれミンゲルであれトルコであれ、いずこかの新聞に公にすることは、結局一度としてなかった。

「僕に話してくれたようなことをもう一度、ヨーロッパの記者に話してやればいいだけなのに」

あるときヌーリー医師がそうせっつくと、女王は目を大きく見開き、嘘偽りない驚きの表情を浮かべたものだ。

「それは不心得が過ぎるのではなくって？　だって、お姉さまたちやお父さまと何をお話ししたかは、わたくしの大切な、ごくごく私的な秘密なのですよ。叔父さまがわたくしたちに酷いことをしたからといって、明け透けにお話しできるものではありませんでしょう？　お父さまがどう思しめしになるかも考えないと」

「でも君はもう女王なんだし、ことは国際政治にも関わるんだよ」

「わたくしは自分から望んで女王になったわけではありません。検疫措置がうまく働いて疫病が収まり、しかして民の命が救われるならばと、引き受けただけです」

パーキーゼ女王はそこまで言うとふいに泣き出してしまい、ヌーリー医師は妻を抱きしめてその茶色の髪の毛を櫛けずりながら「まあ島に船が来ない限り、君に声明を求める記者もいないさ」と慰めた。

この年の九月末までに書かれたハティージェ姫宛ての手紙を見ると、パーキーゼ女王がアブデュルハミト帝について話すとしたら何を言うべきかと逡巡していたこととともに、両親や姉たちとチュラアーン宮殿で過ごした日々こそが人生最良のひとときであったのだといまさらながらに気づかされて我が事ながら大いに驚いていたことが窺える。当時二十一歳だった彼女は、女王に即位したあとも父にピアノを聞かせ、姉姫たちと小説を読み、年老いた後宮の女たちと冗談を言い交わし、居室から居室へと駆けまわっていた在りし日を懐かしんでは、夫に気づかれぬよう声を殺して泣いていたのである。

ひとたび憂いと懐かしさにとりつかれると、パーキーゼ女王は賓客室どころかベッドから出るのも億劫になってしまったが、その間にも疫禍は退き、人々はまた少しずつ外出をはじめ、港にも漁師の小舟以外の船――賓客室の窓から見えるのは乙女塔島との往還船や軍用の艀ばかりだったが――も活動を再開しつつあった。秋の最初の嵐と、海藻の香る温風によって、あたかも街そのものが微睡みから目を覚ましたかのようだ。

十月のはじめ、雲が垂れこめ雨が降る薄暗いある日、死者数が十一名にまで減ったのを受け、疫学室では外出禁止時間の短縮――マズハル公安大臣は全面撤廃を求めた――に関する話し合いが持たれた。空腹のあまり病気になったり、死亡したりする者が出た地域を念頭に置きつつ、市内での村人市を再開し、これに即した形で外出禁止令を見直すことなどが、パーキーゼ女王の主導で決められていった。この規則緩和によって死者数の減少は鈍化したものの、検疫行政における楽観的な見通しに影を差しかけるほどの数字ではなかった。海運会社の経営者たちからも、港の再開は時間の問題だ、定期船も近く戻ってくるだろうから会社の事務所を開けさせてほしいと要望する声があがった。大半の海運会社のオーナーは領事たちであったから、ヌーリー医師は各国の軍艦が引き揚げ、海上封鎖が解かれるのはそう遠くはないことを予感した。

「イギリスとフランスの軍艦が去ってしまえば、定期船が戻って来る前に戦艦マフムディイェがやって来て、アルカズ市を砲撃しかねませんぞ！」

マズハル公安大臣がそう言ったとき、会議室に集った一同はミンゲル島が「独立」を維持するためには海上封鎖が続くか、さもなければ列強の庇護下に入る以外、術はないのだと改めて痛感させられた。

パーキーゼ女王は会議に出席するときはいつも、父ムラト五世であればどう考えるか想像するよう心掛けていた。姉に宛てた手紙にもある通りだが、父になったつもりで振舞うと、より心安らかに細々としたところまで目が行き届き、忍耐強く思考を巡らせることができるような気がしたのである。書き物机につくと額をさすったり、眉を顰めたり、あるいは椅子の背もたれに身体を預けて物思いにふけりながら天井を見上げたりするのも、すべて父親に倣ってのことだった。「そうしているとお父さまになったような心地がしてまいりまして、同時に変わらぬ自分自身を保ち続けられるようにも思えるのです」と、パーキーゼ女王はひたむきな筆致で姉姫に書き送っている。

この間も馬車での巡幸は続いており、夫妻は以前と変わらず毎日さまざまな地区へ赴いたものの、疫禍は急速に収まりつつあり、女王の御幸はそれを祝うある種の祝賀行列の様相を呈しつつあった。アルカズ市民はみな女王を大歓迎したが、それはパンやクルミ、干したスモモをもらえるからというよりは、御幸によって疫病の終息を実感できるからだった。

装甲四輪馬車が地区の広場へ入っていくと、キャーミル司令官の人気がとくに高かったトゥルンチラルやバユルラル地区はもちろん、デンデラやペタリスのようなギリシア正教徒地区でも、数は少ないとはいえミンゲル国旗が振られ、女たちは女王を間近に見ようと窓辺に身を乗り出したり、胸に抱いた我が子を女王に見てもらおうと掲げたりするのだった。女王に触れられたり、遠目から微笑みかけられたりした子供には幸運が訪れると言う者もあった。「女王のスカーフはザクロ色だったから、疫病は終息して今年の残りは良い年になるだろう」、「遠目からは微笑んでいるように見えたけど、目に涙を溜めてらしたぞ」、「夫君が優男でないのはアブデュルハミトの意地悪らしい」等々のさまざまな噂が飛び交ったものである。

この頃には、外出禁止令も日の出の礼拝から日没の礼拝までの間は解除されるようになっていた。門限が時計ではなく礼拝の呼びかけに合わせられたのを、宗教勢力に慮った政治的判断であったと説明する人もいるが、これは誤解である。イスラーム教徒の大半が懐中時計の類を持ち合わせていなかったのと、ヌーリー首相が政権に就いてからふたたび教会の鐘とモスクのアザーンが禁止されていたため、市民が混乱せぬよう配慮したに過ぎない。つまり、三十五日ぶりにアルカズの街に響いたアザーンの声は、礼拝を呼びかけるためというよりは外出禁止時刻を知らせるためにこそ詠まれたのであった。岩山に響きわたったその声は、人々にこれまで街の通りや港がいかに深い静寂に沈んでいたのかを改めて思い出させた。その二日後、十月四日の金曜日にはモスクや教会を筆頭とする宗教施設への立ち入りも解禁された。

誰一人忘れたことはなく、しかし二度と耳にすることは叶うまいとあきらめかけていたさまざまな声や音がふたたび聞こえるようになり、住民たちは以前の暮らしが戻りつつあることをようやく実感した。はじめのうちは半信半疑の者も少なくなかったが、だからこそふたたび馬と馬車が走るようになり、蹄鉄と鈴の音が聞こえてきたときの喜びようは大変なものだった。ペストで死んだ御者たちに変わる新顔の御者たちが、以前と変わらず馬に無理をさせず優しく話しかけ、しかしときには鞭を振るいながら急坂を上らせるようになった。パーキーゼ女王も、御者たちが唇を曲げたり尖らせたりしながら発する「それいけ、よしよし……どうどう」といったかけ声を耳にする喜びを姉姫に綴っている。

しばらくすると疫禍にあってもいっかな止むことのなかったカモメやカラス、ハトの啼き声に、呼び売り商人のかけ声や通りで遊ぶ子供のはしゃぎ声、あるいは扉やら煙突やら家壁の補修をはじめた人々のかけ声が混ざるようになった。迫りつつある冬に備えて絨毯やキリム、茣蓙を窓辺に干したり、庭先に出して布団叩きで埃を払ったりする女たちの立てるバシバシという音に、パーキーゼ女王は耳をそばだてた。洗濯物を庭先に干しながら歌を口ずさむのは、イスラーム教徒であれギリシア正教徒であれ変わりなかった。

装甲四輪馬車で通りを走れば、銅細工職人の心弾む金槌の音や砥ぎ師が砥器を回す心地よい音が、商店街に活気が戻りつつあることを教えてくれた。すべての店が再開したわけではなかったが、それでも旧市街商店街は路地裏まで人であふれ、卵やら白チーズやらリンゴやらを大声で呼び売りする商人たちが売り台を出していた。ただし、減ったとはいえ死者は日に五人、六人と出ており、いまだ表通り以外の人通りはまばらなままであった。ペストのもたらした憂苦と死を経験したあとでは、以前とまったく変わらず心安らかに暮らすというわけにはいかなかった。

三日後の正午、黒雲が垂れこめ雷雨が降りしきり、死者数も五、六名から減らぬままのこの日、マズハル公安大臣が首相執務室を訪れた。彼は右手で胸と、ついで額に触れてヌーリー医師に大仰な敬意の礼を行うと、パーキーゼ女王がアブデュルハミト帝に対して出す声明のことを思い出させた。

「ペストが終息すれば、列強の戦艦は当然ながら去っていくことでしょう。彼らの任務は、疫病がヨーロッパへ飛び火するのを押し留めることだったのですから。そうなれば今度は、アブデュルハミトの戦艦と兵士がやって来ます。コス島やシミ島、カステロリゾ島のようなドデカネス諸島はもちろん、地中海全域の島々は、その領有を巡ってギリシア王国とオスマン帝国の間を行き来し、そのたびに島の城塞に立つ旗が替えられ、あるいは軍艦によって街々が砲撃に晒され、人死にを出しながら徒労と思われる悲劇を生み出し続けてまいりました。一刻も早くご決断を賜らねばなりません」

「女王陛下はあらゆる可能性を考慮なされているのですよ!」

ヌーリー医師はあくまで首相としての自らの分を弁えつつも、マズハル公安大臣を黙らせるようにぴしゃりと言い返した。しかし、まだ雨が降りやまぬうちに同じ階の賓客室へ戻ると、手紙を書いていた妻にことの次第を伝えたのだった。

「あの人はわたくしたちを罠にかけようとしているのです！」

パーキーゼ女王は直観的にそう答えた。

たしかにヌーリー医師も、マズハル公安大臣が業務に復帰した官吏たちを一人また一人と自分の子飼いにしていくさまを目の当たりにしてきたし、書記官はもちろん兵士も、あるいは新たに呼集された検疫部隊の間でも、謙虚かつ職務に忠実なマズハル大臣の人気は高かった。そしてマズハル大臣もまた、もはやヌーリー首相とパーキーゼ女王との意見の相違など歯牙にもかけなくなりつつあった。たとえば彼は、定期船の再開には賛成する一方、アブデュルハミトからの干渉を受けるという理由で電信の復旧にはいまだ反対していたし、開港に向けてヌーリー医師の意見を聞かずに検疫規則や隔離規定の緩和を行うこともあった。女王と首相からそれを咎め立てされても、マズハル公安大臣は慇懃な態度で煙に巻いてしまうのが常で、このごろでは夫妻は彼の「誠意」を頭から信じぬよう心掛けるようになっていた。

公安大臣も女王も変わらぬところがあったとすれば、それは両者とも建国者であるキャーミル司令官とゼイネプの思い出に心からの敬意と愛着を抱いている点だった。マズハルの場合は政治的判断の結果としてそう振舞っただけかもしれないが、いずれにせよミンゲル人たちが島をオスマン帝国から分離独立させた司令官に、等しく深い感謝の念を抱いていたのは確かなことだ。パーキーゼ女王の場合は二人の馴れ初めを——なにせ少壮のオスマン帝国軍士官が、第二夫人になどなるものかと結婚を蹴った負けん気の強い島の娘と恋に落ち、またたく間に結婚したかと思えば、すぐさま革命を起こして見せたのである！――この上なくロマン主義的な恋物語のように感じていた。いまでは百年を閲《けみ》するミンゲル国の歴史において、キャーミルとゼイネプの物語が伝説化され、またときに新しい挿話を創作されながら、ミンゲル国民を統合する「セメント」の役割を果たしてきたのは歴史的事実であり、もしこの神話を少しでも批判めいた口調で語ったり、虚構であるとか、誇張であるとかの冗談一つ飛ばそうものなら、大抵は投獄の憂き目を見るほどだ。

マズハル公安大臣はキャーミルを「キャーミル司令官閣下の天才性と決断力、先見の明なくば、ミンゲル人はいまでも他国に隷属していたことでしょう。ある一つの民族が自らの母語を忘却し、やがて消滅してしまったかもしれないのです」と評したものである。

ミンゲル語教育を重点的に実施する初等学校と中等学校をアルカズ市に附置するための予算が組まれることになったのも、この時期だ。この二つの学校では『母なる文字』を教科書として用いることや、教科書にはホメロスからキャーミル司令官とゼイネプの恋物語にまで至るミンゲル島にまつわる数々の伝説と歴史を簡略化して載せるとともに、キャーミルのみならずゼイネプの少女時代についてもお伽話の形で収載することが決められ、女子初等学校の方はゼイネプ校、男子初等学校の方はキャーミル校と、それぞれ命名されることになった。

「中等へ進んだなら、男女は一緒に学ぶべきではないでしょうか」

パーキーゼ女王のこの発案は当時としてはあまりにも〝進歩的〟で、ともすれば無邪気に過ぎて実現が難しかったものの、とにもかくにも中等学校の方はキャーミル＝ゼイネプ中等学校と命名されることになった。女王たっての願いを受け、いまや住民のほとんどいなくなったエヨクリマ地区の黄色の日よけ戸が並び、桃色に塗られたギリシア人学校が、キャーミル＝ゼイネプ中等学校へと改組された。緑と木陰のあふれるこの地区のギリシア正教徒の大半は島を捨ててしまったため、監獄や隔離区画からの脱走者たちが家々を占拠していた。

また、キャーミルとゼイネプの姿をコラージュして一枚に仕立てた写真が、ミンゲル国の切手と紙幣の図案に採用され、パリの印刷所に発注される一方、島内の『アルカズ事報』紙の印刷所ではキャーミル司令官の肖像写真千五百枚が刷られ、島内の全政府関係機関に馬や馬車で送られた。

パーキーゼ女王が島内のイスラーム教徒や保守的な一部地域との対立を望んだことはなかったけれど、一度こんな不満を夫に漏らしたことがある。

「ねえあなた、自由独立が宣言された国で、女性は男性より少ない遺産しか相続できないというのは理に適わないのじゃなくて？　それに、教義に照らしてのことでしょうけれど、イスラーム法廷で男性の証言者は女性の証言者二人分の価値があるとされているのなんて、女性蔑視以外の何物でもございません」

ヌーリー医師も妻に同意し、マズハル公安大臣に伝えてみたところ、彼は反論どころか「女に商法のことがわかるものか！」といった類の宗教指導者たちや修道場の門弟たちがよく口にする文句ひとつ返さず、二日後の十月九日付の『アルカズ事報』紙に――この日の死者は三名だった――素っ気ない法律用語と共に女性に保障される新しい権利を公表させた。いまや官報と化した『アルカズ事報』の記事には、それが女王の発案による「改革」であるとは一言も記されていなかったが、このあと百十六年にわたってミンゲル国のイスラーム教徒が議論を戦わせることとなる〝世俗主義〟という概念が、ミンゲル史にはじめて姿を現したのであった。

十月十六日、この日は一人もペスト死者が出なかった。それは海上封鎖が遠からず解かれることをも意味した。すっかり縮みあがってしまった島の実質的な支配者マズハル公安大臣を尻目に、四輪馬車で街を視察した女王・首相夫妻はどの地区へ行っても熱狂的とさえ評しうる歓迎を受けた。通りは人にあふれ、店々は戸を開けはなち、アルカズ市から疎開していた住民たちも帰宅をはじめている。ツバメやムクドリたちは嬉しそうに――パーキーゼ女王は「小鳥たちも疫禍が晴れたのがわかるのだわ」と言っていた――啼きながら飛び回った。いまなお不法居住者と帰宅者や、店を略奪されて怒り狂う商店主と街に住み着いた村人たちとの諍いは絶えず、もともと数の少ない検疫部隊員や憲兵ではとても手が回らなかったものの、そうした問題があってなお人々は笑顔を取り戻し、子供たちははしゃぎまわり、墓穴に片足を突っ込んでいた死にかけの老人でさえ遊びに出てくるほどで、その喜びに水を差すものはなく、人々はついにペストが終息し元の暮らしが戻りつつあることをひしひしと感じていたのだった。

78章

暮らし向きが疫禍以前に戻るには定期船の再開が欠かせず、そうなると当然ながら電信の復旧が必須でもあった。深く、力強く、そしてときには耳障りな汽笛の音がアルカズの街に響きわたったのは十月十九日、まさに定期船再開に向けての会議でヌーリー首相が議長を務めている最中のことであった。

検疫会議が開かれていたあの大テーブルを囲む閣僚や領事たちのうち、幾人かはすぐさま立ち上がり、二人が窓辺へ駆け寄り、座ったままの面々も船影を見つけようと目を細めるなか、さらに二回、さきほどよりも長く汽笛が鳴らされた。

故サーミー総督の執務室に隣接する大会議室に集まった人々はみな期待に胸を膨らませた。――どの船だろう？　どうやって海上封鎖を突破したのだろう？　汽笛の音を手がかりに船名や所属の海運会社を推理しようとする者もいれば、それを種に賭けをはじめる領事もいたし、そうした気楽さとは無縁の恐怖に駆られ、敵国の攻撃や虐殺の危険性について話し合う者もいた。血に飢えた武装兵を満載した貨物船を、和平を求めるためと称して遠くの植民地へ送り、原住民の面皮を剝ぐような帝国主義的な国がいくらでもあった時代であるから、そうした危惧も当然である。もっとも今回に限ってはそうではなかった。その船は心安らぐ音調の汽笛を、わざわざ幾度も鳴らしながら港へ近づいてきたのだから。

汽笛がアルカズ市後背の岩山に響きわたったそのとき、首相府一階では島では知らぬ者のない狂者〝ギリシア人〟ディミトリオスと〝鎖の〟セルヴェトの口論が、いままさにはじまろうとしており、パーキーゼ女王はその様子を見守っているところだった。ペストが終息してからのこの三日間、女王に一目会って陳情をしたり、贈り物を渡そうとしたり、あるいはただただ敬意の接吻をその手の甲に捧げようと――ペストという悪魔を倒したのはこの二十一歳の女性にほかならないと信じる者たちもいたのである――首相府を訪れる者が後を絶たなかった。女王はそんな彼らを憲兵に無碍に追い払わせるのを嫌がり、首相府の中庭に面した埃っぽい文書庫を整理させ、長椅子や一人がけの椅子、それにクルミ材の卓を運び込ませると、陳情書を持ってきた者や文句を垂れに来た者、あるいは信奉者たちを迎えるようになったのだった。

ペストで行方不明になった縁者を探す者、不法占拠者を追い出せず困り果てた者、家から隔離区画へ連れて行かれたきり家族が見つからないと訴える者、そのほか人手や金銭的援助、仕事の斡旋を求める者たち――壁にキャーミル司令官とゼイネプの合成写真とミンゲル島の地図が飾られたこの部屋で、パーキーゼ女王は日に二時間ほど彼ら国民の言葉に耳を傾けた。たとえば、気難し屋のスレイマンのように疫病終息を機にはじまり、いつ果てるともなく続く土地と水場争いに終止符を打ってほしいと願い出る者もいれば、ペスト流行中には医者に見せることができなかった傷を見せたり、痛みを訴えたりする者がいたかと思えば、一刻も早く島から出たいと許可やら船やらをせがむ者、切符をねだる者、電報をすぐに打ってほしいとか、未払いの税金を帳消しにしてほしいとか頼みに来る者、はてはトゥルンチラル地区の強情張りの老女のように、娘の婿探しを手伝ってくれるよう願い出る者までいたが、彼らはみな例外なく、ミンゲルの女王の心根が一等清く、親身で、なにより無私の人なのだと納得して帰っていくのだった。

女王に拝謁を求める者の中には〝底意のない本当の〟信奉者と評すべき人々も見られた。彼らはパーキーゼ女王に会ったり、その手の甲に敬意の接吻を捧げたり、あるいは自宅から持ってきたイチジクやクルミを献上する以外、とくになんの望みがあるわけでもなかった。たとえば、とある姉妹が母親に連れられてやって来たのだけれど、長女の方はいざ女王に近寄ると顔を真っ赤に染めて一言も喋れなくなってしまった。そして、汽笛が聞こえたときちょうど口喧嘩をはじめた年老いた二人の狂者もまた、こうした女王の信奉者であった。自宅に逼塞し、家族や孫の援助でこの夏を乗りきった二人は、ペストが収まると恐るおそる表へ出てきて、互いの姿を認めるといつものように喧嘩をはじめるかわりに、まるで旧友のように言葉を交わし、生き残ったことを祝して笑いあった。

二人はその足でほかの住民たちに倣って首相府へやって来ると、孫娘と同じ年のころの女王にそれぞれトルコ語とギリシア語、それにミンゲル語の詩を、果樹園で集めたイチジクとクルミでいっぱいの籠とともに献上しようとしていた。ところが拝謁を待つ列に並ぶ間に肘で小突き合い、そのうちに詩にしたためたのと同じ三つの言語で罵り合いをはじめた。周囲の者が二人をけしかけたのだと言う者もいたが、そもそも公衆の面前で互いを面罵し、どつき合うことで市民の人気を博してきた二人のことだから、人前でほかにどう振舞うべきかわからなかっただけだろうと評す者もいた。

いずれにせよ最初の汽笛が聞こえたのは、この二人の老人が、女王も眉を顰めるような罵り合いに取りかかったまさにそのときだった。女王が言葉をかけるや二人は途端に「子供のように」無邪気な笑みを浮かべ、それから魔法をかけられでもしたかのように二人して青い空を見上げた。汽笛がさらに二度、三度と響きわたると、女王は何も言わずにすっと立ち上がり、書記官や憲兵、贈り物を運ぶ用務員たちを引き連れて広い正面階段へ向かった。二階の部屋の窓から船を確かめるためだ。

　錆色のその船はエナス号といい、クレタ島から来た貨物客船だった。普段はクレタ、テッサロニキ、イズミルを結ぶ三角航路を行き来し、ミンゲル島には滅多に寄港しない船のはずである。低く丸いその煙突や、どこかきっぱりとした雄姿を目にすると、パーキーゼ女王の心にはチュラアーン宮殿の窓から眺めたボスポラス海峡を往来する船や、黒海や地中海へ向かう客船を見たときと同じ郷愁の念がせりあがった。あの頃は、真に自分らしく暮らせる人生があるとすれば、それは囚われの身の宮殿の居室にではなくて、ああいった船に乗ってしか辿りつけないいまだ見ぬ世界にあるはずだ、と信じていたものだ。

　イスタンブルの宮殿の窓から船を眺めているときは、父がそばにいるか、少なくともその持ち物や匂いに囲まれていた。そうした懐かしさに捕らわれるたび、パーキーゼ女王は心を宥めるかのように姉に宛てた手紙を書きはじめ、父ムラト五世への懐旧の念を綴り、しかしミンゲルに対する自らの責任の重大さへの覚悟や、「民草」に愛される誇らしさも書き加えるのだった。また女王は、イスラーム教徒の男性が四人の妻を娶《めと》り、しかし「離縁する！」と三回唱えれば易々と離婚することのできる権利を有するのは不当であるし、機が熟したならそれを是正するつもりだとも、書き送っている。――「お父さまも、わたくしがこれまでなしてきたことや、この意志をお知りになったのならきっと、誇りに思ってくださることでしょう」。

女王も見守るなかゆっくりと島に近づいてきた錆色のエナス号は、クレタ島のイギリス領事が列強諸国の戦艦の封鎖網を自由に通過する許可を取りつけた船であり、遅きに失した感はあったが医薬品やテント、ベッドを積み、イスラーム教徒二名を含む三名の医師、それにペスト流行初期に島を出ていた四十名ほどの、大半はギリシア正教徒のミンゲル島民を乗せていた。

エナス号の到着こそペスト終息の真の証と捉えられたためだろう、大半の市民が仕事を放り出して晴れがましい面持ちで波止場へ駆けつけた。女王の注意深い視線の先では、錆の浮く船が錨を下ろし、埠頭からは艀が二艘、船に向かっていった。波止場の群衆の間では早くもこの船の正体や、どうやって島へ辿りついたのか、すでに海上封鎖は解かれているのではあるまいか等々、さまざまな憶測が飛び交った。

ヌーリー首相がようやく女王に、このエナス号が〝友好的〟な船であり、女王の叔父とイギリスの間で一時的な合意がなされた結果、ミンゲル島へやって来たのだと伝えたのは最初の乗客が下船してから三時間後のことだった。このときばかりは「君の叔父さま」という気安すぎる言葉もパーキーゼ女王に怒りよりもむしろ、イスタンブルへの郷愁を掻き立てたようだった。

マズハル公安大臣はエナス号の乗客のうち、大鼻の陽気なフランス人記者を最重要人物と考えた。昨今、ミンゲル島について英仏で数々の記事を活字にした人物であったからだ。このフランス人記者は、アブデュルハミト二世によって父や姉たちと過ごした幽閉生活や、運命の気まぐれの結果としていまや独立国の君主となった心境について、女王にインタビューする心づもりでいた。女王もインタビューに応じるつもりだと伝えてあったので、すでに『フィガロ』紙と『ロンドン・タイムズ』紙がこのインタビューに相応の紙面を割く予定でおり、この報道によってイギリスにアブデュルハミト帝への守りとなってもらうための下地としようというのがマズハル公安大臣の算段であった。さらにジョルジ領事もこの記者に、女王は汎イスラーム主義や女性蔑視を憎んでいると教え、そうした話題に水を向けるよう言い含めていた。

「あなた、わたくしたちがこの島へ来ることになったのは、どうしてなのでしょう？」

「君の叔父さまがどういった意図で僕たち二人を中国行の諮問団に加えたのか、見当もつかないよ！」

「ですがこの島へ参ったのは、可哀そうなボンコウスキーさま——あの方が安らかに眠られますように——が殺されてからのことです。疫病を食い止めるため、そしてボンコウスキーさま殺害の謎を解き明かすためではなくて？」

パーキーゼ女王は少しだけ夫を見下すような、それでいて思いやりにあふれた声でそう言った。

「たしかに神さまのお導きで、有難いことにその任務には成功したね。おかげで君はこの島の女王にもなった」

「わたくしはいまでも、自分がどうして女王に推戴されたのか測りかねています。でもあなた、わたくしがミンゲルに遣わされたのは、この島を崇高なる帝国から分離独立させてイギリスへ引き渡すためではなかったというのだけは確かです。だって、そんなことをすれば二度とイスタンブルへ戻れなくなりますし、姉上たちやお父さまに会えなくなってしまいますもの」

「いまでも帰京は難しいと思うよ」

「それは承知しています。でも、この島でわたくしたちがしてきたことはすべて、ペストを終息させるためでした。それはもう終わりましたけれど、いま少しの間はこの島に留まりましょう。だって、わたくしを慕い、女王に戴いてくれた国民たちへの精神的な責任は残っておりますもの！　だからわたくしのいまの望みはただ一つ、あなたと装甲車で（夫妻の間では装甲四輪馬車はこう呼ばれていた）ディキリやコフニア、上トゥルンチラル地区を回って、助けを請う民の苦しみを取り除いてやることです。フランス人の記者に叔父さまの悪評を申し立てることではなくてね」

女王はインタビューではなく巡幸に出ると聞かされた大鼻のフランス人記者は、マズハル公安大臣とジョルジ領事が手を組み、わざわざ電報を打ってまで自分を呼び寄せたのだから、女王はただ単にこちらを焦らそうとしているだけだろうと安閑と構えた。そこで彼は女王がインタビューに応じてくれるのを待つ間にも早速、ミンゲル島の歴史や美しさ、あるいはアルカズ城塞や監獄、そしてもちろん今般のペストについての取材に取りかかった。そして、乙女塔島に検疫という名目で送られたオスマン帝国の官吏たちが百十日もの長きにわたって虜囚生活を送っていると知ると、女王に乙女塔島への上陸と、「トルコ人たち」との接見を願い出た。パーキーゼ女王はすぐさま許可を与えるとともに、自らも乙女塔島をその目で確かめることにした。

パーキーゼ女王とヌーリー首相一行が乗り込んだ三隻の艀が乙女塔島へ到着したのはその二時間後、午後の礼拝の頃合いだった。来島はあらかじめ通達されていたが、女王と首相を迎えたのは島の管理を任されているギリシア正教徒の年配の官吏とそのボクサー犬のみだった。島に隔離されているのは自由独立宣言から百十三日が経った現在も新政府への協力を拒み、あくまで帝都イスタンブルの帝国政府と皇帝に忠誠を誓うアルカズ市やそのほかの村々出身の官吏たちであったが、ときに「トルコ人」と蔑称された六十名ほどの彼らのうち、実に半分以上がすでに死亡していた。「ミンゲル国はあくまで公正ですぞ！」という故サーミー総督の甘言に惑わされた挙句、「自由独立」の初期に素直にイスタンブルへ帰還したいと申し出たり、高給での雇用を拒否したりした彼らは、その馬鹿正直さの代償を支払う羽目になったのである。

最初のうち、彼らに与えられた罰とは検疫の名目で収監されること、つまりはイスタンブルへ戻れぬまま岩だらけの木陰一つない小島で吹き曝しのまま放っておかれることだけだった。ところが、アルカズ市以外からもイスタンブルに忠実な官吏たちが島へ送り込まれペストが蔓延するに及び、乙女塔島は地獄の様相を呈するようになった。互いに折り重なるようにして狭い島で過ごしてきた彼らのうちの半数がまともに過ごせるようになったのは、残りの半数が死んだあとのことだった。島に閉じ込められている間に「トルコ人たち」は、ミンゲル政府が自分たちをアブデュルハミト帝との和解交渉の材料にしたことにようやく気がついたのであった。

「人質」の中には乙女塔島と本土を行き来する艀を手に入れて逃げようと計画を立てる者も幾らかいたが、大半は海上封鎖に加わっているオスマン帝国の戦艦マフムディィエが島を急襲し救助してくれることを願って何もしなかった。そうする間にもペストと飢え、熱暑によって仲間内で争い、ときに乱闘を起こし、そこに吹き曝しの島の悪条件がたたって死んでいったのである。サーミーが忌み嫌っていたラフメトゥッラー市長やニザーミー寄進財管理部長のような経験豊富で、それゆえにこそアブデュルハミト帝に忠誠を誓い続けた帝国官僚たちも、ハムドゥッラー導師期第一週に相次いで死亡している。

この惨状を、正気も失わず病にも倒れずに生き延びたのはただ一人、就任前に殺されたイブラヒム新総督の秘書官ハディだけだった。このときのパーキーゼ女王とその夫の訪問に言及する際、ハディをはじめ諸々の回想録の著者たちは、ちょうどトルコ共和国の建国者たちがオスマン帝国末期の皇帝や帝室、王子や王配について書くときと同種の、蔑みと揶揄に満ちた筆致でそれを描いている。そこでは、パーキーゼ女王とヌーリー医師は宮廷暮らしのせいで現実を知らず、国際社会において列強の走狗と化した考えなしで居丈高な人物として描写されている。

乙女塔島に閉じ込められ、イスタンブルに帰ることも叶わず没した彼らの大半が臨終前に言い残したのは、ミンゲル島を帝国から分離させたサーミー総督への呪詛であったという。

当のパーキーゼ女王はといえば、オスマン帝国にとっては「殉職者」に当たる彼らが味わった困苦に耳を傾けながら、責任ある君主としては当然の羞恥と良心の呵責に苛まれていた。のちに女王は、飢えに苦しみ骨と皮ばかりの惨めな姿を晒し、目だけをぎょろつかせるイスタンブル派の人質や囚人を見るにつけ、フランス人記者に思わず「後生ですからここのことを書かないで下さいませ、ミンゲル人にもトルコ人にも恥をかかせることになってしまいますから！」と懇願しそうになったと、姉姫に宛てて綴っている。父ムラト五世のフランス語はそれは見事なもので、ヨーロッパの新聞記者たちが舌を巻くほどだったが、パーキーゼ女王は自分のフランス語に自信がなかったうえに「後宮に幽閉された先帝とその姫君たち」についての取材をはねつけた経緯もあるので、とても大鼻の記者に「乙女塔島で見聞きしたことやトルコ人官吏たちの様子を書かないでくださいまし！」とは頼めなかったようだ。内心の葛藤と戦ううち黙り込んでしまったパーキーゼ女王は、かほどの気おくれを覚えるのはきっと、ミンゲル島に対する責任感とイスタンブルへ帰れるかもしれないという一縷の期待の板挟みになっているからだろうと、自覚したのだった。

街へ帰るため艀へ向かう道すがら、女王は夫であるヌーリー首相の方を向くと、その場にいる全員に聞こえるよう大きな声でこう命じた。

「アルカズ城塞沖からもうすぐ抜錨《ばつびょう》するあの錆びたクレタ島の船を、出航前にこの乙女塔島へ寄港させてくださいまし！　イスタンブルへ戻りたいと望む者をすべて、乗せていかせるのです！」

79章

パーキーゼ女王は、乙女塔島からアルカズの港へ戻る船上から旧総督府、つまりは首相府の賓客室の、いつも手紙をしたためる書き物机の前の窓を探した。ようやくそれが見つかると、まるで自分自身を外から眺めているような心地がすると同時に、百七十六日もの間自分が世界を眺めてきたのが、いかにちっぽけな場所からであったろうと思い知らされた。

さらに女王は、海上から見上げると岩山と壮大なベヤズ山が首相府のすぐ後背に、つまりは自分の暮らしていた窓辺のすぐそばにそびえていたことに気がついて大いに驚いた。のちに女王は手紙に、ベヤズ山がはたしてどのような影響を自分に及ぼしたろうかと自問しながら「かほどに巨大な存在のすぐそばにいたのです、たとえそれが窓辺から見えずとも、わたくしがそれに感化されぬはずもありません！」と綴りつつ、凪いだ水面に写るベヤズ山の雄姿を前にして胸がいっぱいになったと記している。海の中には岩のほかに、掌ほどの大きさの素早く泳ぎ回るイトヨや、年老いてのろのろと動くイチョウガニ、緑や青の海藻が、はじめて島へやって来た日と同じように顔を覗かせていた。

賓客室へ戻ってもなお、パーキーゼ女王はさきほど覚えた望郷の念を拭いきれなかった。ヌーリー首相が部屋に戻ったのはその一時間後、錆色のクレタ船が抜錨し、オスマン帝国の官吏たちを乗せるため乙女塔島の近くにふたたび投錨する頃合いのことで、二人はイスタンブルへ帰る疲労困憊した帝国の最後の公僕たちが、荷包や旅行鞄、そのほか最後まで手許に残った身の回りの品をエナス号に積み込むさまを窓辺から見守った。

「崇高なる帝国はこの島も失ってしまったね。帝国の官僚たちが引き揚げていくのだもの」

ヌーリー医師があくまで冷静な口調でそう言って、妻に尋ねた。

「あの船でイスタンブルへ戻りたいって思っているのかい？」

「叔父さまが玉座にいるうちは、わたくしたちの帰京は難しいでしょう」

二人はこの頃から、彼らを死ぬまで苦しめることになるであろう「祖国への裏切り」という苦悩を、いま少し穏当な「帰京」という言葉で言い表すようになっていった。

「イスタンブル政府は、あの可哀そうな官吏たちを我が家へ帰してやった君を高く評価するに違いないよ！　この島の反アブデュルハミト、反オスマン帝国派の人々は君を責めるだろうけれど」

「……あなたがイスタンブル政府と仰るのは、つまり叔父さまのことね。でも、わたくしがあの人質の方々を解放したのは、叔父さまや列強を喜ばせるためではありません！　不当な仕打ちを受けながらも忠誠を貫いた勇敢な帝国のしもべたちを家へ帰してやるのが、心ある者の責務だと考えたからです！　わたくしのご先祖が築いたオスマン帝国が六百年もの長きにわたって永らえてきたのは、忠勇な彼らのような人々がいたからこそなのです」

女王が口にした言葉の重みに二人して押し黙ってしまう間にも、乙女塔島に停泊していたクレタ船は乗客を乗せ終え、到着のときと同じく三回、汽笛を鳴らした。望郷の念に頬を濡らす妻を見て、ヌーリー医師は彼女を慰めようとこう言った。

「たとえイスタンブルに帰れたとしても、君の叔父さまの虜になるのがおちだよ。この島にいれば君は女王で、僕は首相、そして気高い国民と美しい島に奉仕することもできる」

「ですが、疫病は終息したのですから海上封鎖も解かれるでしょう！　そのとき何が起こるのか、わたくしは気がかりでなりません」

答えを知りたくないとばかりに、パーキーゼ女王はふと浮かんだ望みを口にした。

「ねえ装甲車へ乗って、デンデラ地区やフリスヴォス地区へ視察に行きましょうよ！」

もしかしたらパーキーゼ女王は、これが装甲四輪馬車での最後の巡幸になることを予感していたのかもしれない。ホラ地区の緑あふれる庭でかくれんぼに興じる子供たち、ゲルメ地区のレース飾りのような瀟洒な街並み、イスタンブル近郊のベイコズやチュルチュル界隈の泉よりなおも甘いタ《甘》トルス《露》地区の湧き水、キャーミル司令官の霊廟の建設予定地とされたトゥルンチラル地区の緑野からの絶景、カディルレル地区から海岸へ下りる急峻な階段で日向ぼっこをしながらシラミを取ろうと毛繕いする猫たち、イスタンブル大通り沿いの珈琲店やレストラン、菓子店が歩道に所狭しと並べた色とりどりのテーブルに飾られた花瓶に生けられたバラ、あるいは港に沿って馬車馬を追うように凪いだ海を泳ぐボラやクロダイ――パーキーゼ女王はこのとき車窓から見えた美しい光景を忘れまいとでもするように、熱心に手紙に書き留めている。

この最後の巡幸の様子は、マズハル公安大臣の統制下に置かれていた『アルカズ事報』紙の十一月十五日号において、第一面の半分を割いて広く国民に報じられた。記事はペスト罹患の危険性も省みずに自ら家々の戸口まで足を運んで贈り物を届け、国民の悩みに耳を傾ける勇気ある女王を賞賛する内容で、文面は彼女への崇敬に満ちていたものの、その末尾には女王に対するいくばくかの失望を滲ませる挿話が挟まれていた。それによると、四輪馬車がアルパラ地区へ出向いた折、地区の子供たちが、贈り物や干し魚、乾パンなどを民衆に配る女王と言葉を交わそうとしたものの、彼女がミンゲル語を知らないため果たせなかったというのだ。同じく女王を信奉するある母親は、碧眼の我が娘を抱えてやって来て、ペストで夫が死んでしまい自宅まで取り壊されたのに、約束の補償金が一向に支払われないのだと切々と訴えた。ところが女王は、彼女の娘を膝の上に乗せて撫でてはやったものの、この訴えもまたミンゲル語でなされたため理解できなかったと報じた上で、「女王陛下は素晴らしい心根をお持ちであり、国民もまた敬愛してやまないが、陛下がミンゲル語を解されないと知ったなら国民は悲しむだろう。この数週間の御幸の大半がトルコ語、ギリシア語、フランス語が話されている地区や界隈、つまり富裕層の住まう地区に限定されているのも、女王がミンゲル語をご存じないからであろう」と締めくくられていた。

首相執務室でこの新聞記事を妻に読み聞かせていたヌーリー医師が、思わず「公安大臣の差し金に違いない」と言うと、女王はいつもながらの朗らかさと呑気さで「いかにもありそうなことです、正確な分析だと思いますわ。これからはミンゲル語が話されるもっと貧しい地区へも行かねばなりませんね」と答えたのだった。

翌日、二人はカメラマンと護衛にも通達したうえで予定を変更してカディルレル地区へ赴いた。この視察は、女王が大急ぎで覚えたミンゲル語の古い単語を注意深く、正しく使って見せ、地元の二人の子供が馬車や御者のかけ声から車輪の音まで見事な物真似を披露して周囲を大笑いさせたことで大成功に終わった。

　ところがあくる日、トゥルンチラル地区へ着いて馬車から降りると、あらかじめ女王を迎えるべく準備していた群衆に後から割り込んできた若者二人が、記者たちにも聞こえるような大声で「ミンゲルはミンゲル人のものだ！」と叫び声をあげた。二十歳ほどの若者たちはすぐさま逃げていったが、女王はすっかり意気消沈してしまい、あまりに悲しそうな女王を見かねた住民たちは贈り物が配られる間も「あんな跳ね返りどもの言うことをまともに聞いちゃいけません！」と慰めたのだった。しかし、悲しみ冷めやらぬ女王にとってこの件は忘れがたかったらしく、ハティージェ姫に若者たちの不躾な振舞いを訴えつつ、日に二十語ずつミンゲル語を覚えているのだと書き送っている。そもそもパーキーゼ女王がキャーミル司令官とゼイネプの大恋愛や、その高邁な理想を支持しているのは傍目にも明らかで、反面イスタンブル生まれで島の歴史や文化、さまざまな集団の政治的な思惑であるとか性向であるとかに疎いという事実にしたところで、彼女に有利に働くことの方が多かった。パーキーゼ女王は「ほかの誰とも異なる」出自であるからこそ、島のあらゆる人々と等距離を保ちつつ客観的な判断を下すことができたからだ。

「わたくしの先祖がオスマン帝国を世界の歴史においてもっとも強大な国家に育て上げ得たのは、支配した国々の諸民族や住民と似ていたからではなく、むしろ誰ともまったく似ていなかったからこそなのですよ！」

　そう息巻く女王をヌーリー医師はこう宥めた。

「でもね、僕のパーキーゼ皇女殿下、ご一族がいま領土や島々を一つまた一つと失いつつあるのも、同じ理由なんじゃないかな。つまり、君たちが支配下にあるあらゆる民族と異なっていて、そこに生きる諸民族とはまったく別の民族の出自であるからこそ、そうなっているんじゃないだろうか」

それから二日後、ギリシア語紙『新しい島』に掲載された新聞記者マノリスの署名記事は、四日前の『アルカズ事報』の記事よりもさらに辛辣だった。「ミンゲル国民が自らの手で国を導くことができるのは明らかであり、それはキャーミル司令官も確信するところであった。ミンゲルは民衆と同じ言葉を話すことさえできない指導者のいるアジアや極東の小さく哀れな植民地とは異なるし、まして父親がフリーメイソンの影響下にあるような〝皇帝の娘〟はまったく不要である」。マノリスは「女王が民衆から慕われているという噂もあるが」と断りつつ、庶民のたんなる好奇心を好意と解するような誇張は慎むべきであるとした上で、「多年にわたり奴隷のような虜囚生活を送ってきた皇女」は、もとより世界のどこであれ好奇の眼差しを向けられずにはいられないだろうと警告し、終わりに以下のような事実を忘れてはならないと釘を刺した。「ミンゲル国民の輝かしい未来にとって、女性たちを後宮に幽閉し、籠の中の小鳥のように男の所有物か、さもなければ家内を飾る調度よろしく扱うアブデュルハミト二世に服するオスマン帝国世界は模範たり得ない。なぜなら、ミンゲル国民も、ミンゲル女性もいまや自由であるのだから！」

「このマノリスという記者は、お父さまとわたくしを侮辱していますわ！　お願いですからやめさせてくださいませ。わたくしは後宮の小鳥でもなければ籠の中の奴隷でもなく、女王なのです。こんな記事、誰にも読まれたくありません」

「僕の殿下、こんな記事、誰もまともに取り合わないさ。こんな新聞を売っている三人かそこらの売り子を捕まえて没収なんてしたら、それこそ衆目を集めてしまうよ。この記事だってマズハル公安大臣が書かせたに決まっている。彼を喜ばせるのがおちさ」

「わたくしはこの国の女王であり、わたくしを推戴したのはほかならぬミンゲル国民なのですよ！　彼らがわたくしの言葉を聞き届けてくれないというのなら、一日とて女王でなどいたくありませんん！」

ヌーリー医師は冗談めかした微笑みを浮かべて答えた。

「まずは夫の言葉に耳を傾け、従うのがイスラームの教えというものだよ！」

パーキーゼ女王は、妻が誹謗されているにもかかわらず冗談めかして笑う夫に心底、腹が立つと同時に、夫さえ女王たる自分の言葉に耳を貸さないのだと思い知らされ、すっかり自信を失くしてしまった。このあと二人は長いこと言い争った末に互いに口をきかず、丸二日のあいだ政務はすべてマズハル公安大臣に任せきりにして、どこにも出かけなかった。そして三日目、馬車での巡幸は女王たっての希望を受けて、瀟洒なデンデラ地区の美しい海岸通りへ向かうこととなり、書記官やそのほかの官吏、護衛、新聞記者にもその旨が通達された。

ところが、夜が明けていざ四輪馬車に乗り込む段になって、マズハル公安大臣が二人を呼び止めた。爆弾を用いた暗殺計画があるという情報がもたらされたというのが彼の言い分で、しばらくは視察そのものを控えた方がよいというのだ。

公安大臣が去るとパーキーゼ女王は夫にこう漏らした。

「あの男の言うことなど信じられません。立身のことばかり考えているあの男の言葉に従う義理はございません」

「僕もそれについては随分と考えたんだ」

ヌーリー医師はそう答えた。

「もし、ひどく急を要するような危機的状況に陥って——神よ、そんなことが起きませんように！——僕たちが何かを命じたとしよう。おそらく国民たちの一部は君のもとに集うことだろう。でも武器を持った勇敢な兵士となると話は違う。島じゅうから集まったとしても精々が四、五十人、それも僕たちの命令をちゃんと聞いてくれるかどうか定かではない。ところが、あのマズハル公安大臣がひとたび号令すれば、検疫部隊はもとより憲兵や駐屯地の兵士、それに予備役やら新規採用の新兵たちを合わせた大兵団ができあがるだろうね」

「そうしてわたくしたちはまた虜囚生活に逆戻り、そう仰りたいのね」

「そのとおり。でも、君がいまでもミンゲルの女王だというのも忘れてはいけない。その地位にあり続ければ、やがては世界中が君こそがこの独立国家の元首だと認め、首を垂れるようになることだろう。いまでさえ、ミンゲルの恐ろしいペスト禍がヨーロッパへ波及するのを食い止めた女王として歴史に名を刻むこと間違いなしだ。ヨーロッパ諸国は君に感謝しているはずだからね」

こうしてパーキーゼ女王は、望むときに部屋を出て気の向くまま表を歩き、あるいは馬車で街々を巡り、人々やその住まい、ありとあらゆるものを見物に行かれる自由な日々が終わりを告げたことを理解したのであった。すぐに、以前と同じように賓客室の前には歩哨が立つようになった。その数は六、七人でハムドゥッラー導師期のように睨みつけられて小銃を向けられることこそなかったものの、どこかへ行こうとすると敬礼したまま無言で通路に立ちふさがるのだった。いまやミンゲル島は、ほかの大臣たちを従えたマズハル公安大臣によって支配されるようになったのである。

続く十二日間、女王と首相は一歩も部屋を出なかった。目新しいものに出会う機会もなかったからだろう、ハティージェ姫に宛てた手紙もこの十二日間に関してはほとんど残っていない。女王は

島民や郊外地区に心及ばせていたようであるが、ものの五日で書き上げたらしき手紙の中で彼女は

「ここのところ、叔父さまが何年も愛読していらっしゃる推理小説というものが急に気になりだしました。お姉さまのご夫君はひところ屏風の裏から叔父さまのために推理小説を朗読なさっていらっしゃいましたね。よろしければそのときの作品や作者の名前を教えてくださいませんか？」と姉に頼んでいる。

パーキーゼ女王とヌーリー首相は、どうにかしてイスタンブルへ帰ろうと話し合いつつも、アブデュルハミト二世に許しを請う以外、帰京が叶うとも思われなかった。そうこうするうちにも島の新聞各紙は、女王と首相を論《あげつら》うような記事——宮廷人、オスマン人、後宮上がり、鳥籠、虜囚、トルコ人、植民地、フリーメイソンの娘などの表現が多用されていた——を掲載し続けた。

マズハル公安大臣が「緊急事態」と称して賓客室を訪ねてきたのは、疫禍終息から一ヵ月半を経た十二月五日の午後だった。海上封鎖を解きたいと願う列強とアブデュルハミト帝の間で合意が結ばれたらしく、今夜にもイギリスやフランスの艦船がアルカズ市に上陸してきて戦闘が発生しかねないと言うのだ。

「当然ながら首相府にいる者は誰一人として、このような国際紛争に賓客たるお二人が巻き込まれるのを望んでおりません。そのためお二人には日暮れを待って、外国勢力には決して発見されないアルカズ市外へ、島北のとある場所に——いまはお二人にもどことは申し上げられませんが——お連れすることにいたしました」

護衛の一団とともにまずは四輪馬車でアンディンへ行き、そこから島内の新たな住処へ行くための船に乗り換える予定だそうで、ついては二時間以内に身支度を整え、首相府の正面玄関に来てほ

しいというのだ。

のちにパーキーゼ女王が姉姫に書き送ったところでは、支度自体は一時間ほどで済んだようだ。夫妻もはじめのうちはイギリスなりフランスなりの人質になってはたまらないと不安に駆られたものの、馬車に乗り込むうちにも首相府内にもアルカズの街にも不穏な気配など流れておらず、兵士の姿さえ見えないことに気づいた。つまり、紛争の脅威というのはマズハル公安大臣の口からの出まかせなのだ。そう思い至って恐れおののく二人を尻目に、御者のゼケリヤーの操る馬車は夜闇のなかをタシュルク湾を越え、坂道を上り、海岸線に沿って長いこと北上を続けた。

馬車が荒れた坂道を上り下りし、砂浜をかすめて庭園の間を抜けていくうち、車窓からは木々の葉擦れや泉の滾々と湧く水音、あるいはハリネズミの足音が聞こえてくるようになり、やがて雲間から銀色の満月が覗くと、二人にはもう現世ではなく黒雲の上に広がる幽玄の異世界へ足を踏み入れてしまったかのように感じられた。

ふいに視界に小さな湾が開けた。凪いだ水面には、月光が銀色に揺らめいていた。馬車が停まると、二人は世界というものが永遠の静寂にたゆたっていることを思い出した。

護衛と船頭たちとともに、後続の馬車に乗っていた随員たちが暗闇のなか下車する女王と首相に手を貸した。二人は貝や海藻の香る磯を渡り、艀に乗り込んだ。少し沖に出ると、もう少し大きな船が待っていた。そして、二隻目の漕ぎ手たちの背後にマズハル公安大臣の秘書官が佇んでいた。

船が沖に向かう間、その秘書官が真っ暗な海を指さしてこう言った。

「日没前のことです。アズィズィイェ号が来島いたしました。ほら、すぐそこに錨を下ろしています」

そう、たしかに「アズィズィイェ号」と聞こえたのだ。パーキーゼ姫とヌーリー医師を中国ではなくミンゲル島に運び、あるいはボンコウスキー衛生総監と再会させたあの船の名前が。二人は混乱し、恐怖や好奇心、興奮のないまぜになったまま、しかしいまだ夢の中にいるかのように互いに顔を見合わせるばかりで何も言えなかった。のちにパーキーゼ姫は綴っているが、何を質《ただ》されるでもなく、いずことも知れないどこかへ連れて行かれようとしていたためなのか、二人とも自分が子供になったような心地がしたという。

やがて月明かりのなかにアズィズィイェ号の黒々とした船影が浮かび上がると艀はさらに速度を上げ、すぐにも船体から下ろされたタラップへ辿りついた。

船の影に入ったためだろう、辺りは真っ暗になったように感じられた。ヌーリー医師はすぐに旅行鞄が積みだされたのに気がつき、パーキーゼ姫がタラップに足をかけたところでマズハル公安大臣の秘書官が立ち上がり、いかにも官僚的な声音で言った。

「女王陛下ならびに首相閣下！　道半ばであった旅にお出かけください。アズィズィイェ号はお二人をアレクサンドリア経由で中国へお連れするとのことであります」

ふいに月光が差し、秘書官はヌーリー医師ではなくパーキーゼ姫の方に視線を据え、恭しく首を垂れて礼をするとこう付け加えた。

「ミンゲル国民は、あなたさまに深く感謝いたしております！」

女王は栄誉にあふれるこの言葉に背を押されるようにタラップを上り、乗船した。先だってと同じロシア人船長が、変わらぬ慎ましやかな笑みを浮かべて二人を迎えた。客室やボンコウスキーと夕食を共にした船室の明かりは灯されたままで、それがなおさらに、この船がミンゲルとは隔たった別世界で旅を続けていたことを思い出させるかのようだった。パーキーゼ姫が夫と幸せな時間を過ごしたマホガニー材で内装されたあの客室に落ち着くのを見計らったかのように、船が動き出した。パーキーゼ姫は何もかも放り出して甲板へ急いだ。二十世紀を通じて、東地中海に関するあらゆる旅行案内書が「唯一無二」と激賞し続けた、あのミンゲルの絶景を見納めるためだ。

アズィズィイェ号は島の南北を貫くエルドスト山脈に沿うように進んでいき、パーキーゼ姫は鋭く切り立った火山の山巓を見上げた。やがて月が雲に入り、辺りが暗闇に閉ざされるとパーキーゼ姫は、もうミンゲル島を見ることは二度と叶うまいと肩を落としたのだけれど、ふとアラブ灯台に瞬く炎が目に入ったかと思うや、ふたたび雲間から月が顔を覗かせ、アルカズ城塞の尖塔と、その背後に佇むベヤズ山の威容を照らし出した。その光景は刹那の間、浮かび上がっただけで、月明かりはすぐにも消えてしまったが、パーキーゼ姫はもう一度だけ島の姿を目に焼き付けておきたいとばかりに、涙に濡れた瞳を長いこと暗闇に据えたのち、やがて船室へと戻っていった。

何年ものちのこと

注意深い読者であれば、本書が誰にもましてパーキーゼ姫とヌーリー医師に親和的に描かれていることには、すでにお気づきのことと思う。私は彼女たちの曾孫にあたる。くわえてケンブリッジ大学では、十九世紀後半のクレタ島およびミンゲル島について学び、博士号を取得したので、私がパーキーゼ姫の書簡集の編纂を依頼されたのは、ごく自然な成り行きと言えるだろう。

嵐を乗り越え、二十日間に及ぶ旅の末に私の曾祖母と曾祖父は、半年遅れで天津港に、ついで北京へ到着した。その頃には、そもそもオスマン帝国の諮問団が派遣される原因となった義和団の乱は列強諸国の勝利に終わっていた。北京を占領下に置いた列強各国の軍隊は、反乱を起こした民衆と兵士を鎮圧したのち、何日間にもわたって街を略奪した。一年前にキリスト教徒を惨殺した中国人や中国のイスラーム教徒たちが、今度はフランスやロシア、ドイツの軍隊によって殺されたのである。アブデュルハミト二世があくまで象徴的な支持を表明したこの占領軍の暴虐かつ無情な振舞いに対して、国際世論の場で堂々と異を唱えた作家はトルストイだけだった。ヴァージニア・ウルフの言を借りれば「もっとも偉大な作家」である彼は、ロシア皇帝とドイツ皇帝ヴィルヘルム二世が行った虐殺を糾弾し、反乱を起こした中国人たちを擁護した。血みどろの戦闘を勝利で飾ったヴィルヘルム二世が望みどおりの報復を果たす一方、八カ国連合はオスマン帝国諮問団の高僧たちを招請した。中国のイスラーム教徒にイスラーム教の歴史と文化、そしてその平和主義についての会合を開催させるためだ。

これに対してイギリス人たちは、ミンゲル島での一連の出来事やアブデュルハミト二世の反応、さらにはパーキーゼ姫とヌーリー医師が国家反逆罪に問われる可能性などを考慮した結果、すでにイスタンブルへの帰国準備をはじめていた諮問団の面々に夫妻が出くわさぬよう細心の注意を払うのを忘れず、ヌーリー医師にはイスラーム教徒が多く暮らす地域へ赴き、イスラーム教と疫学についての講演を行うよう依頼した。パーキーゼ姫が雲南や甘粛、新疆から送った手紙に、東アジアの文化史研究者にとっては興味深い所論が多く含まれるのもこのためである。

やがて、国際会議でヌーリー医師を見知っていたイギリスやフランスの医師たちが講演のことを聞きつけ、香港で一緒に働かないかと誘いを寄こした。当時、イギリスが植民地に設立した病院や研究所は、ペスト撲滅のための世界規模の戦いにおいても、また細菌学研究においても、まさにその最前線に位置すると同時に、先進的かつ創造性に富む検疫学研究機関として鳴らしていた。一九〇一年当時、アレクサンドル・イェルサンはインドシナに滞在し、パリのパスツール研究所に送るためのワクチン用の血清の抽出と培養に打ち込んでいたが——結局、成功しなかった——彼がこの七年前の一八九四年にその名を取ってイェルスィニア・ペスティスと名付けたペスト菌を発見した場所も、同じ香港の掘立小屋であった。イェルサンはフランス人であったためイギリスの病院には立ち入りが許可されなかったためである。いずれにせよ、一九〇一年にミンゲル島を襲ったのと同じペスト菌は、一八九四年以来、中国で何十万人もの死者を出していた。ヌーリー医師は香港の東華病院で働きはじめ、すぐにテオドロプロス病院やハミディイェ病院で目にしたのと同種の、人々の無知ゆえに引き起こされる悲劇の数々を——大半の中国人はどんなに病状が悪化しても、ただイギリス人の居住区だからという理由だけで病院に足を運ぼうとさえしないのだ！——目の当たりにしたが、その一方で検疫についての理解にはいくつもの相違点を発見した。

夫妻は当時のヴィクトリア市の、イギリス人をはじめヨーロッパ人たちが暮らす界隈に居を定め、海に臨む山の手のアパルトマンの一階を借り切って暮らしはじめた。パーキーゼ姫が香港から送った最初の手紙にあるとおり、アパルトマンの窓からはちょうどイスタンブルのチャムルジャの丘からボスポラス海峡を眺めるような具合に海が見晴らせた。当初はイスタンブルへ戻るまでの「仮住まい」と考えていたこのアパルトマンに、夫妻は二十五年間、暮らすことになる。

ヌーリー医師がミンゲル島の住人で連絡を取り合っていたのは唯一、この物語の九年前、スィノプ市の帝国軍駐屯地でのシラミの流行で知り合い、のちにミンゲル州検疫局長、長じてはミンゲル国保健大臣となって、いまだその職にあったあの山羊鬚のニコス医師だけだった。女王と首相がミンゲル島を出たことが長く国民に伏せられていたと知らせてくれたのも、ニコス保健大臣だった。イギリスからなんらかの保護を引き出すことを期待して、発表を遅らせたのだろう。

十二月六日、サドリ砲兵隊軍曹による二十五発の礼砲とともにマズハル元治安監督部長は、自らのミンゲル国大統領就任を宣言した。翌日の正午、州広場改めミンゲル広場ではミンゲル史上もっとも入念に組織された一大ページェントが執り行われ、七千人近くが参加した。民衆は、隊伍を組んで行進する高校生たちや商工業者たち、そして検疫部隊員たちがきびきびとした動作で整然と大統領に敬礼するさまや、手に持った小さなミンゲル国旗を熱狂的に振り、あるいは伝統衣装に身を包み音楽に合わせて踊る山間の村々からやって来た娘たちに見惚れたのだった。バルコニーに立つマズハル大統領は、共和国とは一つの生き方であり、自由とはその糧、それこそが今日ミンゲル広場に集った全員にとっての唯一の目標なのだと演説した。

当時、軍部や官僚のクーデターによって王なり女王なりが廃位されることは珍しくなかったが、ミンゲルにおけるほど平穏かつ流血を伴わないそれは稀有であったろう。そのため、この日の出来事になにがしかドラマティックな脚色を施したいと望むミンゲル史家や、あるいは〝マルクス主義的〟と評すべき歴史家たちは、この政変を「民主的ブルジョワ革命だ！」と言って高く評価しようとする。しかし、マズハル大統領期に起こったのは、いずれも「民主的」とは言い難い出来事ばかりであった。

公安大臣を前職としたマズハル新大統領がことのほか熱心に推し進めたのは、建国者たる故キャーミル司令官が行った民族主義的改革路線だった。大統領に就任してひと月の間に、考古学者セリム・サーヒルとギリシア正教徒、イスラーム教徒双方の中・高等学校の教師陣を集めて委員会を立ち上げた彼は、ミンゲル文字を整備させるとすぐに学校教育に導入し、すべての政府機関においてこの新文字で書かれた公文書が優先的に処理されるよう手配した。後者の実行は容易ではなかったものの、たとえば戸籍局はキャーミル司令官の愛したミンゲル名を新生児に名付けた場合は登録をすぐに行い、トルコ語やギリシア語で命名した場合にはあれこれと難癖をつけることで対応した。またマズハル大統領は島のすべての商店に、よく見えるところにミンゲル文字で店舗名を書くようにも命じた。西欧諸国やギリシア王国はこの種の改革そのものにはさして拘泥しなかったものの、ギリシア民族主義者や正教徒共同体に対するミンゲル政府の厳しい弾圧には異を唱えた。それというのも大統領は就任後間もなく、ギリシア正教徒共同体の主だった「知識人」四十名と、トルコ語を母語とする蔵書家でイスラーム教徒の識者十二名——もとよりそれほどの数はいなかったが——を分離主義者として告発し、アルカズ城塞監獄へ送ったのである。

こうしたミンゲル化政策と並行してキャーミル司令官とゼイネプの写真が何千枚と刷られ、情熱も新たに国の津々浦々に掲げられた。キャーミル司令官とゼイネプの出会いや恋物語、あらゆる困難にも負けず、ついにはミンゲル語のおかげで結ばれるさまは、中・高等学校の教育の要諦を成し、とくに『ミンゲル文字』と『ゼイネプ読本』は大好評を博した。政治主導による文化政策を進めたマズハル大統領ではあるが、彼は女王位にあったパーキーゼ姫の記憶を抹消するようなことはせず、むしろ歴史書や教科書においては彼女の正当性を評価し、控えめながら敬意の込もった地位を保たせもした。いまなおミンゲル人たちは、ごく短期間とはいえオスマン帝国の皇女を女王として戴き、彼女が自国の自由独立に協力してくれたことを誇りに思っている。

当のパーキーゼ姫は後年、父帝と同じく政府内のささやかな政権交代によってミンゲル女王位を公的に失った悲しみを、香港の景色のよい書き物机から姉に宛てて綴っている。父ムラト五世の治世九十三日間に対して、パーキーゼ姫が女王であったのは一九〇一年八月二十七日から十二月五日までの百一日間だと記した皇女は、続けて「お父さまはわたくしが女王だったことをご存じなのかが気になります。お父さまたちが懐かしくてなりません」と記している。パーキーゼ姫はついに望むまま自由に街を出歩ける暮らしを手にするという「僥倖」に恵まれたはずなのに、姉や父、そしてイスタンブルを懐かしむあまりさほど幸せとは言えず、その想いを手紙に書き綴るよりほかなかなかったようである。

さらに一年後、姉ハティージェ姫が醜聞に見舞われて以降、香港のパーキーゼ姫は前にもまして孤独を託つようになった。イスタンブルにいるハティージェ姫が、アブデュルハミト二世の愛娘ナーイメ皇女の夫であるメフメト・ケマレッティン・パシャと恋に落ち、庭壁越しに投げてはやり取りをしていた恋文が皇帝の手に渡ってしまったというのだ。皇帝は、ハティージェ姫にとっては従兄にあたり、また一八七七年から七八年の露土戦争における英雄であるガーズィー・オスマン・パシャ（ガーズィーは武勲のあった軍人などに与えられる称号）の息子であるこの若き美丈夫をただちに愛娘から引き離すと、王配の身分を剝奪のうえブルサ市へ追放した。これは『ニューヨーク・タイムズ』紙でも報じられたほどの政治的スキャンダルとなり、作家ピエール・ロティでさえこの一件に触れている。当時のイスタンブルはいまなどよりもずっと保守的であったから、ハティージェ皇女とナーイメ皇女――悪意ある人々はナーイメ皇女を公然と〝醜女〟や〝背の曲がった〟と評する――というオルタキョイ地区で隣同士のお屋敷で暮らす二人の皇女の恋模様と対立は、またたく間に巷間に流布した。ケマレッティンはブルサの屋敷に軟禁されていたに過ぎず、ミドハト・パシャが送られたターイフや、あるいはスィノプやミンゲル島の監獄に送られるのに比べれば軽い罰であったし、皇帝がとくに目をかけていたハティージェ姫に至ってはなんのお咎めもなかったものの、少なくともしばらくの間は監視の目が厳しくなり、パーキーゼ姫が姉と手紙のやり取りをするのも難しくなってしまった。

姉姫の「醜聞」にまつわるさまざまな噂は、ハティージェ姫本人からではなく新聞などを介してパーキーゼ姫の耳に届いた。のちにオスマン帝国が滅び、トルコ共和国が建国されると、イスタンブルの新聞各紙はこのときの醜聞について「実はハティージェ姫はわざと恋文がアブデュルハミト二世の手に渡るように仕向け、そうすることで父を苦しめた叔父に意趣返ししたのだ」とか、「ナーイメ皇女が暮らす隣の避暑屋敷ではバルカン半島からの避難民たちが厨房係として働いていたが、ハティージェ姫はケマレッティン・パシャと添い遂げるため彼らに殺鼠剤を与えてナーイメ皇女を毒殺しようとしていた。アブデュルハミト二世は、いかなる痕跡も残さずに毒殺を可能とするヒ素入り殺鼠剤の恐ろしさを、改めて思い知らされたことだろう」などと書き立てたものだ。

いずれにせよ叔父であるアブデュルハミト二世の赦しがなければ、もう二度とイスタンブルの土を踏めないことは、パーキーゼ姫が一番よく理解していた。さらに言えば、彼女自身が姉に書き送ったように、アブデュルハミト帝から見てハティージェ姫とパーキーゼ姫の間には大きな差異があった。当時まだ皇太子であったアブデュルハミトが姉ハティージェに出会ったのは、長女ウルヴィーイェ姫を亡くしたばかりのころで――当時、発明されたばかりの燐寸《マッチ》で遊んでいて身体に火がついたのだ――彼は生まれたばかりの姪をことのほか可愛がり、慰めを見出したという経緯がある。ところが、パーキーゼ姫は父ムラト五世がチュラアーン宮殿に幽閉されてからの子供であったので、アブデュルハミトに会ったこともなければ、姉ハティージェのようにその膝の上で可愛がってもらった記憶もなかったのである。

香港のパーキーゼ姫のもとに父ムラト五世の訃報が届けられたのは、一九〇四年八月のことだった。皇女は、父の匂いや読書しているときの仕草、ピアノを弾くときその顔に決まって浮かぶ物憂げな表情、それに彼が作った曲のことを懐かしみながら数カ月間、悲しみに暮れて過ごした。しかし、ムラト五世の薨去から二年ほどの間、ハティージェ姫へ送る手紙の数が減ったのはなにも悲しみのためだけではない。彼女はたしかに「大切なお父さまがいないイスタンブルは、もう私の知っているイスタンブルではございません」と書いてはいるものの、実はこの時期、つまり一九〇六年に長女メリケ――私の祖母に当たる――が産まれたことでてんてこ舞いになってしまったのである。だから、その後の数年についてはパーキーゼ姫の手紙ではなく、文書館に収められている公式文書や回想録の類に基づいて再構成しよう。

しかし、まずは哀れなムラト五世の斂葬《れんそう》について触れてからだ。

おそらく本書に描かれたいかなる出来事であれ、二十八年間もの幽閉生活ののちに薨去したパーキーゼ姫の父親の斂葬ほど不憫ではあるまい。ムラト五世は私の高祖父でもあるので、客観的な史家としての立場は措いて、感情豊かな作家のようにその様子を記すことにしたい。そもそも、帝国の官僚たちや選良たちがオスマン家の帝国が存続することを願って憲法を起草し、西欧化を進め、自由主義的な議会さえ設置したにもかかわらず、それらの諸改革を三十二年もの間、滞らせ、いざアブデュルハミト帝の治世が終わってそれらが再導入されたときには、もはや帝国滅亡を食い止めることができなくなってしまったのは、「凡庸」と評されたムラト五世の治世がごく短命に終わってしまったことに端を発する。同じく改革に前向きであったアブデュルメジド帝は、弟であるのちのアブデュルアズィズ帝を差し置いて我が子ムラトを皇帝に据えようと考えていた。アブデュルメジド帝が、凡庸と言われていたムラト皇子に期待を寄せ、フランス語を習わせ、アウグスト・ロンバルディやカッリスト・グアテッリのようなイタリア人の御用音楽家たちに師事させ西洋音楽を習わせたのも、息子を帝王にするためだったのだ。その一方で、当時後宮にいたある女性の回想録によれば、ムラト皇子が精神に失調を来したのは十四歳のときのことで、のちに復調はしたものの、その心と記憶には後遺症が残り、ときおり精神失調の発作が再発するようになったのだともいう。

治療のため召喚された――イタリア王国との政治的なつながりを築く狙いもあった――ナポリの医師カポレオーネが治療としてワインとコニャックを勧めたため、ムラト皇太子はイスタンブルのアジア岸のクルバールデレ地区の屋敷に酒蔵を建設させ、ついに死ぬまで酒を断てぬまま暮らすことになった。クルバールデレの屋敷で皇太子が催した演奏会兼饗宴には、やがて自由主義者や立憲主義論者として鳴らすイブラヒム・シナースィーやズィヤー・ギョカルプ、ナームク・ケマルなど詩人や新聞人、作家が集うようになっていった。ムラト皇子はロンドンでは毒殺の恐怖におののきながらも、親密になったエドワード皇太子から「次の機会にはヴィクトリア女王の手の甲に接吻するとよい」と勧められれば、叔父アブデュルアズィズ帝に憚ることなくそれをやってのけるほどの胆力を有したのだし、ヨーロッパ旅行の折に知己を得たナポレオン三世のような著名人たちに協力を要請する書簡を積極的に送りもした。ムラト皇子は、ヨーロッパの「諸国民」は王に勝り、王もまた国民に対して一歩譲るところがあり、オスマン帝国の皇帝もまたそうすべきであると考えていた。ところが降って湧いたように皇帝となった彼はさまざまな陰謀やクーデター、あるいは叔父であるアブデュルアズィズ帝の密殺など、弟アブデュルハミト皇子が疑心暗鬼にとりつかれたのと同じ懸念によって精神の平衡を失っていき、しまいには官僚たちの総意のもと廃位されてしまったのであった。はじめに幽閉されたユルドゥズ宮殿では服を着たまま池に飛び込んだり、窓から飛び降りて逃げようとしたりもした。その後、もう長いこと正気を保っているのだと医師を納得させたうえで帝位の奪還を図るものの、企ては見果てぬ夢と終わり、二十八年に及ぶ幽閉生活はさらに窮屈なものとなった。たとえば夜、寝ているとアブデュルハミト二世がおわすユルドゥズ宮殿から遣わされた将官や閣僚がランプを手に居室へ押し入って来る。彼らはムラト五世がたしかに本人だと認めると先帝に恭しく礼をし、去り際にアブデュルハミト二世のもとにムラト五世をベイオール地区で目撃したという話が届けられたため急ぎ確認しに来たのだと弁解するのだった。どこにいても身の危険を感じる生活が続き、ムラト五世は寝室を頻繁に変えるようになった。もっとも、彼のそばにはいつもそのお情けにあやかろうとする側妾たち六、七十人が侍っていたことを思い出せば、ヘンリー・ジェイムズ言うところの「私たち現代人」の感覚に照らすとただただ彼を憐れむというのも、どこか見当違いに思える。晩年は糖尿病が悪化し、娘のハティージェ姫の恋愛がらみの醜聞や、アブデュルハミト二世が頻々《ひんぴん》と送ってよこす様子伺いたちから「殿下のご息女にいかなる罰を与えるおつもりですか？」と詰め寄られ——ムラト五世は娘の醜聞を信じず、どんな罰も与えなかった——すっかり疲弊してしまった。先帝ムラト五世薨去の報は、アブデュルハミト二世の命令でごく控えめにしか報道されず、参列しようとガラタ橋やスィルケジ駅近辺に集った人々は斂葬の執り行われたイェニ・ヴァーリデ・スルタン・モスクに近寄ることさえ許されなかった。ムラト五世の遺体はチュラアーン宮殿から「蒸気船《イスティムボト》」と当時は呼ばれたナヒト《金星》号によってモスクへ運ばれ、毎朝その手の甲に敬意の接吻を欠かさず、政治談議に興じては息子に「私の勇ましい獅子よ！」と呼びかけたあの母后のそばに慌ただしく埋葬された。「ムラト五世は実は死んでおらず、埋葬後にすぐに助け出され、ふたたび帝位に就くべくヨーロッパへ亡命するおつもりだ」という類の噂話がしきりに囁かれたためだろう、アブデュルハミト二世は全閣僚に斂葬への参列を命じるとともに、子飼いの副官を遣わせた。ひとところは「その名は永遠に憎まれるべき」と評されたその副官は、つかつかと先帝の亡骸に歩み寄ると、あろうことかその髪を思いっきりひっつかんでその死を確認したのだった。

一九〇五年七月の第三金曜日、アブデュルハミト二世がユルドゥズ宮殿近傍のユルドゥズ・モスクでの金曜礼拝に向かうさなか、いつもの道の脇に停められていた車に仕掛けられた大がかりな爆弾が爆発した。その爆音はイスタンブルはおろか、海峡を挟んだ対岸のウスキュダルまで聞こえたという。皇帝はちょうどシェイヒュルイスラーム（オスマン帝国におけるイスラーム法の最高権威。今日の宗務大臣に当たる）から質問を受け歩みを緩めたため難を逃れたが、爆発で飛散した鉄片によって二十六名が死亡、金曜日の礼拝行列で皇帝を一目見ようと詰めかけた見物人や諸外国の外交官たちにも多くの負傷者を出し、爆弾と鉄片を積んでいた車の運転手も命を落とした。

暗殺未遂事件から一週間と経たぬうちにアブデュルハミト二世の警官と拷問吏たちはフランスおよびブルガリアにおいて爆弾を作成したのが、アルメニア人の革命的分離主義者であることを暴き、尋問を担当した拷問吏たちは問題の爆弾を自宅に隠し持っていたのがベルギー人の無政府主義者エドワード・ヨリスであったこともすぐに突き止めた。ベイオール地区のシンガーミシン社の支社で働きながら、帝国の最果ての辺境の村々にまでミシンの販路を広げる販売戦略を成功に導くかたわら、ロマン主義的な無政府主義者でもあったこのヨリスには死刑が宣告されたものの、ベルギー王国からの圧力を受けて赦免された。その後、二年間服役しただけで大赦によって解放されたヨリスは、アブデュルハミト二世の間諜となってヨーロッパへ舞い戻ることとなるだろう。

本書も終幕に差しかかったいま私には、一九〇一年以降にオスマン帝国において生起した一連の政治的大事件が、ミンゲル革命から影響を受け、のみならずいたるところにその痕跡を留めているようにさえ思えてならない。もちろん私が、豊かな歴史を誇るこの小さな島にかまけすぎるあまりに、何を見ても、どこに目を向けてもミンゲル島が見えてしまうためかもしれないけれど。

海上封鎖していたイギリス、フランス、ロシアの戦艦が引き揚げたのち、ミンゲルはいまだどの国もその独立を承認していなかったのだから、アブデュルハミト二世は戦艦マフムディィェを派遣し——ちょうどイギリスがアレクサンドリアでそうしたように——アルカズの街や首相府、駐屯地などを徹底的に砲撃させることもできたはずである。彼がそうしなかったのは、公的にはいまだミンゲル島がオスマン帝国に属する州であったからだろう。オスマン帝国領であるからには、たとえばフランスがミンゲル侵攻を考えたところで、まずはイギリスなどの列強の合意が必要であるし、さらにはオスマン帝国との正面衝突を覚悟の上で軍隊を上陸させねばならない。これにくわえて、そもそも皇帝にも、また帝国海軍にも、わざわざ島を砲撃して兵士を送り込み、全島を掌握したうえで新総督を派遣する意図はなかった。万が一、ミンゲル島に上陸したオスマン帝国軍が何らかの抵抗に遭ったなら、ペストのときと同様にキリスト教徒の保護を名目とする列強による侵攻を誘発しかねないし、そうなればキプロス島のようにイギリスに委任統治の口実を与えかねなかったのだ。

さらに、マズハル大統領がオスマン帝国を筆頭とする周辺諸国との友好関係を維持し、同時に検疫部隊を改革して近代的な軍隊へ改組したのも、ミンゲルの独立維持に寄与するところ大であっただろう。全島民に二年間の兵役を課すことで、四年のうちに新たに二千五百名の兵員が確保された。ミンゲル語を話す各家庭や、新政府に心からの忠誠を誓うイスラーム教徒、ギリシア正教徒の家々から集められたこの軍勢の精神的支柱は、キャーミル司令官が唱え、マズハル大統領の大いなる創意工夫を盛り込んだ上で全島に喧伝された詩的かつ強固なミンゲル民族主義思想が担うこととなった。

その後ミンゲル島では、司令官が総督府のバルコニーから独立を宣言した六月二十八日が独立記念日として祭日に指定された。毎年この日になると、電信局員の古式ゆかしいカスケット帽をかぶり、郵便鞄を提げた検疫部隊が駐屯地から繰り出して、『司令官ここにあり！』などのミンゲルの行進曲を熱唱しながらミンゲル広場まで下りてきて、ミンゲル全軍がマズハル大統領が観覧する首相府のバルコニーの下を——大統領は広場からは見えない背の高い椅子に腰かけていた——一時間にわたって行進するのである。とりわけ高校生たちによるデモンストレーションは島民からこよなく愛され、毎年心待ちにされる行事として定着した。西欧の新聞でさえ熱っぽい語り口で報道するほどの知名度を誇るこのデモンストレーションが、現代ではただ国家の独立を祝すためのみならず、ミンゲル国民におけるアイデンティティ形成の重要な一部を担っていることは、文化人類学者たちも指摘するところである。

このデモンストレーションではまず、めいめいがミンゲル文字でミンゲル語の単語を書いた白い旗を手にした高等学校の学生百二十九名がミンゲル広場へ入場してくる。旗に描かれるのはキャーミル司令官がスプレンディド・パレスの自室にあって、いまわの際の二時間に口にし、書記官が記録したあの百二十九の言葉に限られる。学校の制服姿の女子高校、男子高校それぞれの学生たちが広場内で配置につくや拍手が巻き起こり、好奇心たっぷりの沈黙がそれに続くのが常である。はたして学生たちは、今年はどのような標語を作り出すのだろうか？　キャーミル司令官がその最期に紡いだ詩的な美しい言葉のいずれを——「我がミンゲルは我が楽園にして諸君の魂」、「ミンゲルはミンゲル人のものだ」、「我が心はつねにミンゲルと共にある」等々——選び出すのだろうか？そう期待して観衆たちが見守るなか、若人たちは広場をきびきびと動き回りながら配置を変えて文章を紡ぎ出し、万雷の喝采のなかバルコニーの大統領夫妻は涙に頬を濡らしたものである。しかし、悲しいことにこの式典の陰ではミンゲルの民族主義的、共和主義的精神に感化されず、ギリシア王国やオスマン帝国への忠誠を頑なに守った市民二百名——ギリシア正教徒百五十名、イスラーム教徒五十名——が島内のアンディン市の教育キャンプに送られた。再教育を施すよりも、橋や道路の建設でもさせた方がよいと主張する声もあったため、マズハル大統領は革命後のミンゲルに帰国しない富裕市民——大半はギリシア正教徒であった——に重税を課すと同時に、島に居住しているにもかかわらず新政府に懐疑的で、預金もいまや国外となったアテネやイズミルの銀行に置いたままの市民を引っ立てて道路建設事業に従事させることにした。もっとも、ギリシア王国と西欧の新聞に「ミンゲルで強制労働！」とすっぱ抜かれたため、すぐにこの措置は廃止された。

シャーロック・ホームズの生みの親アーサー・コナン・ドイルが二度目の結婚後、人生の奇妙な対称性に導かれるかのように本書の物語が起こった舞台、すなわちエジプトやギリシアの島々、そしてイスタンブルへ新婚旅行に訪れたのもちょうど同じころで、彼自身はアブデュルハミト二世からメジディィイェ勲章を、妻もそれに準ずる勲章を授与されている。ひところは皇帝の副官を務めたヘンリー・ウッズ提督ことウッズ・パシャの回想録には、アブデュルハミト二世は授与式を催して敬愛する作家とついに相見えたのだった、などと書かれているが、これは誤りである。コナン・ドイルがユルドゥズ宮殿を訪ねたいと強く希望しているのを知った皇帝は、むしろ自分の宮殿がシャーロック・ホームズの最新作の舞台にされてはたまらないと、勲章を与えこそしたものの、自らは直前になって断食月中だからと言い訳して式典への参加を見合わせたのである。

ペストのころは週に三通も四通もハティージェ姫に宛て手紙を書いていたパーキーゼ姫だが、一九〇七年に香港から送られたのはほんの二通、第二子スレイマンが産まれたあくる年にはたった一通であった。家には女中とあれこれの雑用をしてくれる英語のわかる使用人が同居していたものの、二人の子供がしょっちゅう体調を崩すので、ほとんど表へ出られなくなってしまったためだろう。手紙にも、ヌーリー医師が遠くの地区へ視察に行ったことや、伝染病は香港でも勢いを失いつつあり三、四年前にくらべ死者も随分減ったことなどが、ごく簡単に綴られているだけである。

二年の間にたったの三通とはいえ、パーキーゼ姫はハティージェ姫が送ってくれた「アブデュルハミトが好む」推理ものの短篇、長篇小説のリストを――筆頭に掲げられていたのはシャーロック・ホームズだった――香港のイギリス管轄の図書館で借りては一冊ずつ読破しているのだと、いずれの手紙でも報告している。皇女は夫ヌーリー医師には「イリアス先生の殺害犯が毒を買った薬局や薬草店を最後まで隠しおおせたのはなぜかを知りたくて読んでいるのです」と正直に告白したものの、姉に宛てた一九〇八年の手紙では推理小説を愛読する理由を濁している。おそらく、この頃ハティージェ姫がますます叔父アブデュルハミトと親しく交わるようになっていたことを懸念したためだろう。なにせアブデュルハミト二世はハティージェ姫を赦し、さまざまな祝宴に招くのみならず、例の醜聞に知らぬふりさえ決め込んでいたのだ。ただし、パーキーゼ姫の書簡には、覚えめでたき姉を利用して皇帝にとりなしてもらい、あわよくば自分と夫の反逆罪を看過してくれるよう頼もうとするような筆致は一切、見られない。姉が皇帝とそこまで親密になっているとは知らなかった可能性もあるが、彼女はたとえ「特赦」を得るためであれアブデュルハミト二世を信じられなかったか、さもなければ叔父に許しを請うことで父との思い出を汚したくなかったのかもしれない。

一九〇八年、青年トルコ人革命によって第二次立憲政が宣言され、帝国議会が再開される。あくる年には、今度は反革命派による三月三十一日クーデターが生起した。これに対してテッサロニキの街を出発した「行動軍」がそのクーデターを鎮圧し、アブデュルハミト二世を退位させて、その弟レシャト皇太子をメフメト五世として即位させるまでの経緯を、パーキーゼ姫はすべて香港の英字新聞を通じて追っていた。イスタンブルの大モスク群から繰り出した組織化され、怒りに満ちた暴徒たちが道で行き会った自由主義者や改革主義者、あるいは知欧派の作家を惨殺するさまや、テッサロニキの街からイスタンブルへ進軍した行動軍と反革命派の軍人たちとが、細菌研究所にもほど近いマチカ駐屯地と、タクスィム広場に隣接するタシュ駐屯地の間で会し、大砲や機関銃を撃ち合ったこと、クーデター鎮圧後、いつも人出が絶えないエミノニュ広場には近代的な三本足の絞首台が据えられ、白い処刑服を着せられた「イスラーム原理主義者」の反乱首謀者三名が公開処刑され、三日の間イスタンブル市民に対する見せしめとして晒し者にされたこと、そして人々が「自由、平等、博愛」、それにもまして「正義」を声高に叫ぶさま等々——これらの光景を想像するのは、パーキーゼ姫とヌーリー医師にとって、それほど難しくはなかっただろう。

自由宣言に続くアブデュルハミト二世の廃位と政治犯たちへの恩赦によって、パーキーゼ姫たちの「帰京」は、ふたたび現実味を帯びはじめた。いまイスタンブルへ戻ったとしたら、ミンゲル島での一連の出来事は自分たちに不利に働くだろうか？　この時期、ヌーリー医師がしきりに手紙をしたため、あるいは電報を打つようになったのも、帝国が急速に崩壊しつつあるという混乱の只中に置かれた帝国の官吏たちの様子や諸々の背後関係を知ることで、まさにこの疑問の答えを得ようとしていたからだった。法務省に奉職するある友人からはこんな答えが返ってきた。——「おそらく、誰にもなにも訊かずに帰国するのが最適でしょう。お二人の場合のような細心の注意を要する審問が必要な場合、それはえてして書局の官僚や各局の責任者たちによって大量の付け届けや賄賂をせしめる機会と見なされて食い物にされるか、あるいは愚かな罪人が勝手に自ら名乗り出ただけと見なされるかの、いずれかだからです」。

そうは言われても、何の準備もなしに不用心にイスタンブルへ帰るというのも、二人には受け入れがたかった。たしかにパーキーゼ姫はイスタンブルに避暑屋敷を筆頭とする種々の不動産を所有したままであったし、ヌーリー医師も国庫から王配としての俸給と公僕としての給与を含め、さまざまな収入源を保持したままであったものの、彼らを「反逆者」と思い込んでいる敵対者が残っていないとも限らない。イスタンブルに戻ればそれらの財産を要求することはできるかもしれない。しかし、すでにヌーリー医師は香港でも医師として成功を収め、検疫行政についてイギリス植民地政府や、さまざまな病院から相談を受けることで相当の収入を得てもいた。そのうえで三歳の娘と利かん坊の一歳の息子を連れて何週間もかかる船旅――しかも、途中で検疫隔離措置を受ける可能性さえあるのだ！――に出る気は到底、起きなかった。

パーキーゼ姫が手紙にはっきりとそう書いているわけではないのだが、私にはある直感がある。つまるところ彼女は、夫と騒々しい子供たち、彼らとの暮らし、あるいは蒸気やら食べ物やら子供たちやらの匂いに満ちた我が家を、こよなく愛していたのだと思うのだ。もしイスタンブルにいれば、皆と同じように片隅に咲くしおれたバラのように大した役割もないまま、いまよりも絢爛ではあっても、その実は生気に乏しい人生を送ることになる。パーキーゼ姫はもう随分前から、自分の夫がほかの皇子や王配たちのようにただ晩餐会――彼の場合は保健機関や公衆衛生関連の基金の集金パーティーということになるだろう――に参加していれば満足するという性質の人間でないことに気がついていた。つまるところパーキーゼ姫もヌーリー医師も、お手伝いたちがいて、警備が行き届き、しかし誰からも疎遠でいられる「ブルジョワの生活」に満足していたのではないだろうか。だから、たとえイスタンブルで自由が宣言され、アブデュルハミト帝が廃位されたからといって、安んじて帰京する気にもならなかったのである。

一九〇九年から一九一三年までの五年の間にハティージェ姫に宛てて送られた手紙は十一通、いずれにも子供たちとの香港での暮らし向きは順調で、夫もよく働き、自分は家事と読書に大忙しだと、ごく手短にしたためられているきりである。なお、姉へのあれこれの問いかけを見ると、パーキーゼ姫はイスタンブルやアルカズの近況をよく知らなかったようである。

では、皇女の手紙以外の史料をよすがとしつつ、パーキーゼ姫がこの五年の間にイスタンブルやアルカズで起きた出来事を瞥見しておこう。

オスマン帝国の最後の十年間は、あのアズィズィイェ号のサロンに掛かっていた帝国地図に描かれたさまざまな地方や地域、島々が、恐るべき速度で失われていく物語である。

アブデュルハミト二世の廃位以降、イスタンブルでもっとも耳にするようになったのは〝自由〟という言葉であったけれど、この「自由」を得たハティージェ姫は早々に叔父に結婚させられた夫――義妹であるパーキーゼ姫のため、皇帝に読んで聞かせた推理小説のリストを作ったのは彼だった――に高額の「手切れ金」を支払って離婚した。この半世紀のちに保守派の歴史小説家ナヒト・スッル・オリクは『歴史世界』誌にパーキーゼ姫を除くムラト五世の娘たちについての記事の連載を持ったが、彼が依拠した父親の体験談や、当時の宮廷の噂話を鑑みるに、ムラト五世の息子や娘たちにとってあれほど待ち望んでいたはずの「自由」は、期待どおりとはならなかったようである。

オリクによれば、二十八年を経てようやく宮殿の外へ出る自由を得たパーキーゼ姫の兄メフメト

・セラハッティン皇子は、毎日のようにイスタンブルの街へ繰り出し、通りはもとより船上や埠頭、橋で行き会った人に誰彼構わず——当時十三歳だった少年オリクも含まれていた——挨拶して回ったという。またセラハッティン皇子は亡父を見舞った不運を演劇にすべく脚本の案を練っていたというが、意地の悪い噂話を好んで取り上げるオリクはこう評している。——半ば正気を失い、しかしあくまで頭脳明晰かつ教養高いセラハッティン皇子は父ムラト五世に与えられていた諸々の手当の〝滞納分〟をせしめようと、妹たちには黙ってメフメト五世に近づいたものの、頭の巡りの悪いこの叔父にさえ相手にされなかったという。

この第二次立憲政期に出版された新聞、雑誌、書物の種類と点数の豊かさは、当時の「自由」をもっともよく表す指標となる。イスタンブル市民が、自分たちがアブデュルハミト専制期に愛読したフランス小説が、実は皇帝のために翻訳された作品であったことを知ったのも、そしてまた「アブデュルハミトのために翻訳された」という表記の初出も——広く記されるようになったのはトルコ共和国建国後ではあったものの——この時期である。

しかし、自由を宣言されたはずのこの時代に、なぜこうした小説の数々が引き続き検閲の対象とされたのだろうか。本書にとっても重要なこの問いに対する答えは、おおよそ三つあるように思われる。

一、怠惰。

二、専制打倒が進行した数年の間に翻訳家たちが行方不明になり、その原稿も散逸してしまったから。

三、アブデュルハミト二世が好ましくないと見なしたイスラーム教やトルコ民族に対する批判的な言説は、「自由」の時代の権力者たちにとっても同じように不快であったから。

また、新聞記者や作家の暗殺が暗黙のうちに国家によって支援されるというイスタンブルの伝統はいまや百年を閲すが、この慣習はほかならぬこの「自由」の時代にはじまったのだということも付言しておこう。

一九一一年、英仏から合意を取りつけたイタリア王国がリビア獲得のためオスマン帝国に宣戦布告すると、帝国の崩壊は一挙に加速した（本来、新政府の首脳陣はアブデュルハミト二世と同様の方針を取っており、オスマン国旗を残して委任統治領として割譲する腹積もりであった）。オスマン帝国海軍の七、八倍の規模を誇るイタリア王国海軍はロドス島をはじめ大小二十以上の帝国領の島々に侵攻し、トルコ語では十二島《オン・イキ・アダ》諸島と呼ばれるドデカネス諸島のうち、ロドス島の防衛隊が必死の抵抗を試みるのを尻目に、ミンゲル島ではマズハル大統領が手持ちの外交カードを巧みに切り続けた甲斐あって、一切戦火を交えることなくイタリアにミンゲルの独立を保証させることに成功した。

ドデカネス諸島の住民であるギリシア正教徒たちは、イタリア人による占領をむしろ歓迎した。なにせオスマン帝国は崩壊のさなかにあり、法整備も秩序回復も遅れているうえ、一八三九年の恩恵改革から何十年も経ったはずなのに、いまだにさまざまな口実をつけては——兵役免除等々——キリスト教徒はイスラーム教徒よりも多額の税金を徴収され、不満をため込んでいたからだ。ドデカネス諸島最東端のカステロリゾ島などはイタリアの侵攻を免れたが、住民の九十八パーセントを占めたギリシア正教徒たちはイタリア海軍の進駐を求める嘆願書を作成、公表し、イタリア領に編入されることを希望した。

史上初の空襲が行われたことでも名高いこの戦争は、イタリア王国側が迅速な勝利を収め、一九一二年のローザンヌ講和会議においてリビアがイタリアに割譲された。このときイタリアの占領下にあった東地中海域の島々は、続くバルカン戦争末期にオスマン帝国に返還される可能性もあったが、実際にはそうはならなかった。バルカン戦争は瓦解しつつある帝国と、その軍隊の連敗ぶりを目の当たりにしたバルカン半島諸国の宣戦布告によってはじまった。しかも、どの国がどこを領土とするかまで示し合わせた上での開戦であった。こうしてギリシア王国とオスマン帝国はふたたび戦争状態に突入したわけだ。イタリア＝トルコ戦争——トルコ史ではトリポリタニア《トラブルガルプ》戦争と呼ぶ——で手痛い敗戦を経験していたオスマン帝国首脳部は、此度のバルカン戦争にも敗北するに違いないと確信しており、当然ながらいまドデカネス諸島を返還されたとしても、遠からずギリシア領になってしまうだろうと予測した。いつの日か帝国領に返り咲く可能性を期するなら、むしろイタリア領のままであった方がよいと、彼らは考えたのである。かくしてイスタンブル政府は、リビアから完全に撤兵するのと引き換えに、イタリアがドデカネス諸島駐屯を続けるよう暗に求めることとなった。

一九一二年九月、マズハル大統領はイタリアとの間にハニア合意と呼ばれる秘密条約を締結した。三十一年に及ぶ在任期間中、マズハル大統領は自由主義者やトルコ民族主義者、ギリシア民族主義者、そのほかありとあらゆる反対派を監獄や労働キャンプを駆使して屈服させると同時に、強壮な軍隊を編成した。彼は年に二回、旧総督府、つまりは首相府のあのバルコニーに立って閲兵し、最後の一兵が通り過ぎるまで決して敬礼を崩さなかったものだ。キャーミル司令官とゼイネプの写真や肖像画、あるいは彫像が、宝くじから紙幣、靴箱から酒瓶、あるいは乾燥イチジクの包み紙、はてはバスの停留所に至るまでのあらゆる場所に掲げられるようになったのは彼の時代だった。

イギリスが主導した協定に署名すべくクレタ島のハニアへ向かうマズハル大統領は、ミンゲル海軍唯一の戦闘艦の上で周囲の人々に「十一年の時を経てついにミンゲル国の独立が世界に認められることになりました」と演説した。島民たち、とくに家でミンゲル語を話しながら育った「純粋ミンゲル人」たちに今回の協定を受け入れるよう説得に当たったのは、当時マズハルに次ぐ実力者となっていたゼイネプの兄、ハディドだった。

ミンゲル国がイタリアによって正式に国家として承認されたのは一九一二年十月のことだ。ただし当時の旧総督府にミンゲル国旗とイタリア国旗の双方が掲げられたことからも窺えるように、この時点でのミンゲルはいまだ半独立状態にあった。そのためマズハル大統領はイタリア国旗に反感を持つミンゲル民族主義者を黙らせるべく準備を進めたが、予想に反してさしたる抗議の声はあがらず、これでオスマン帝国の戦艦が砲撃にやって来ることはもうないだろうと胸を撫でおろす者が大半だった。

一方、バルカン戦争がオスマン帝国の敗戦に終わると、帝国軍内の青年将校たちが結成した統一と進歩委員会が、敗戦の責任を負うべき政府に対してクーデターを仕掛けた。民衆たちが大宰相府襲撃事件と呼んだこの事件にまつわる諸々の詳細は、ミンゲル史において〝検疫政権期〟と呼ばれる時期を彷彿とさせる。兵士とさまざまな政治党派に属する無頼たちが昼日中に会議を襲撃し、閣僚一名を殺害、内閣を総辞職に追い込んだのである。このクーデターの首謀者の一人であった「自由の英雄」エンヴェル中佐はまたたく間に〝パシャ〟を名乗る高級将官に出世し、アブデュルメジド帝の孫娘に当たるナージイェ皇女の王配に収まった。

このクーデター派は、アブデュルハミト二世の専制を打倒した行動軍の指揮官であったマフムト・シェヴケト・パシャを新政府の首相に据えたものの、新首相はその五カ月後には射殺されてしまった。屋根なしの馬車に乗ってイスタンブル旧市街の御前会議所通りの交通整理を待っているところを狙われたのだ。馬車には一切、装甲が施されておらず、銃弾でハチの巣にされた。この馬車や、のちに逮捕され絞首刑に処せられた襲撃者たちの用いた拳銃は、イスタンブルのハルビイェ地区にある軍事博物館にその実物が展示されている。ちなみに、一九八〇年代にこの博物館から歩いてすぐのニシャンタシュ地区の家に暮らしていた作家で、歴史好きでも知られるオルハン・パムクは、週に一度は軍事博物館に通ったものだと回想している。

さて、香港のイギリス植民地政府のさる高級官僚がわざわざヌーリー医師に面会を申し込み、東華病院を訪ねてきたのは一九一三年の秋だった。香港の下水設備や防疫上の問題点についての話し合いだろうと思って面会してみると、茶色い髪に緑色の目をした役人は、地元紙でも報道されているバルカン戦争について話しはじめた。

彼によれば、オスマン帝国は四百年にわたって領有してきたバルカン半島領土を、すべて失ってしまったのだという。同じイスラーム教徒の国アルバニアでさえもが、民族主義を掲げて蜂起したのだ。もっとも、アルバニアの独立運動はアブデュルハミト二世やオスマン帝国に対してというよりも、帝国が去ったあとにやって来るであろう列強諸国に備えての意味合いが強かったが、最終的に国際社会はアルバニアが自立自存の独立国になることを承認した。いまやオスマン帝国が終焉を迎えたことは疑いようがなく、残る問題はその領土を大小さまざまな国々の間でどう分け合うかを決めることだけ。そうして、アルバニアの統治には列強六カ国から選出された代表団が関わり、国家元首には列強の選んだどこかの王族を据えることになった。

「どの国も自国の王族をアルバニア王位に就かせたがっております」

イギリス人高官の口調は、どこか非難めいて聞こえた。アルバニア人の中にはイギリスこそがもっとも頼れる擁護者だと考え、ヴィクトリア女王の子であり、コノート公にしてカナダ総督アーサー王子を求める者もいるのだとか。これに対してドイツ人たちはホーエンツォレルン家の誰かをアルバニアに送り込みたいと考えていたし、アルバニアの血筋を引くと称する偽造文書を掲げるエジプト副王家の高官や、ルーマニア王国の王子などもアルバニア王位に名乗りを上げているらしい。

ヌーリー医師は相手の真意をなんとなしに察しつつも、あくまで平静を装って尋ねた。

「どうしてまた、そのような経緯をご説明くださるのです?」

すると植民地政府の高官は、話題を変えた。オスマン帝国のガブリエル・ノラドゥンキヤン外相がイギリス政府に「人口の八十パーセントがイスラーム教徒であるアルバニアの王位には、オスマン家の皇子こそがふさわしい」と言ってよこしたのだという。しかし、統一と進歩委員会の軍人たちからアルバニア王即位を打診された帝位継承順序が上の皇子たちは、こぞってこれを拒否したという。帝位継承順位が低く、仕事もなければ思慮分別にも欠ける皇子たち――本書の冒頭で触れたアブデュルハミト二世が溺愛した作曲家のブルハネッティン皇子などである――も、ほかの皇子たちが辞退するのを見越して、断る可能性が高いという。

「そこで、アルバニア出身の家系から出たオスマン帝国の高官が次なる候補となりつつあるのです」

　緑色の目をしたその高官はそこで一拍置いてからこう続けた。

「我が連合王国はアルバニアにそれほど利害関係を持っておりません。しかし、豊かな新生国家アルバニアにふさわしいのは、教養あるイスラーム教徒であり、また西欧諸国が認めるような人物でなければなりません。そこで我が国は、凡百の皇子ではなく、パーキーゼ姫殿下とヌーリー王配殿下を推薦いたしたいと考えているのです。もしお引き受けいただけるのであれば、アルバニアの疫病もまた、根絶されるでしょうしな」

　そこでヌーリー医師は、十二年前にミンゲル島でジョルジ領事に訴えたのとまったく同じ言葉を、当時と変わらぬ真剣さで繰り返した。

「イスラーム教徒の国では皇帝の娘であっても、つまりオスマン家の女性であっても政治的な力を行使することは叶わないのですよ」

　するとイギリス人高官はこう答えた。

「パーキーゼ皇女殿下はミンゲル島で大成功を収められたではありませんか。イギリス外務省は、皇女殿下であればアルバニアにおいても民衆の敬愛を勝ち取られるものと確信しております」

「ミンゲルでは特殊な事情がありましたから……。私たちはみなペスト終息を目指し、だからこそ一丸となって検疫隔離体制の強化に取り組んだのです」

　すると高官は「とにかく、いまこの場で両殿下に公的な申し出を行っているわけではございません。イギリス政府から正式な提案が行われるためには、まずは両殿下からアルバニアへ赴くご意思があることをお示しいただかねばなりませんから」と明かした。

私の手許にあるパーキーゼ姫の手紙のうち、ハティージェ姫に宛てた最後の一通でもこのアルバニア王位を巡る話題に触れられているので、それを頼りに当時の様子を窺ってみよう。手紙を見る限り、パーキーゼ姫がイギリスの申し出を真剣に受け止め、夫や子供たちとアルバニア王位に就くべきか、ときに冗談交じりに、またときに真摯に相談を重ねたことがわかる。手紙の中にある「お姉さまはこの件をどう思われますか？」という問いかけも、自慢の類というよりは、アルバニア王位に就いた際のイスタンブル政府の反応を姉を通じて推し量ろうとしているように思われる。パーキーゼ姫はこの最後の手紙に「わたくしはアルバニア語を知らないので、ミンゲルと同じような過ちは犯したくありません」とも記している。この頃彼女は、図書館でニューヨークから届いたばかりの一九一一年版『ブリタニカ百科事典』のアルバニアに関する二つの小項目を熟読し、この国が島でこそないものの山がちで、古代ギリシアの地理、歴史学者であるストラボンによれば人々は背が高く頑健かつ実直であることや、別の項目では「トルコ帝国」の一部と見なされていることなどを読みながら、あれこれと想像を逞しくもしたようである。このとき娘のメリケは七歳で、母が家事をこなしながらアルバニア王位の冗談を飛ばすかたわら、女中の怠け癖に文句を言っていた姿を覚えていると、のちに語っている。もっとも、パーキーゼ姫とヌーリー医師が考えあぐねるうちにもドイツのヴィート公子ヴィルヘルムがアルバニア王に即位したことが報道され――半年後にはイスラーム教徒たちの反乱とクーデターによって国外追放になる――心弾む想像はそう長く続いたわけでもなかったようである。

それにしても、パーキーゼ姫がこれを最後に、姉ハティージェ姫にまったく手紙を書かなくなってしまった理由だけはわからない。この時期、すでにまばらになっていた手紙が一通か二通か、姉の手に渡る前に紛失してしまっている可能性もあるが、再婚して新しい夫とこれまでと同じお屋敷で暮らしながら立て続けに二人の子供を産んだ姉を、なんとなしに信頼できなくなってしまっただけなのかもしれない。

一年後、イスタンブル市民が「総力戦」と呼んだ第一次世界大戦がはじまると、夫妻は二人の子供と一緒に敵地である香港に取り残されることとなった。香港へ来て十年目の終わりに彼らがイギリスの旅券を取得したのもこの戦争の影響だ。もっとも植民地行政府はこのオスマン家の賓客たちに快適な暮らしを保証し、むしろその信頼を得るべくさまざまな便宜を図ってくれた。

大戦中、パーキーゼ姫とヌーリー医師、そして二人の子供は香港に留まり、イスタンブルの宮廷とのやり取りも絶えてしまった。やがてムドロス休戦協定が結ばれたものの、連絡は途絶えたままだった。続く一九一八年から一九二三年までの間、イスタンブルが列強の占領下に置かれてしまったこともあり、夫妻はイスタンブルの人々にイギリスの協力者と見なされるのを避けたかったのだろう。イギリス側の捕虜になっていたためなのか、それとも恐怖や良心の呵責に苛まれたがゆえなのかまでは、わからないけれど。ちなみにパーキーゼ姫のもう一人の姉フェヒーメ皇女は、占領軍のイギリス人将校たちを招いて祝宴を催したため、イスタンブル市民たちに占領協力者と目されることとなった。一方で二人の頭には、溜まりに溜まっているはずの帝室手当を回収し、オルタキョイ地区のお屋敷の所有権をはっきりさせるためにも、一度は帝都に帰らねばならないという思いが常にわだかまってもいた。

第一次世界大戦に勝利したイギリス、フランス、イタリア、そしてギリシアなどの連合国の軍艦がイスタンブルへ到来し、ボスポラス海峡沿いの宮殿の面前に錨を下ろしたのは一九一八年十一月のことだった。六百年にわたり栄えたオスマン帝国は、島々や国々を少しずつ失って縮小を続けた挙句、ついに帝都イスタンブルまで明け渡し、いままさに滅亡を迎えつつあった。パーキーゼ姫がその前半生を過ごしたチュラアーン宮殿の前にはイギリスの巨大戦艦ドレッドノートとセンチュリオンが投錨した。トルコの高校教科書を開いてイスラーム教徒にとって史上最悪の日を写したこの当時の写真を見るにつけ、いつも空が黒雲に覆われているのははたして偶然なのだろうかと、私は思わず自問してしまう。オスマン帝国最後の皇帝メフメト六世は、窓外に列強の戦艦が停泊するチュラアーン宮殿に、ちょうど兄ムラト五世と同じように幽閉された。やがて、ムスタファ・ケマルがアナトリア西部に居座ったギリシア王国軍を蹴散らすと、最後の皇帝はこのイギリスの軍艦に乗り込んで宮殿と、イスタンブルを後にすることとなるだろう。

一九二三年十月、アンカラでトルコ共和国の建国が宣言された。そして一九二四年三月、カリフ位が廃止されたのと合わせ、オスマン家の成員はトルコ共和国の市民権を剝奪され、三日以内に国外退去するよう命じられた。かくしてパーキーゼ姫が生きたお伽話さながらの宮殿の世界の頂点に君臨し、帝位のそばに侍っていた百五十六名の皇族は、三日のうちに帝都での暮らしを追われ、列車で西のいずことも知れぬ国へ渡らねばならなくなったのである。この百五十六名に関してはトルコ共和国内の動産、不動産についてもただちに売り払うよう求められるとともに、たとえトランジットのためであれ共和国への入国は、その一切が禁じられた。そしてこの百五十六名には、パーキーゼ姫とその王配たるヌーリー医師も含まれていた。二人は、一瞬にしてトルコ共和国の国籍も、イスタンブルへ戻る望みも失くしてしまったのである。国外退去を命ぜられた帝室の人々がいつトルコへ戻れるのかは、予測さえつかなかった。

パーキーゼ姫の姉ハティージェ姫は、大戦末期に二番目の夫とも離婚し、ほかの皇族たちのようにフランスへは渡らず、二人の子供とともに妹からの手紙を携えてベイルートへ移り住んだ。長いこと、夫から支払われる養育費で暮らしていたものの、彼が文化財の密輸に関わったため養育費の支払いが滞ると、皇女と二人の子供たちはベイルートで赤貧にあえぐこととなった。ところが、この苦しい時期にさえハティージェ姫とパーキーゼ姫は手紙のやり取りをしなかった。

さらに二年後、パーキーゼ姫一家が突然、香港からフランスへ移住したのは二つの理由による。一つには、国外追放された百五十六名のオスマン家の成員たちと、彼らに忠誠を尽くして亡命した五、六百名の帝室関係者たちに同情し、親近感を覚えていたからだ。そしてもう一つ、亡命した皇族の中から娘メリケ――つまり私の祖母――にふさわしい婿を探そうという思惑があったためである。

一九二六年の夏、香港からフランスに移って以降の一家の生活はパーキーゼ姫の手紙には記されていないし、またミンゲルの歴史と関連が薄いので、ごく手短に語るに留めよう。私の祖母メリケの父である「王配たる」ヌーリー医師はマルセイユの病院に職を得て、のちにはこの街に自らの診療所を開くことになる。そのおかげでパーキーゼ姫一家は、ニースとその周辺に落ち着いた皇族たちとも、またあれこれの醜聞とも適切な距離を保つことができたし、ニースにトルコ共和国領事館――そもそもオスマン家の皇子や皇女の動向を追跡し、不穏な動きはないかを見張るために設置された――の密偵たちとも関わらずに済んだ。その甲斐あってか、夫妻は祖母メリケの婿としてアブデュルハミト二世の血を引く、しかし帝位継承順序がごく低いある皇子を見つけることができた。祖母メリケたちの結婚生活は幸せとも華々しさとも無縁で、一九二八年に生まれた私の母が唯一の子供となった。十八歳になった私の母は、ほかのオスマン家の皇帝の孫娘たちや皇女たちがそうしたように、第二次世界大戦後にイスラーム教徒の血を引く富裕な男性とお見合い結婚をした。ひとえに、喧嘩と酒の絶えない不幸なマルセイユでの生活から逃れるためだった。私の父はロンドンに居を置く商家の出で、スコットランド人の母親とイラク出身の富裕なアラブ人の父親の間に生まれた。かねて社交界入りを願っていた父は「オスマン家の皇女さま」と結婚すれば、ロンドンの上流階級の覚えもめでたくなるだろうと思いついたわけだ。しかし、結婚世話人を立て、山ほどの贈り物や宝石を受け取って結婚した半年後、母はロンドンを離れ、祖父ヌーリーのいるマルセイユに出戻ってしまった。結局、父がマルセイユに駆けつけ母を説得してどうにかロンドンへ連れ戻した。

母がミンゲルに「興味」を抱き、いつしか彼女の言葉を借りれば「愛情」を育むようになっていったのは、夫婦の間で諍いが絶えなかったこの時期のことだという。パーキーゼ姫が子供の頃、孫にあたる私の母に、ミンゲル島のことをお伽話のように語り聞かせ、ときに冗談交じりに自分がその女王であったのだと話してくれたのを覚えていたのだろう。ただし母と異なり祖母メリケにとっては、ミンゲル島そのものの話はどうでもよかったようだ。祖母にとっては母パーキーゼではなく、その父ムラトが六百年の歴史を誇ったオスマン帝国の皇帝であったという事実の方がよほど重要だったからだ。オスマン家の皇子と結婚した祖母メリケはよく、夫と離婚することができていたら、一九五二年以降にはイスタンブルへ帰れたのにと口にしたものだ。一九五二年以降、女性に限ってはオスマン家の人間でもトルコへの帰国許可が下りたからだ。

これに対して私の母がミンゲル島に「興味」を抱いたのは、母方に当たるニース周辺のオスマン家の流浪人たちからも、また夫の一家であるロンドンの「中東人」たちからも離れ、ただ夫と二人きりの世界で過ごしたいと願ったからだった。付け加えれば一九四七年にミンゲルが正式な独立国として国際連合に認められ、以来世界でもっとも小さな国の一つとして新聞の日曜版や、あるいは子供雑誌で取り上げられるようになったことも無関係ではなかったろう。私自身の〝ミンゲル人意識〟もまた、こうした愛すべき記事の数々によって育まれたと言ってよい。

オスマン帝国支配が終わりを告げてのち、ミンゲルの旧総督府に掲げられていた帝国旗は、一九〇一年から一九一二年までの間はミンゲル国旗に変わり、同年から一九四三年まではミンゲル国旗に加えイタリア国旗が掲揚されたのち、一九四三年から一九四五年まではドイツ国旗、一九四五年から一九四七年まではイギリス国旗へと掛け替えられ、一九四七年以後、ようやく画家オスガン・カレムジヤンがデザインしたあのミンゲル国旗へと落ち着いた。ちなみに、我らが偉大な画家オスガンは一九一五年四月、「自由の英雄」と称えられた青年トルコ人のタラート大宰相の命によって戦時緊急措置という名目で自宅から連れ出され、イスタンブルのアルメニア人識者二千名と同じく、永遠に消息を絶った。

さて、いかにさまざまな国旗が掲げられようとも、それがミンゲル島へ生活様式の多様化をもたらしたり、あるいは文化的多様性を増加させたりすることはなかった。それというのも一九〇一年から一九五二年までの半世紀の間、つまりはマズハル大統領期(一九〇一—一九三二年)、ハディド大統領期(一九三二—一九四三年)、そしてそれに続く「首相」やそれに準ずる政治家たち、あるいは総督たちが、こぞってミンゲル化政策を堅持したからだ。彼らはみなイタリア人やドイツ人と協力しつつ、オスマン帝国やギリシアの歴史を学ぶことを禁止するとともに、一握りの勇敢なトルコ人やギリシア正教徒を教育キャンプへ放り込みつつ、あらゆるものをミンゲル化しようと努めたのである。この時期については拙著『ミンゲル化政策とその結果』で――ミンゲル島では二十年間にわたって出版を禁止され、それ以後も検閲による削除を余儀なくされるとともに、個人的にも大きな犠牲を払う羽目になった一書である――とくに考察した。

一時は別居していた両親がふたたびマルセイユで暮らしはじめ、母が父を説き伏せて、ついにミンゲル島で暮らすようになったのは私が産まれる二年前、一九四七年の夏だった。私がミンゲル人であるのは、ひとえに母のこの英断による。両親は夏の終わりを待たずにクレタ島経由でアルカズ市へ入り、スプレンディド・パレス・ホテルの――母の話と、曾祖母パーキーゼの手紙によれば――四十六年前にキャーミル司令官とゼイネプがペストに倒れたのと同じ部屋に投宿した。現在、スプレンディド・パレスの正面玄関には「建国者が自由独立を宣言したその日、このホテルに泊まった」旨を記す銘板が掲げられる一方、写真家ヴァニアスや『アルカズ事報』紙の無名の写真家たちによって撮られた写真や、マズハル部長が大統領補佐官時代に用いた書き物机が置かれた二階の大会議室を見学することもできる。

ミンゲルへやって来た父は、母にフィリズレル地区――旧フリスヴォス地区――の眺めのいい大きな家を贈ったのだけれど、母は家にいるのに倦むと、昼下がりに私をスプレンディド・パレスに入っているローマ氷菓店へ連れて行ってくれた。一九五〇年代の夏のことだ。ときには氷菓店の脇の庭にあるボダイジュの木陰の席で涼をとることもあった。アイスクリームを食べ終わると、私はいつも夏の散策の締めくくりとして、ホテル二階の大会議室にある小さな博物館へ連れて行ってほしいとせがんだものだ。ちなみに博物館めぐりは私と作家オルハン・パムク氏の共通の趣味でもある。

独立宣言の日の様子や、バルコニーに居並ぶ人々、あるいは独立宣言に従事した人物たちの肖像写真や、アルカズ島のどこでもその姿を見かけるキャーミル司令官が愛用したインク壺や筆記用具に、幼い私はすっかり魅了された。身の回りの品々と歴史との間の、そして書き物と国民との間の、深く不可思議な関連性を子供心に感じられたからかもしれない。

私はミンゲル島で生まれ、島から離れている間も、ミンゲルの姿は常に私の心象に留まり続けた。いや、むしろ隔てられた分だけ、思い出はより克明になったようにさえ思う。スプレンディド・パレスの氷菓店からの帰り道、母と一緒にキャーミル司令官大通り――旧ハミディイェ大通り――を歩き、店々のショーウィンドウを覗き、ときに小さな買い物を済ませ、また歩いて家へ帰る。あるいはイスタンブル大通り沿いの涼やかな柱廊を散策しつつ、ロンドン玩具店やアダ《島》書店、ミンゲル銀行の前を通って海岸へ下りていった日々のことを、私はいまでも鮮明に覚えている。

桟橋や沖合にいる船を眺め、その船名を読みあげてはあれこれ想像を巡らせることができる二番目の順路が私のお気に入りで、母は私を十分ほど自由にさせてくれて、帰りはいつも二輪馬車に乗った。ときにはもう少し先の新しい波止場まで足を延ばすこともあった。私が隣接する珈琲店の脇の舟寄で海に手を浸そうとすると、母は決まって「気をつけてね、靴が濡れてしまうわよ！」と言ったものだ。靴にせよ、靴下にせよ、あるいは学校用の上着にせよ、私の服はみな質の良いヨーロッパ製だった。私は学校へ上がる前から、母が自分にほかの子よりも上等な服を着せてくれていることに気がついていて、きっとそれは自分たちがオスマン家の一員なのだという、どこかロマンティックな幻想と関係があるに違いないと思っていた。

いまと同じように子供のころの私も、波止場の雑踏を歩き、船に駆けていく乗客の慌てぶりや税関から出てくる人々の寛いだ様子を眺めながら、ベヤズ山がアルカズの湾に落とす影を眺めるのが大好きだった。またアルカズっ子の常で城塞を恐れ、その中には恐ろしいもの、たとえばならず者や人殺しが巣くっているのだと信じていた。一度だけ、それもごく短い時間足を踏み入れたことがあるだけだったため、ミンゲル人の例に漏れず私もアルカズ城塞といえば慄然たる暗闇くらいしか思いつかず、どちらかというと城塞そのものよりも、それが湾の水面に映る姿の方が好きだった。

母は常から姫君のような振舞いを好んだけれど、帰り道に馬車へ乗り込むときだけは、みな大なり小なりトルコ語ができる御者相手にも必ずミンゲル語で「フィリズレル地区まではおいくら？」と尋ねたものだ。運賃に納得がいけば何も言わず、運賃表より高いとミンゲル語で書かれた運賃表の値段を持ち出して抗弁した。ときに御者が失礼な言葉で言い返してくることもあったが、大抵は運賃表通りの値段になった。一九九〇年代以降、夏のアルカズには観光客が押し寄せて街を台無しにしてしまうようになったが、三十年前にはまだ彼らの姿はなく、御者たちもいまほど——母の言い方を借りれば——「驕りたかぶって」はいなかったわけだ。また馬車馬が停留所でひる馬糞にしたところで、当時の島民たちの大半は口にこそ出さなかったけれど、その臭いが嫌いではなく、島を離れるといまの私と同じように懐かしむほどだった。観光客たちのお目当てもほかならぬこの馬車だったが、馬糞の掃除が手間であるのみならず素行の悪い御者が増えたため、二〇〇八年には政府の命令で馬車の使用は全面禁止になってしまった。

母と私は家の中ではトルコ語で話し、父と母は英語で話したが、彼はロンドンか、あるいは別の場所にいて、とにかく大抵は留守だった。一方、トルコ語を話す使用人一人を除いて、私も母も女中や庭師、番人と話すときはミンゲル語を使っていた。島と行き来するうち、祖母メリケが一言も知らなかったミンゲル語を独学で学んだ母に対して、私は家や通り、あるいは店々で見聞きするうち、そこそこ話せるようになっていった。四歳になると、母は娘にしっかりとミンゲル語を学ばせようと決心したようで、『ミンゲル文字』と『ゼイネプ読本』を買ってきて、読み書きやミンゲル語の単語を教えてくれるようになった。

五歳になると、同い年のリナという娘の家との行き来がはじまった。リナはミンゲル語に堪能で、しかも母のお眼鏡に適う家柄の娘だった。もっとも、しばらくするとリナと会話しながらミンゲル語を学ばせようという母の計画は頓挫してしまった。彼女が「お父さまのお仕事はなに？　イギリスのスパイなの？　お父さまの書き物机はどこ？　引き出しに鍵はかかっているの？」といった調子で質問ばかりするようになり、母が怒ってしまったのだ。私の父がイスタンブル大通り沿いに開いた小間物や家具、そのほかの細々とした調度を扱う商店も——ミンゲルにイギリス製の冷蔵庫をはじめて持ち込んだのは私の父だ——またバラ水の売買を行うべくお役所で長大な時間を費やした末に設立した会社もうまく行っておらず、しかもイギリスの駐屯軍が去ったあとにわざわざやって来たイギリス人ということもあって、みな父がスパイだと疑っていたのだ。

ところで、父の店では、一九三二年に出版されたイギリス領事ジョルジの著作が販売されていた。母が半ば無理やりに頼み込んだ結果だったが、このミンゲルへの愛にあふれる労作は一人、二人の観光客を除けばほとんど見向きもされなかった。ジョージ・カニンガム著『ミンゲルの歴史—古代から現代まで』は私が長じて史家を志す一因ともなった書物であり、ミンゲル島の恥を知らない歴史家や政府によって六十年もの間、好き勝手に剽窃されてきた。あくまで中立的かつ博覧強記の傑作である『ミンゲルの歴史』はその六十年の間に、ミンゲルの民族的アイデンティティを創生すべく、民族衣装や伝統食、あるいは美景や歴史的出来事などが粗雑に抜き出されて利用し尽くされた挙句、続く十五年ほどもなお、著者ジョージ・カニンガムは不当に軽んじられ続けられた。ミンゲル文化に対して目覚ましい貢献を果たしたはずの彼は、後の世代からはオリエンタリストと見なされ──エドワード・サイードがネガティヴな意味で用いたためだ──イギリス帝国主義を信奉する、異国情緒あふれる先入観に凝り固まったスパイに過ぎないとされてしまったのである。しかし、ムッシュー・ジョルジが蒐集した考古学的出土品や彫像、ミンゲル大理石や化石、水差しや油彩の風景画、水彩画、あるいは貝殻や地図、書籍などが、のちの戦争と混乱の時代にイギリスの軍艦によって島外へ持ち出されたおかげで、島のほかの家々にあった同様のコレクションのような散逸を免れ、古き良きミンゲルの風景と、それを彩った事物の数々が大英博物館に収蔵されることとなった。これに対して、ジョルジ領事がミンゲル人の妻と暮らした美しい家は国際的に有名なフライドチキン・チェーンの支店にさま変わりし、ミンゲル固有の植物を集めた小さな菜園に至ってはただの駐車場に均《なら》されてしまっている。

一九五六年、私は小学校へ上がる前には、家の近くのフリスヴォス・ビーチ──こちらは改称されなかった──の砂浜で地元の子供たちと遊びながら、すっかりミンゲル語を修得してしまった。ミンゲル島の海水浴シーズンはペストの流行した季節と同じ四月下旬から十月下旬にかけてで、この時期になると母は、黒くて上品かつ瀟洒なワンピースタイプの水着を着て砂浜へ下りていき、ヨーロッパの金持ちか映画俳優さながらにビーチパラソルの下にタオルを敷いて寝転がると、父がロンドンから送ってくれる──母と一緒に郵便局へ荷物を受け取りに行ったものだ──古い映画雑誌を何時間も飽くことなく読み耽るのが習いだった。お洒落な籐編みのビーチバッグにはニベア社の日焼け止めクリームと、決してかけることのないサングラス、それに薄桃色のボンネットが入っていた。母は何時間も読書を楽しみ、ようやく海へ入ろうという段になると、髪を傷めぬようにとフラトロス理容店で作られたそのボンネットを慎重にかぶって髪の毛をたくし込むのだった。

波止場からの帰路、馬車に乗り込むと母は郵便局で受け取った荷物を向かいの座席に置き、私はその隣に座って彼女が肩に手をかけてくれるのを待ち、忘れているときは肩を抱いてとお願いした。馬車がイスタンブル大通りの坂道に差しかかると、母はゾフィリ菓子店で買ったクラービイェを二つに割って分け合い、私たちは沿道の新聞店や喫茶店、旅行代理店の前の人いきれを眺めながらそれに舌鼓を打つのだ。イスラーム教徒の女性が男性を連れずに馬車に乗り、公衆の面前でクラービイェを食べることができたミンゲル島が、私は愛おしくてならない。

二輪馬車が坂を上りきり右手へ、つまりヤシやマツの並木が官公庁の前から大統領府まで続く旧ハミディイェ大通り、現在のキャーミル司令官大通りへ入っていく。そうするとミンゲルへ来た当初、父と母が多大な時間を費やした挙句に、大いなる挫折を味わわされたミンゲル土地登記局とミンゲル法務省が見えてきて、私たちは二人して視線を逸らしたものだ。母のミンゲルへの愛はいたって誠実ではあったが、一方では動産、不動産の取得や、投資にまつわる現実的な側面を持っていたということは断っておかねばならない。

私たち一家の手許には、曾祖父にあたるヌーリー医師が検疫大臣、そして首相を務め、曾祖母パーキーゼ姫がミンゲル女王位にあった三カ月半の間に手に入れた広大な土地の所有証明書——地図や権利書の付属したものもあった——が残されていた。これらの書類の中には、キャーミル司令官がミンゲル独立を宣言した建国期に、戴冠式での臣民への「下賜品」よろしく署名してはばらまいた権利書もあれば、パーキーゼ姫が女王位にあった期間に、官吏たちが女王の所有すべき正当な税収として割り当て、女王自らの署名と印璽を付した公式文書も含まれていた。ミンゲルの官僚や各局の実務担当者たち、裁判官や大臣たちはみな、建国者自らの署名が残り、さらにミンゲル国最初の国璽まで捺されたこれらの書類に恭しく触れ、それが本物であると渋々認めた。

ところが、母が――そして書類の権利を主張した遠縁の父方、母方双方のおじたちや、いとこたちが――これらの土地の真の所有者と認められ、実際にその売却や居住を行うには、まずはじめにこれらの土地所有証明書の有効性を法廷で確認し、そのうえで関連各局に公文書化させる旨を通達してもらい、さらに各局から返ってきた返答を再度、検討し――大抵の場合、母たちが所有権を主張した土地はすでに他人のものとして登記されていたからだ――現状の土地所有者と新たに所有権を主張する母たちとの間ではじまった土地所有を巡る裁判に一つひとつ、決着をつけていかねばならなかった。

現状の土地の所有者たちにとっては、この四十年前にありとあらゆるならず者たちがすったもんだの末に占拠し、その後、政治的な特赦によって所有が認められ、我が家を建てた土地である。その土地が実際には自分のものではないどころか、建国期に英雄キャーミル司令官によってうべなわれたというだけの、ミンゲル語さえろくに知らない連中の所有物だったのだと言われて黙って頷く者は皆無であり、みな家族一丸となって自らの土地を守り抜くべく法廷に立ち、裁判はいつまでも結審を見なかった。これらの裁判が成り立つ前提として、「大統領就任記念登記書」とか、人によっては「勅書」などと呼ぶこれらの土地所有証明書に記された所有者が正当な遺産相続者であることを、おのおのが国籍を有する国の裁判所ではなく、ミンゲル国大使館か――ひどく時間と手間がかかる——さもなければ自らミンゲル島へ赴いて本国の法廷へ申し立て、証明してもらわねばならなかった。

この件にとくに考えを巡らせ、イスタンブルの弁護士たちに大枚を「せびられて」いた大叔父のスレイマン皇子は、ニースで私の祖母であり、彼にとっては姉に当たるメリケにこう言ったそうだ。

「トルコ共和国ではオスマン家の成員の帰国が禁じられたから、私たちの財産を差し押さえるのは訳のないことだった。ところが、ミンゲルでは事情が異なるのだよ。あらゆるオスマン帝国人がミンゲルを追放されたのは確かだ。ただし、オスマン家に属する我らが母上パーキーゼ姫を除いてね。つまりミンゲルの人々はただ一人、君については入国禁止令を出し忘れたままなのさ。これを活用しない手はないよ！」

ミンゲル独立宣言から半世紀を経た当時、この状況をいかに「活用」すべきか、父と母は島へ来るたびに話し合ったが、幼い私の頭では到底、理解の及ばないその議論は、いつしか夫婦喧嘩へと変じるのが常で、私が三十歳になるまでこの「財産」に興味が湧かなかったのも、そのときひどく傷ついたせいだ。いまでさえパーキーゼ姫とヌーリー医師の「財産」になど興味を寄せるべきではなかったのではないか、と自問することがある。ミンゲルの歴史と文化に対する私の真摯な知的好奇心や、島そのものに対する愛情を信じず、私がアルカズの街へたびたびやって来るのは、それらの土地を取得するためだと言う人々もいるからだ。

私は、本書にいかなる個人的な意見も差し挟むまいと念じてはいるものの、我が人生最大の苦悩についてはここで打ち明けておきたい。一九八四年から二〇〇五年までの二十年間、私はミンゲルへの入国を阻まれ続けた。ミンゲル島で出生したため、私はミンゲルのパスポートを自動的に付与されたが、在ロンドン・ミンゲル大使館がその更新を先延ばしし続けたのである。ロンドンのミンゲル大使館は、父のおかげで所有していたイギリス旅券の方で入国査証を申請しても却下し、パリの大使館は母の国籍があるフランスのパスポートでの申請をはねつけた。だからこの二十年もの間、私はミンゲル島をこの目で見ることもできず、その空気を胸いっぱい吸い込み、夫や子供たちと一緒にその浜辺で夏を過ごすことも、アルカズ市の裏通りを散策することも、ミンゲル国立文書館で研究を進めることさえ、叶わなかったのである。それが私の心を苛み、苦しめてきた。この手の問題に詳しく、またミンゲル諜報部に知り合いのいる友人たちによれば、この措置は私が出版した本や、一九八〇年代のミンゲルの軍事政権に反対する声明文に署名したこと、わけても知識人や左派、神秘主義教団員たちをアルカズ城塞監獄に収監したのを批判したこと、そしてその城塞監獄についてミンゲル国民を誹謗する内容の論文を発表したことに対する懲罰なのだという。しかし、国家の深層に居座るのがただ秘密警察のみだと頭から信じ込むほど純朴ではなく、国家というものの複雑さを理解する友人たちは、入国拒否の本当の原因は、私が曾祖母の遺産相続人であり、キャーミル司令官の大統領就任記念時に発行された登記書に関連する動産、不動産にあると率直に明かしてくれた。

私には外国のオスマン帝国史家の友人が多くいるが、彼らがオスマン帝国期の公文書を収蔵する文書館で何年も辛抱強く研究を重ね、アルメニア人やギリシア人、クルド人の虐殺のような国家にとって好ましからざるテーマを探求し、あるいは民族間の紛争研究に長年取り組み、それまで信じられてきたのとは別の側面を詳らかにした結果、イスタンブルの文書館での研究許可を唐突かつ理由もわからぬまま取り消されて嘆き悲しむ姿を、幾度となく目にしてきた。こうした勇敢で名誉を知る友人たちが、その廉直さゆえにトルコ政府から冷酷な仕打ちを受けるさまを目撃しながらも、私は二十一年間にもわたってミンゲル政府から同様の仕打ちを受ける我が身に、孤独と気おくれを覚えずにはいられなかった。

二〇〇八年にミンゲル国がEUの加盟候補国に選定されると、ミンゲル政府が私のような穏健派はもとより、過激な反対派と目されて収監されていた左派たち、あるいはトルコ人やギリシア正教徒の所有していた宗教寄進財を不法に接収した者たちを糾弾してきた人々を、これまでのように押さえつけるのは困難になった。私がEUに送った数々の陳情書と、ミンゲル人家庭出身で、比較的に「リベラル」な大臣の知己の取りなしの甲斐あって——私の国では権力者の友人こそが、いついかなるときも人権に勝る強力な盾となるのだ——ようやくミンゲル国旅券の更新を終えた私は、最初の飛行機に飛び乗ってアルカズへ向かった。ミンゲル秘密警察がこちらの一挙手一投足を監視していることに気がついたのはキャーミル司令官空港のゲートをくぐってすぐだった。二〇〇五年、本書の序文の執筆に取りかかってからは、友人宅やホテルの部屋でスーツケースや身の回りの品を勝手にいじられるようになった。そのうちにEU加盟を目指すこの国の新聞が私を公然と「トルコのスパイ」とか、父の影響であろうが「イギリスのスパイ」と書き立てるようになった。でも、私が一番悲しかったのはロンドンやパリ、あるいは私が教授を務めるボストンを訪れ、我が家に滞在したミンゲルの友人たちが、アルカズ・ワインを一杯空けるや、それらの記事を醜悪なジョークの種にすることだった。

ある国際学会での席上、ミンゲルの友人たちが例によってひどく下品な冗談を口にしたので、私が文句を言うと、あろうことか私が敬意を表してやまない中東および東地中海史を専門とするオランダ人の教授が冗談めかしてこう言い放ったのである。

「まったくひどい話です！　あなたを本当によく知る友人であれば、あなたほどミンゲルを愛するナショナリスト《ミッリイェッチ》はいないのは明らかだというのに」

いかにもうまいジョークを飛ばしたとばかりのあの東洋学者に、その場でうまい切り返しをできなかったのがいまでも悔やまれる。

話がやや脇道にそれるが、この場を借りて彼に対して、またミンゲルの友人たちに対して、そして読者に対して教えておこう。旧来の帝国や植民地が完全に過去の遺物と化した二〇〇〇年代以降、「ナショナリスト」というのは、国家の言うことにはなんでも賛成し、権力者におもねるばかりで政権を批判する勇気を抱かない人々が、その世間体を守るためだけに用いる呼び名でしかなくなったのだ、と。翻って、私たちが敬愛する司令官ことキャーミル上級大尉の生きた時代、ナショナリストとは植民地主義者に反抗し、彼らが放つ機関銃の銃弾めがけて国旗を掲げ、果敢に突撃していった愛国者たちに与えられる誉れ高い呼び名だったのだ、と。

二十年あまりにわたりミンゲル入国を禁じられたことで生じたいま一つの弊害は、ちょうど言葉を話しはじめる年頃に差しかかっていた、獅子のように逞しい我が二人の愛息もまた、ミンゲルの土を踏むことが叶わず、そのためミンゲル語を話すどころか、この魅力的な言語の単語一つさえ学ぶ機会を逸してしまったことだ。「自分の母語を勉強なさい！」と、懸命にミンゲル語を教え込もうとするたび、息子たちからは笑ってこう言い返されたものだ。

「うちの一族にはパーキーゼ姫も含めて、お母さんとお婆ちゃん以外にミンゲル語を話せる家族はいないよ。しかも、お母さんだってお婆ちゃんとはトルコ語で話しているじゃないか。僕らの母語がトルコ語じゃないっていうなら、英語だよ」

息子たちは私がミンゲルに愛着を抱くのを揶揄し、ときに嗤《わら》い、のちに弁護士にも伝えたように夫までもが彼らの肩を持った。私が夫と離婚した最たる原因はまさにそれだった。

話を「ナショナリズムと言語」に戻すついでに、私が不遇に甘んじていた日々について若干、補足しておこう。二〇一二年のUEFA欧州選手権のイスタンブル予選において、トルコ代表チームがおそらくは不当なペナルティを科された結果、当時、人口五十万に満たないミンゲル代表チームにPK戦の末一‐〇で敗北したとき、私はトルコ人とミンゲル人の板挟みになって大いに苦悩した。なにせ怒り狂ったトルコのサポーターたちがイスタンブルのミンゲル料理店やミンゲル・チョレキ菓子店――イリアス医師が食べたのと同じチョレキも売っている――をはじめ、ミンゲルと名のつくあらゆる店舗のガラスを割り、ショーウィンドウを破壊し、場所によっては略奪して火を点けさえしたからだ。試合後の一週間というもの、私は記者どころか誰とも会わないようにして、すべて忘れてしまおうと努めるよりほかなかった。

それにしても、もし一九〇一年のアルカズでペストや政治的暴力から逃れて懸命に生き延びようとしていた勇敢な人々の一人が、私と母が過ごした一九五〇年代のアルカズ市を見たらどう感じたろう？――パーキーゼ姫の書簡の出版準備を進めるかたわら、私はときおりそう自問した。母と一緒に二輪馬車に揺られて旧ハミディィエ大通り、つまりキャーミル司令官大通りを駆けていき、いつも感嘆しながら見上げた一九三三年に完成した司令官の壮麗な墓廟や、街の五つの要所に置かれたキャーミル司令官とゼイネプの銅像、あるいはどこを見ても目に飛び込んでくるミンゲル国旗を見れば、彼らはきっと大喜びしたことだろう。あるいは、大型船が寄港できるようにとミンゲル大理石によって新造された波止場や、頑丈な新しい大堤防、近代的なゼイネプ＝キャーミル病院、木造建築に秀でるミンゲル様式を取り入れつつも、コンクリートとミンゲル大理石によって建造された巨大なラジオ局、はたまたキャーミル司令官大学の学舎群や、小さく愛らしいアルカズ・オペラ劇場、ミンゲル考古学博物館には感銘を受けたに違いない。でも、キャーミル司令官大通りの両脇や、海を見下ろす丘々にそびえるようになったアパルトマン群、コンクリート製の白い箱のような佇まいのミンゲル・パーク・ホテル、寄港する船からもよく見えるようにとわざわざ屋根の高いところに掲げられたピンクやらブルーやらのネオンと、その明かりが浮かび上がらせるでかでかとした文字のホテル名やらバラ水の広告には、きっと怖気を震うのではないだろうか。

あのアブデュルハミト二世即位二十五周年を記念して着工された時計塔は、ミンゲル革命から随分経ってようやく完成したが、頂上には時計ではなくセリム・サーヒルが発掘した女神ミナの彫像が掲げられた末に——ひところはミナの女神像がゼイネプに酷似していることからゼイネプの像と名付けることも検討された——イタリア占領がはじまって間もなく、どういうわけかミンゲルの碑と呼ばれるようになり、いまに至る。

一九五〇年代、私と母が二輪馬車で家へ帰る道すがら、左手の丘の頂にはキャーミル司令官の墓廟が、アルカズの街の支配者さながらの存在感を放ってそびえていたのとは対照的に、車上であれ家庭内であれキャーミル司令官の話はごく控えめにしか交わされなかった。ところが、馬車での帰路によく通ったキャーミル＝ゼイネプ小学校へ上がった一九五六年以降、状況は一変した。あらゆるクラスや廊下の壁、あるいは教科書の中にキャーミル司令官の肖像画があふれ、ひっきりなしに話題に上るようになったのだ。

キャーミル司令官が唱えたあの百二十九語のミンゲル語の単語と、そこから作られる文章の数々を、私は学校へ通う前にすでに諳んじていたので、小学校一年生のときにはミンゲル文字とその発音、つまりはミンゲル語の読み書きもさっさと習得してしまった。一年生の終わりごろ、クラスの半分がいまだ文字を覚えるのに四苦八苦しているうちにも、私は母が買ってくれたポケット辞書の助けを借りつつ、砂浜でほかの子供たちやあのリナの口からは学ぶべくもなかったミンゲル語の語彙をさらに二百五十、暗記してみせた。

一九五七年の秋、二年生になると私の頭の中にミンゲル語の豊かな宝物庫が収まっていることに気がついたある教師が、私を教室の一番前に座らせて、授業の間ポケット辞書——実のところ、まだ大判の辞書は完成していなかったのだ——を読むのを許してくれた。そんなある朝、年に一回、抜き打ちで学校視察に訪れる女性の監査官が私たちのクラスへやって来た。教師は私を黒板の前に立たせると、最近覚えたミンゲル語の言葉は何かと尋ね、私はもっとも古いミンゲル語の数々を発音してはその意味を説明した。暗闇、ガゼル、雪山、雨樋、靴、無益——おそらく髪の毛を金髪に染めた監査官も、教師もこれらの言葉を知らなかったと思う。

ところが監査官から「ではそれらの言葉を使って文章を作ってごらんなさい」と言われ、私ははたと黙り込んでしまった。独立記念日にミンゲル語の言葉を掲げて右へ左へ駆け回りながら文章を作ってみせる高校生たちの楽しそうな様子が目に浮かび、そうするとどうにも気おくれてしまって、思わず黒板の上に掛けられたキャーミルとゼイネプの肖像写真を見上げた。なんて若々しくて美しい二人だろう！　彼らがこのミンゲル語を真っ暗闇の台所で言い交わさなかったなら、ミンゲル語もミンゲル国家も消滅していたのだ。私はミンゲル人を救ってくれた二人に感謝の念を覚えると同時に、ますます恥ずかしくなってしまった。

　残念ながら、私はいまでもミンゲル語で思考するまでには至らず、夢を見るときはもっぱらトルコ語だ。だから、本書もトルコ語で著したのである。私が口ごもってしまったのを見た監査官が教師に「では、先生がやってみてくださいな！」と言った。教師はミンゲル語の文章を作ろうとしたものの、うまくいかないまま口を噤んでしまった。そこで教師は「あなたが作ってみては？」とでもいうように監査官を見やり、監査官もはじめてみたものの、これまたうまくいかなかった。

　しかし女性監査官はさして気にした様子もなく、ふたたび私に質問をはじめた。

「ミンゲル国第二代大統領は誰？」

「ハムドゥッラー導師です！」

「ゼイネプとキャーミルが台所で思い出した最初の言葉は？」

「アクヴァ《水》」

「自由独立宣言はいつ？」

「一九〇一年六月二十八日です」

「その晩、夜の街を行く装甲四輪馬車を描いた作者は？」

「画家のタージェッティンです。……でも、その絵を最初に思いついたのはミンゲル人です！」

　監査官は私の答えにいたく感激し、「こちらへいらっしゃい！」と私を招き寄せると額にキスをしてくれて、興奮した面持ちで言った。

「偉大なるキャーミル司令官とゼイネプがいまのあなたをご覧になったら、さぞ誇りに思われることでしょう。ミンゲル語とミンゲル民族がたしかに生き残ったことを知ってね」（ちなみに彼女がゼイネプにだけ敬称をつけなかったのは、彼女を見下すためではない。一九五〇年代のミンゲル人たちはみな、キャーミルの妻の名を口にするときは、伝説上の英雄にそうするように、ただゼイネプと呼ぶのが常だったのだ）。

女性監査官は、ミンゲルの小学校では必ずどの教室にも掲げられているキャーミル司令官とゼイネプの肖像を見上げながらそう言うと、ふたたび私に向き直った。

「そしてきっと、パーキーゼ女王もこの小さなミンゲル国民を誇りに思うことでしょうね！」

この最後の言葉を聞いて、私は彼女が大半の島民たちと同じように、パーキーゼ女王がすでに死んだのだと思い込んでいて、さらには私が彼女の曾孫だと知らないのだと気がついた。

帰宅すると、母はこの話をにこにこしながら聞き、しかしこう釘を刺した。

「パーキーゼお婆ちゃんがフランスで暮らしていることは学校で話しちゃいけませんよ！」

母はよく謎めいた言葉を口にする女性だったが、あとで振り返って考えてみても最後までその謎が解けなかったのは、この最後の一言だけだった。ひところは、きっとあの言葉には何か形而上学的な意味が込められていたのだろうなどと思い込んでいたのだけれど、二〇〇五年以降、島を訪れるたびに部屋にいない隙をついて必ず一度は旅行鞄や鞄、書類やファイルを乱暴に――つまり相手は家探しをしたという事実を私に敢えて伝えようとしているのだ――検められるという恐怖に接して、ようやく母のあの言葉の裏に潜んでいたのが政治的な危惧や恐怖であったのだと思い当たった。二〇〇五年、私はいわゆるキャーミル司令官の〝勅許〟を正式な登記書に変え、ミンゲル女王の子孫が受け継ぐべき土地の権利を放棄したが、それにもかかわらずこうした秘密捜査が止むことはなく、鞄の中や机の上にあったいくらかの書類も盗まれてしまった。だから、あなたがいま読んでいるこの本の大半も、読者であるあなたより前にマズハル大統領が早々と設立したミンゲル情報局（MİK）の職員が目を通していることだろう。

一九五八年の終わり、教師が母を学校へ呼び、お子さんは成績優秀だから島外の、どこかヨーロッパの国で教育を受けさせた方がいいと助言した。母は私にミンゲル人としての人生を全うしてほしいと願っていたから、この話を父には伏せておくこともできたはずだ。ところが母は、教師の助言を隠すどころか、娘がミンゲルの外で学ぶことに賛成したのである。こうして私は母と一緒にニースの祖母メリケのもとへ身を寄せ、そこで小学校を卒業するまでフランス語を学ぶことになった。英語は家で話し慣れていたので、ロンドンへ送るよりそちらの方がいいという話になったのである。こうして両親はふたたび祖母メリケの名や、あくまで愛情と敬意を込めて女王とだけ呼んでいた曾祖母パーキーゼ姫とその夫ヌーリー医師の名を、たびたび口の端に上らせるようになった。

いつも社交的で陽気な父は、早速に女王とヌーリー医師に宛てて「我が娘はお二人が誇りに思われるであろうミンゲル人です」と書き送ってくれた。ある日、マルセイユから返って来た封筒に、一九〇〇年代のミンゲル島を写した七枚の絵葉書が入っていた。曾祖母のパーキーゼお婆ちゃんから小さなミンゲル国民に宛てたこの贈り物を、私は島を離れるまで傍らに置いて片時も手放さなかった。あとで知ったのだけれど、パーキーゼ姫はこのとき姉ハティージェ姫にも、たくさんの絵葉書を送っていたのだそうだ。その年、つまり一九五八年の末、私は絵葉書の写真に写された場所を一つひとつ訪ね歩き、父が買ってくれた小型カメラで撮影して、その白黒写真をヴァニアス写真店で現像してもらった。

ところが、その写真をニースへ送り返す前に、ジュネーヴで曾祖母たちと会う機会が巡ってきた。

世界保健機関を退官して四半世紀を経ていたヌーリー医師が特等功労勲章を授与されることになり、父が持ち前の創意と気前の良さを発揮してこの好機を逃さなかった結果、私のジュネーヴ行が満場一致で決まったのである。こうしてパーキーゼ女王とヌーリー医師がジュネーヴにいる一週間、祖母のメリケと私も一緒に滞在する運びとなり、父はホテル・ボー・リヴァージュに部屋を二つ押さえてくれた。

一九五九年八月のジュネーヴは、私にとってまさに魔法の都市だった。夫婦喧嘩のたびに仲たがいしてはやがて元の鞘に収まるよくいる夫婦の常で、私の両親も子供を心置きなく預けると、大喜びでさっさとどこかへ出かけてしまった。しかし、私の方にも文句はなかった。祖母であるメリケ皇女は私に会うと大層、喜んでくれて、一緒に愉快に過ごそうと心を砕いてくれたのだ。五年前の飛行機事故で夫、つまり私の祖父に当たるサイト皇子を亡くしたこともあって、祖母メリケはニースで一緒に暮らすことになる母や私と良い関係を築こうとしていたのである。

メリケ皇女と私は朝は毎日、九時まで待って、ホテルの部屋からジュネーヴの有名な大噴水が水を噴き上げるのを見物したのち――夜の間は止められていた――ゆっくり時間をかけて街を散策した。祖母は茶色い髪の毛を銀のヘアピンでシニヨンにまとめ、母とは違っていつもサングラスをかけていた。私たちはときには手をつないで路面電車に乗り、橋向こうへ渡ってデパートや市場を巡った。そんなときの祖母は、値札を比べたり、何かを探しているように見えた。またときにはカフェでのんびりしたり、レマン湖を泳ぐ白鳥にパンをやったり、白鳥とは似ても似つかない醜い、奇妙なボートを眺めたり、時間を潰すために公園のベンチでぼんやりして過ごした。祖母が私の両親のこと、とくにどれくらい夫婦喧嘩をするのかを聞き出そうとしていたのをよく覚えている。あるいは「あなたはとっても遠くの不思議な街に住んでいるのね」と言って、自分が香港で過ごした少女時代のことを笑いながら話してくれることもあった。またある日には十一時からのマチネーへ連れて行かれ、私に〝ふさわしい〟映画――ジャック・タチの『ぼくの伯父さん』だった――を観たし、別の日にはひどく足の遅い船でレマン湖の遊覧にも出かけた。メリケお婆ちゃんにとっては、娘夫婦が孫を引き取りに来るまでのただの時間潰しに過ぎなかったろうし、それは私も最初からわかっていた。

曾祖母であるパーキーゼ女王さまと、曾祖父であり王配たるヌーリー医師と過ごしたあの一週間――数えてみたところ二十時間ほどだ――がなければ、最初に書いた「出版に寄せて」を書き終えるどころか、それを一冊の本に仕立てる気力はとても湧かなかったと思う。

私はじめて会ったとき、二人は満面の笑みで私を迎えてくれた。二人は同じホテルの二階下の、私たちと同じ間取りの部屋に――つまり同じようにモンブランと大噴水が見えたということだ――滞在していたが、二人の部屋には私の部屋とはまったく違うオーデコロンと石鹸の匂いが満ちていた。十歳の私でもたちどころに見て取れたのは、二人がメリケお婆ちゃんよりもよほど朗らかで、おそらくは互いに比類ない友情と信頼感で結ばれた夫婦だということだった。

「お母さま、ミーナがあなたにミンゲル土産を持ってきたんですってよ！」

祖母がそう言うと、パーキーゼ女王はこう答えた。

「本当に？　面倒をかけてしまったわね！　じゃあ何を持ってきてくれたのか、あなたのひいお婆ちゃんとひいお爺ちゃんに見せてちょうだい！」

私はふいに口ごもってしまった。すぐに立ち直ったものの、まるで夢の中にいるような心地がして舌を飲み込んでしまったかのように喋れなくなってしまったのだ。

「あなたが送った絵葉書に写っていた田舎の風景を写真に撮ってきたそうよ！」

ミンゲル島へ行ったこともなければ、そもそも興味もない祖母メリケから、アルカズの風景を田舎呼ばわりされて私はいたく傷ついたが、パーキーゼ女王とヌーリー医師もまた曾孫のお土産が何かよくわからない様子だった。そこで祖母が、あくまで「あなた」と呼びかける自分の両親に時間をかけて写真の主題を説明してくれた。

「ああ、それは大仕事だったろうね、小さなミンゲル娘や！」

そう言ってくれたのはヌーリー医師だった。曾祖父は色白で皺くちゃのお爺ちゃんで、いつも窓際の椅子に腰かけてモンブランの頂を眺めていた。ときどき私たちの方にも視線を寄こしてはくれたけれど、大抵は首が動かないのだというように頭さえ微動だにしなかった。

私はようやく勇気を振り絞り、女王に贈り物を差し出した。まるで臆病な外交官のような態度だったと思う。パーキーゼ女王は私の差し出した封筒を受け取るとそのまま脇へ置き、私を力強く引き寄せて両頬にキスをして、そのまま膝に乗せてぎゅっと抱きしめてくれた。当時八十歳だった女王は痩せていて華奢に見えたが、その腕や胸元は力強く健康的だった。

「僕の番はまだかな？」

しばらくしてヌーリー医師がそう言った。

私は女王の膝から降りて曾祖父のそばへ寄りながら、母から何度も「必ずお二人の手の甲に敬意の接吻を捧げるのよ」と言われていたのを思い出した。でも、二人は私にそうさせたがっているような素振りをまったく見せなかった。ヌーリー医師の顔は皺くちゃで、毛の生えた耳も大きくて怖くなったけれど、彼に抱きしめられるとすぐにも安全な避難所を見つけたように心安らいだ。

孫の緊張がほぐれたのを見届けて、祖母メリケは私を置いて部屋を出ていった。パーキーゼ女王とヌーリー医師と過ごした一週間に交わした会話を、以下では時系列順にではなく、後年思い出すときにそうしたように話題ごとに抜き書きしてみよう。

私のこと

彼女たちと会話をはじめると、私は自分が何者なのかを改めて思い知ったものだ。

「毎日、楽しい？」「はい！」

「お友達はいる？」「はい」

「その子たちとは何語でお話しするの？」「トルコ語（こちらは本当だ）とミンゲル語（これはやや大袈裟な答えだった）です」

「わたくしの顔を知っている？」「はい」

「写真の撮り方はどうやって？」「お父さんが教えてくれました」

「写真機はどこで買ったの？」「お父さんがロンドンで買って持って帰ってきました」

この最後の問いの答えや続く質問から、ロンドンでビジネスを手掛ける裕福な実業家を父に持ちながら、私がロンドンへ行ったことがないと知ると、二人は少し黙り込んでしまった。これまでなんとなしには察していながら、考えたくないとばかりに目を背けていたのか、父が私と母を避けているという事実に気がつけたのは二人のおかげだ。

絵葉書や写真のこと

ヌーリー博士が受勲式に参加した日を除けば、私たちが話したのは絵葉書と写真の話題がほとんどだった。大きなベッドの足元に置かれたソファに、女王と首相に挟まれてまん中に腰かけた私は、膝の上の枕に絵葉書と、五十七年後の同じ場所を写した写真を広げ、それらを見ながらあれこれ話したものだ。とくに二人は〝アルカズ湾全景《ヴュ・ジェネラル・ド・ラ・ベ》〟という絵葉書のように、旧ハミディイェ橋の上から街の全景を見渡す類の写真を見ながら往時のアルカズを思い返すのが楽しかったようだ。

「あなた、これを覚えていらっしゃる？」

そう言ってどこかの建物や橋を見せ合うと、二人ともどの場所も忘れず覚えていた。もっとも、ヌーリー医師の方の記憶はかなり薄れていて、ある日に私が撮った写真の大きな建物がミンゲル・ラジオ局だと聞かされたというのに、あくる日には同じ写真について尋ね、私がラジオ局ですと答えるとはじめて聞いたかのように感心してみせるのだ。

こうして私たちは、私が撮ってきた写真とそこに写された新しい建物に、二日のうちにくまなく目を通してしまった。ヌーリー医師の大きな手はほくろや染みでいっぱいで、肌も皺が縦横に走ってひび割れたように見えて、私にはそれがなんとも不思議で、ときに不気味にさえ思えたものだけれど、驚いたことにある日パーキーゼ女王がヌーリー医師に「ご覧になって！　私たちのミンゲル娘の親指ときたら、あなたのとそっくりですわ！」と言い出した。たしかに、私たちの親指はそっくりだった。毎日、二人に会いに行っては写真を見ながらおしゃべりに興じる合間には、こんな具合に別の話題に転ずることもよくあった。写真をみな見終えたとき、パーキーゼ女王はこれ以上はないというほど優しげな仕草で私の方に向き直った。

「小さなミンゲル娘ちゃん、わざわざ写真を撮ってきてくれてありがとう。わたくしたちからもあなたに贈り物があるのよ」

そして夫の方を見ると、ヌーリー医師がこう後を引き受けた。

「でもまだ完成していないんだ、準備中だよ！」

ミンゲル語と小学校のこと

学校で教えられているのがどの程度「本当の」ミンゲル語であるのかも、二人が知りたがったことの一つだ。だから私は正直に、教科書の一部はたしかにミンゲル語で書かれているけれど、大抵の新聞や小説はギリシア語かトルコ語で出版されていると答えた。髪を金髪に染めたあの女性監査官はきっと、ミンゲル語教育が目覚ましい成果を挙げていると想像を膨らませ、あとで上司にもそう報告したであろうけれど、それは誇張に過ぎなかったのだと、二人と話すうちに私も気がついたものだ。でもパーキーゼ女王は、小さなミンゲル娘がいかに愛国的であるかを承知していたため、私を傷つけるようなことは言わなかった。私の方も女王を気遣って、小学校の教科書にはオスマン帝国の皇帝の娘である女王のことが、三代目の国家元首だと誇らしげに書かれていて、恐怖に満ちたペストの日々にあって貧しい人々を助けたと記されているのだと教えてあげた。本当は教科書にはそんなことは一言も書かれておらず、みな女王は死んだものと思い込んでいたのだけれど。

書物とモンテ・クリスト伯のこと

「友達はいる？」と同じくらい、死ぬまで忘れがたい質問がもう一つある。ヌーリー医師から「本は読むかい？」と尋ねられたのだ。

読解力や読む速さ、あるいは教科書をちゃんと読んでいるか程度の質問だろうと思ったのだけれど、私がまだ読書の愉悦を知らないのだと見て取るや、夫妻の顔には父が娘をロンドンへ連れて行かないと聞いたときと同じ憐れむような表情が浮かんだ。

「君のひいお婆さんはね、いまではお出かけするよりも、一日中家で小説を読んでいる方がいいんだそうだよ。子供のころみたいにね」

ヌーリー医師がそう言うとパーキーゼ女王が言い返した。

「お待ちになって、いまの仰りようは遺憾ながらあなたの思い違いですわ。わたくしはいまだって表へ出て、心行くまで散策するのが大好きです」

妻の機嫌を損ねては堪らないとでも思ったのか、ヌーリー医師は小さなミンゲル娘に読書の素晴らしさを伝授しようと、曾祖母の枕元に置かれていた綴じのほつれた分厚いペーパーバックを指さした。

「『モンテ・クリスト伯』だよ！　この本を知っているかい？」

私は作者の名前を思い出し、同時にこの前の冬にアルカズ・マジェスティック座で『三銃士』が上映されて母が観に行ったものの、私にはまだ早いと連れて行ってもらえなかったと答えた。母は自分が気に入り、なおかつ私が見ても問題なしと判断した上でなければ、娘を映画館へ連れて行ってくれなかったのだ。

「パーキーゼ殿下はね、『モンテ・クリスト伯』を読んで、叔父さんのアブデュルハミト二世が手引きしたアルカズでの殺人事件の謎を、何年も経ってからついに解決したんだよ！」

するとパーキーゼ女王が言った。

「あなたったら、大袈裟です！　わたくしのはただの推測です」

「でも君の推理に疑問の余地はないよ」

ヌーリー医師は苦しそうに妻の方へ顔を向けると、愛情たっぷりに微笑んだ。

あれから何年も経って、パーキーゼ姫の書簡集の出版準備をしているさなか、私は彼女の推理がたしかに正鵠を射ていたのを目の当たりにして、誇らしさと興奮にとりつかれたものだ。彼女の推理の正しさを立証するためにまず私がしたのは、イスタンブルの古書店を巡ってアブデュルハミト二世が退位させられた三年後にアラビア文字で書かれたトルコ語で出版された六巻本の『モンテ・クリスト伯』の翻訳を入手することだった。アブデュルハミトがまだ二歳のときに初版が発行された『モンテ・クリスト伯』では、「毒物学」と題された五十二章において、作者アレクサンドル・デュマ・ペールはモンテ・クリスト伯の口を借りて殺鼠剤がいかに痕跡を残さず人を毒殺し得るか講釈し、東西世界における毒物の比較にさえ敷衍《ふえん》している。さらに物語の中では、毒殺の証拠を残したくない悪漢は、殺鼠剤を一軒だけの雑貨商や薬草店から仕入れることはせず、店々を巡って購入することが仄めかされてもいる。当然ながら、目撃者となる薬剤師の数が増えるという弊害はあるが、とも！

一九一二年、イスタンブルのケテオン・ベドロスヤン出版から上梓された『モンテ・クリスト伯』の第三巻を入手した私は、香しい芳香を放つ黄ばんだページを、熱に浮かされたようにめくり、その結果この五十二章が欠落しているのを確かめるに及び、その書簡集を何年もかけて編纂してきた当の曾祖母への敬意を新たにするとともに、大いなる達成感を覚えたものだ。

ペドロスヤン版には「本章は削除された」という但し書きさえ付されてはいなかった。冒頭に商業的な理由から載せられていたはずの「アブデュルハミト帝のために訳出された」という宣伝文句が、私にとってはシャーロック・ホームズがついに見つけた手がかりのように思えて、嬉しくて仕方がなかった。

しかし、六十年近く前のジュネーヴでのあの日、そうした事情などまだ知る由もない私は、ただ自分の知る唯一の事実を伝えることしかできなかった。

「この前、お婆ちゃんと一緒に時計屋さんのショーウィンドウを見ていたら、アブデュルハミトの名前が書かれていたよ！」

「聞いたかい？」

「アブデュルハミトの名前を見たの？」

鸚鵡返しにした二人は、いたく興奮した様子だった。

あれは二人と過ごした最後の日の出来事だった。でも、いまも忘れがたいあの日について語るのは、もう一つの別の話に譲った方がよさそうだ。

テレビの生中継のこと

二人はホテルから一歩も外へ出ない理由をこう説明した。

「だって表は暑いんですもの！　それにね、ヌーリー先生の調子も良くないの」

この八カ月後に他界する曾祖父は、最後の日曜日を除いて毎日午後になるとホテルのロビーへ下りていき、白黒テレビから流れるボートレースを眺めていた。レースは、ローヌ川がレマン湖に流れ込む河口に架かる二本の橋の間の急流で行われている様子で、橋の上からは道行く人々が激流に逆らって進もうとしたり、あるいは転覆して水中に投げ出された漕ぎ手たちを熱心に見物していた。実はあの日の朝、ちょうど橋を通りかかったとき祖母メリケと私も同じボートレースを見かけて、立ち止まって見物していたのだ。

ただし、私にとってはレースそのものよりも、橋の上から見ていたのと同じ光景を、橋を渡り終えたあとカフェの点けっぱなしのテレビの生放送でふたたび目にするという体験の方がよほど興味深かった。どこか形而上学的な不思議な感覚を覚えたからだ。撮影中のカメラに向けて手を振り、パーキーゼ女王たちに私の姿を見てもらいたいとも思った。もっとも当時の私には、この子供らしい思いつきを説明する力もなければ、曾祖母たちもまたテレビの中から手を振るのに憧れる子供の気持ちまで汲むことはできなかったろうけれど。なにより、私は二人に「まだアルカズにはテレビがやって来ていません」と伝えるのが嫌だった。

そんなわけで、二人と過ごした最後の日の昼下がりにもらった贈り物の包み紙を開けているとき、私は頭の中で、現実とその投影の狭間に張り巡らされたぼんやりとした、しかし豊かなつながりを以下のように意識していた。

胸を高鳴らせながら包みを開くと、いまあなた方が手にしているこの本と同じくらいの厚さの本が出てきた。表紙を開いてみると、中は仕掛け絵本になっていて、三次元化されたミンゲル島の風景が立ち上がった。目を疑うほどに眩く、そしてなんと真に迫っていたことか！　自分が暮らす街の情景が注意深く切り取られ、幾重にも重ねられた厚紙によって細やかに写し取られて、私の眼前に立ち現れたのである。

私はすぐに、そこが自分が子供時代を過ごす街ではなく、一九〇一年当時のアルカズ市であることに気がついた。新しいアパルトマンやコンクリート製のホテル、あるいは「官庁街」はいまだなく、しかし残りのあらゆるものが細部まで正確に模写されて、あるべき場所に佇んでいる。それだというのに、空に浮かぶ雲から家々の赤みがかった屋根まで、あるいは木々の緑からアルカズ城塞の尖塔に至るまで、美しい光景のそこかしこには見る者にそこを我が家とも、またお伽話の断片だとも思わせるような玄妙さが宿っていた。

その日以来、私はヌーリー医師からもらった素晴らしい贈り物を、肌身離さず持ち歩くようになった。いまや掉尾《ちょうび》に達したこの小説も、まさにこの仕掛け絵本を眺めながら書かれた。「それにしても、この小説はあまりにお伽話めいてはいまいか」と評する人もいるだろう。そうした人のために、本書を着想に至らしめたもう一つの源泉についても明かしておこうと思う。本書における「リアリズム」の核を成すのは、女王の命を受けてヴァニアス写真店が一九〇一年の九月に撮影した、大半はひと気の失せたアルカズの街路を写した八十三枚の白黒写真である。二〇〇八年、ミンゲルが正式にEU加盟候補国となり、幼友達のリナが文化大臣に就任すると、それまで私に対して固く門を閉ざしてきたミンゲルの文書館へ入ることがようやく許され、閲覧が叶ったのである。

曾祖母は、厚紙で造られたアルカズの街の中の城塞をまず夫に示した。私はいまでもその城影に守られて暮らしているけれど、アルカズとミンゲル島の歴史の始点とも言うべきその城塞も、当時子供だった私にとっては毎日目にするありふれた場所に過ぎなかった。そのためか、ヌーリー医師とパーキーゼ女王が興奮した面持ちで交わす会話の内容がほとんどわからず、居心地の悪さを覚えたものだ。

あのとき二人が何について話し、どんな思い出に浸っていたのかを理解したのは、何十年も経ってパーキーゼ姫の手紙を読んでからだった。パーキーゼ女王はあの日、フリソポリティッサ広場のニキフォロス薬局があった一角や、ボンコウスキー衛生総監の遺体が発見された空き地を指し示していたのだ。また、厚紙の仕掛け絵本は過度な誇張を施すこともなく、本書に登場したハリーフィーイェ教団やリファーイー教団、あるいはギュレレンレル教団の修道場を、その境内の庭木に至るまで精巧に写し取っていた。

「ここの修道場には行ったことがないの？」

私をじっと見つめながら女王に尋ねられたけれど、母は教団の修道場にまったく無頓着であったため、私はこの日まで塀の内側にこんな秘密の場所があることさえ知らなかった。そのためまったく悪びれることなく「行ったことありません！」と答えたのだった。

ロバ啼かせ坂やハミディイェ橋、駐屯地や税関局の位置も正確で、二人はそれを眺めながらなお話し止まないといった様子だった。私の両親はときおり、娘にわからないようわざと不可思議な英語で囁き交わすことがあって、そのたびに私は不安に駆られ、またぞろ夫婦喧嘩がはじまるのではないかと気を揉んだものだが、このときの私もそれと同種の孤独な怯えにとりつかれてしまい、ヌーリー医師に身を寄せたのをよく覚えている。

すると女王は仕掛け絵本を夫の前にある珈琲テーブルに置き、スプレンディド・パレスの話をしてくれた。それだというのに私は、母が常々言っていたように「スプレンディド・パレスは島で一番のホテルじゃありません」などと口を出し、「ミンゲルにはもっといいホテルがあります。でも、島で一番おいしいアイスクリーム屋さんはスプレンディド・パレスのローマ氷菓店です。それと、二階にはキャーミル司令官の小さな博物館もあるんです」と言い募ったのだった。

二人は博物館のことは知らなかったようで、あれこれと尋ねられるまま何でも答えた。よく知る司令官の話題になったので、私は本来の司令官博物館であり、偉大なる救世主の生まれ育ったその生家がある場所を示し、その展示物についても勢い込んで説明した。

二人は、曾孫が司令官について深く学んでいることを知って感動した様子で、私は絵葉書にも、仕掛け絵本にも載っていないキャーミル司令官廟の様子を話した。年に二回、教師の引率のもとクラス全員で詣でることや――参拝を欠かしていないかも監査される――昨年は『ミンゲル百科事典』を読みながらこの墓廟についての課題をこなしたことを自慢し、最後に偉大な詩人アシュカンの『司令官、ああ偉大なる司令官』や『我はミンゲル人』を諳んじてみせた。

「機会があれば、イスタンブルにも行ってみるといいよ！」

どういうわけかそう言ったヌーリー医師に、女王がこう返した。

「どうしてそんなこと仰るの。わたくしたちのちっちゃなミンゲル娘をいじめてはだめよ。こんなによく勉強ができて、なんでもよく知っているのですもの」

私は女王からの賞賛に胸がいっぱいになってしまった。それから二人は、私にもよくわかる話題ということで、偉大なる司令官の思い出を聞かせてくれた。

「もし偉大なる司令官がいなければ、私たちはいまギリシア人やトルコ人、もしかしたらイタリア人たちの奴隷になっていたかもしれません！　司令官はミンゲルの独立と自由を宣言して、私たちミンゲル人を文明世界へ引き上げてくれた方なの」

「よくできました！　では、彼がどこでその偉業を成し遂げたのか教えてちょうだい！」

私はあの金髪の女性監査官を前にしたときと同じように、ふいに口ごもってしまい、何を尋ねられたのか一瞬、わからなくなってしまった。

「ご覧なさいな、ここが総督府のバルコニーでしょう」

曾祖母が助け舟を出してくれた。

「司令官はここで何をしたのかしら?」

ようやく質問の意味を理解すると、答えを暗記していることも思い出して、私はまた元気に答えた。

「バルコニーの下の広場には島の一番遠い村からさえ勇敢なミンゲルの老若男女が何千と詰めかけました!」

私は諳んじるままに続けた。

「そして司令官は彼らに言ったのです、『ミンゲル万歳!』……」

ところが興奮していたせいだろうか、私はどの教科書にも書かれている司令官の言葉を、つい言い忘れてしまった。

「それと……」

私は言い淀んだのちこう締めくくった。

「その手にはミンゲルの村娘たちが縫い取ったミンゲル国旗が握られていたのです」

「お水をお飲みなさい、ちっちゃなミンゲル娘や!」

曾祖母はそう言って珈琲テーブルの上にあったコップの水を渡してくれて、それから小さなテーブルクロスを旗のようにその手に握りしめた。

「そこのバルコニーへ出れば、気分も良くなるんじゃないかしら。きっと、もっとうまく思い出せるわ」

曾祖母から両頰にキスをしてもらうと、ちっちゃなミンゲル娘は人心地ついて、幸せが心を満たした。そうすると、何千回と繰り返してきた司令官の言葉が、当たり前のように思い出された。

片方の手に旗を握った曾祖母パーキーゼ女王と私は、いつも開け放しの扉からバルコニーへ出た。

そしていま筆を動かしながらも、心の底から信じるそのままに、旗を振りながら一緒になってこう叫んだのだ。

「ミンゲル万歳！　ミンゲル人万歳！　自由万歳！」

二〇一六―二〇二一

トルコ語版原書カバー装画

革命という病変――疫禍がもたらすもの

宮下　遼

本書に記されたさまざまなことが、読んだ端から忘れられていく回想録よろしく、読者のあなたたちにとってどことなく見覚えがあるように感じられたのだとしたら、それは偶然ではない、意図されたことである。（本書「序」より）

どこか警告めいた言葉とともに幕を開ける本書『ペストの夜』は二〇二一年、まさに世界が疫禍に惑うなか発表されたオルハン・パムクの長篇歴史小説である。長篇としては十一作目、歴史小説としては三作目となる。

ときは一九〇一年、オスマン帝国（一二九九―一九二二年）の東地中海領土ミンゲル島においてペストが発生した。中国を発しインドを経て徐々に西へ拡大した疫病が、ついに地中海域へ到達したのだ。往時はかつてのローマ帝国に伍そうという広大な領土を治め、イスラーム世界に空前の繁栄を築いたオスマン帝国も、いまや西欧列強の進出を前にして滅びの途にある。いまこのペストを帝国内の辺境ミンゲル島で食い止められなければ、列強諸国に疫病封じ込めという名の武力介入の口実を与えることにもなりかねない。事態打開に向け皇帝アブデュルハミト二世は、高名な医学者ボンコウスキーをミンゲルへ派遣する。ところが、イスラーム教徒とギリシア正教徒の人口が拮抗し、古代の言葉ミンゲル語が話されるこの不思議な島では両教徒の山賊が相争い、イスラーム神秘主義教団の導師たちが暗躍し、各国領事が帝国当局とたびたび対立していた。政治的混迷の続くミンゲル島に上陸したボンコウスキーは、いくらも経たぬうちに無残な遺体となって発見される。

皇帝の遣わした医学者を殺《あや》めたのは誰か、そして疫病を終息させることはできるのか？　この難題の解決を命じられたのはオスマン家の皇女パーキーゼ姫と、さきごろ彼女と結婚したばかりの検疫医ヌーリー医師であった。二人はミンゲル島出身の護衛キャーミル上級大尉を伴い、老獪なミンゲル州総督サーミーらとともにペストとの対決に臨むのだった——。

オルハン・パムクは二〇〇六年にノーベル文学賞を受賞したのを機に（トルコ人としてはじめての快挙だった）日本でも知られるようになったが、そもそも彼の作品が国境を越えて読者を獲得するのに大きく貢献したのは『白い城』（一九八五年。邦訳は藤原書店、二〇〇九年）、『わたしの名は赤』（一九九八年。邦訳は藤原書店、二〇〇四年、および早川書房、二〇一二年）という歴史小説であった。綿密な調査に裏打ちされつつも読者の意表を突く奇想がちりばめられた両作品はトルコ国内で人気を博し、九〇年代以降の本格歴史小説ブームの火付け役となるに留まらず、国外の批評家の激賞を恣《ほしいまま》とした。これ以降、パムクは各国のメディアからくり返し「また歴史小説を書かないのか？」と尋ねられることになる。

そして『わたしの名は赤』から二十三年、満を持して書き下ろされた本作『ペストの夜』では、その語りにしてからがまったく新たなたくらみを凝らされたものへと様変わりした。これまでの彼の歴史小説が自叙体を基調に、個人の眼差しと繊細な心の声の語りに宿る微細さによってリアリズムを醸したのとは対照的に、本書はのっけから歴史家ミーナ・ミンゲルリという架空作者によって編まれた「小説と史書の二つが一書に結実する書物」であるという断り書きとともに幕を開けるのだ。その結果として物語は、皇女や医師、為政者や宗教者、山賊、革命の英雄、死者、そして国民といった老若男女が織り成す群像劇の体を為し、死病の流行という大災厄に直面した人間社会の隅々にまで光を当てることに成功している。

そんな物語の舞台となるのが、東地中海の孤島ミンゲルとその州都アルカズ市である。架空の島であるとはいえ、偏執的と評して差し支えない緻密さで作り込まれたこの島は、冒頭に引いたミーナの言葉にあるとおり、トルコ人読者に既視感を催させるさまざまな出来事や人物、文物に満ちてもいる。そこで以下では、日本の読者の方々が本書を読むにあたって知っておいても損はないと思われる背景知識についてだけ記しておきたい。なお、いくらか物語の内容にも踏み込まざるを得ないため、次節以降は読み飛ばして本篇にとりかかっていただいても物語を愉しむのにはなんの差し支えない、ということも申し添えておきたい。

時代背景について

本書の舞台となる一九〇一年のオスマン帝国は滅亡の前夜、アブデュルハミト二世の治世（一八七六―一九〇九年）にあたる。トルコ系のイスラーム教徒オスマンを旗頭として十三世紀末に現在のトルコ西部で産声を上げたオスマン帝国は、建国から百五十年をかけて東西南北へその領土を広げ、一四五三年にビザンツ帝国（東ローマ帝国）を滅ぼしてコンスタンティノポリス（現在のイスタンブル）を征服すると、ここを帝都と定めヨーロッパ、アジア、アフリカに跨《またが》る巨大な領土国家へと勇躍する。十九世紀以前の帝国はトルコ系、アラブ系、イラン系、アルバニア系、クルド系などのイスラーム教徒と、ギリシア系、アルメニア系などの東方キリスト教徒、ユダヤ教徒などが混住する多言語多宗教社会を形成し、これを緩やかに統治して空前の繁栄を実現するとともに、巨大な軍事力と経済力を恃んでヨーロッパの国際政治に大きな影響を及ぼす大国となった。十七―十八世紀には東西文化の混交する独自のオスマン都市文化が大輪の花を咲かせたが、その一方、国境地帯ではヨーロッパ諸国に対する軍事的敗退が目立ちはじめ、地方では私兵軍団を養う自立傾向の強い有力者層が台頭する。

　十九世紀に入ると、帝国は深刻な領土喪失と体制的限界に直面する。いちはやく国民国家を築いた西ヨーロッパから伝播したナショナリズムの影響で一八一七年にセルビアが、一八二九年にはギリシアが、それぞれオスマン帝国から離反、独立を果たすのである。これらの地域は遠い辺境の一属州にあらず、数百年にわたり多大な資本が注がれ開発されてきた内地に等しいうえ、ギリシア系臣民はいまだ帝国各地に数多く暮らしており、これ以上のナショナリズムの拡大は多民族国家である帝国にとって致命傷となりかねなかった。こうした危機的状況に対処すべく一八三九年から開始されたのが恩恵改革（タンズィーマート《改革》とも）と呼ばれる欧化政策であった。すでに十八世紀初頭から漸次進められてきた西欧からの先進技術の移入に加え、本格的な政治、行政制度の改革がはじめられる。これ以降、老いたる帝国は自ら頭巾《ターバン》と長衣《カフタン》を脱ぎ、トルコ帽《フェス》をかぶって詰襟に身を包む洋装のイスラーム教徒の近代国家へ生まれ変わるべくもがきはじめるのである。

一連の欧化改革は知欧派からなる高級官僚たちによって推進された。改革派の有力政治家たちの台頭は著しく、改革の障害とみなされた皇帝を廃位するほどであった。一八七六年、改革派の努力はアジア初と称されるオスマン帝国憲法の発布、翌年の帝国議会の設立に結実する。クーデターによってアブデュルアズィズ帝（在位一八六一―一八七六年）が廃されパーキーゼ姫の父ムラト五世（在位一八七六年）が帝位に据えられたと思いきや、これもほんの四ヵ月で廃位され、代わってアブデュルハミト二世が帝位につけられ、しかるのち憲法が定められるのである。一連のクーデターを主導し、憲法を制定した大宰相ミドハト・パシャの名を取ってミドハト憲法とも称されたその条文では、イスラーム教徒臣民と非イスラーム教徒臣民の完全な平等が改めてうたわれた。しかし、翌一八七七年からはロシアとの間に露土戦争がはじまる。戦争は翌年にオスマン帝国の大敗で終結し、バルカン半島のブルガリアやコーカサス地方などの重要な領土が失われる。そして、この敗戦の混乱に乗じて、帝国憲法を停止して改革派を抑え、皇帝による専制政治を敷くことに成功したのがアブデュルハミト二世であった。彼の専制は一九〇八年まで、実に三十年の長きにわたり続くこととなる。

「ハミト専制期」とも称されるこの時代はとかく評判がよくない。皇帝の権力を維持すべく秘密警察《ハフィッイェ》による不当逮捕や宮殿内法廷での密室裁判、厳しい検閲が横行し、アルメニア独立運動が暴力によって弾圧されるなど、同時代の国内外の世論はもちろん、今日もなお批判される面が多々あるからだ。その一方で、皇帝に権力が集中して党派政治に終止符が打たれたことで国情が安定を取り戻したのも確かであり、本書においてはとくに重要な意味を持つ電信網をはじめとする現代的インフラストラクチャーの整備が劇的に進展した時代でもある。くわえて汎イスラーム主義が標榜されたのも相俟って、自他ともに認めるイスラーム世界の盟主として振る舞うオスマン帝国は、イスラーム諸国から欧化を志す留学生や思想家、亡命者が集う避難所《アジール》としても賑わいを見せた。

本書の舞台となる二十世紀初頭という時代は、恩恵改革の開始から六十年を経て、技術、法律、行政制度、あるいは服装や生活様式といった外面的な欧化が広く社会に定着し、それに伴って知と精神における内面的な欧化もまた急速に進んだ点で近代化の過渡期にあたる。先進的な異教徒たちの文化がイスラーム教徒庶民層にまで徐々に浸透した結果、彼らはそれまで無謬無欠と信じてきた自らの信仰と伝統が、同じイスラーム教徒の為政者たちによって後進的なものとして批判され捨象されていくさまに葛藤し、焦燥していくのである。

イスラーム教と神秘主義教団について

十九世紀から二十世紀初頭は、イスラーム教徒とキリスト教徒の間にはっきりとした社会的・経済的格差が生まれる時代でもある。ギリシア正教徒やアルメニア教徒がいちはやく欧式の教育を受容して政財界に進出し、資本家として成功を収めていくのを尻目に、本来は支配階層を為したはずのトルコ系のイスラーム教徒（つまりトルコ人）は出遅れ、経済的に没落していく。劇中では、外出制限や濃厚接触の回避などペストの感染拡大防止対策に素直に従うギリシア正教徒の島民と、細菌の存在を知らず、認めず、修道僧たちの書いた厄除け護符に縋るイスラーム教徒の島民の姿が対照的に描かれている。

当時、こうした庶民の信仰生活の導き手となり、ときにその声なき声を代弁する役割を担ったのが、各種の神秘主義教団である。なお、本書に登場するうち、ハリーフィーイェ教団以外はすべて実在する、あるいは実在した教団である。

　イスラーム世界とはもともとイスラーム法《シャリーア》が施行された地域を指す。イスラーム法は聖典クルアーンを主たる法源として編まれた巨大な法体系で、そこには信仰の在り方を説く精神的な側面はもとより、礼拝の仕方などの教義的、儀礼的な決まり事から、食事などの日常生活に関するさまざまな規定、そして行政や刑罰にまつわる法律のすべてを内包する複合性を有する。イスラーム社会は、社会生活のみならずときにそこに暮らす者の心のうちをも規定するこのイスラーム法の存在によって聖俗の別の薄い、私たちのような異教徒から見ればときにひどく宗教的にも見える世界を形作るのである。そして、このイスラーム法に通暁し、それを運営するために生まれたのがウラマー《識者たち》と呼ばれる社会階層である。ウラマーのキャリアは様々で、たとえばモスクの維持管理に当たり、金曜日には集まってきた信徒たちの集団礼拝を率先するいかにも聖職者らしい業務に従事する者もいれば、罪人を裁き係争を治める裁判官として働く者や、同じウラマーを養成する学院《マドラサ》の教授として研究、教育に携わる者もいる。現代風に言えば宗教界、法曹界、教育界に跨る業務を担うイスラーム世界に特有の専門家集団ということになる。

　ただし、本書にはこのウラマーはほとんど登場しない。業務内容が宗教、司法、教育に及ぶとなればウラマーの役割は国家にとっても重大かつ政治的でもあり、オスマン帝国ではその養成と任官が政府によってある程度管理され、その結果として帝国のウラマーたちは公僕的な性格を強めていった。そのため、ミンゲル島民たちがそうであるように、民衆が日常的に触れ合い、相談し、信仰の導き手として仰いだのは、むしろ民間の宗教団体たる神秘主義教団の方であった。「神秘主義教団」という用語はいかにも仰々しいが（オスマン・トルコ語ではただ道《タリーカト》と呼ばれる）、その実態は苦行や托鉢、詩作、瞑想、想起《ズィクル》（集団で神を称える言葉を輪唱する勤行）など、独自の修行法を実践する修道僧の集団である。彼らが所属するさまざまな教団は帝国の内外、津々浦々に不動産を所有し、大小の修道場を構え、道場の主たる導師（原語は長老《シェイフ》、師父《ババ》など）の指導のもと修行生活を送る一方、地域社会とも密接にかかわり、子供の誕生や婚姻に際して祝福の祈禱を施し、あるいは夢判断を行い、なにより通いの信者たちの日常的な相談に乗ってその悩みの解決に手を貸した。強調しておきたいのは、この物語の時代の神秘主義教団が、決して反社会的なセクトではないという点だ。庶民にとっては大モスクでお高くとまり数年で次の赴任先へ去っていく公僕然としたウラマーよりも、地元に住まう修道僧たちの方がありがたいお坊さまのイメージによほど近しい存在だったことだろう。

ただし、学院へ通って正統的な教義に則った知識を身につけたウラマーと異なり、修道僧の教養には誤解や誤りが見られることも少なくなかった。本書の第三章で神の美名《エスマウルヒュスナ》（九十九あるアッラーの別名）について言及があるが、原書ではいくつかの美名が故意に誤字で記されたり、存在しない美名になっていたりして、アラビア語に通じない田舎の修道僧の無知といい加減さがそれとなく示されてもいる。

ついでに付言すれば本文中「ペスト狂者」と訳出した人々も、イスラームの民間信仰にかかわる。オスマン帝国では古くから、奇矯な振る舞いに及んだり、心の平衡を失っているかに見えたりする人々を狂者（deli, dîvâne）と呼び習わして、本書に登場する軽妙な口喧嘩で名高いディミトリオスとセルヴェトのような街の人気者として持て囃す一方、ときには常人には推し量りえない御役目を担って神に遣わされたある種の聖者としても遇し、数多くの奇跡譚を伝えてきた。本書のペスト狂者たちも、疫禍のもたらす悲しみや恐怖によって正気を失ったというだけでなく、聖なる愚者として扱いそこに神の采配を見出そうとするアルカズ市のイスラーム教徒たちの心性を反映するようだ。

ミンゲル島と革命について

ロドス島とクレタ島の間に浮かぶ絶海の孤島ミンゲルにはイスラーム教徒住民(トルコ人)と正教徒住民(ギリシア人)が「ほぼ同数」暮らしているとされる。物語中、島の住民構成はそれを語る者の政治的立場によって微妙に変化するが、実態としてはギリシア正教徒の人口がやや勝つようである。そして、そうした宗教の別なくミンゲル島民はもともと、何千年も前にアラル海南岸から島へ到来したミンゲル人の子孫であるともされている。アラル海、カスピ海周辺は現代トルコ人の先祖オグズ族の故地でもあるから、トルコの読者であればこの架空民族の来し方に想像を膨らませる余地が大いにあるわけだ。

ミンゲル島の随所に凝らされた現実を戯画化したと思《おぼ》しきさまざまな仕掛けは、右記のようなミンゲル人のルーツに留まらない。その多くはオマージュやパロディとして、あくまで読者を愉しませるのが主な目的であるようだけれど、ミンゲル革命に関してはその限りではない。それが否応なくトルコ革命(一九一九―一九三八年)を想起させずにはおかないよう作りこまれているからだ。トルコ革命は、トルコ共和国建国の父ムスタファ・ケマル・アタテュルク(一八八一―一九三八年)によって主導されたトルコ独立戦争(一九一九―一九二二年)、つづく戦勝と現在のトルコ共和国の建国、整備に至る一連の過程を指すのが一般的である。国外に出たミンゲル人が誇らしげに口にするという「私はミンゲル人です」という挨拶が「幸いなるかな、我はトルコ人と言えることの」というトルコ共和国でもっとも有名な名句をもととしているのは明らかであるし、街のどこからでも見えるという丘上の建国者廟というアンカラのアタテュルク廟に瓜二つだ。さらにはミンゲル情報局（MİK）とトルコ国家情報機構（MİT）の略称に見られる言葉遊びめいた類似や、宗教保守、民族保守、世俗派の絶えざる対立など、ミンゲル革命とトルコ革命の相似を挙げていけばきりがない。とくに建国者については、作者オルハン・パムクが本書で国父ムスタファ・ケマルを侮辱しているとして地方都市の弁護士から起訴状が提出されたほどで、ミンゲル革命がトルコ人読者に対してトルコ革命を強く意識させる拵えになっているのは明らかである。もっとも、両革命が酷似するのは建国者のありようよりも、むしろその過激な母語称揚においてである。ミンゲル語がそうしたように、トルコ語もまたアラビア語、ペルシア語などの外来語を取り除くことで帝国のリングワ・フランカ《共通語》であったオスマン・トルコ語から、トルコ民族固有の言語として想定された純粋トルコ語への純化を試みたからだ。本書で繰り返し語られるミンゲル語への異様なまでの敬愛の念は、こうした実際の民族主義的言語政策の歴史を踏まえてのことである。

　ところで、ミンゲル島は東地中海でもっとも美しいと称されるのだけれど、その島影《とうえい》を縁取り島の象徴とされるアルカズ城塞がいかなる姿をしているのかと想像を逞しくする方もいるのではないだろうか。パムクは冒頭の献辞において、アルカズ市街を映した風景画を取り上げ、故意に現実の姿を写し取らなかった画家アフメト・ウシュクチュに非難めいた、しかし親しげな賛意を呈している。この絵はトルコ語原書の表紙（四一五頁参照）にあたるのだけれど、ウシュクチュというのは実はパムクその人の画号の一つなのである。つまり、この絵の中で特徴的な尖塔をそびやかせるのは、まぎれもなく作家本人が思い描いたアルカズ城塞の姿というわけ。だから、画面下部に小さく描かれた人物たちの中に、サーミー総督やキャーミル上級大尉、ハムドゥッラー導師、あるいは女王陛下やマリカの姿を探し求めても、あながち見当はずれにはならないと思う。

それにしても、物語の終盤近くでミーナが「一九〇一年以降にオスマン帝国において生起した一連の政治的大事件が、ミンゲル革命から影響を受け、のみならずいたるところにその痕跡を留めているようにさえ思えてならない」と漏らすのには興趣が尽きない。架空のミンゲル史家ミーナと、真の作者たるトルコ人作家パムクとが鏡合わせのように対峙し、互いにとって異像を結ぶ正史／偽史を提示し合うという構図の妙に舌を巻くのは無論だけれども、その逆転した物語世界に迷い込むに至り、さきの「どことなく見覚えがあるように感じられたのだとしたら……」という彼女の言葉が、より一層はっきりとした残響となって読者の耳朶を打つからだ。あの警告めいた緒言は、おそらく執筆開始当初には——パムクは『無垢の博物館』上梓以前から本書の構想を練っていたという——前言した二つの革命が生み出す既視感を仄めかすだけであったろう。ところが、ミンゲル島民と同じく癘外の疫禍に見舞われて二〇二〇年代を生きる読者にとっては、また別の意味を帯びはしないだろうか。それというのも『ペストの夜』におけるペストは個々の人間に感染し、その肉体と精神を冒し、生命を奪うのに飽き足らず、どうやら人間社会そのものにも感染して変異させ、結果として革命という名の大いなる病変／抗体反応を導いたからだ。であるならば、疫病と革命の季節が終わりを告げ、多年を経た物語の掉尾に響く誇らしげな少女の歓声は、疫禍のもたらすものがただ悲劇のみではないと教える慰撫の声であるのかもしれない。

では、本書の翻訳について記して終わりとしたい。訳出にあたって原書に忠実な翻訳を心がけたのは当然だが、登場する固有名詞については以下のような工夫を凝らさざるを得なかったことも断っておきたい。

『ペストの夜』にはトルコ語、オスマン・トルコ語、ギリシア語という複数言語の人名、地名が多く登場する。まずトルコ語のそれについては物語の舞台がオスマン帝国と現代のトルコ共和国、そしてミンゲル国に跨る点を考慮して、とくにオスマン帝国時代の登場人物についてはオスマン・トルコ語のアラビア文字綴りを念頭に音写を行った。たとえばパーキーゼ姫は原書では Pakize（パキゼ）と記されるが、「清らかで美しい」を表すこの言葉は彼女の時代には پاكيزه（pâkîze、パーキーゼ）と綴られた。現代ミンゲルのトルコ系国民がどのようなトルコ語を話しているのか（あるいは話していないのか）は作者パムクのみぞ知るところであるけれど、『わたしの名は赤』訳出時と同様、少なくとも固有名詞に限ってはオスマン・トルコ語と現代トルコ語の音を区別した方が作者の意図に沿うと思われたため、このように音写した。

これに対してギリシア語の人名、地名は、原書ではすべてトルコ語訛りのラテン文字で記されている。これらについてはギリシア史の専門家の力添えを仰ぎながら、もとのギリシア語の綴りに忠実と思われる形へ復元したうえでカタカナ音写を行った。たとえば原書で Kiryako（トルコ語風に読めばキルヤコ、ないしはキリヤコ）と綴られる人物がいれば、一度 Κυριάκος と原綴りを復元し、そのうえで現代ギリシア語の発音に従い「キリアコス」と音写した。こうした手法を取らざるを得なかったのは、トルコの読者であれば人名、地名いずれであってもギリシア語かトルコ語かを一読して判別できるのに対して、日本人読者にとってはそのままでは区別が付きにくくなると思われる個所が少なくなかったからである。劇中ではトルコ人とギリシア人の文化的差異も重要な要素となっているので、トルコ人かギリシア人かが容易に判じられた方が物語への没入感を損ないにくかろうと考えた次第である。もちろんすべてというわけにはいかないけれど、「ハラランボス」のように語末が「ス」の字で終わる人名はギリシア語、「ヌーリー」や「サーミー」のように音引きが入るのがオスマン語というような大雑把な目安を持って読んでいただければ幸いである。

右記のギリシア語綴りの復元と音写に当たっては神戸大学の佐藤昇氏にご協力いただいた。本来、古代ギリシア史を専門とする氏には無茶なお願いをしてしまったというのに、丁寧にお返事をくださいましたことに、この場を借りて厚くお礼申し上げます。有難うございました。

また、本書の翻訳を打診してくれた早川書房の窪木竜也氏にも、変わらぬ謝意を捧げます。そして、『無垢の博物館』(文庫版)から文字通り息継ぎなしに編集を担当してくださり、精密な校正と提言を下さった吉見世津氏に心からの賛意を呈します。長大な本書がどうにか訳了まで漕ぎつけられたのは、ひとえに早川書房のお二人のおかげです。どうも有難うございました。

二〇二二年十月　箕面にて

本書では作品の性質、時代背景を考慮し、現在では使われていない表現を使用している箇所があります。ご了承ください。

訳者略歴　東京大学大学院総合文化研究科博士課程単位取得退学，大阪大学人文学研究科准教授　著書『無名亭の夜』『多元性の都市イスタンブル』他　訳書『わたしの名は赤〔新訳版〕』『雪〔新訳版〕』『無垢の博物館』『僕の違和感』オルハン・パムク（以上早川書房刊）他

ペストの夜《よる》
〔下〕

2022年11月20日　初版印刷
2022年11月25日　初版発行

著者　オルハン・パムク

訳者　宮下《みやした》　遼《りょう》

発行者　早川　浩

発行所　株式会社早川書房
東京都千代田区神田多町2－2
電話　03－3252－3111
振替　00160－3－47799
https://www.hayakawa-online.co.jp

印刷所　株式会社精興社
製本所　大口製本印刷株式会社

Printed and bound in Japan

ISBN978-4-15-210186-0　C0097

乱丁・落丁本は小社制作部宛お送り下さい。
送料小社負担にてお取りかえいたします。